KB261211

전상국의 문학 이야기

물은 스스로 길을 낸다

물은 스스로 길을 낸다

전상국의 문학 이야기

이룸

|작가의 말|

작가는 오직 작품으로만 말해야 한다는 지론은 작품 외적 발언에 신중해야 한다는 아포리즘일 것이다. 작가가 작품으로 형상화한 세계 인식이 실제의 작가 언행과 일치하기 어렵다는 실토로 보아도 좋으리라.

작품으로 본새 있게 보여 줘야 할 생각들을 그동안 너무 드레가 없이 풀고 살았다는 반성을 하면서 이 책을 묶는다. 그러나 등단 42년 동안 나름의 열정을 쏟아 부으며 걸어온 내 문학의 길 위에서 이삭 줍듯 편편이 정리한 글들이라 작가 의식 및 작품 이해의 낌새로서의 가치를 지닐 수도 있겠다는 자위가 없지 않다.

내 문학보다 더 빨리 낡아 버린 언행을 뒤늦게나마 추스르기 위해서도 글 쓰는 즐거움을 되찾는 일에 남은 시간을 바치고 싶다.

이룸 출판사에 감사한다.

2005년 여름
춘천 금병산 자락에서
전 상 국

차례

1부

왜 쓰는가

나는 왜 문학을 하는가

왜 쓰는가. 대답은 늘 분명했다. 쓰는 일이 즐겁기 때문이다.

1963년 등단하여 단 두 편의 단편소설을 쓴 것을 끝으로 만 10년 동안 글과 담을 쌓고 산 그 고통스러운 세월을 통해 터득한 것이 있다. 세상살이에서의 유일한 비교 우위도, 거창한 명제로서의 존재 이유도 오직 글쓰기의 즐거움에서 찾을 수밖에 없다는 것. 체질적으로 소설 쓰는 일만이 내 끼의 발산과 그 신명 내기에 적격이라는 사실의 확인이었다.

글 쓰는 일은 생각만 해도 즐겁다. 그 즐거움 속에는 어금니에 잘금잘금 괴어오르는 글쓰기의 신명은 물론이거니와 내가 선택한 고행, 글 쓰는 고통과 그 절망까지도 포함된다. 때로 글쓰기의 절망을 감추는 일이 즐거움의 깊이를 더한다.

도박하는 즐거움과 글쓰기의 그것이 뭐가 다르겠는가. 도박꾼은 즐길 뿐 그 도박을 합리화하는 그 어떤 의미 부여도 하지 않는다. 글쟁이 역시 글 쓰는 일이 그냥 즐겁다고만 말해야 하지 않을까 싶다.

작심한 도박꾼이 자기 손가락을 자르듯 나 역시 글 쓰는 즐거움에 회의를 느낄 때가 많았다. 세상을 바라보는 뒤틀린 심사만큼이나 글 쓰는 행위 또는 그 결과물에 대해 냉소적이었다는 얘기다. 사실 소설 쓰기야말로 삶의 방식 중 가장 야비하고 던적스러운 광기의 소산이라는 생각이 불쑥 치밀 때가 많았다. 그러할 때 나는 아무런 미련이 없이 문학을 버리곤 했다. 신명이 나지 않는 글쓰기는 내 자신은 물론 독자들에 대한 죄악이라는 생각 때문이었다. 그러나 손가락을 자른 도박꾼이 다시 도박장으로 돌아오듯 나는 어느새 글쓰기를 즐기고 있었다.

즐거움은 그 어떤 것에의 몰입이며 동시에 그 어떤 것으로부터의 해방을 통한 자기 증대이기도 하다. 상상하는 즐거움이 바로 그것이다. 상상은 기억을 재료로 하여 관념적인 것을 구체화하는 힘이다. 특히 내 유년의 각인된 기억은 가상의 그럴듯한 집을 짓는 일에 결정적인 밑천이 되었다.

유년의 눈을 통해 내 속에 갇힌 6 · 25의 악령은 그 출구를 찾아 광기 어린 눈을 번들거렸다. 그 광기의 악령을 내 속에서 몰아내지 않으면 안 된다는 당위 명제로 글쓰기의 심지를 삼았다.

어느 여름날 소설 쓰기에 몰두한 나를 향해 아내가 볼멘소리를 던졌다. 뭔 거짓말을 만드느라 그렇게 땀까지 뻘뻘 흘리고 그래요? 몇 번의 면회 사절로 심기가 불편한 아내의 그 말은 충격적이었지만 사실 그것은 맞는 얘기였다. 그 어떤 명분도 거짓말 이야기를 만드는 즐거움에 앞설 수 없었다.

그러나 나는 그 잘난 상상력 부리기의 명분 찾기에 안간힘을 썼다. 거짓말 왜 하는가. 믿게 하기 위해서. 무엇을 믿으란 말인가. 내가 보여 주고 싶은 새로운 의미, 새로운 가치, 새로운 질서, 그리고 새로운 표현 방식. 작가로서 이 정도의 자기 암시는 필요하지 않느냔 자위로 작가 체면을 세우고 있었던 것이다.

어떻든 글쓰기의 즐거움이 나를 구원했다. 열등감 체질인 나는 다른 아이들보다 그 정도가 심했다. 그렇게 감수성이 예민했다는 뜻이다. 남들한테는 별것 아닌 일도 나한테는 치명적이었다.

중학교 때는 다른 아이들보다 책을 많이 읽었다는 자위로 세상이 살 만했다. 그러나 고등학교 때 문예반에 들어가면서 치명적인 상처를 입었다. 어휘력 부족, 형편없는 문장력의 확인이었다. 그때부터 내 치부를 감추기 위한 싸움이 시작되었다. 장인 기질의 자기 연마를 통해 글쓰는 즐거움을 터득하게 되었던 것이다.

시골 촌놈의 서울에서의 대학 생활은 참담했다. 몇몇 문우의 천부적 재능 앞에 기가 죽었고 이룰 수 없는 짝사랑의 좌절, 그리고 도무지 마음에 심지를 세울 수 없는 혼란한 현실의, 내가 감당하기 어려운 높은 벽 앞에 압도당했다. 다른 방법은 생각할 수 없었다. 글쓰기가 유일한 출구였다.

불편하면 편하게 하라. 다행히 내 열패감이 생각보다 쉽게 창조적 에너지로 바뀌면서 일단 꿈의 등용문 앞에 설 수 있었다.

그렇게 문학이 나를 구원하곤 했지만 나는 번번이 문학을 배반했다.

글 쓰는 즐거움을 쉽게 잃어버렸던 것이다. 반성이라는 미명 아래 쓰레기 같은 자기 일상이나 까발리고 호시탐탐 남의 삶을 훔쳐 낸 뒤 같잖은 의미 부여로 거드름을 떠는, 나를 비롯한 동업자들의 그 탐욕의 내숭이 징글징글하게 느껴질 때 나는 쉽게 글 쓰는 즐거움을 버렸다.

버렸다기보다 버려졌다는 표현이 맞을 것이다. 그것은 또 다른 열등감의 발현이었다. 문학에 대한 심통 부리기는 내 안의 뭔가가 무너져 내리고 있음을 의미했다. 책임지지 못하는 반성의 남발, 그것은 정직성의 실종이었다. 그리고 글쓰기로 채워지지 않는 탐욕의 항아리. 한가닥 양심이 나를 문학으로부터 격리시키고 있었던 것이다.

내가 전업 작가가 되지 못한 결정적 원인이다. 글쓰기의 즐거움을 잃어버린 내가 찾아가는 곳은 학교 교실이었다. 자유분방한 욕구의 분출에 적합한 것이 글쓰기라면 교직은 음충맞은 내 내면의 방황을 감추는 보호색으로써 최적이었다. 어릴 때의 유일한 꿈이 선생님이 되는 것이었기 때문에 학생들을 가르치는 일에서 어느 정도 보람도 찾을 수 있었다. 글 쓰는 일과 달리 교직은 화해와 관용의 집이었다. 또한 교직은 글을 쓰지 않아도 먹고살 수 있는 생활의 방편이기도 했다.

문제는 교과서적인 삶에 오래 안주할 수 없었다는 점이다. 교직 생활에 대한 회의는 그 주기가 글 쓰는 일의 그것보다 더 잦았다. 내가 쓰고 있는 탈 안의 또 다른 불량스런 내 얼굴이 욕구불만으로 이글거렸다. 그 안에서는 꿈을 꿀 수가 없었다. 매사가 시큰둥하거나 파행으로 치닫고 있는 우리의 형편없는 교육 현실에 대한 불만으로 가슴이 터질 것만 같았다.

신명을 잃으면 도망치기, 그것이 내 특기였다. 그렇다고 잃어버린 글쓰기의 신명을 당장 되찾을 수는 없는 일이었다. 두 개의 길 말고, 오솔길 같은 완충지대가 필요했다.

자연 친화였다. 내가 선택한 두 길에서 어느 것 하나에 싫증을 느끼거나 회의가 올 때 쉽게 도망칠 수 있는 또 다른 길이 거기 있었다. 나는 거침없이 감동했다. 온통 덧셈뿐인 자연과의 만남은 내 감성대로 살고 싶은 욕구의 충족, 충만한 위안이었다. 산에 머무는 시간이 길어졌고 언제부터인가는 죄스럽게도 밭농사하는 즐거움까지 누리게 되었다.

자연 앞에서 내 탐욕과 오만은 빛을 잃었다. 자연은 비우기의 충만을 가르쳐 주었다. 자연 사랑은 사람들 곁에 온전한 마음으로 돌아가기 위한 마음 비우기와 다르지 않았다. 말갛게 비워진 상태에서 나는 비로소 글쓰기의 즐거움을 그리워했다. 그 꿈의 실현을 위한 겸손과 감사도 배웠다.

달라지는 세상보다 내가 더 앞서 나가고 있다고 생각하던 시절도 있었다. 내 글쓰기가 기존의 덕목 깨부수기이며 새로운 유파의 시작이고 그 중심이라는 오기와 자만으로 번뜩이던 젊은 날, 가벼운 것과 무거운 것의 구별이 분명했고 새롭지 않은 것에 대한 깎아 내리기에 매몰찼다.

문학이 치기도, 객기도, 더구나 먹고사는 방편이 되어서는 안 된다는 그 엄숙한 명제를 글쓰기의 신명으로 자랑삼기도 했다.

그러나 지금 나는 어디쯤 있는가. 세상보다 더 수다스러워졌고 내 문학을 앞질러 낡아 버렸다. 지난날 가벼이 본 것이 무겁게 다가오고 엄숙하게 움켜쥐었던 중심이 손가락 사이로 빠져나가는, 가치의 혼란 앞에 흔들린다. 가지고 있는 것 지켜 내기만도 벅차다며 새로워지려는 노력을 쉽게 포기한다.

맞는 얘기다. 세상 따라 달라지려고 허둥댈 것이 아니라 더 이상 무너지지 않기 위한 준엄한 자기 점검, 그 각성이 필요하다는 생각으로 자중하기로 한다.

무엇보다 명심할 일은 항상 나보다 앞서 있는 내 독자들을 두려워할 줄 알아야 한다는 사실이다.

고문하듯 다시 묻는다. 나는 왜 문학을 하는가.

……곁들여, 아름다운 우리말의 전수…….

그러나 내가 두려워하는 독자들이 냅다 나를 윽박지른다.

그건 오직 당신 작품으로 말해야 하는 것이라고.

작가 정신의 부활을 위하여

1. 말의 사용

작가는 말하는 사람이라기보다 그 말을 사용하는 편에 속한다는 견해에 동의한다. 말하는 사람은 말의 의미 전달에 전념할 뿐 그 말의 운용과 형태에 대해서는 별 관심이 없기 때문이다. 말을 사용하는 작가는 말이 담고 있는 의미보다는 부단히 변용하는 말의 마법에 스스로 빠져 들기를 선택한 사람들이란 뜻이다.

글쓰기의 신명은 자신이 사용한 말이 조화를 부려 다른 사람의 마음이 움직이기를 기대하는 그 즐거움에서 생겨나는 것이다. 이런 경우 말의 사용은 단순히 정보 제공자가 그 말을 사용하는 경우와는 확연히 구별됨으로써 말 자체가 본질이라고 할 수 있다.

말을 사용해 자신의 철학적 담론을 문학작품으로 형상화하는 데 성공한 작가로 사르트르나 카뮈 등을 들 수 있다. 사르트르에 의하면 작가는 어떤 것들을 말하기 위해 선택했다기보다 바로 그 사물을 '어떤 방법' 으로 말하는 것을 선택했기 때문에 작가라고 말한 바 있다. 사르트르가 선택한 그 '어떤 방법' 의 성과가 바로 소설 쓰기였던 것이다.

사르트르나 카뮈에게 있어 소설 쓰기는 그들의 철학을 관념의 방에서 들판으로 끌어내 꽃피우는 데 가장 적합한 '말의 사용' 이었다고 본다.

조선시대 연암 박지원은 당대 사회의 어지러움과 그 갈등을 비판하는 방법으로《열하일기》나《호질》등의 문장을 선택했고 개화기의 지식인들은 개화사상을 담아낼 그릇으로써 새로운 서사 방법을 선택했던 것이다.

2. 전대의 업적들

흔히 '신소설의 발전적 계승자' 로 불리는 이광수로부터 그 기점을 잡는 현대 소설 80여 년의 역사는 말의 사용을 통한 글쓰기의 새로운 방법 모색의 역사라 해도 과언이 아니다. 비록 개화의 괭이 정도로 문학을 넌지시 깎아내렸는가 하면 역사의식의 부재에 의한 개화 · 계몽 정신이 도덕적 교양주의로 전락하긴 했어도 이광수의 새로운 서사 구조가 당대 독자들을 감동시킨 그 힘은 문학사에서 빼놓을 수 없는 사건이다.

이광수의 말 사용 의도와 그 방법을 전면적으로 부정하는 자리에 김동인의 소설 쓰기가 가치를 획득한다. 이상주의자 김동인의 자유분방한 상상력은 쾌락 추구에서 비롯한 충동적 성격의 캐릭터를 만들어냄으로써 종래의 소설이 보여 주지 못한 이야기의 충격과 독자의 몫으로 돌아오는 결말 처리 등의 구성법으로 서구 모델의 소설 세계에 가까이 다가서는 계기를 준다.

김동인을 부정하면서 출발한 염상섭의 서울 말씨의 만연체 문장은 한국 소설의 새 영토를 넓히는 데 이바지한다. 자의식 과잉의 인물을 주인공으로 삼은 이상의 이상한 이야기 방식과 판소리 양식 수용의 생동감 있는 문체의 김유정은 1930년대 사회를 조명한 새 지평으로 평가 받는다. 식민지 시대 사회상의 실감 나는 재현에 성공한 채만식과 독특한 서술 방법으로 독자들을 당혹케 한 박태원도 우리의 소설 영역을 넓히는 데 큰 역할을 한다.

우리의 경우 그 시대가 안고 있는 여러 징후와 작품 성향 등의 특성으로 규정되는 문예상의 사조들은 서양의 그것들이 물밀 듯이 밀려들어 와 전통적 삶과 그 정신 속에 깊이 작용한다. 비 동시적인 것이 동시에 뒤섞여 큰 흐름을 이루는 가운데 우리의 문학은 다소 과식 현상이긴 해도 그 영양 상태나 때깔 면에서는 놀라운 발전을 보인다.

곧장 분단으로 이어진 해방 이후, 우리의 혼란스러운 사회상은 서구의 실존 사상과 맞물려 철학과 문학이 그 경계를 넘나들면서 새로운 양상으로 뻗어 나간다.

또한 1950~1960년대 우리의 시대 상황은 고뇌하는 지식인의 좌절이 작품으로 형상화되는 새로운 표현 방법으로 연결된다. 관념 서술의 특이함으로 탈 장르적 실험을 보인 장용학, 암울한 상황의 병적 분위기 연출에 성공한 손창섭, 당대 지식인의 선택의 어려움을 극명하게 보여준 최인훈, 1960년대 감성을 묘사한 김승옥, 산업화 시대의 소외

계층을 간결한 문체로 끌어안은 조세희의 문장들은 새로운 소설 쓰기와 소설 읽기 발견에 크게 이바지한 성과들이다.

가까운 나라 일본의 경우도 그들의 패전 이후 가와바타 야스나리, 이시와가 신따로, 오에 겐자부로 등은 일본 문학의 영토 확장에서 주요한 역할을 한다.

1990년대 초반부터 지금까지 꾸준히 우리나라의 젊은 독자들을 사로잡고 있는 무라카미 하루키나 팝 소설가로 불리는 무라카미 류의 작품들은 문학의 대중성을 파고들면서 탈 일본의 전통성 위에 국경을 넘어서는 언어 사용의 성공한 예로 기록될 것이다.

위에서 간략히 열거한 예들은 전대 소설사에서의 새로움에 관한 추구와 그 실적들이다. 이러한 축적된 전 시대의 괄목할 만한 새로움을 딛고 오늘에 이른 한국 문학 혹은 한국 소설의 오늘과 내일을 예고하는 징후들을 살펴보는 일은 문학의 위기설에 대응하기 위한 작가로서 자기 점검의 의미로 생각해도 좋을 것이다. 우리 문학의 영토는 새로운 것을 찾는 작가들의 부단한 노력에 의해서만 확장되리라고 본다. 그러한 새로운 영토와 풍토가 조성될 때, 문학의 나무는 튼실하게 자라 아름다운 꽃을 피울 수 있다고 믿는다.

3. 문학의 얼굴

문학만큼 그 범위나 장르 형태를 규정하기 어려운 것도 드물 것이다. 이것이었구나 하고 돌아서면 저것이었고, 때론 이도 저도 아닌 또 다른 것이 숨어 있는 것 같아 버겁기만 한 것이 문학의 세계다. 많은 사람들이 문학은 이런 것이라고 나름대로 정의하지만 문학 자체로 보면 문학은 그런 정의의 틀 안에서 숨쉬기를 거부하고 있는 또 하나의 다른 흐름인 것이다. 아주 쉬운 듯하면서도 결코 녹녹하지만은 않기에 사람들은 그 문학의 언저리에서 늘 가슴앓이를 할 수밖에 없는지도 모른다.

특히 문학에 있어서 어떤 것이 새로운 것이고 어떤 것이 바람직한 것인가 하는 가치 매김은 결코 간단하지 않다. 압축하여 말하면 그것은 문학에 대한 인식의 변화를 필요로 하는 문제라고 할 수 있다. 따지고 보면 문학의 위기설도 결국은 언어체 사용의 낡은 틀과 고정관념을 깨지 않으면 안 된다는, 글쓰기에 대한 새로운 인식과 그 영토 확장의 필요성 강조와 무관하지 않을 것이다.

문학에서의 새로움이란 우선 작가가 '무엇을 어떻게 쓸 것인가' 를 놓고 고민하는 과정에서 얻어지는 결과라고 할 수 있다. 이제까지의 것과 다른 그 '무엇과 어떻게' 를 찾아내기 위한 작가 나름의 고투와 그 흔적을 문학사의 이면으로 보아도 될 듯하다.

문학의 새로움 추구는 보다 개성 있는 얼굴 만들어 내기라고 할 수 있다. 글의 내용이 화장하기 전 다듬어지지 않은 얼굴이라면 그 얼굴에 화장하는 방법이 바로 글의 형식이라고 말할 수 있다. 화장의 일차적인 목적은 본래 가진 얼굴보다 더 아름답게 보이기 위함이다. 화장을 어떻게 하느냐에 따라 보여지는 모습은 달라질 수밖에 없으므로 화장법은 날로 발전할 수밖에 없다.

우리 문학의 얼굴은 어떤 골격을 하고 있으며 그에 맞는 새로운 화장법은 어떤 것일까. 눈, 코, 입이 제대로 달린 사람일지라도 어떤 얼굴형이냐에 따라 대체로 잘생겼다 못생겼다, 로 가름한다. 말하자면 골격이 반듯한 사람은 눈, 코, 입이 조금 못생겼어도 그 못생긴 것을 커버하게 된다. 턱뼈를 깎아 계란형의 얼굴을 만드는 것은 모난 것을 둥글게 만들어 조금이라도 부드럽고 아름다운 얼굴로 만들고자 함이다. 사각형의 얼굴이 미의 기준이 되었던 적이 한 번도 없었던 것을 보더라도 계란형의 얼굴은 앞으로도 선호의 대상 자리를 내어 줄 것 같지 않다.

새삼 글이란, 각을 이루며 여기저기 돌출한 부분을 고르고 다듬어 완만한 곡선으로 만드는 작업이라고 설명할 필요는 없을 것이다. 거친 것을 다듬는 것은 글쓰기의 당연한 과정이다. 그러나 요즘의 글들은 너무 턱뼈를 깎아 하나같이 계란형 성형 미인이 되기에 급급한 것 같아 안타깝다. 한마디로 개성 없이 일률적으로 모범 답안에 충실한 글들이 많다는 뜻이다. 색깔도 맛도 없이 그저 예쁘기만 한 글은 보기에는 좋을지 몰라도 그 생명력은 결코 길지 않다고 본다. 계란형이라고 해서 다 아름답기만 하고 사각형이라고 해서 다 미운 것은 아니다. 문제는 계란형이든 사각형이든 풍기는 매력이 중요하다.

글의 매력은 그 작가 고유의 독특한 개성에서 나온다. 비록 모가 나고 거칠더라도 작가 자신의 영혼과 개성의 색채가 드러나 있는 글이래야 독자를 긴장시킬 수 있다. 그런 매력 있는 얼굴을 한국 문학의 새 영토의 독자들이 기다리고 있다는 생각이다.

4. 실험 정신

새로움은 실험 정신을 통해 그 모습을 드러낸다. 실험 정신의 핵은 독창성이다. 아직 남들이 발을 내딛지 않은 세계로의 여행을 통해서만 새로운 땅이 발견될 수 있는 것이다.

실험소설은 전통적인 소설이 보여줄 수 있는 관습적 사고를 깨고 미지의 세계를 탐구해 들어가는 실험 정신에서 얻어진다. 새로움은 전통의 일탈, 어떤 주류로부터의 벗어남을 전제로 한다. 새로움은 일단 독자를 당혹케 하고 급기야는 배척을 받는 단계를 거치게 마련이다. 그러나 그 반역이 주류 속으로 흡수되어 새로운 전통으로 자리를 잡는 과정이 문학의 발달사라고 해도 지나친 말은 아닐 것이다.

루카치는 도스토예프스키의 소설을 아직 이 세상에 없던 새로운 작품으로 평가했다. 문학이 아닌 모든 것은 권태스럽다고 말한 카프카의 실험 정신, 프루스트, 조이스, 울프, 포크너 등으로 대표되는 인간의 내면세계를 의식의 흐름으로 파고 든 실험소설들과 1940년대 말의 앙티로망 또는 로브그리예, 샬럿, 미셜 뷔토르 등으로 대표되는 누보 로망과 같은 새로운 흐름, 또는 마르케스의 《백 년 동안의 고독》이야말로 소설의 미래를 비관적으로 보는 견해를 일축하면서 문학의 새 장을 연 실험 정신의 승리로 생각해 볼 수 있다.

리얼리즘 문학의 예술적 태도를 거부하고 나선 모더니즘마저 그 기운이 쇠하는 기색이자 포스트모더니즘은 모더니즘과의 계승적 혹은 발전적 관계마저 단절하기를 선언하고 나섰다. 그런 변화의 물결이 우리의 작가들을 그냥 내버려 둘 리가 없다. 그동안 많은 작가들이 다양한 실험을 통해 장르 확대 및 글쓰기의 영역 확보에 최선을 다하고 있다는 징후를 보여 주었다.

그런데 요즘 글쓰기의 새로운 영토 확장의 추세가 가벼움 지향이라는 문학 주변의 견해들은 어떻게 받아들여야 할 것인가. 가벼움이 곧 새로움일 것인가. 무게를 덜고 가뿐한 모습으로 치장한 뒤 당당하게 독자에게 다가가는 요즘의 글쓰기 현상을 단순히 무겁고 엄격한 명제에 대한 반사작용으로 볼 것인지, 아니면 '낯설게 하기'의 실험적 장치로 볼 것인지를 두고 여러 견해가 엇갈린다.

가벼움을 지향한다는 것은 그동안 우리의 문학이 필요 이상으로 무거웠다는 것에 대한 반증일 수 있다. 그것은 어떤 현상의 무거움이 가벼움과 그 자리를 바꿔치기 했음을 뜻한다. 얼마 전까지만 해도 무겁고 중하게 여겨지던 것이 이제는 그 무게를 잃고 쓰레기통에 처박힐 정도로 가치가 절하되었다는 뜻이기도 하다. 반대로 어제까지만 해도 가볍고 쓸모없는 것으로 여겨 뒷전에 밀려나던 것이 오늘에 와서는 가장 절실한 것으로 다가온 주제들도 있다. 일례로 담론으로 내놓기에 뭔가 쑥스럽고 하찮게 생각되어 심한 경우 금기시하거나 능멸했던 섹스의 문제가 오늘은 분단의 문제나 죽음의 문제보다 더 절실히 다루고 싶은 소재로 바뀌게 된 것이다.

어쩌면 그 가벼움의 몸짓은 리얼리즘의 현실 재현성에 혐오를 느낀 나머지 의도적인 자기 투영을 통한 인간 내면의 심오한 곳을 긁기 위한 고투의 흔적이며 때로는 낭만주의로의 회귀 현상이라고도 볼 수 있다. 그러나 지나친 자기 투영과 극단적 실험은 때로 자위행위와 다르지 않다는 부정적 견해에 부딪치면서 가벼움과 무거움 사이에서 아슬아슬한 줄타기 곡예를 하고 있는 것도 요즘의 글동네 현상이기도 하다.

물론 예술 행위 및 그 결과에 있어 가벼움과 무거움의 이분법적 인식은 필연적이다. 본질과 현상, 예술성과 대중성, 예술과 외설, 리얼리즘과 모더니즘 혹은 이미지즘, 민중시와 해체시, 서정시와 주지시, 엄숙주의와 감각주의 등의 부단한 대립의 역사는, 세계는 끊임없이 운동 발전하며 그 변화를 가능케 하는 것이 바로 그 세계에서의 모순의 힘이라는 헤겔적 사유에 의해 그 극복 과정을 거치면서 통일을 지향하고 있는 것으로 설명할 수 있다.

이분법적 인식은 그것의 본질이 다른 외적인 것의 영향에 놓일 때 적대적이 되지만 그것이 본질 안에서 다뤄질 때는 상호 보완적인 발전을 지향하는 법이다.

글쓰기의 정신 혹은 그 결과에서의 가벼움과 무거움도 생각하기에 따라서는 문학의 영토를 확장하고 그 풍토를 바꿔나가는 일에 크게 이바지하는 바람직한 대립이라 할 수 있다.

특히 문학의 가벼움과 무거움의 경우 그 대립 양상은 다음과 같은 요구 조건만 충족되면 두 성향의 발전적 접합이 쉽게 이루어질 수 있다는 것이다.

'문학의 미적 가치 추구와 그것을 뒷받침하기 위한 작가 철학의 존재 여부.'

'그 작품에 투영된 작가의 상상력이 현실 보여 주기의 개연적 진실에 얼마만큼 근접해 있는가.'

'그 작품에 자기 규제로서의 거름 장치가 얼마나 잘 돼 있는가 하는, 작가 고민의 흔적.'

'사회 환경과 시대적 요구에 얼마나 부합하는가 하는 독자 반응을 통한 효용성 짚어 내기.'

위와 같은 조건은 가벼움과 무거움을 재는 기준으로 두 세계의 가치 매김에도 적절히 활용됨으로써 그 창조 주체를 긴장시키는 역할을 할 것이다.

5. 새로움으로서의 가벼움 추구

어떻든 이 시대의 문학은 외면상 가벼움 쪽으로 많이 기울어져 있다는 것을 부인하기 어렵다. 가벼움을 지향하고 있는 구체적인 이유는 문학이 현실을 따라잡지 못할 만큼 현실이 소설보다 리얼하고 복잡해졌다는 데 있다. 복잡할수록 단순해지고 가벼워지고 싶은 대중의 심리가 현상으로 작용하고 있다는 것이다.

또 다른 이유는 너도나도 글쓰기에 낯설어하지 않는 인터넷 시대라는 점이다. 인터넷의 중심축인 오늘의 젊은 세대는 대체로 인내심이 부족하다는 특성을 가지고 있다. 어렵고 복잡하게 생각하는 것을 기피하는 성향은 모든 것을 그 자리에서 즉흥적으로 해결하는 방법을 선호하게 마련이다. 인터넷의 사용이야말로 이들에게 가장 효율적인 도구가 되어 준 것임에 틀림없다.

더구나 인터넷 세대들은 새로움을 병적으로 지향하는 경향이 있다. 똑같은 것은 두 번 다시 보고 싶어 하지 않을 뿐만 아니라 지나간 것에 대해서는 그 어떤 가치조차 두지 않으려 한다. 말하자면 새로운 것에 대해선 무조건 관대하고 옛것에 대해선 철저하게 인색하다는 점이다. 마치 전통은 고리타분한 옛것이고 새로운 것일수록 앞서가는 의식쯤으로 이분화 해서 생각하려는 시각이 팽배하다.

더 중요한 것은 작가들이 이러한 새 세상의 흐름과 그 요구에 쉽게 동요하고 있다는 사실이다. 문학이 시대를 앞서가고 어떤 흐름을 만들어 간다는 자부보다는 조류 속에서 살아남기 위해서는 어떻게 하든 새로워져야 한다는 강박에 쫓기고 있다는 것이다. 작가가 자기의 모난 얼굴을 개성으로 독자들을 끌어들이기보다 독자들이 무엇을 요구하는 것인가를 알아내어 거기에 맞는 화장법에 신경을 소모한다는 얘기다.

독자들의 요구에 부응해 급급히 만들어 내는 글쓰기는 강심 위에 떠서 흘러가는 한낱 거품일 뿐 결코 새로움일 수 없다. 물론 독자가 없는 글은 무용지물이지만 독자의 입맛만을 염두에 두는 글쓰기는 작가 정신의 실종이라고 봐도 틀리지 않는 말일 것이다. 바람직한 작가 정신은 자기 솔직성을 통한 진실 접근과 사회적 도덕성까지를 내포하고 있어야 한다.

첨단만이 새롭고 앞서 간다는 생각은 가벼움을 위한 가벼움을 낳을 뿐이다. 전대 작가들이 새로운 시도를 통해 축적한, 성공한 전대 문학의 천착도 없이 달려가는 글쓰기의 가벼움은 새로움이 아니라 방종이며 치기라고 할 수도 있다.

전통의 발전적 계승을 통해 새로이 태어나려는 노력 끝에 얻어지는 새로움이야말로 또 다른 전통으로 자리 잡을 수 있을 것이다. 새로움 추구에 있어 온고지신이란 말만큼 적절한 표현도 없다고 본다. 옛것을 익히고 그것을 미루어서 새것을 앎이 작가 정신을 이루는 축으로 작용할 때 정말 바람직한 새로움이 얻어 진다고 믿는다.

새로움의 추구는 문학의 생명과 직결되는 필연 현상이다. 이러한 새로움에 대한 당위만 믿고 무작정 떠오를 것이 아니라 자신의 이러한 시도가 본질로 들어가는 일에 걸림돌이 되거나 아예 그 길을 놓쳐 버릴 우려는 없는지 심사숙고하는 시간도 필요하다.

가볍되 결코 가벼이 볼 수 없는 무게 지니기가 새로움이다. 전통을 딛고 일어서서 그것을 다시 거스르는 작가 상상력의 도전성에서 그 무게를 찾아야 할 것이다. 또한 가벼움에 무게를 실어 주는 결정적인 힘은 끊임없이 자기 내면을 파고들어야 하는 작가 정신에서 얻어 진다고 하겠다.

자기 성찰로서의 글쓰기는 솔직성을 담보로 한다. 아픔이 따르지 않는 자기 탐구는 거짓 세계를 만들어 내게 마련이다. 짐짓 자기를 다 벗겨 보이는 것 같지만 실상은 독자의 감성만을 자극하기 위한 사기극은 아닌지 스스로 자문해 볼 필요가 있다.

무거움과 가벼움을 재는 기준이 작가의 자기 성찰 및 그 고뇌의 정도에 있다는 것은 두말할 나위도 없다. 정치가들의 말은 구구절절 애국이고 애족이지만 누구고 그것을 무게 있게 생각하지 않는 것도 자기 내면과의 싸움에서 얻어지는 정직성과 아픔이 그들의 말에 담겨 있지 않기 때문이다.

자기 성찰에 의한 작가 정신이 허약할수록 실험적인 작품 만들기에 열중한다는 말도 있다. 작가의 비범한 사물 통찰과 철학이 뒷받침되지 않는 실험은 일회성 가설극장 세우기와 다를 바 없다.

작가의 통찰력과 독창성이 그 재능과 제대로 만나 최선을 다한 작품은 모두 실험소설이라고 봐도 틀리지 않을 것이다. 실제로 예술의 역사는 실험의 역사라고 할 만큼 지속적인 혁신을 거듭함으로써 당대에는 찬사보다는 비방과 배척을 받는 과정을 거친다. 배척의 이유는 이제까지의 관습적 틀을 깬 전통 거스르기에 있었다. 그러나 전통 거스르기가 일시적인 관심 끌기로 끝날 때 그것은 결코 새로움으로 인정받을 수 없을 것이다.

정보의 시대에 걸맞은 글쓰기의 새로움이 필요한 때다. 과거에 비해 요즘의 젊은 작가들은 지식도 많고 현장 체험도 많은 편이다. 그러나 엄청난 정보를 가지고 시작하는 요즘 젊은 작가들의 글이 전대 작가들이 보여 주었던 눈에 번쩍 띄는 그런 실험 정신의 부재라는 불만은 무엇을 의미하는가.

최근의 신춘문예나 문학잡지를 통해 등단하는 작품들만 보더라도 전 시대의 그것을 넘어서지 못한다는 아쉬움이 크다. 새로운 것으로 보이기 위해 나름의 노력을 한 흔적은 보이나 그 시도를 감당할 만한 역량이 미흡해 보이거나 그 작품 안에 녹아 있어야 할 작가의 철학이 빈약하다는 인상을 지우기 어렵다는 말이다.

6. 등단 혹은 그 제도 운영에 대하여

글이 세상을 향해 나가는 형식이라 할 수 있는 등단 제도와 독자를 만나는 판매 라인에 대해 생각하기로 한다. 한국 문학의 한 형식으로 볼 수 있는 등단과 판매 라인 문제는 우리 문학의 영토 확장 혹은 새로운 영역의 확보라는 측면에서 반드시 짚고 넘어가야 할 문제이다.

요즘에 와서 등단 제도에 대한 재검토가 시급하다는 것을 여실히 느끼지 않을 수 없다. 비로소 문단에 얼굴을 내밀어도 좋다는, 일종의 자격증과도 같은 등단 제도가 있는 나라는 우리나라 말고는 그 예를 찾기 어렵다. 물론 다른 나라의 경우도 작품을 쓴 사람이 보내 온 원고를 출판사가 검토한 뒤 그것을 출판함으로써 문명을 얻는 과정이 있긴 하지만 우리나라처럼 그 통과 제의적 과정을 중시하는 나라는 없다고 본다.

여러 가지 등단 제도의 장점이 활용되기보다는 그것의 권력화 내지 지나친 상업화로 대두된다는 점이 문제다. 글을 쓰지 않으면 안 된다는 표현 욕구의 충족과 좋은 글을 독자에게 연결시킨다는 매개적 역할의 등단 제도를 악용하여 글 쓰는 사람들의 영혼에 상처를 주거나 가치 혼란을 불러일으키는 제도 운영자들의 횡포와 그 질 나쁜 상업주의는 지탄의 대상이 되어 마땅하다.

등단이라는 제도가 참신한 글을 발굴하기보다는 등단에 연연한 사람들을 겨냥한 '등단용 글'을 쓰게 만드는 부정적인 역할을 하고 있다는 지적도 간과해서는 안 될 것이다. 등단용 글쓰기가 있고 이것을 습득하는 곳이 문예창작 교실이란 항간의 얘기는 선의의 제도가 문학 자체를 폄하하고 글쓰기의 신명을 빼앗는 결과를 낳을 수도 있다는 점에서 매우 우려할 만한 일이다.

문학 혹은 문학 행위 주변의 권력화 현상은 어제오늘의 이야기가 아니다. 다만 오늘날엔 그 말들이 노골적으로 표현되고 사실화되어 버렸기 때문에 이제는 피할 수 없는 문제로 대두되었을 뿐이다. 물론 말을 사용해 인간의 정신을 다루는 문학은 권력의 영향력과 맞물릴 수 있는 여러 요인을 가지고 있다. 문학은 때로 정치적으로 혹은 상업주의와 결탁하는 과정을 통해 독자와 만나는 경우가 있기 때문이다.

어떻든 등단 제도의 매너리즘과 그것의 상업화 혹은 권력화 과정이 글쓰기의 영토를 산성화시키는 일은 글쓰기의 즐거움을 찾는 작가들의 상상력 위축과 그 신명을 빼앗는 결과를 가져올 것이 분명하다.

7. 작품의 상업화

문학 작품의 판매 라인이라는 시장성 문제는 우리 문학의 영토 확장과 매우 밀접한 관계에 놓여 있다.

우리의 글쓰기 목표는 우선 쓴 글이 책으로 나오고 책은 팔려야 한다는 당위성을 갖는다. 책을 파는 쪽은 출판사이고 그런 출판사의 입장으로서는 당연히 수지 타산이 맞아야 한다.

책이 잘 팔릴 수 있게 하기 위한 출판사의 전략이 작가에게 부담이 될 수도 있다는 데 문제가 있다. 출판사는 책이 나오기 전부터 문학 저널이나 영향력 있는 논객들의 관심 끌기에 부심한다. 이와 관련해 어느 지면에 발표된 작가 최인호의 칼럼 한 구절은 시사하는 바가 크다 하겠다. "좋은 작품을 쓰기보다 좋은 작품을 쓰는 작가로 인정받으려는 그 어떤 홍보적 방법에도 연연하지 마십시오. 신문에 이름 한 줄 내기 위해 담당 기자들과 우정을 유지하지 마십시오." 이 말은 작가가 작품의 마케팅 전략에 솔선, 동참해야 한다는 부담을 안고 있는 어느 젊은 작가를 향한 일침이다.

글이 경제로 바뀌는 것은 자본주의 사회에선 당연한 일이다. 경제 논리상 작가 역시 책이 많이 팔려야 좋은 수익이 돌아오는 것이고 그것을 거부할 작가는 없을 것이다. 그러나 작가마저 시장 좌판대로 끌어내려는 시장성의 부각이 문학의 영역 확보에 반드시 긍정적이지만은 않다는 것에 문제가 있다. 다시 말해 대중의 입맛만 중요해지고 작가 정신에 의한 글의 격이나 수준은 뒷전으로 밀려날 우려가 크다는 사실이다.

물론 요즘 같은 출판 불황기에 마니아라 불리는 고급 독자를 위한 글만을 끌어안아 달라는 얘기는 아니다. 대중 독자만을 염두에 두는 글쓰기나 그것의 상품화 전략으로 해서 좋은 글쓰기의 신명이, 자칫 무조건 잘 팔리는 작품 쓰기의 재미로 전락할 우려가 없지 않다는 지적이다.

필자는 오래전 어느 문학잡지의 청탁으로 중편소설 하나를 써서 보낸 적이 있다. 교정지를 받아 보니 내가 밀도를 준 부분들이 모두 줄바꿈 표에 의해 헐렁하게 바뀌어 있었다. 즉 하나의 긴 단락을 여러 개의 작은 단락으로 토막 냄으로써 '읽기 좋게' 나열돼 있었던 것이다. 편집자의 그 월권을 항의하자 그 잡지의 발행인이 직접 전화를 걸어와 내 소설이 너무 무거우니 결말이라도 좀 가볍게 고쳐 달라고 주문했다. '내가 거느리고 있는 평론가가 몇이' 있는데 그들 의견도 그렇다면서 자기들이 원하는 대로만 하면 그 잡지가 운영하는 문학상을 줄 수 있다는 언질도 했다. 좀 똑똑한 작가들은 편집자의 의도를 미리 다 알아서 한다는 말도 덧붙였다.

당시 대부분의 작가들은 이따위 편집자의 무례한 의도이자 독자들이 원한다는 그 방향의 개작이나 수정을 단호히 거부한 것으로 알고 있다. 그러나 근래에 와서는 문학관계의 저널이나 출판계의 상업주의를 향해 스스로 깃발을 치켜들고 당당히 걸어 들어가는 젊은 작가들이 많아졌다. 얼마 전까지만 해도 못이기는 척 상업주의에 끌려 들어가던 양상과 달리 요즘은 작가가 아예 발 벗고 독자를 찾아 나서는 시대임을 강변하고 있는 것이다.

어떻든 이러한 등단 제도와 작품 판매 전략의 부정적 구조가 앞으로도 계속 한국 문학의 토양이 된다면 우리의 한국 문학은 추하게 분장한 얼굴로 대낮 거리를 활보하는, 몸 팔기의 문학으로 전락할 밖에 없을 것이다.

8. 새 영토 위에서의 자기 자리 찾기

인간 정신의 운용이 오묘하고 넓은 만큼 문학 역시 그 얼굴의 다양함과 쓰임의 정도가 복잡한 것은 두말할 필요도 없다. 그러나 현상이 본질을 멀리 떠나 있을 때 그것은 다양성이 아니라 쇠퇴의 말기적 징후라 해도 과히 틀리지 않은 말일 것이다.

본질을 외면한 문학은 외피일 뿐 진실과는 거리가 멀다. 한국 문학이 현재 너무 외피 갖추기에만 치중하고 있다는 지적에 귀 기울여야 할 것이다. 깨진 거울이 아닌 온전한 거울을 통해 분장하지 않은 자기 본래의 얼굴을 찾아내는 일에 작가들이 나서야 할 때다.

분장을 통한 독자 끌어들이기가 새로움의 한 방법으로 이해 돼서는 곤란하다. 어떻게 하면 충격적인 글쓰기로 독자를 사로잡을 것인가에 너나없이 연연하는 풍토 속에서는 자기 성찰로서의 글쓰기나 인간 이해로서의 문학이 신명을 얻을 수 없음은 자명한 일이다.

문학이 독자 앞에 너무 초연한 자세로 군림하는 것도 문제지만 스스로 몸을 난삽하게 놀려 독자를 유혹하며 희롱하는 것은 더 좋지 않은 현상이다. 재미를 통한 가르침이라는 문학 원론으로서의 효용성이 그 어느 때보다 절실히 요구된다고 하겠다.

문학은 사람의 이야기를 통해 사람을 이해하고 사람에게 가까이 다가가기 위해 있다. 그런데 문학이 사람 이해에 장애 요인으로 작용하거나 인간 정신을 훼손하는 일이 있다면 어떻게 될 것인가.

오늘의 글쓰기 현장이 하나의 유행처럼 새로움은 곧 가벼움이라는 도식으로 흘러가는 일을 다시 한번 경계한다. 그것이 가벼운 것이든 무거운 것이든 그것을 빚어내는 작가의 고뇌와 아픔이 그 속에 담겨 있을 때 우리의 한국 문학은 '거울 앞에 돌아와 선 누이' 의 얼굴이 될 수 있을 것이다.

자연스러운 화장은 보는 이로 하여금 거부감을 주지 않지만 잘못된 화장은 상대로 하여금 거부감을 느끼게 한다. 특히 짙은 화장은 화장하는 목적을 상실한 채 분장이 되고 만다. 분장은 무대를 염두에 두고 하는 화장이다.

문학의 수명은 조명을 받아야 진가가 나타나는 분장과도 같은 것에 의해서 결정되지 않는다. 분장 밑의 진짜 얼굴이야말로 우리 한국 문학의 희망이고 글쓰기의 참 즐거움을 살려 낼 수 있는 창조 에너지라고 생각한다.

죽은 작가 정신의 부활과 장인으로서의 치열함이 절실히 요구되는 시대다. 이제 작가들 스스로 글을 처음 쓸 때의 그 떨림의 경건한 마음을 되찾아 한국 문학의 새 영토 위에 자기 자리를 굳건히 해야 할 것이다.

9. 내 문학의 새로운 지평을 기대하며

말을 사용하는 작가로서 이 시대의 문학이 지향해야 할 새로운 영토 마련과 관련된 최근의 몇 가지 심정을 술회함으로써 글을 마무리하고자 한다.

작가는 누구나 좋은 작품을 써내야 한다는 강박에 시달리고 있다.

다소 무딘 편이긴 해도 나 역시 그 강박으로부터 자유롭지 못하다. 남이 발표한 좋은 작품을 대할 때면 의기소침해지기도 하고 걷잡을 수 없이 조급해 지곤 한다.

등단하고 곧바로 귀향하여 교직 생활을 하는 동안 정말 단 한 편의 작품을 쓰지 못했을 뿐만 아니라 남의 작품도 읽지 않은 일은 내게 치명적인 사건이었다. 훗날 그것을 각성의 시간이니 비움의 시간이니 하는 말로 미화하긴 했어도 솔직히 그것은 어디까지나 소비의 세월이었고 좌절의 구렁텅이였다.

그 소비의 10년 세월을 통해 내가 터득한 한 가지는 문학이 나를 구원했다는 점이다. 달리 말해 나를 떠났던 문학이 다시 나를 찾아왔을 때 나는 새로이 태어난 느낌이었다.

잃었던 10년을 보상받기라고 하려는 듯 나는 10년 동안 쓰는 일에 모든 것을 바쳤다. 무조건이라고 해도 될 만큼 글 쓰는 일이 즐거웠다. 심한 소화불량증이 글을 쓰면서 씻은 듯 나았고 그 기세를 몰아 누구보다 쓰는 일에 열중했다.

글쓰기는 즐거워야 하고, 오직 그 즐거움을 얻기 위해 감춰진 99퍼센트의 고통을 남들한테 내보이지 않아야 한다는 신념이 어쩌면 남들한테는 내 문학의 엄숙성으로까지 보여지지 않았나 싶다. 작품을 쓸 때마다 이 작품이 내 마지막 작업이 될 것이라는 각오로 모든 것을 쏟아 넣었다는 뜻이기도 하다. 어쩌면 이 이상의 작품은 더 이상 쓸 수 없을 것이라는 절망을 안고 작품 만들기에 몰입했는지도 모른다.

그러나 다시 작품 활동을 시작한 지 10년쯤 지나 나는 그동안 삶의 중심이고 구원이었던 내 문학의 줄을 슬그머니 놓아 버렸다. 글쓰기의 즐거움을 잃은 것이다. 내가 선택한 문학과 그 행위에 대한 회의는 그렇게 주기적으로 찾아와 내 글쓰기의 신명을 빼앗곤 했다. 몰입의 정도가 깊으면 깊을수록 쓰는 행위나 그 결과에 대해 허망했다.

글쓰기에 엄숙하고 치열했던 만큼 그 모든 것이 시큰둥하게 생각되는 시간은 길었다. 내가 전업 작가가 되지 못한 것도 그러한 체질과 무관하지 않을 것이다. 결국은 글쓰기에 대한 장인다운 치열함이나 작가 정신이 다른 작가들에 비해 부족했다는 점을 인정하지 않을 수 없다.

나는 늘 2년이나 3년 정도의 방황을 거친 뒤 다시 글쓰기의 즐거움으로 돌아오곤 했다. 물론 작가는 글을 쓰지 않을 때 작가로서의 정신이 더욱 치열하다는 황순원 선생님의 말씀이 방황하는 내게 위안이 된 것도 사실이다.

어느 작가는 종종 절필 선언을 했다가 다시 시작하는 경우도 있지만 결국 내 경우도 그런 선언을 안 했다 뿐이지 그 심경과 하나도 다르지 않았다는 생각이다.

내가 글쓰기의 신명을 잃고 있을 때 누군가 왜 쓰지 않느냐고 고문하듯 다그쳤다. 그럴 때 내 대답은 간단했다. 글 쓰는 신명이 생기지 않기 때문이다. 그가 다시 물었다. 신명이 생기지 않는 이유는 어디에 있다고 보는가. 대답이 조금 길어진다. 쓰고 싶은 새로운 얘기가 없어서이고 설사 쓸 얘기가 있어도 그것을 표현하는 새로운 방법이 떠오르지 않아서다. 결국 글쓰기의 즐거움은 새로운 것을 보여주는 일에서 시작되는 것이다. 그가 다시 물었다. 당신은 글쓰기에서 새로운 방법은 더 이상 없다고 하지 않았는가.

그렇다. 이미 수많은 사람들이 새로운 글쓰기를 시도했고 나름의 성과를 보았기 때문에 그 어떠한 것도 새로운 것은 없다.

그러면 당신이 찾고 있는 새로움이란 무엇인가.

내가 찾고 있는 새로움은 그것이 새롭다고 믿는 내 마음의 부활을 의미한다. 내가 새롭다고 생각하면 그것이 바로 새로운 것이라는 뜻이다. 이제까지와는 다른 새로운 내용, 다른 방법이라는 확신이 필요하다는 말이다. 그러한 확신이 없을 때 글쓰기의 즐거움은 생겨나지 않는 법이다. 즐겁지 않은 글쓰기를 하는 것은 작가 자신에 대한 죄악이고 독자들을 속이는 사기 행각이라고 생각한다.

그러나 다시 찾은 글쓰기의 신명에 의해 만든 작품이 종래의 내 작품 의도나 방법에서 벗어난 새로움을 가졌다는 얘기는 아니다. 특히 독자들의 처지에서 볼 때 내 작품은 계속 동어 반복이고 그 방법 역시 구태의연하게 보여질 수도 있다. 문제는 독자에게 어떻게 보여지든 그것을 쓴 작가가 자기의 작업이 지금까지의 자기를 버리고 새로이 얻어진 결과라는 확신이 있는 한 그것은 새롭다는 뜻이다. 다시 말해 새로움에 대한 그런 확신이 오기까지 작가가 기다린 시간과 그 고투의 흔적이 작가 정신에 투영돼야 한다는 것이다.

근래 뭔가 달라져야 한다는 생각만큼이나 이제까지의 내 모습을 지켜 내는 일도 필요하다고 생각을 한다. 더 이상 주저앉거나 무너져서는 안 된다는 자기 성찰이 주기적으로 실종되곤 하는 죽은 작가 정신의 부활에 도움이 되리라는 기대를 준다.

더 중요한 것은 내 글쓰기의 신명이 남의 삶을 몰염치하게 훔쳐본 뒤 그것을 어쭙잖은 의미로 단정 짓는, 그 속임수의 말 사용으로 전락하지 않았으면 하는 바람이다.

사실은 작가로서 세상을 바라보는 뒤틀린 심사만큼이나 자신의 글쓰기에 대해 나는 냉소적이었다. 글쓰기야말로 가장 야비하고 던적스러운 광기의 소산이라는 생각에서 벗어나기 어려웠다. 내가 이제까지 내 자신의 얘기를 소설로 써내지 못한 것도 따지고 보면 그만큼 작가로서의 정직성에서 멀리 있었다는 것으로 해석할 수 있다. 내가 늘 안 좋은 시각으로 바라본 젊은 작가들의 자기 베껴 먹기 혹은 발가벗기의 그 한계성 지적도 어쩌면 내 자신의 얘기를 아직 하지 못하고 있는 것에 대한 자기 합리화였는지도 모르겠다.

좀더 따뜻한 시선으로 세계를 바라보고 싶다. 약점을 찾아내기 위한 탐색이 아니라 사람과 그 근원 접근으로서의 눈 깊이를 지니고 싶다. 적응과 타협의 자기 위안이 아닌 좀더 근원적인 문제 천착을 위한 객관화의 눈 찾기라고 해도 좋을 것이다.

물론 작가로서의 내가 그리 쉽게 달라질 수 없다는 것을 잘 안다. 그러나 달라지려는 노력이라도 했다는 그 흔적만이라도 내 문학의 지평 위에 남기고 싶다.

또한 이 기회에 이제까지 내가 무게를 두고 다루던 문제를 어느 때부터인가 쉽게 포기했거나 가벼이 보기 시작한 내 현실 인식의 가벼움 혹은 그 대책 없는 변화에 대해 다시 한번 반성한다. 이러한 반성이 한국 문학이 필요로 하는 새로운 영토, 그 지평 위에서 벌이는 자리다툼에 끼겠다는 것을 선언하는 도전적 작가 정신의 부활이길 기대한다.

글쓰기의 즐거움을 찾아서

내가 좋아서 선택한 글쓰기가 즐겁지 않다면 그것은 불행한 일일 것입니다. 그런 면에서 저는 행복합니다. 글 쓰는 일이 즐겁기 때문이지요. 즐겁지 않았다면 이제껏 긴 시간 동안 글쓰기를 계속해 오지 못했을 것이라는 생각을 합니다. 글 쓰는 일이 즐겁다고 말하는 일은 작가로서 독자들에게 가장 정직한 모습을 보이는 것이지요.

신춘문예라는 어려운 관문을 통과한 어떤 분은 그 당선소감을 통해 글쓰기가 이처럼 고통스러웠다는 것을 구구절절 늘어놓고 있었습니다. 철철 피를 흘리고 생명을 깎아 내는 것 같은 엄청난 고통을 감수했기에 오늘 같은 영광이 있다는 얘기였지요. 등단의 과정이 그처럼 고통스러웠다는 것으로 이해는 되지만 그 문맥은 어디까지나 글쓰기의 고통으로 전해졌던 것이지요. 고통을 통해서 즐거움으로 들어갔을 뿐이지, 글쓰기 자체가 고통스럽다고 말하는 것은 정직한 표현이 아니라는 생각 때문이지요. 작은 글쓰기에서부터 큰 글쓰기, 전문적인 글쓰기나 아마추어적인 것에 이르기까지 그것이 즐겁지 않다면 더 이상 쓰는 일을 그만두라고 충고하고 싶습니다.

글쓰기는 고통을 통해 즐거움으로 가는 것

나는 문학을 공부하는 분들에게도 가끔 이런 얘기를 합니다. 왜 글쓰기의 고통스러움을 남들한테 내보이는가. 자기가 하는 글쓰기가 고통스럽고 힘들다는 것을 남들이 알아주기를 기대하지 말라. 이렇게 귀중하고 어려운 글쓰기를 하는 자기 내면의 수고를 남들한테 내보이는 일만큼 어리석은 일이 없다고 생각합니다.

물론 글쓰기가 쉽지는 않습니다. 문제는 글쓰기의 어려움과 그 고통을 토로하는 사람들의 정신 자세가 잘못되었다는 것이지요. 그 표현을 자주 하는 사람을 보면 저 사람은 글을 쓰지 않았으면 좋겠다는 생각까지 합니다. 자기 안에 독하게 품고 있어야 할 것을 함부로 발설하는 그 가벼움에 대한 불만 같은 것이지요. 글쓰기가 즐겁다는 것을 항상 얼굴에 내비치며, 또 실제로 글 쓰는 일이 주저 없이 즐겁다고 말하는 사람만이 진정으로 글을 써 나가는 과정의 절망과 고통스러움을 알고 있으리란 생각 때문입니다.

문인들이 모이는 자리에 가보면 자신들이 겪는 글쓰기의 고통스러움에 대해서, 이론적인 무장까지 해 가며 드러내 보이고자 애쓰는 이들을 봅니다. 하지만 그런 일들은 글쓰기의 본질을 망각한 부질없는 일이라고 봅니다. 모름지기 제대로 된 글쟁이라면 '나는 글쓰기를 통해서 구원받고 있다. 글쓰기는 즐겁다'라고 말한다는 것이지요. 그런 작가 · 시인은 글쓰기의 진짜 고통을 자기가 쓰는 글의 형상화에 쏟아붓느라 말로 고통을 호소할 여유가 없다는 것입니다.

나는 가끔 '왜 쓰는가?' 하는 물음을 내 자신에게 던지곤 합니다. 내가 즐기고 있는 이 일의 정체에 대한 물음인 것이지요. 이 물음이 반성처럼, 혹은 고문처럼 이루어질 때 비로소 내가 선택한 글쓰기에 의미가 부여되고 그 당위를 확인하게 됩니다.

쓴다는 일에 대해서 그저 당연한 것으로 여기고 넘어갈 것이 아니라, 가끔은 이렇게 스스로에게 물어볼 필요가 있습니다. 그럴 때마다 내가 내놓은 대답은 한결 같습니다. '즐거우니까 쓴다.' 그것입니다. 나한테는 글 쓰는 일보다 더 즐거운 일이 없다는 것이지요. 어떤 일에 대해서 일이 안 풀리고 열등감을 느끼다가도, 글쓰기에 몰두하다 보면 이 일이 내게 잘 맞는다는 생각이 드는데 그것이 바로 즐거움이고 구원인 것이지요.

원래 열등감 체질이었던 나로서는 글쓰기가 아니었더라면 그 열등감으로 하여 내가 가진 모든 것이 찌그러지고 형편없이 망가졌을지도 모릅니다. 다행히도 글쓰기가 내 인생의 목표로 선택되면서, 그 열등감이 작으나마 창조적인 에너지로 빛을 보게 된 게 아닌가 생각됩니다.

사람은 자기의 모든 것이 하나도 찌그러지지 않은 완전한 원이기를 바라는데 그 어느 한 곳이 찌그러져 있다는 것을 알고 느끼게 되는 감정이 열등감이지요. 나보다 그것이 더 많이 찌그러져 있는데도 그것을 느끼지 못하는 사람도 있습니다. 그런 사람들이 참 부럽습니다. 아무 고민도 없이 행복하게 사는 것 같기 때문이지요. 그런데 나 같은 경우는 그 찌그러진 것이 그 사람들보다 별 것 아닌데도 죽고 싶다는 충동까지 느끼고 있으니 그게 문제가 아닙니까.

열등감은 감수성의 하나입니다. 열등감이 많다는 것은 그만큼 감수성이 예민하다는 것으로 생각할 수 있을 것입니다. 감수성이 예민한 사람이 시를 쓰고 소설을 쓰는 것이지요. 열등감 체질이 곧 예술가를 만든다는 얘기가 될 수도 있을 것입니다.

열등감은 신체적인 것, 환경적인 것, 자기의 능력과 관련된 것 등으로 나누어 생각할 수 있습니다. 내 경우는 우선 신체적인 열등감에 많이 시달렸습니다. 지금 생각하면 아무 것도 아니지만 초등학교에 다닐 때에는 다른 아이들보다 키가 커서 맨 뒤가 아니면 뒤에서 두 번째 자리에 선다는 것이 그렇게 싫었습니다. 나보다 키가 큰 아이가 전학을 오면 그렇게 좋을 수가 없었습니다. 살맛이 나고 학교 가기가 그렇게 즐거울 수가 없었지요. 살갗이 다른 아이들보다 흰 것도 내 열등감의 하나였지요. 강에서 목욕을 할 때 다른 아이들은 살갗이 거무튀튀하고 건강하게 보이는데 나는 늘 하얗고 여려 보여 그것이 그렇게 창피할 수가 없었습니다. 이렇듯 열등감이라는 것은 느끼는 사람으로서는 심각하지만, 그것을 느끼지 않는 사람에게는 아무 문제도 없다는 것입니다.

우리 나이 때는 전쟁도 치르고 하느라 가정들이 다 빈곤했습니다. 그런데도 유독 우리 집만 가난하다고 느끼는 겁니다. 나는 가난에 대한 열등감이 다른 아이들보다 유달리 강했습니다. 월사금을 단 한 번도 거르지 않고 냈는데도 불구하고 월사금을 몇 달씩 못 낸 아이들보다 더 우리 집 가난을 부끄러워하며 살았다는 것이지요. 다른 애들은 마감 기한이 한 달이 지나 매도 맞고 교실에서 쫓겨나기도 하면서도 아무렇지 않은 겁니다. 그런데도 나는 그 애들보다도 더 가난에 치를 떨었던 기억이 생생합니다. 왜 우리는 이렇게 가난하게 살아야 하는 것인가. 아버지가 저처럼 열심히 일을 하는 데 비해서 벌어오는 돈이 적다는 데 대해 이해가 안 되었습니다. 그러한 열등감은 자연히 세상에 대한 불만으로 바뀌어가게 마련이었습니다. 세상 혐오증에 시달린 것도 그때였을 것입니다.

열등감 체질은 혼자 있는 시간을 좋아하게 마련입니다. 혼자 있는 시간이 많다 보니 생각도 많이 하게 되고 책을 읽는 기회도 많아지게 되었던 것이지요. 감수성이 가장 예민한 중 · 고등학생 시절에 책을 많이 읽게 된 것은 온전히 내가 열등감 체질이었기 때문일 것입니다.

중학교 때 양주동 선생의 독서 얘기에 나오는 말처럼 그야말로 독서를 통한 발견의 기쁨을 맛보게 되었던 것이지요. 마른 솜이 물을 먹듯 책 읽기에 열중한 것입니다. 서서히 단계적으로 거쳐야 할 유 · 소년기를 건너뛰어 갑자기 애늙은이가 된 것도 책 읽기 때문이었을 겁니다. 나는 읍내에 하나뿐인 서점의 단골이었습니다. 하교 때나 일요일 같은 날 그 서점 한 구석을 차지하고 서서 주인의 눈총과 갖은 구박을 모른 척 오직 책 읽기에 열중하는 단골이었습니다. 읽던 책 페이지를 기억해 놓고 다음 날 다시 가보면 그 책이 거기 없었습니다. 내 키가 닫지 않는 높은 곳에 그 책이 꽂혀 있었기 때문이지요. 그러나 나는 안면몰수하고 의자까지 끌어다 그것을 내려 읽었습니다.

내가 돈을 내고 내 책을 처음 산 것은 중학교 2학년을 마친 어느 겨울날이었습니다. 정비석 선생이 쓴 《홍길동전》이었는데 책을 산 즉시 서점 옆 골목의 담벼락에 기대 그것을 읽다가 서점 주인의 여동생한테 도둑으로 몰려 목덜미를 잡힌 채 질질 끌려가는 일이 생긴 것입니다. 내가 책 도둑이 아니란 것이 밝혀졌는데도 서점 주인이나 그 여동생은 어린 내게 사과 한마디 없었지요. 그때 나는 참 많이 분하고 서러웠습니다. 그때 감정이 얼마나 강렬했으면 지금도 그때 솔직하지 못한 어른들을 증오하던 그 기분이 이렇게 생생할까요. 그러나 나는 다음 날 다시 그 서점에 가 책을 읽기 시작했지요. 책 읽는 즐거움이 그만큼 컸다는 것이지요. 내가 그때 책 읽기의 즐거움을 몰랐다면 나는 커서 문제 어른이 되었을 것이 분명합니다. 그런 의미에서 책 읽기의 즐거움은 열등감 체질의 내게 구원일 수밖에 없었던 것입니다.

백일장에 물먹고 공지천 가에 앉아

시골 중학교 촌놈이 조금 큰 도시의 고등학교 학생이 되자 새로운 것이 많이 눈에 띄었습니다. 문예반에 들어간 것도 그 세계의 호기심 때문이었을 것입니다. 더 솔직히 말해 어떤 소속감을 갖기 위해서였습니다. 중학교 때 책을 조금 읽긴 했어도 문학이 뭔지 전혀 알지 못한 상태에서 문예반에 들어간 것은 담임 선생님이 문예반을 맡고 계셨기 때문일 것입니다. 그때 막 등단하신 시인 이희철 선생님이 수업을 하는 도중 창밖을 멍하게 내다보는 모습이 그렇게 멋있게 보였던 것이지요. 아하, 시인은 저렇게 멋있게 보일 수도 있구나 하는 생각이 문예반을 선택하게 되었을 것입니다.

문예반에는 시골 촌놈인 나와는 비교도 안 되게 조숙한, 이미 마빡에 피가 마른 별난 놈들이 많았지요. 책을 좀 읽긴 했지만 형편없이 얼뜬 나와는 달리 그 아이들은 이미 문학 병이 노랗게 들어 있더라 그겁니다. 나는 그 아이들에게 매료되어 치기를 수놓는 문학적 방종을 시작했습니다. 막소주를 양동이에 받아 놓고 풀빵을 안주삼아 냉수 마시듯 퍼마신 뒤 고성방가하며 시내 뒷골목을 헤맸던 것이지요.

문학을 빙자해서 그렇게 어울리는 어느 날 내 존재가 한없이 왜소해지는, 어떤 일깨움의 사건이 일어났지요. 잠깐 나를 떠나 있던 열등감이 정면으로 내 정수리를 내려친 것이지요. 그때는 중 · 고등학생들이 참가하는 백일장이 꽤 많았습니다. 문예반 선생님은 우리 문예반 애들을 서너 번 백일장에 내보냈지만 기분 나쁘게도 나는 백일장에서 단 한 번도 입상을 못했다는 사실입니다. 그 흔한 장려상도 한 장 못 탔지요. 남의 글만 열심히 읽었지 내 글쓰기의 즐거움을 제대로 알지 못했기 때문인지도 모르지요. 백일장에 입상 못한 건 내게 글재주가 없으니까 그런 거라고 덤덤히 받아들이긴 했어도 그 일이 나를 꽤 의기소침해 하게 했던 것은 어쩔 수 없는 일이었지요.

그날도 백일장에 나가기로 돼 있는 우리 문예반원들은 다른 아이들이 교실에서 공부를 하는 시간 교무실 앞에 모여 선택받았다는 느낌 속에 희희낙락하며 선생님이 나오기를 기다리고 있었지요. 잠시 후 교무실에서 나온 선생님이 나를 비롯한 다섯 명 정도의 아이들 이름을 불러 따로 세웠습니다. 그동안 백일장에 나가 단 한 번도 입상을 하지 못한 네 놈들은 교실에 들어가 수업이나 받으라는 것이었지요. 선택받은 아이들은 열외로 밀려난 우리를 향해 손을 흔들며 교문을 나가고 있었어요. 그때 나는 참 비참했습니다. 나처럼 열외로 밀려난 다른 아이들은 교실로 올라가는 대신 학교 울타리의 개구멍을 통해 빠져나간 뒤 서로 얼굴도 마주치지 않은 채 뿔뿔이 흩어지더군요. 나 역시 그 개구멍을 통해 학교를 빠져나와 소양강 변 공지천으로 터벌터벌 걸어갔다 그겁니다.

공지천에 가서 흐르는 물을 내려다보고 앉았으려니 느닷없이 울음이 터지더군요. 형언하기 어려운 비애의 울음이었지요. 그것은 한낱 백일장에 나가지 못했다는 그 열패감을 넘어서는 어떤 내 근원 어디엔가 고여 있던 서러움 같은 것이었어요. 나는 봄날의 그 햇볕 속에서 열아홉 그 나이에 느낄 수 있는 인생의 커다란 비애를 만끽하고 있었던 것입니다. 그때 내가 신앙을 가진 사람이었다면 그 엄청난 덩어리로 밀려드는 비애를 성령의 역사쯤으로 받아들였을 것이 분명합니다.

그 비애의 봄날 나는 철길을 따라 걷다가 또다시 주저앉아 울었지요. 그 눈물 속에서 문득 그것을 보았던 것입니다. 철길 밑에 있는 두어 개 움집입니다. 그것은 하나의 놀라운 발견이었습니다. 내가 그때까지 단 한 번도 관심을 두지 못했던 또 다른 삶이 거기 숨쉬고 있었기 때문입니다. 책가방을 둘러맨 어린 아이 하나가 그 움막 속으로 들어가는 것을 본 것이지요. 그리고 조금 있다가 그 아이와 함께 얼굴이 일그러진 문둥병 환자가 하나 나와 볕 쪼임을 하는 겁니다. 그 부자를 본 순간 나는 이제까지의 비애를 황급히 걷어 내지 않을 수 없었지요.

그 며칠 뒤 나는 그 문둥이네 얘기를 머리 속에서 상상으로 만들어 내기 시작했지요. 60장 분량의 소설을 만들어 문예반 선생님 몰래 학원사의 제6회 학원문학상에 응모했지요. 운이 좋았지요. 내가 처음으로 쓴 소설 〈산에 오른 아이〉가 학원문학상에 응모한 고등학교 학생부

작품 350여 편 중에서 3등으로 입상한 겁니다. 그때 조해일, 황석영, 양문길 작가 등이 함께 입상했던 것으로 기억합니다.

백일장 참가 대열에서 밀려난 그 열패감은 그것으로 충분히 보상받은 셈이었지요. 그 일을 계기로 나는 작가로서의 길을 선택하기로 작심하게 되었겠지요. 글쓰기의 즐거움이 열등감을 어떻게 내팽개치는가를 체험했기 때문이지요.

자기가 남보다 못났다고 생각하는 감정은 강한 자존심을 동반하면서 그것을 극복하려는 여러 가지 징후를 드러내는 법이지요. 약한 사람이 허세 부리듯 혹은 저능아가 외고집장이가 되는 것처럼 열등감을 보상받기 위한 방법으로 어떤 출구를 찾게 마련이라는 것이지요. 그것은 다소의 공격성을 띄면서 맹렬히 타오르지요. 열등감이 어느 순간 창조 에너지로 바뀌면서 사람들은 비로소 새로이 태어나는 것을 느끼게 됩니다. 즉 열등 에너지는 자기 자신의 온전한 부분까지 모두 써버리게 할 수도 있지만 반대로 그 열등한 부분을 잘 다스리면 놀라운 에너지가 발생된다는 얘깁니다.

성공했다는 사람들의 자서전이나 전기야말로 자신의 열등감 인식 과정과 그것의 극복 과정을 보여주는 기록이라는 것을 확인하기 어렵지 않을 것입니다. 열등감을 감추기 위한 보호막으로써의 출구 찾기가 결국은 창조 정신으로 이어진다는 것의 확인인 셈이지요.

문학의 첫걸음은 정확한 문장과 풍부한 어휘

문제는 작가가 되려는 나에게 어휘력과 문장력이 형편없다는, 치명적인 열등감에서 벗어나기 어려웠다는 것입니다. 실제로 나는 말을 할 때 어휘력이 많이 부족하고 말의 조리가 잘 안 선다는 것을 어렸을 때부터 알고 있었습니다.

나한테 어휘력이 부족하고 문장력이 없다는 것을 결정적으로 일깨워 준 두 분이 계십니다. 앞에서 얘기한 고등학교 때 문예반 선생님과 대학교 때의 은사 황순원 선생님이었지요. 문예반 선생님은 과제로 내가 써낸 글에다 밑줄까지 그어 놓고 너는 낱말도 제대로 알지 못한 상태에서 글을 썼다며 심하게 나무라셨지요. 지금도 기억하는 것은, 내 글 중 '그는 황혼에 긴 그림자를 끌면서 강둑을 걸어가고 있었다' 라는 표현이 있는데 황혼에 뭔 그림자가 생기느냐고, 정확한 어휘 구사가 필요하다는 것을 역설하셨지요. 〈산에 오른 아이〉란 작은 소설을 쓸 때 이를 악물고 생각한 것이 선생님이 지적하신 어휘력 없다는 말이었지요.

내가 대학에 들어와 처음으로 쓴 소설 한 편을 황순원 선생님께 건넨 것은 2학년 가을쯤이었습니다. 한 달이 좀더 지난 어느 날 나는 선생님으로부터 그 소설을 돌려 받았지요. "잘 썼드구만." 작품을 건네주시며 하신 이 한마디로 나는 하늘을 얻은 기분이었습니다. 그러나 자취방에 돌아와 흥분된 상태에서 원고를 펼쳐 본 나는 정말 부끄러웠습니다. 원고 곳곳이 선생님의 연필 글씨로 고쳐져 있었던 것입니다. 주술 관계가 맞지 않는 문장은 줄이 쳐 있었고 적절치 않은 낱말 하나하나가 지적된 뒤 모두 다른 말로 고쳐져 있었던 것입니다. 내 문장이나 어휘력이 형편없다는 것을 다시 한 번 크게 일깨워 주신 사건이었지요.

작가가 된 뒤에도 이 열등감은 여전했습니다. 작가로서 내게 가장 열등한 부분이 어휘력 부족과 문장 구사력이라는 생각은 쓰는 일에 대한 절망을 안겨 주곤 했지요. 모처럼 구상된 이야기가 원고지만 펴놓으면 캄캄 막혀 버리는 겁니다. 막상 쓰는 일에 몰입하고도 뜻대로의 문장 구사가 되지 않아 파지를 수없이 낼 수밖에 없었지요. 마음에 드는 문장을 만들기 위해 다시 고쳐 쓰는 작업을 할 때마다 단 한 장의 파지도 없이 술술 끝까지 글을 써 완성한다는 귀재연하는 동료 작가들에게 기가 죽곤 했지요. 그렇게 기가 죽은 상태에서 오기처럼 뻗쳐 나는 생각이 있었지요. 별 어려움이 없이 대번에 술술 써낸다는 그 작가의 문장은 그런 유의 낮은 독자일 것이고 내가 만나려고 하는 독자는 보다 격이 다르다는 생각이었지요.

나보다 한 수 위에 있는 독자들을 위해서 나는 최선을 다하고 있다는 생각이 어휘력과 문장력에 대한 열등감을 어느 정도 극복케 했지요. 나중에 확인해 보니까 다른 작가들도 사실은 다 나만큼 고투하는 가운데 자신의 문장이 만들어지고 있음을 확인할 수 있었지요. 조세희 작가가 단 한 문장을 위해 하룻밤을 새우기도 한다는 말이 시사하는 것은 매우 크다고 하겠습니다.

적절한 어휘를 찾기 위해 국어사전 등을 뒤지는 과정에 터득한 것은 내가 보다 좋은 어휘를 찾아 쓰는, '언어 다루는' 그 일을 즐기고 있다는 것이었지요. 일종의 장인 정신, 그 신명이 바로 거기에서 비롯된다는 일깨움이었던 것입니다. 언어의 조탁, 혹은 문장 구문에 대한 긴장이야말로 내가 글을 쓰는 즐거움의 빼놓을 수 없는 부분이라는 확신 같은 것이었지요. 어떻든 적절한 어휘를 찾고 그것을 구사하는 과정의 그 고통스러운 작업이 내가 선택한 문학의 길에서 없어서는 안 될 아주 중요한 부분이라는 그 평범한 진리를 신봉하다 보니 나는 어느 날 비교적 적확한 문장, 풍부한 어휘 구사를 하는 작가라는, 내 열등함이 내 문학의 특장으로 인정을 받기에 이를 수 있었다는 것입니다.

그러나 나는 스타일리스트가 아닙니다. 나의 열등한 부분을 극복하는 과정에 터득한, 언어가 모든 것을 해 준다는, 언어에 대한 작가로서의 신뢰와 그 경외심을 중시할 뿐 결코 언어구사 자체의 재미에 탐닉한 것은 아니라는 것이지요. 이것은 내 문학을 이루는 그 방법을 사랑하는 것이지 그 방법 자체에 내가 매어 있지는 않다는 것이지요.

어떻든 어휘 혹은 문장에 대한 내 관심은 내 나름의 스타일을 갖기 위한 노력으로 이해해도 좋을 것입니다. 나는 좀 더 함축적이면서 긴장감 있는 문체를 좋아합니다. 때로 시적 분위기를 자아내는, 산문 문장이 수용할 수 있는 최대한의 음악적인 율조도 생각합니다. 신념의 투사를 가능케 하는 의지적인 문체를 구사하고 싶다는 욕심도 큽니다. 가능하면 작품마다 그 작품의 분위기가 필요로 하는 문체를 구사하고 싶습니다. 실제로 내 나름으로는 각 작품의 배경이나 이야기 구조에 따라 호흡을 달리 해 왔다고 생각하지만 그 결과는 별로더군요. 어떻든 그 한 예로 연작 장편 《길》의 경우 여섯 편의 중 · 단편의 문장을 의도적으로 달리하려고 노력한 작품이지요. 독자들이 그 즐거움을 알아주지 않아도 작가는 글쓰기의 신명을 그런 것을 통해 얻어 낸다 그런 얘기지요.

나는 우리말 부사어 중에서 의성 · 의태어 등의 첩어 활용에 재미를 느낍니다. 특히 소리와 모양을 흉내 내는 말들은 작가가 얼마든지 만들어 써도 좋다는 생각에서 등단 작품 〈동행〉에서 모음 없이 쓸 수 있는 웃음소리를 시각화시키는 즐거움을 찾기도 했습니다. 헤헤, 후후,

흐흐, 쿡쿡 등과 다른, 다소 자학적인 음울한 이미지의 웃음소리 ㅎㅎㅎ,ㅎㅎ을 발상한 것이 바로 그것이지요.

나뿐이 아니라 모든 작가는 되도록 정확한 문장, 좋은 문장을 쓰기 위해 노력합니다. 그러나 좋은 문장이 꼭 기존 문법에 맞는 문장을 의미하지는 않습니다. 어쩌면 기존의 문법을 충실히 지키는 동시에 부단히 그것을 깨려는 시도의 참신한 어휘 구사나 좀 독특한 구문 만들기가 문학에 있어 필요한 정확하고 좋은 문장이 될 것입니다. 정확한 문장보다 더 필요한 것은 내 목소리, 내 말투로 하고 싶은 말을 보다 실감나게 표현하는 작가 고유의 스타일 갖기라고 하겠습니다.

상상하는 즐거움

다음은 글쓰기의 핵이라고 할 수 있는 상상에 대해서 얘기하고 싶습니다.

문학은 전적으로 상상의 산물입니다. 상상은 관념적인 것을 구체화하는 힘이지요. 즉 어떤 사물을 가지고 하나의 의미 있는 형상을 만든다는 것입니다. 상상은 기억을 재료로 하기 때문에 현실 생활에서 어떤 사물과 만났을 때 잠자고 있던 그것이 불현듯 피어오르게 됩니다. 그러나 단순한 경험의 재현은 진정한 의미의 상상이 아니라 그저 기억을 살려 내는 정도밖에 안 됩니다. 예술에서 필요로 하는 상상은 그 기억이 현실의 어떤 사물을 꼬투리로 해서 새로이 뭔가를 형성해 내는 힘이어야 한다는 것이지요.

고등학교 시절 문예활동을 함께 하는 친구 하나가 환갑이 다 되어 소설 하나를 썼습니다. 읽어 보니 어린 시절 문학적 재능도 상당하던 친구라 내용도 좋고 문장도 괜찮은데 결정적인 흠이 과거 체험의 서술에 끝나고 말았다는 아쉬움이었지요. 유년 시절의 그 각인된 체험들이 상상의 힘에 의해 형상화되지 못했다는 얘기입니다. 솔직히 말해 소설은 어차피 거짓말이고 과장이게 마련인데 바로 그 부분을 소홀히 했다는 것이지요. 상상하는 즐거움이 따르지 못했기 때문에 아무래도 글이 다소 답답하고 독자를 사로잡을 수 있는 어떤 긴장감으로 연결되지 못한다는 아쉬움이었지요. 그 친구는 자기가 직접 본 것, 있었던 일을 그대로 재현해 내는 일에 즐거움을 느꼈을 뿐이지요. 자신이 보지 않은 그 부분에 대해서 상상으로 예측하고 예언하는 즐거움만 따랐다면 그 글은 정말 좋은 글이 되었을 것이 분명하지요.

마을에 병사들이 들어와 젊은 여자를 찾습니다. 자기들 대장이 여자를 잡아 오라고 했기 때문이지요. 젊은 여자가 있는 집에서는 아예 숨어 버리거나 무슨 큰 병에 걸린 것처럼 얼굴을 싸매고 누워 있어야 하는 상황이 벌어집니다. 어린아이인 작품의 화자가 본 집에서도 젊은 여자 얼굴에 물을 끼얹어 열병을 앓는 것으로 위장해 위기를 모면합니다. 여기까지가 있었던 사실이지만 소설 쓰는 즐거움은 바로 이 부분에서부터 얘기가 새로이 시작돼야 한다는 것입니다. 아이는 건빵을 얻어먹기 위해 그 집에서 있었던 일을 병사들한테 고자질을 합니다. 그 일로 마을이 다시 발칵 뒤집히는 거지요. 이래야 얘기가 재미있게 전개되잖아요. 그리고 훗날 그 아이는 그 일로 깊은 죄의식에 빠지게 되고……. 이 부분이 바로 상상으로 이루어져야 한다는 것이지요. 어디선가 그런 일이 벌어졌을 수도 있는, 그 개연성 찾기로써의 글쓰기가 상상하는 즐거움이란 얘기입니다.

공상이나 망상도 상상에 뿌리를 두고 있지만 앞의 것은 현실이라는 개연성과 맞닿아 있지 못하기 때문에 끈 풀어진 풍선과 같은 것이지요. 문학에서 필요로 하는 상상은 일단 독자를 당혹스럽게 한 뒤 고개가 끄덕거려질 수 있는 개연성을 가지고 있어야 한다는 것이지요.

예 하나를 들겠습니다. 서울 살고 있는 어떤 집 할아버지가 시골 작은집에 내려온다는 전갈이 왔습니다. 작은집 식구들은 그 할아버지를 기다립니다. 그런데 온다는 시간이 훨씬 지났는데도 할아버지가 오지 않고 있습니다. 그때 식구들은 모여 앉아 할아버지가 왜 지금까지 아무 소식도 없이 나타나지 않는가에 대해 몹시 궁금해 합니다. 그 궁금증을 풀기 위해 서로 나누는 얘기가 바로 상상이라 그겁니다. 할아버지가 비행기를 타고 오다가 북한에 납치된 거라고 어린 손자가 말합니다. 그러나 그 손자의 말은 너무 황당한 것이라 식구들은 들은 척도 안 합니다. 그 시골까지 비행기 노선도 없을뿐더러 9시 뉴스에도 그런 사건은 없었기 때문에 그 얘기는 그저 황당한 공상뿐이라는 겁니다. 즉 개연성이 전혀 없기 때문이지요. 그 집의 대학생이 말합니다. 할아버지는 친구를 좋아하니까 어디쯤 오다가 버스를 내려서 지금쯤 술 한 잔을 하고 있을는지 모른다고. 그 어디쯤 할아버지 친구가 있다는 근거와 평소 술을 좋아하는 할아버지의 얘기가 그 추측에 힘을 싣습니다. 물론 개연성이 충분하니까 소설이 될 수 있는 상상이긴 합니다. 그러나 소설에서 필요로 하는 상상은 술 마시는 할아버지보다 조금 엉뚱한 구석이 있는 것이 좋습니다. 독자들이 우선 반신반의 할 수 있는 것이어야 한다는 것이지요. 문제는 그것을 감당할 수 있는 개연성이 준비돼 있을 때라야 그 상상은 빛을 봅니다. 그 집의 어머니가 말합니다.

할아버지가 지금 서울에서 이 시골까지 자전거를 타고 오는 중일 줄 모른다고. 식구들이 모두 에……, 하고 그네의 말에 머리를 내흔듭니다. 그러나 어머니가 할아버지가 옛날 사이클 선수였다는 것, 언제고 죽기 전 시골까지 자전거를 타고 내려가겠다는 말씀 등을 예로 들면서 좀 별난 성격의 할아버지가 보여지게 되는 것이지요. 소설이 필요로 하는 인물도 바로 그런 성격의 인물인 것이지요.

작가의 상상하는 즐거움은 자신의 상상 세계에 독자들을 동참시키는 것이지요. 작가가 상상으로 작품을 썼을 때 독자들도 상상에 의해 그 작품 세계를 여행하는 즐거움에 빠지게 됩니다. 그리하여 좋은 소설은 작가와 독자가 상상을 나눠 발휘하는 즉 독자의 몫이 남겨진 작품이라는 것이지요.

대중 통속소설과 본격소설을 구별하는 방법도 그것이 상상의 세계인가, 공상의 세계인가를 따져 보면 금방 알게 됩니다. 즉 독자의 몫으로 무엇인가를 남기는 작품인가 아니면 작가가 독자의 수준을 얕잡아 보고 제멋대로 얘기를 마무리한 것인가에 의해 그것이 결정된다는 것이지요.

소설은 거짓말 이야기입니다. 그 거짓말을 만드는 힘이 상상력입니다. 그 창조성의 상상력을 왜 하필 거짓말을 하는 데 씁니까. 믿게 하기 위해서지요. 지금까지와는 다른 새로운 의미, 새로운 해석, 지금까지의 모든 것을 부인하며 새로이 내보이려는 새로운 가치 새로운 질서를 믿게 하기 위해서 거짓말이 필요하다는 것입니다.

같은 거짓말이라 해도 좋은 문학 작품을 빚어내는 상상력에 의해 만들어진 것은 개연적 진실을 바탕으로 합니다. 그러나 대중 통속소설이

나 일부 텔레비전 드라마 등은 우연성이 많아 진실을 얘기하는 자리에 놓이기 어렵습니다. 일상과 똑같은 말, 똑같은 행동을 하니까 현실성을 띠고 있는 것처럼 보이지만 사실 잘 살펴보면 그 내용이 우연성 덩어리라는 것을 금방 알게 됩니다.

적어도 문학에서 필요로 하는 상상은 우연이 아닌 개연적 진실과 가까이 있다는 것을 독자들 처지에서 잊어서는 안 됩니다. 상상에 의한 글쓰기가 즐겁듯 독자들도 작가의 상상 세계에 동참해 어떤 새로운 의미를 찾아내는 일로 즐거움을 삼아야 할 것입니다.

나의 소설들에게

-가상 유언장

내 이름표가 붙어 있을 뿐 이미 나를 떠나 있는 나의 소설들아.

어쩌면 너희들은 내가 이 세상에서 사라지고 나서야 비로소 나로부터 온전히 벗어난 독립적인 존재가 될는지도 모르겠구나. 이미 내가 살아 있는 동안에도 자기 모습을 부끄러워하며 숨어 버린 것들도 없지 않다는 것을 내 모르지 않는다. 하물며 내가 이 세상에서 사라졌을 때 너희들이 독자들로부터 어떤 대접을 받을 것인가를 생각하는 일만큼 어리석은 일도 없으리라.

중요한 것은 내가 너희들에 대해 평소 어떤 생각을 가지고 있었느냐 하는 것이다. 너희들을 이 세상에 존재시킨 당사자로서의 증언이라고 해도 좋으리라.

문학 소년 시절 열등감 체질인 내게 소설 쓰기는 내 유일한 즐거움이었다는 것을 고백한다. 내가 선택한 소설 쓰기는 생명 현상과 같은 것이었으며 어려울 때 나를 구원하는 가장 확실한 빛이었다.

나의 소설들은 내 꿈의 실현이었다. 내 분신인 너희들은 내가 현실에서 만질 수 없는 것들, 만나고 싶어도 찾을 수 없는 사람들과의 만남의 길이었다.

나를 바닥까지 내동댕이친 것도 소설 쓰기였으며 그 절망의 바닥에서 솟아날 출구를 암시한 것도, 세상살이의 신랄함에서 혹은 방황의 늪에서 나를 가벼이 건져 올린 것도 바로 너희들이었다.

너희들은 내 현실 인식이었으며 거짓된 현실과 타협하지 않아도 되는 하나의 위안이었다. 내가 사랑하는 사람들 앞에 내놓을 수 있는 사랑의 징표도 너희들이었고 나와 사이가 안 좋은 이웃들을 이해하는 일도 너희들을 통해 가능했다.

온전히 내 상상의 산물인 나의 소설들은 맨몸의 나를 감추는 장치이기도 했고 이제까지 누구도 보지 못한 내 안을 드러내 보이는 일에도 제격이었다.

아베, 진호, 기표, 현, 피요학 등 내 분신으로서 나의 소설 속 캐릭터들은 한결같이 음울하고 삐딱하여 세상과 화해하기 어려운 별난 인생들이다.

세상을 보는 내 뒤틀린 심사만큼이나 나는 너희들을 만드는 일에서 그 신명과는 딴판으로 냉소적이었다.

그러한 냉소가 나의 소설, 너희들과의 거리 두기를 가능하게 했다는 생각이다. 그것은 작가의 눈으로 바라보는 너희들이 아니라 독자들의 냉철한 눈 속에 너희를 내던지기 위한 부성 같은 것이었다고 해도 좋을 것이다.

아직도 내 삶의 중심이며 희망인 나의 소설들, 너희들을 만들 때의 그 신명이 내가 이 세상에서 사라진 뒤에도 독자들 가슴에 스며들기를 꿈꾼다.

항상 나보다 앞서 있는 내 독자들을 내가 얼마나 두려워했는가를 너희들이 증언해 주기를 부탁한다.

내가 그처럼 사랑했던 모국어의 몇 구절만이라도, 그 언어에 은유로 담았던 한 시대 작가의 고뇌와 외로움에 대해서도 나의 소설들, 너희들의 담담한 증언을 기대한다.

나는 종이 맛을 안다

—내 문학의 뿌리

1. 나를 떠난 문학 다시 끌어안기

대학 재학 중이던 1963년 등단한 뒤 단 두 편의 단편을 발표한 것을 끝으로 곧바로 귀향, 강원도에서 중 · 고등학교 교사 생활을 하는 만 10년 동안 단 한 편의 작품도 쓰지 못했다. 이유는 간단하다. 문학이 나를 떠났기 때문이다. 소설 쓰는 일보다 더 즐거운 일이 있다고 우쭐대는 나를 비웃으면서.

물론 내가 살아가는 또 다른 길이 있었다. 학생들을 가르치는 교과서적인 삶이 그것이었다. 학생들을 가르치는 일에 보람을 느낀 만큼 높은 사람들로부터 인정도 받았으며 그 일이 그런대로 즐거웠다. 동료 선생들과 격의 없이 어울렸고 잡기 놀이에도 빠지지 않고 끼었다. 그

동안 결혼도 했고 착실한 남편으로, 아이들의 좋은 아버지로 집안에서 희희낙락 뒹구는 휴일을 기다리곤 했다.

한껏 속스럽고 자유분방하게 살고 싶었다. 그렇게 살고 싶은, 온갖 욕심을 거세한 그 생활에 자족할 수 있었다면 나는 얼마나 행복했을 것인가.

그러나 나는 결코 마음이 편치 못했다. 항상 정서 불안 상태로 서성거리는 나를 발견할 때가 많았다. 성냥개비만 손에 쥐면 조각조각 분질러 대는 욕구불만의 상태였다.

속수무책이었다. 문학을 버리려고 안간힘을 썼을 뿐이지 나는 결코 단 한번도 내 속에서 문학을 내몰지 못하고 있었던 것이다. 문학은 그것을 벗어나려고 발버둥치면 칠수록 물먹은 가죽처럼 내 영혼을 옥죄어 들었다. 그것은 내 속의 또 하나의 나가 교과서적인 나를 배반하기 위해 음모를 꾸미고 있었기 때문이다.

글과 담을 쌓고 산 그 10년은 그야말로 형벌의 세월이었다. 그것은 나 자신을 기만한 거짓 삶이었다. 이때까지 남들한테 보이기 위해 내걸고 다닌 교과서적인 내 안 쪽의 나는 그처럼 부단히 방황하고 있었던 것이다.

그리하여 혼자 있는 시간이면, 너는 왜 아직도 그처럼 글쓰기에 연연하고 있는가, 그렇다면 왜 다시 시작하지 못하는가……. 그렇게 나를 고문하곤 했다.

그러던 중 1972년, 은사 조병화 선생님의 주선으로 직장을 서울로 옮겼고 그동안 애써 피해 왔던 문학 동네 사람들과도 만나는 일이 잦아졌다.

가뜩이나 서울 생활에 적응하지 못해 괴로운 판에 만나는 사람마다 왜 소설을 쓰지 않느냔 질책 앞에 나는 한없이 왜소해지고 있었다.

서울 생활을 시작하면서 곧바로 신경성 소화불량증에 걸렸다. 체중이 형편없이 가벼워지면서 수업 중에도 끄억끄억 트림을 해 대며 답답한 가슴을 고향 쪽으로 향한 채 귀향만을 꿈꾸었다.

그러나 서울에 올라온 지 1년 반쯤 지나 다시 소설을 쓰기 시작하면서 내 소화불량증은 씻은 듯 가셨다. 실로 어둡고 긴 터널을 10년 만에 빠져나와 햇빛 속에 선 기분이었다.

솔직히 말하자. 소설 쓰는 일이 나를 구원했다. 다른 어떤 일보다 소설 쓰는 일이 나를 즐겁게 했다는 얘기다. 소설을 쓰지 못하고 있던 10년 세월을 통해 나는 문학은 여가도 객기도, 그렇다고 먹고 사는 방편은 더욱 될 수 없다는 것을 터득한 것이다. 문학은 스스로 택한 고행의 길이며 거짓 삶으로부터 나를 건져 올리는 유일한 출구라는, 지금까지 나를 기만했던 허상과의 치열한 싸움에서 얻어 낸 이 늦은 깨우침을 통해 나는 문학을 내 삶의 가장 중심부에 놓는 일에 모든 열정을 쏟았다.

가끔 당신은 무엇을 위해 소설을 쓰느냔 질문을 받는다. 대답이 쉽지 않다. 나는 어떤 목적을 위해 소설 쓰기를 선택한 것이 아니기 때문이다. 소설 쓰기, 그것은 내가 숨 쉬고 말하는 것과 하나도 다르지 않은 하나의 생명 현상 그 자체일 뿐이다. 내가 소설을 쓰는 일은 어떤 무엇을 위해서가 아니라 쓰는 일 그 자체에 비중을 두는, 문학을 통한 신명 찾기라고 할 수 있다.

소설 쓰는 일이 그저 즐겁다. 이 즐거움보다 더 즐거운 일이 있다면 기꺼이 나는 그쪽을 선택할 것이다. 중학교 때 어렵게 얻은 낡은 하모니카를 밤낮 없이 입에 물고 누가 듣건 말건 입술이 부르트도록 그것에 도취했던 적이 있다. 나는 그런 열정으로 소설 쓰는 일에 미쳐 왔다. 하모니카의 음색 고르는 그 묘미에 빠지듯 쓰는 즐거움에 빠진 것이다. 좋은 작품을 쓰고 싶다는 강박감, 작품을 구상하는 과정의 괴로운 시간들, 그리고 체력과의 싸움인 그 지겨운 집필의 노동까지도 쓰는 즐거움으로 용해되었다.

글 쓰는 즐거움이 바로 내 삶의 과정이며 목적인 셈이다. 물론 쓰는 즐거움은 자기 드러내기, 혹은 자기반성으로서의 책임, 더 나아가 나 개인의 문제와 내가 살고 있는 사회 문제와의 균형 속에서 이루어져야 한다는 어떤 소명 의식과도 무관하지 않았다. 그것은 교과서적인 내가 이 세상을 살아가는 데 가장 적합한 보호색으로 교직을 선택했듯 소설 쓰기는 외설 잡지의 난삽한 기사처럼 내 내면 욕구의 분출에 적합한 것으로 선택된 것이기에 그것 나름의 거름 장치가 바로 글쓰기의 책임, 혹은 반성에 따른 현실 인식의 필요성이었던 것이다.

어떻든 교직의 길과 소설 쓰기, 그것은 남들에게 보여지는 내가 보여지지 않는 나와 손을 잡고 내 인생을 엮어 가고 있는 씨줄과 날줄이라고 생각해도 좋을 것이다.

그러나 나는 이 두 개의 길을 걷는 과정의 수없는 회의와 갈등 해소의 방법으로 하나의 완충지대를 필요로 했다. 어느 한 쪽의 패배도 없이 원만한 공존 혹은 서로 보완관계로서의 발전을 생각할 수 있는 그런 시간과 공간이 필요했던 것이다.

1985년 봄, 서울 탈출이 그 일을 더욱 구체화시켰다. 거기 자연이라는 오솔길이 있었던 것이다. 때로 그것은 글쓰기의 즐거움에 비견할 수 없는 즐거움으로 내 영혼을 사로잡았다. 자연은 그냥 바라보기만 해도 위안이었다. 주기적으로 찾아오는 그 지랄 같은 글쓰기에 대한 회의가 찾아올 때도 자연은 나를 반겼고 교단생활에 대한 염증이 생길 때도 나는 자연 속에서 충전 받을 수 있었던 것이다.

자연과의 만남은 확실히 사람들과의 그것과 달리 항상 덧셈이었다. 나 아닌 나와 내가 되고 싶은 나가 완전한 화해를 하는 곳도 바로 자연이었다. 나는 자연 속에서만 두 개의 내가 아닌 온전한 하나의 나로 설 수 있었다.

이제 소설을 쓰고 싶은 열정 버리기도 또는 그 열정을 되찾는 일도 오직 자연만이 주관할 수 있다고 믿는 단계에까지 와 있다고 하겠다.

존재 근원으로서의 자연, 세계 생성과 그 인식 구조로써의 자연은 이제 내 문학과 삶을 주관하는 유일한 길이며 내가 찾아가는 그 집인 것이다.

2. 내 소설의 뿌리 찾기

초기 내 소설의 관심은 한마디로 오늘의 삶을 어둡게 만들고 있는 원인 찾기라고 할 수 있다. 6 · 25라는 민족 수난으로 만들어진 껍질에 대한 관심일 것이다. 그 껍질을 뒤집어쓰고 있는 아버지 찾기, 우리의 뿌리 혹은 힘의 근원이라고 생각한 아버지와의 화해나 그 반대의 현상을 통해 현실을 제대로 인식하자는 것이 작품을 만드는 과정에 형성되는 작품 의도라고 할 수 있다. 고통 받는 삶 자체가 역사라는 인식은 전쟁이나 어떤 수난기에 숱하게 나타나는 영웅이나 지사들에 대한 거부감을 가져오게 마련이다. 그것은 어떤 명분을 위해 작은 것의 희생을 요구하는 힘의 비인간적 권위와 폭력, 그리고 정치꾼들의 파렴치에 대한 혐오라고 할 수 있을 것이다.

위선과 교활한 지혜는 더욱 질 나쁜 폭력이라는 것을 말하기 위한 소설 쓰기가 내 두 번째 관심 세계이다. 그것은 은폐되는 진실에 대한 분노라고 할 수 있다. 그 분노가 제대로 표출되지 않은 상태에서의 억압은 광기를 가져오게 마련이다.

다시 내 관심은 광기를 지닌, 별난 인생들로 옮겨진다. 성공하지 못한 악이 내가 즐겨 다룬 광기라고 할 수 있다. 그 광기는 한때 내 작품의 주요 모티브가 되었던 6 · 25적 악령이 좀 더 구체적인 모습으로 현현된 것이라고 보아도 좋을 것이다.

문단 데뷔 작품 〈동행〉의 주인공 최억구는 6 · 25 때 부역자로서 10년여의 형기를 마친 뒤 고향으로 돌아가는 도중 살인을 한다. 자신의 부친 무덤에 가 죽을 것을 작정한 최억구의 눈길 속 귀향은 현실의 암담한 상황 인식이라고 할 수 있다. 단편 〈맥〉의 최만배와 그의 아들 진호의 귀향, 중편 〈하늘 아래 그 자리〉의 마필구 노인과 화자 나, 중편 〈아베의 가족〉의 진호의 귀향 등이 모두 귀소 의지를 모티브로 하고 있다. 이들의 귀향은 지금까지 잊고 있었던 자기 찾기이며 현실인식 그 자체라고도 할 수 있다. 어쩌면 그것은 힘의 근원으로의 아버지 찾기, 뿌리 확인이며 분단으로 인해 파괴된 민족의 동질성 찾기로 확대 해석해도 좋을 것이다. 일그러지고 부도덕하게 오염된 현실을 인식함으로써 작품의 주인공들은 어느 날 문득 이제까지 망각하고 살아온 자신의 과거 내지는 어떤 상흔의 진원에 접근하게 된다.

자아와 현실이 비로소 만나는 그 자리에 아버지가 있다. 오늘의 삶을 부도덕하게 오염시킨 주범으로서의 아버지가 극복해야 할 대상으로 등장하는 것이다. 그네들은 고향에 돌아감으로써 비로소 화해하거나 아니면 더 심한 반목의 갈등으로 치닫게 되는 것이다.

내 소설을 고향 상실 시대의 부계 문학으로 보는 견해에 동의하게 되는 것도 힘의 근원으로서의 아버지를 떠올리는 그러한 인식의 중요성에 있다고 하겠다. 아비지의 권위 추락 및 그 힘의 생성 가능성 확인 등이 바로 분단 상황에 대한 인식으로 이어지기 때문이다. 그리하여 아버지는 세계 인식의 귀중한 잣대라고 보아도 좋을 것이다.

6 · 25적 소재를 다룬 내 소설의 가시적 주제 접근은 피상적 이데올로기에 의한 위해의 희생자들에 대한 깊은 연민에서부터 시작하고 있다. 실상 내 작품의 대부분은 이념적 가치관이나 판단을 가지지 못한 무지렁이들이 벌이는 시대착오적인 가해와 피해의 악순환이 그 자식들에게까지 넘겨져 치욕적인 삶을 치러 내야 하는 유형무형의 고통과 그 아픔이 자아 인식이란 통과제의에 의해 어떻게 승화된 힘으로 나타나는가 하는 것에 대한 관심 갖기와 그것의 형상화에 바쳐졌다.

나의 역사 인식은 그들 고통 받는 삶 자체가 역사라는 생각에서 비롯된다. 어제의 상흔이 아직 치유되지 못한 사람들의 삶을 추적하는 과정에서 나는 항상 우리의 숨쉬는 역사를 진맥할 수 있었다. 나는 전쟁이나 어떤 수난기에 태어나는 무수한 영웅이나 지사들에 대해 심한 거부감을 가졌다.

위선과 교활한 지혜는 더욱 질 나쁜 폭력이다. 권위주의 또한 내가 싫어하는 폭력이었다. 어린 시절 나는 어른들의 눈에서 살기와 탐욕의 빛을 볼 때마다 치를 떨었다. 단편 〈침묵의 눈〉 속의 형의 광기를 유발한 어른들의 위선과 권위주의는 평소 내가 심판하고 싶었던 세계의 하나였다.

그것은 은폐되는 진실에 대한 분노라고 할 수 있었다. 평소 가졌던 이러한 생각들이 6 · 25적 소재로부터 다른 소재에 대한 관심을 유발시켰을 것이다. 〈돼지새끼들의 울음〉, 〈우상의 눈물〉, 〈왜〉, 〈술법의 손〉, 중편 〈음지의 눈〉 등이 교활한 지혜에 대한 내 나름의 분노를 형상화한 것들이라고 할 수 있다.

나는 정치가나 그와 비슷한 일을 하는 사람들을 좀 심할 정도로 싫어한다. 목소리가 높고 신념이 넘쳐 보이는 그런 제스처에 숙달한 사람일수록 그 껍질을 벗겨 그 실체를 드러내 보이고 싶은 충동을 받았다. 특히 일사분란한 힘과 '우리'를 위한 나의 희생을 강요하는 악랄한 선과 권위에 대한 내 생각은 주로 교단을 배경으로 전개된다.

다시 작가로서의 내 관심은 광기를 지닌, 별난 인생들로 옮겨진다. 중편 〈외딴길〉의 할아버지, 〈썩지 아니할 씨〉의 큰형, 그리고 〈사이코시대〉 등 사이코 시리즈에 나오는 인물들이 바로 이 시대 소시민들이 쌓아올린 이기적 벽 앞에서 어쩔 수 없는 광기로 날뛰지 않을 수 없는 별난 인생들이다.

내가 즐겨 다룬 광기는 성공하지 못한 악의 한 유형이라는 발상에서 출발하고 있다. 때로 필요악이란 말로 그 광기를 미화하기도 했다. 부패와 권태보다는 광기가 한결 창조적이요 인간적이라는 생각에서였다. 어쩌면 그 광기는 한때 내 작품의 주요 모티브가 되었던 6 · 25적 악령이 좀더 구체적인 모습으로 현현된 것이라 봐도 좋을 것이다.

글쓰기에 대한 부정의 정신도 이 연작의 형상화에 이바지했다고 할 수 있다. 사이코 연작을 쓰는 동안의 세상을 보는 뒤틀린 심사만큼이나 나는 글 쓰는 행위에 대해서도 냉소적이었다.

최근 나는 그동안 내가 가볍게 보았던 글거리들을 즐겨 다룬다. 〈플라나리아〉, 〈소양강 처녀〉, 〈온 생애의 한순간〉, 〈이미지로 간다〉 등의 작품을 통해 나는 내 두꺼운 껍질 벗기를 시도하고 있다. 이러한 지각변동은 당분간 계속될 전망이다.

3. 어떻게 쓸 것인가에 대한 관심

내 소설을 두고 엄숙주의라는 표현을 쓴 이가 있었다. 주제 접근의 방식이 필요 이상 엄숙하다는 것일 수도 있고 그 서술 구조의 답답함을 말하는 것일 수도 있다. 그러나 그 엄숙주의라는 말이 마음에 들었다. 작품을 만들기 위한 내 고민이 인정을 받았다는 뜻으로 해석하고 싶었던 것이다.

우리는 흔히 작품을 읽으면서 그 작품 만들기에 바쳐진 작가의 고민 정도를 짚어 작품의 가벼움과 무거움을 얘기하곤 한다. 고민하지 않은 작품에 대한 내 나름의 생각은 다소 편향적이다. 어쩌면 그것은 그 사회 현실이 전혀 짚이지 않은 상태에서의 지나친 개인의 일상사 노출 취향, 혹은 흥미 본위의 상업성 획득을 위한 약삭빠른 발걸음에 대한 거부감일 수도 있다. 그것은 그러한 소설들이 이 시대를 위에서 끌고 간다기 보다 대중 속으로 너무 깊이 침잠해 버림으로써 내가 신봉하는 소설의 수명 연장에 전혀 도움이 되지 못한다는 우려가 크기 때문이다. 그러나 소설의 가벼움과 무거움이란 이러한 이분법적 인식의 관성으로부터 해방되고 싶은 것도 앞으로 내가 쓸 소설에서 주요한 과제로 작용하게 될 것이란 예감도 없지 않다.

내가 신봉하는 소설의 힘은 우선 긴장감 조성이다. 상상을 통한 미적 구조 갖추기에서 긴장이야말로 작가와 독자를 함께 비끄러매는 힘줄 같은 것이라고 생각한다. 작가가 파 놓은 함정 살펴보기, 혹은 계속 던져지는 질문에 독자가 개연성이라는 더듬이로 헤쳐 나가게끔 유도해 나가는 장치가 바로 긴장감 조성이기 때문이다.

긴장을 생명으로 하는 소설일수록 그 갈피 속에 단 한 가닥의 허술한 줄이 눈에 띄어도 그 효과는 반감되게 마련이다. 나는 작품의 구성 단계에서 되도록 여러 유형의 복선을 장치함으로써 그것이 사건 전개에 유효적절한 개연성으로 활용될 수 있도록 추리적 구도를 잡는다.

매력 있는 인물의 창조, 그것이 작가로서의 내가 바라는 최선의 소설 미학이다. 새삼스레 소설이 인간의 탐구라는 말을 떠올릴 필요도 없이 나는 독자로부터 관심을 끌어들일 수 있는 매력 있는 인물 만들기에 부심한다.

매력 있는 인물들의 긴장된 움직임을 되도록 실감나게 펼쳐내기 위한 언어의 선택과 그 문체, 이제 그 표현의 단계에 이르러 작가로서 나는 늘 절망한다. 그러나 바로 이 절망으로부터 내 소설 쓰기의 즐거움은 시작된다고 말하고 싶다. 소설도 예술이라고 믿게 되는 바로 이 시점의 장인 의식이 글쓰기의 신명으로 확대된다는 것을 알기 때문이다.

4. 나는 종이를 씹어 먹는다

나는 담배를 피우지 않기 때문에 쓰는 중간 중간 생각의 줄이 끊어질 때마다 버려진 원고지에다 괴발개발 낙서를 한다. 같은 글자를 수십 번 거듭 쓰는가 하면 갖가지 도형의 추상화의 숲을 이룬다.

집중의 정도가 심해지기 시작하면서 정말 고약한 버릇이 나타난다. 책상 위에 있는 종이를 아무것이나 찢어 이빨로 잘근잘근 씹어서 뱉는 일이다. 어떤 때는 씹던 종이를 그대로 삼켜 버리기도 한다. 버려진 원고지는 물론이고 국어사전 등 찢어서는 안 될 책장들이 무의식중에 찢겨 나간다. 그 버릇을 고치려고 오징어나 쥐포 등을 책상 위에 놓기도 하는데 그런 것은 단 몇 분 사이에 흔적도 없이 사라지기 때문에 별 효과가 없다.

무의식중에 하는 그런 종이 씹기는 때로는 다 써 놓은 원고지를 씹기도 하고 런닝이나 셔츠의 팔소매에 구멍을 내놓기도 한다.

그 버릇이 어디 가랴. 컴퓨터를 이용해 글을 쓰기 시작하면서도 종이를 뜯어 씹는 버릇은 고쳐지지 않았다. 오히려 원고지를 쓸 때보다 책상 주변의 종이를 뜯어 입에 무는 일이 더 잦아졌다. 눈이 모니터에 가 있는 동안 손이 제멋대로 종이를 찾아 나서는 것이다.

문제는 내가 종이를 씹고 있는 사실이 불현듯 느껴지는 순간의 불쾌감이다. 매우 역한 종이 냄새가 느껴지면서 내가 왜 이 버릇을 못 고치고 있는가 하는 자괴심으로 씹고 있는 종이를 얼른 뱉어 버린다. 그리고 나도 모르게 종이를 뜯어 입에 무는 순간 그 사실을 알 때도 있는데 그럴 때도 여지없이 그것을 버리며 내가 다시 이 짓을 하면 사람도 아니라는 생각을 굳히는 것이다.

그러나 그 어떤 결심도 굳어진 버릇 앞에서는 속수무책이다.

어떻든 나는 담배를 피우는 대신 종이를 씹어 대는 버릇을 가진 덕에 누구보다 종이 맛을 안다고 하겠다. 그 빛깔이 희고 질이 좋아 보이는 종이일수록 맛이 고약하다는 것도 알게 되었다. 가장 맛이 괜찮은 종이는 석유 냄새가 적당히 나는 신문지로서 씹을수록 단맛이 난다.

남들이 맛보지 못하는 종이 씹는 맛까지 알게 된, 글 쓸 때의 종이 씹는 이 버릇은 내가 글쓰기를 그만두지 않는 한 영원히 버리지 못할 내 삶의 한 부분이라는 것을 언제부터인가 서서히 받아들이기 시작했다. 이제는 글을 쓰기 위해 책상 앞에 앉을 때는 맛이 괜찮은 종이부터 준비한다.

글쓰기를 통한 자기실현

-토지문화관 문학강연

저는 지금 이 공간에 들어오면서 몇 년 전에 박경리 선생님이 토지문화관을 만드신 그 어려운 과정을 새삼 생각했습니다. 그리고 이 공간에서 1999년 9월 나치정권의 아우슈비츠 비극을 그린 무려 20여 시간짜리 영화 〈쇼아〉를 1박 2일로 감상하던 기억도 있습니다.

어떻든 이 자리에 다시 앉아 바라보니까 이곳이 정말 명당이라는 생각을 하게 됩니다. 제가 춘천의 김유정 문학촌의 촌장을 맞고 있는데 거기 오신 분들이 어떤 데가 명당인가 하는 얘기를 들으면서 공부 좀 했습니다. 춘천의 신승겸 묘라던가 러시아의 바이칼호 등에서 몸을 단정히 하고 손을 펴 기를 받은 이들을 많이 보았는데 그런 데가 바로 명당이라는 것이지요.

지금 여러분들이 앉으신 여기가 바로 명당이니까 기를 많이 받고 가시란 그런 얘기입니다. 오늘 여기 와서 김병언 작가를 만났는데 최근 3개월 동안 이곳에서 2,000매의 원고를 썼다고 합니다. 그게 뭐 쉬운 얘기입니까? 어떤 기가 오지 않고야 쉽지 않은 얘기지요.

저는 대학을 막 졸업하고 여기 원주 홍업이라고 있는데 거기 육민관고등학교에서 국어 선생으로 교직의 길을 시작했습니다.

육민관고등학교 교사 시절 여기 매지리에 낚시도 많이 왔지요. 어떻든 저는 여기 올 때마다 제가 인생 모험을 처음 시작하던 그때의 떨리던 마음을 잊을 수가 없습니다. 교육을 처음 시작할 때의 경건하고 떨리던 마음, 즉 '초심'을 바로 이 고장에서 갖게 되었다는 얘기입니다.

지금은 박경리 선생님이 여기 거주하고 계십니다. 그래서 그런지 저는 이 공간에 올 때마다 제 문학의 흐트러진 마음을 바로잡곤 합니다. 즉 문청 시절의 초심을 되찾는다는 것입니다. 박경리 선생님이 원주 단구동에 계실 때 제가 학생들을 데라고 답사를 다닌 적이 있습니까. 박경리 선생님을 찾아뵈었더니 선생님이 학생들한테 무려 3시간 동안 말씀을 해 주시더라구요. 그때 저도 선생님한테 어떤 기를 받은 거 같아요. 문학을 하려면 독해져야 한다는 얘기를 많이 하는 편인데 그럴 때마다 박경리 선생님 얘기를 한 번도 빼놓은 적이 없습니다. 작가가 되려면 독해야 한다, 그게 어디 쉬운 일이겠습니까. 사람이 살면서 이것도 쥐고 싶고 저것도 쥐고 싶은 게 많지요. 그렇게 쥐고 있는 것 중 하나만 남기고 나머지는 다 버려야 그 하나를 온전히 쥘 수 있다는 것, 그게 바로 독하다는 것이지요. 박경리 선생님은 오직 한 가지만 쥐셨던 분이지요. 여기 계신 관장님이 따님이신데 더 잘 아실 겁니다.

요즘 저는 가끔 혼자 이런 생각을 합니다. 내가 글쓰기를 시작한지 오래 되었구나. 그리고 세상도 많이 변했다는 것을 생각한다는 얘깁니다. 요즘 용어로 하면 아날로그 시대에서 복잡한 디지털 시대로 변했다는 건 한 작가로서도 감당하기 벅찬 일이지요.

지금 우리는 누가 뭐래도 아날로그 시대가 아니라 디지털 시대를 살고 있습니다. 그런데 저는 디지털 시대에 향수처럼 아날로그 시대의 글쓰기를 그리워하고 있습니다. 그 시대에는 그저 열심히 쓰기만 하면 되었지요. 진실하게 쓰기만 하면 되었다는 것이지요. 그 시대에는 깃발을 들고 "난 작가다. 내 것을 읽어 달라. 난 이렇게 나를 까발렸다." 이렇게 세상을 향해 달려 나가는 것이 아니라 그냥 진실하게 치열하게 쓰기만 하면 독자들이 찾아왔다는 겁니다.

그런데 지금은 완전히 달라졌지 않았습니까? 지금 작가들은 자기 스스로 뛰어가면서 자기와 자기 작품을 홍보하는 방법을 찾아야 한다는 것이지요.

인터넷 시대 혹은 정보화 시대의 글쓰기가 그렇게 어렵다는 얘기지요. 요즘 정보라고 하면 주로 컴퓨터를 써서 얻어진 어떤 그럴듯한 모든 내용들을 가리키는 말이기도 하지요. '정보' 하면 우선 컴퓨터를 연상하는 이유고 그겁니다. 정보라는 건 어떤 사실의 확인이겠지요. 어떤 것의 사실 여부, 혹은 어떤 통계나 인포메이션, 아니면 뉴스, 그 보다는 지적인 앎이나 교양적인 지식 등이 정보지요. 정보는 남을 이기기 위해 필요한 그 어떤 것을 지칭하는 말이기도 합니다. 복잡한 세상에서 남을 이기기 위해서 내가 가지고 있는 그 어떤 또 하나의 조건이지요. 그래서 정보를 제대로 갖지 못한 스트레스는 정보화 시대의 현대인이 감당해야 할 가장 큰 병일 수밖에 없습니다. 부동산 정보 등 남들이 많이 가지고 있는 정보를 자신이 덜 가지고 있으면 그 소외감이 그렇게 크다는 것이지요. 그러니까 정보화 시대에는 누구보다 많이 알려고 노력할 수 밖에요. 그러니까 주부들도 컴퓨터 앞에 앉게 되는 거죠. 그런 정보를 집약적으로 온라인화 해서 우리한테 전해주는 인터넷 시대가 이렇게 해서 열리게 되는 것이지요.

정보라는 말을 국어사전에서 찾아보니까 '관찰이나 측정을 통해 수집된 데이터를 실제 문제에 도움이 되도록 해석하고 정리한 지식' 이라고 돼 있더군요. 그런데 이 지식이라면 단순히 어떤 전문적인 날리지적인 차원이 아니라 인텔리전스한 것. 좀 더 지성적인 것으로 생각할 수 있겠지요. 주부들이 애들을 다 키워 놓고 살림을 어느 정도 이뤄 놓은 다음에는 문화센터를 나가고 그런 것이 바로 좀 더 지성적인 어떤 정보를 찾기 위한 것일 겁니다.

정보는 우리에게 필요 없는 잡음 정보와 꼭 필요한 것 두 가지로 나눠 생각할 수 있습니다. 유익 정보와 잡음 정보. 그런데 요즘 대학생들과 같이 생활하다면 젊은 지성들이 유익 정보보다는 잡음 정보로 인해 그 피해가 말이 아니라는 것입니다.

정보화 시대라고 해서 정보가 머리에 꽉 차 있긴 한데 그것이 온통 잡음 정보라는 그 얘기지요. 꼭 필요한 유익 정보를 담을 그릇이 없다는 겁니다. 정보를 저장할 용량이 부족하다는 말입니다. 큰일 났습니다. 불확정 시대에 미래를 예측하고 뭔가 필요한 것을 선택해야 할 판단력에 필요한 정보가 부족하다는 말입니다.

예측할 수 있고, 선택할 수 있는 조건을 충족시키는 토대가 바로 정보지요. 그런데 잡음 정보가 꽉 차 있기 때문에 유익 정보가 들어올 수 없다는 건 비극이 아닐 수 없습니다. 정보가 중심이 되고 정보가 사회 발전의 원동력이 되고 이것을 이끌어가고 변화시키는 것은 물론이고 자기의 발전, 자기의 변화도 오직 유익 정보에 의해서만 가능한 것인데 그런 유익 정보가 잡음 정보에 의해서 차단된다, 이겁니다. 지금 여길 오면서 라디오 들으니까 경찰청의 어떤 사람하고 앵커가 대담을 하는데 지금 유 아무개가 연쇄살인을 한 뒤 사람들에게 알려진 새로운 정보는 온통 여자들이 돈을 벌기 위해 몸을 파는 수단이 그렇게 다양하게 많다는 것이었지요. 남성 무슨 클럽이 몇 개며 보도방, 노래방 등 허가 받는 성매매 업소에 대한 정보가 인터넷에 들어가면 얼마든지 있다는 것이었지요.

정보를 나와 내가 속한 조직이 잘 될 수 있도록 활용하는 것을 우리가 '정보 마인드'라고 하는데 이 정보 마인드는 어떤 정보가 들어올 방에 착착 들어와서 정리가 되어서 쌓여가지고 그것이 유기적으로 짜여 있을 때 비로소 정보 마인드가 작용하는 것이지요. 잡음 정보에 의해서 정보 마인드가 마비되면 결국 상대에게 지거나 죽을 수밖에 없는 일이지요.

어느 성에 불이 났다는 겁니다. 그런데 그 성 안에는 연못이 하나 있고 그 곳에는 물고기들이 많이 살고 있었지요. 성에 불이 나자 어느 물고기 하나가 여러 물고기들 앞에 나타나 우리가 이 연못에서 빨리 나가지 않으면 다 죽는다는 정보를 내놓았습니다. 그러자 잡음 정보로 정보 마인드가 마비된 물고기들은 모두 웃으면서 땅 위에 불이 났는데 물 속에 있는 우리가 왜 위험하냐고 했습니다. 자기 조직에다가 정보를 제공한 그 물고기는 할 수 없이 자기 가족만 데리고 연못을 빠져나가 살았다는 얘기가 있습니다. 물론 다른 물고기들은 다 죽을 수밖에 없었겠지요. 성에 불이 나자 사람들이 연못의 물을 모두 퍼 올려 불을 껐기 때문이지요. 이렇게 정보 마인드란 상관이 없는 것 같은 것을 서로 연결해 뭔가를 예측하고 선택할 수 있는 감각이라고 할 수 있지요.

대학 나온 엄마와 유치원도 안 들어간 꼬마가 함께 손 붙잡고 앉아 그 속에 빠져드는 텔레비전의 드라마도 잡음 정보입니다. 100퍼센트 잡음 정보지요. 사실, 우리 현실에 일어나는 것 같지만 현실에 그런 거는 없어요. 전부 거짓말입니다. 대학 나온 엄마가 유치원도 안 다니는 어린이와 서로 통할 수 있는 그런 정보를 가지고는 이 세상에서 타인을 이길 수 없다는 얘깁니다.

정보의 공해에서 벗어나야 합니다. 요즘 우리가 손에 들고 다니는 휴대폰이야말로 정보의 공해, 잡음 정보를 전하는 대표적인 것입니다. 정신 나간 엄마들은 중학생인 자식들이나 심지어는 초등학생인 아이들한테도 휴대폰을 사 주더라고요. 지금 여기에도 그런 엄마 있으면 정신 나간 엄마라는 거 아셔야 합니다. 자기들 편하려고, 자기 알리바이를 위해 아이들한테 그걸 사주는 거지요. 애한테 개목걸이를 채워줬다는 얘깁니다. 애가 어디에 있나. '너 엄마 집에 없으면 휴대폰으로 연락해. 열쇠 어디 있는지 알려줄게.' 애들 관리를 위해 휴대폰을 사 주는 거지요. 또 어떤 엄마는 자기 애 기 안 죽이려고 그걸 사 준다는 겁니다. 그렇게 더러운 기를 키워 주는 거죠. 자기만 아는 그 이기적인 기. 남들이 가진 걸 자기도 가져야 마음이 놓이는 그런 기는 키워 줄 필요가 없다는 겁니다.

텔레비전에서 리포터가 지나가는 여중생에게 하루에 문자 메시지를 몇 통 주고받느냐고 묻더군요. 대답이 자못 당당했습니다. 600번 이상 찍어요. 적게 잡아 60번이라고 해도 그 중독 상태는 심각한 것이지요. 어떤 젊은이는 잠자리에 들 때도 휴대폰을 손에 쥐고 있어야 마음이 놓인다고 했습니다 .

몇 년 전 독일을 여행하면서 그곳 대학생들이 휴대폰을 전혀 쓰지 않고 있다는 사실을 확인하고 놀랐지요. 우리나라와 달리 부모가 봉이 아닌 그네들이라 휴대폰을 쓸 만큼 경제 사정이 넉넉하지 못하기 때문일 수도 있지요. 대학구내에 공중전화 시설도 변변찮고 휴대폰까지 없으니 얼마나 불편하냔 질문에 대한 독일 대학생의 대답에 뼈가 있었지요.

할 얘기가 있으면 편지를 쓰면 됩니다.

학교에서는 공부만 하면 됐지 전화 할 일이 뭐 있느냔 그런 얘기였지요. 학교에 와서도 집의 개가 밥을 잘 먹었는지, 어제 술자리에서 헤어질 때 네 기분이 안 좋았는데 지금은 어떤지 그게 알고 싶다고, 기차가 출발한 지 한 시간쯤 됐는데 지금 어디쯤 가고 있느냔 등등 당장 필요하지도 않는 정보 얻는 일에 시간을 허비하고 있는 우리네 젊은이들과는 너무 다른 세계에 살고 있는 그네들이 놀라울 수밖에 없었지요.

물론 인터넷 천국인 우리네 젊은이들이 글로벌 시대에 걸맞은 정보로 무장하고 있는 사이 휴대폰도 안 가지고 사는 유럽의 그네들이 거북이걸음을 하고 있는 것은 사실이지만 왠지 우리가 너무 서둘러 달려가고 있지 않는가 하는 우려가 생기는 것은 무엇 때문일까요.

우리나라 대학생들 중 휴대폰이 없는 사람이 얼마나 될까 궁금해 확인해 봤지요. 수강생 50명 중 단 한 명의 여학생이 손을 들더군요. 저는 그 학생을 강단 앞으로 나오게 해 휴대폰을 아직 갖지 않은 사연을 말하도록 했어요. 우선 경제적으로 부담이 되기도 하지만, 사실은 그것이 꼭 있어야 한다는 필요성을 별로 느끼지 못한다는 대답을 하더군요. 그 학생은 요즘 유행에 너무 민감한 젊은이들의 생태를 조목조목 예로 들어 비판까지 했습니다.

저는 학생들 앞에서 그 여학생을 '이 시대에 내가 존경하는 젊은이'라고 말했지요. 물거품 같은 시대의 유행을 거슬러 강심 깊이 자기의 중심을 세운 젊은이의 그 의연함에 감동했기 때문입니다.

요즘을 사이버 시대라고 합니다. '사이버'라는 말은 우리가 인터넷이라는 말과 동의어로 쓰이기도 하지요. 컴퓨터 네트워크라는 말과도 같은 말이지요. 어떻든 사이버는 캐나다 작가 '멜 깁슨'인가 하는 사람이 쓴 〈노르만쉬〉라는 공상 소설에서 처음 쓴 공상, 가상의 세계란 뜻을 담고 있는 말이지요. 요즘 사이버 문학이 젊은이들을 사로잡고 있습니다. 사이버 세계는 모니터에 전원이 들어가 있고 마우스가 있어서 마우스를 움직이고 움직이는 동안만 존재하는 세계이지요. 현실 세계와 가상의 세계는 너무 분명하지 않습니까? 그런데 지금은 너도나도 사이버 공간에 들어가서 방 하나씩을 가지고 있는 겁니다. 카페라던가, 무슨 미니홈피라던가, 홈페이지를 모두 가지고 있지요. 그처럼 가상의 자기 세계를 가지고 싶어 하는 것이지요.

요즘 저도 글 하나 쓰려고 하면 인터넷에 안 들어 갈 수 없어요. 인터넷은 정말 다양하면서도 꼭 필요한 부분만 찾아서 클릭을 하면 모든 것이 해결됩니다. 대학생들이 리포트를 제출하는 데도 책을 읽지 않고 인터넷을 통해 모든 것을 해결합니다. 필요한 자료를 찾기 위한 인터넷의 필요성을 부정할 수는 없을 겁니다. 그러나 잡음 정보를 제공하는 데 인터넷이 가장 크게 공헌하고 있음을 경계해야 합니다. 게임을 하거나 채팅을 하기 위해 하루 종일 컴퓨터 앞에 붙어 있는 젊은이들의 인터넷 중독 현상이 문제지요. 인터넷이 안 되니까 막 화를 내고 스트레스 받고 앉아 있는 젊은이들이 늘어 가고 있어요. 심각한 사이버 금단현상이 일어나고 있습니다. 인터넷 금단현상은 현실의 자기를 버리고 망각 속의 자기와의 만남에 의해서만 마음의 평정을 얻는 현상을 보입니다.

제가 정보화 시대의 잡음 정보에 대한 문제점이나 휴대폰 혹은 인터넷 중독 현상을 왜 이렇게 누누이 얘기한 것일까요. 생각하기를 싫어가는 현대의 젊은이들의 미래에 대한 걱정 때문입니다. 사이버 세계는 내 생각이 활동할 수 있는 영역이 없습니다. 오히려 사고력의 저하를 가져오는 데 결정적인 역할을 한다는 얘깁니다. 자기 정체성을 잃어가는 현대인들의 그 마비된 정보 마인드를 되살려야 한다는 얘기이기도 하지요.

아날로그 시대의 글쓰기가 필요한 것도 생각하는 생활, 하나인 우주인 자기 자신에 대한 중심 세우기와 다르지 않다고 생각합니다.

글을 쓰고 책을 읽는 일은 생각하는 생활입니다. 문학이야말로 자기반성으로서의 글쓰기이며 인간 삶의 총체적 이해의 지름길이기도 합니다. 제가 아날로그 시대의 글쓰기를 그리워한다고 얘기한 것도 결국은 나를 찾고 자연과 세상을 제대로 바라보기 위한 사고의 깊이를 잃어 가고 있는 나 자신에 대한 일깨움이기도 합니다.

사이버 문학은 마우스가 움직이는 동안만 존재하는 아주 가벼운 세계입니다. 귀여니의 《그놈은 멋있었다》 혹은 《도레미파솔라시도》 등이나 이햇님의 글도 읽을 필요는 있습니다. 이렇게 가벼운 것이 결코 문학이 될 수 없다는 것, 아름다운 우리말이 말의 문법이 이렇게 깨어진 것을 문학이라고 할 수 있는가를 확인하기 위해서도 읽을 필요가 있다는 것이지요.

사이버 문학의 가벼움을 확인하게 되는 순간 종이책의 가치를 새삼 확인하게 될 것입니다. 책의 무게가 바로 생각의 깊이이기도 하다는 것을 확인할 필요가 있습니다.

귀여니의 상업성에 기죽어 있는 젊은이들이 불쌍합니다. 초등학교 5~6학년 정도 수준의 얘기에 기가 죽어 있는 대학생들을 보면 정말 안타깝습니다.

문학을 사랑하는 이들은 좋은 작품을 대하고 가슴이 떨리는 그 즐거움을 잊어서는 안 됩니다. 문학에 대한 경건함, 엄숙함 혹은 슬픈 즐거움까지도 사랑할 수 있는 눈높이가 필요합니다.

글쓰기 혹은 문학에서 분명한 것은 전 '절망'입니다. 그 절망을 통해서 아름다움과 진실이 만들어집니다. 작가가 고민하거나 아파하지 않은 얘기에서 새로운 가치나 의미를 찾기는 어려울 것입니다.

문학은 사이버 속에 존재하지 않습니다. 아무리 세월이 변해도 문학은 우리의 정신적인 깊이를 잴 수 있는 현실의 잣대입니다. 좋은 책은 독자의 몫을 남깁니다. 책을 통해 생각의 깊이를 만드는 이들의 모습은 곁에서 보기만 해도 아름답습니다.

글쓰기를 통해 자기실현을 꿈꾸는 이들의 고뇌하는 모습은 더 아름답습니다.

독자들과의 대담

선생님 안녕하세요? 반갑습니다. 오늘 아주 강의를 시원스럽게 잘 들었습니다. 요즘 사이버 시대에 보면 우리가 인터넷상에 보면 '문학 카페' 라든지 문학을 주제로 하는 모임도 많은 것 같고 그런 분들이 '월간지' 나 '계간지' 라든지 책도 만들고 하더라고요. 그런 것을 볼 때 선생님이 보실 때 그런 책들은 공해라고 생각하십니까?

모든 문학 동호인들이 다 카페를 가지고 있고 그와 비슷한 웹 진들도 만들고 있는데 저는 우선 그것이 처음에는 만들 때 뜻은 참 진지하고 문학의 정보를 주고 서로 자극을 준다는 면에서는 필요하다고 봅니다. 그러나 시간이 지나면서 그것이 자신의 넋두리나 늘어놓는 정도이거나 가벼워지는 데 이르게 되면 별 효과가 없다고 봅니다.

특히 익명성 때문에 더 가벼워질 수도 있고 서로 눈을 맞추고 얘기하는 공간이 아니기 때문에 진실성 여부도 확인하기 어렵다는 한계를 보이기도 합니다. 그러나 책 읽기나 글쓰기의 열망을 그런 공간을 이용해 풀어본다는 면에서 잘만 활용하면 크게 도움이 될 것은 분명합니다. 농담조의 채팅 놀이로 전락하는 것을 경계하게 될 때 얻는 것은 의외로 클 수도 있다고 봅니다.

안녕하세요? 원주에 사는 황복남입니다. 문학을 좀 공부하고 싶어서 여러 가지 책도 많이 보고 또 내 나름대로의 지금 선생님이 말씀해 주신 대로 고독과도 몸부림쳐 보고 또 이렇게 저렇게 지내고 있는데요. 요즘 문학이라고 하는 것은

'시' 나 '수필' 이나 '소설' 이라든가 보면 어떤 흥미 위주로 꾸며져 있지 조금 전에 선생님께서 말씀하신 서정만 늘어놨지 자기 철학이 없더라고요. 그런 책을 읽을 때마다 그 전에 쓴 시나 그런 것들을 보면 꼭 필요한 그 시대를 대변할 수 있는 뼈다귀가 있었는데, 요즘 시나 수필집, 소설을 보면 흥미 위주로만 꾸며진 것 같아서 굉장히 아픔을 많이 갖고 있습니다. 앞으로 지금 이 시대, 이 현실에 진짜 글을 쓰고자 한다면 거기에 대한 진실과 정의는 어떻게 선생님께서 정의를 내려 주실 수 있는지 묻고 싶습니다.

문학은 새로운 가치, 새로운 질서, 새로운 의미를 탐구하되 대체로 즐거움을 통해 그것을 구현하는 방법을 씁니다. 즉 미적 가치를 앞세워 주장이나 철학을 겉에 드러내지 않는다는 것이지요. 그러할 때 문학작품이 주는 재미에 너무 기울어지면 그것이 통속적인 작품이 될 수밖에 없는 것이지요. 개연적 진실을 찾기 보다는, 우연성 위주의 흥미를 목표로 하여 어떻게 하면 독자의 비위를 맞출 것인가에만 관심을 쏟게 마련입니다.

어떻든 이 시대의 문학은 외면상 가벼움 쪽으로 많이 기울어져 있다는 것을 부인하기 어렵습니다. 가벼움을 지향하고 있는 구체적인 이유는 문학이 현실을 따라잡지 못할 만큼 현실이 소설보다 리얼하고 복잡해졌다는 데 있을 것입니다. 복잡할수록 단순해지고 가벼워지고 싶은 대중의 심리가 현상으로 작용하고 있다는 것이지요.

또 다른 이유는 너도나도 글쓰기에 낯설어하지 않는 인터넷 시대라는 점입니다. 인터넷의 중심축인 오늘의 젊은 세대는 대체로 인내심이 부족하다는 특성을 가지고 있지요. 어렵고 복잡하게 생각하는 것을 기피하는 성향은 모든 것을 그 자리에서 즉흥적으로 해결하는 방법을 선호하게 마련이지요.

더구나 인터넷 세대들은 새로움을 병적으로 지향하는 경향이 있습니다. 똑같은 것은 두 번 다시 보고 싶어 하지 않을 뿐만 아니라 지나간 것에 대해서는 그 어떤 가치조차 두지 않으려 합니다.

더 중요한 것은 작가들이 이러한 새 세상의 흐름과 그 요구에 쉽게 동요하고 있다는 사실입니다. 문학이 시대를 앞서가고 어떤 흐름을 만들어간다는 자부보다는 조류 속에서 살아남기 위해서는 어떻게 하든 새로워져야 한다는 강박에 쫓기고 있다는 것입니다. 작가가 자기의 모난 얼굴을 개성으로 독자들을 끌어들이기보다 독자들이 무엇을 요구하는 것인가를 알아내어 거기에 맞는 화장법에 신경을 쓰고 있다는 얘깁니다.

독자들의 요구에 부응해 급급히 만들어 내는 글쓰기는 강심 위에 떠서 흘러가는 한낱 거품일 뿐 결코 새로움일 수 없습니다. 물론 독자가 없는 글은 무용지물이지만 독자의 입맛만을 염두에 두는 글쓰기는 작가 정신의 실종이라고 봐도 틀리지 않는 말일 것입니다. 바람직한 작가 정신은 자기 솔직성을 통한 진실 접근과 사회적 도덕성까지를 내포하고 있어야 합니다.

첨단만이 새롭고 앞서 간다는 생각은 가벼움을 위한 가벼움을 낳을 뿐입니다. 전대 작가들이 새로운 시도를 통해 축적한, 성공한 전대 문학의 천착도 없이 달려가는 글쓰기의 가벼움은 새로움이 아니라 방종이며 치기라고 할 수도 있습니다.

전통의 발전적 계승을 통해 새로이 태어나려는 노력 끝에 얻어지는 새로움이야말로 또 다른 전통으로 자리 잡을 수 있을 것입니다. 새로움 추구에 있어 온고지신이란 말만큼 적절한 표현도 없다고 봅니다. 옛것을 익히고 그것을 미루어서 새것을 앎이 작가 정신을 이루는 축으로 작용할 때 정말 바람직한 새로움이 얻어 진다고 믿습니다.

가볍되 결코 가벼이 볼 수 없는 무게 지니기가 새로움입니다. 전통을 딛고 일어서서 그것을 다시 거스르는 작가 상상력의 도전성에서 그 무게를 찾아야 할 것입니다. 또한 가벼움에 무게를 실어 주는 결정적인 힘은 끊임없이 자기 내면을 파고들어야 하는 작가 정신에서 얻어진다고 하겠습니다.

무거움과 가벼움을 재는 기준이 작가의 자기 성찰 및 그 고뇌의 정도에 있다는 것은 두말할 나위도 없습니다. 정치가들의 말은 구구절절 애국이고 애족이지만 누구고 그것을 무게 있게 생각하지 않는 것도 자기 내면과의 싸움에서 얻어지는 정직성과 아픔이 그들의 말에 담겨 있지 않기 때문일 것입니다.

앞으로 우리 현대문학이 나가야 할 길이 있다면 간단하게 한마디만 해주십시오.

우선 문학이 아무리 가벼워지고 독자가 줄어든다고 해도 문학의 수명이 그렇게 짧으리라고는 생각하지 않습니다. 인간이 언어와 문자를 사용하는 한 종이 책은 계속 나올 것이고 독자들은 그 책을 통해 정서의 밭을 아름답게 가꾸며 세상 이해의 눈을 넓혀 갈 것이기 때문입니다.

저는 지금 현대 문학에 나가야 할 길보다는 제 자신의 문학이 나아가야 할 바를 먼저 생각합니다. 글쓰기를 처음 시작할 때의 초심과 치열성을 잃지 않는 것이지요. 우리가 가치가 있다고 믿었던 것들은 쉽게 변화시킬 순 없습니다. 제가 믿었던 그 가치를 지키는 일이 내 문학의 길이라고 할 수 있겠습니다. 그리고 독자를 무서워하는 일입니다. 특히 상상력의 고갈을 막기 위한 책 읽기도 내 문학의 생명을 오래 지키는 일이라고 생각합니다.

선생님, 아주 열광 속으로 푹 빠져 들어가서 너무 이 시간이 즐겁습니다. 저는 선생님의 〈아베의 가족〉을 아주 감명 깊게 읽었습니다. 그것을 읽으면서 선생님이 쓰신 작품 주제는 전부 소외된 자들의 편에 서거나 6 · 25 분단 이데올로기 문제를 배경으로 쓰고 계셔서 굉장히 울림이 큰 작품이라고 생각이 들었어요. 그래서 선생님을 만나 뵙게 되면 선생님이 〈고려장〉이나 큰아버지 얘기 나오는 〈외딴길〉이나 〈아베의 가족〉이나 이런 작품 속에 등장하는 그런 소외된 층의 얘기를 어떻게 선생님께서는 그것을 우리가 주변에서 흔히 볼 수 있는 이야기들이지만 어떻게 쓰셨을까 궁금했어요. 그리고 선생님은 강의 속에서 '나는 나의 이야기를 하나도 쓰지 않았다'고 해서 선생님은 본인의 이야기는 아니구나 이제 생각이 들고, 그렇다면 〈아베의 가족〉에서 맨 마지막에 감명 깊은 것은 주인공인 아베 형이죠. 그 '아베'의 행방을 찾아서 끝에 가서 어머니가 처음 시집살이 하던 그곳에까지 도착해서 상상을 막 풀어나가는데 저는 거기서 이야기가 전부 결말이 날 줄 알았는데 거기서부터 시작이라고 화두를 독자에게 던져 주셔가지고 독자의 상상력이, 저는 지금도 궁금해요. 이 이야기가 2편이 나온다면 어떻게 풀어 나가실 것인가? 선생님이 쓰신 동기가 궁금합니다.

독자들은 이 작가가 쓴 글이 작가의 실제 체험과 얼마나 많이 닮았을까를 매우 궁금해 합니다. 즉 〈고려장〉이나 〈아베의 가족〉이 분단의 어떤 상처를 그린 작품들인데 그 이야기가 작가의 생애, 작가 생활과 얼마나 일치하는가가 독자들의 관심사일 수 있다는 것이지요. 이렇게 독자들은 그 소설이 작가의 이야기이기를 기대하면서(믿으면서) 소설 속에 빠져 듭니다. 작가는 바로 독자들의 그러한 기대를 이용해서 거짓말을 꾸며 내는 것이지요.

그렇습니다. 저는 지금까지 내 일신상의 얘기를 작품으로 쓴 일은 없습니다. 물론 모든 작품의 이야기는 작가 자신의 체험과 그 생각 속에서 나오기 때문에 바로 그 작가의 이야기라고 해도 할 말이 없을 것입니다. 그러나 지금까지 제 자신의 이야기를 적나라하게 펼쳐 보인 것은 없습니다. 대부분의 작가는 자신의 상상력을 믿습니다.

실제의 모델이 있는 소설을 써 본 것도 있는데 그것은 대부분 좋은 작품이 되지 못했습니다. 작가의 상상력이 실제의 이야기에 위축돼 작품을 쓰는 신명을 찾기 어려웠다는 얘기입니다.

질문 중에 작품의 결말이 결국은 이야기의 새로운 시작을 예고하고 있다고 말씀하셨는데 잘 보셨습니다. 저는 단편소설을 만들 때 결말에서 독자의 기대를 배반하는 일로 소설 쓰기의 즐거움을 찾습니다. 즉 독자의 몫을 남기자는 것이지요. 독자가 그 작품의 마지막을 상상력으로 완성하라는 주문이기도 하지요.

끝까지 경청해 주셔서 고맙습니다.

역사와 생존 투쟁 중에 보인
인문주의적 사고들

작가 이름에 대하여

정현기: 정말 오래간만입니다. 여전히 건강하시네요. 저희《문학과 의식》에서는 지난 겨울호에서 이청준 선생님을 모시고 작가의 전기와 관련된 대담을 실은 바가 있습니다. 요즈음은 팔 수 있는 것만이 가치가 있는 것처럼 인식되는 시대입니다. 이런 때일수록 고귀한 가치가 어떤 것인지를 작가들은 보여 주어야 할 것입니다. 이름 지키기가 얼마나 어려운 일인 지를 사람들은 잊고 있습니다. 전 선생님! 이름에 대한 이야기부터 시작하시지요.

예전에는 지식인들 특히 작가들이 본명 말고도 필명, 아호, 아명 등 다양한 이름 내력들을 볼 수 있습니다. 이 문제와 관련지어 우선 이름에 대해서 말씀해 주시지요.

전상국: 일곱 살 때까지의 이름은 일랑이었지요. 얼마 전까지만 해도 고향 마을에 가면 연세 많으신 할아버지나 할머니들이 '일래이' 왔느냐고 내 어릴 적 이름을 불렀지요. 할아버지가 지은 이름이라고 하는데 할아버지는 내 이름을 지어준 뒤 작은할머니를 얻어 만주로 훌쩍 떠나셨다고 합니다. 홍천국민학교에 입학하면서 상국으로 이름이 바뀌었지요. 한학에 밝으신 넷째 할아버지가 이름을 지어주셨다는데 장사 상(商)자에 대한 불만을 버릴 수가 없었는데 어느 날 우리 집에 오신 넷째 할아버지가 내 이름의 상자는 장사 상이 아니라, 상나라 상자, 혹은 헤아릴 상자라고 말씀하신 뒤부터 이름에 어느 정도 정이 가기 시작하더군요. 지금은 그렇지도 않지만 나는 얼마 전까지도 내 이름 석자를 한자로 쓰는 걸 좋아했습니다.

아호가 하나 있긴 한데 그걸 내놓고 쓰는 게 쑥스러워 아주 친한 몇 사람만이 가끔 그 아호로 나를 불러줍니다. 홍운(洪雲)이 아호인데 72년 나를 서울로 불러 올린 조병화 선생님께서 '너는 고향이 홍천이니 홍운이라고 하자' 는 말씀과 함께 내려 주신 것이지요.

출생, 출생지와 관련된 기억들

정: 다음은 우리 과거로 좀 돌아가야 되는데, 전 선생님의 출생과 출생지에 관한 내용입니다. 생년월일, 출생지들을 호적에 적힌 것과 실제의 것에 비교하여 정확하게 좀 알려주시지요. 작고 문인들의 경우 추적해 보면 기록들이 여기 저기 틀린 경우가 의외로 많다고요.

전: 1940년 3월 12일에 태어났대요. 물론 음력입니다. 그러나 전쟁

으로 멸실된 호적을 다시 정리할 때 생일이 3월 24일로 기록돼 그대로 내려오고 있습니다. 출생지는 강원도 홍천군 내촌면 물걸리 1102번지, 동창마을이지요. 3 · 1만세 운동 때 인근 주민 천여 명이 모여 만세를 부르다 여덟 사람이 총에 맞아 죽은 팔열사의 마을로 널리 알려진 곳이지요. 여섯 살 때까지 동창 마을에서 살았지요.

정: 형제들에 대해서도 말씀 좀 해 주세요.

전: 삼남 삼녀, 육남매 중 장남입니다.

초등학교 시절과 가정형편, 문학적 자산 이야기

정: 가계 얘기는 대강 그렇게 하고……. 초등학교 이야기로 들어가야 되는데……, 초등학교 시절에 대해서 떠오르는 것들, 당시에는 국민학교라고 불렸던 학제인데 어떤 곳에서 어떻게 다녔나요?

전: 여섯 살 때 홍천 읍으로 이사 나와 여덟 살에 홍천국민학교에 입학했지요. 홍천경찰서 앞이 우리 집이었는데 빨갱이들이 경찰서에 잡혀 왔다고 해 그 사람들은 얼굴이 빨간 줄 알고 구경을 갔다가 정말 놀랐지요. 그 빨강이 중에 우리 옆집 아저씨도 있었다 그거지요. 다른 빨갱이 얼굴도 모두 우리와 똑같고. 지금 생각하면 아무것도 아니지만 그땐 정말 충격이었어요. 6 · 25 터지기 일년 전쯤 얘깁니다. 열 살, 국민학교 4학년 때 전쟁이 터졌지요. 피난을 나갔다 오니 읍내 집이 다 타버렸더라고요. 우리 집 터에는 헌병대가 주둔을 해 있었지요. 우리

가족은 고향 마을로 들어갔지요. 거기서 국민학교 5~6학년을 다녔지요. 동창국민학교 10회 졸업생이지요. 고향 마을에 돌아가 전쟁놀이를 하던 기억이 작가적 상상력을 키워 줬다고 할 수 있습니다. 1·4후퇴 때 남쪽으로 피난을 가 중공군을 보지 못했으면서도 그것을 본 것처럼 상상하곤 했으니까요. 특히 홍천 읍에 나와서는 내가 시골에서 전쟁을 직접 겪은 것처럼 거짓말을 해도 아이들이 나를 의심하지 않았지요. 겨울 난리 때 현장에 있지 못한 콤플렉스가 내 상상에 날개를 단 것이지요.

정: 가정 형편은 어떠셨어요? 농사 지으셨나요?

전: 내가 철들었을 때 우리 집은 그렇게 형편이 어렵지는 않았지만 문화적 분위기는 형편없었지요. 한약방에다 동네 구장까지 보시던 할아버지가 만주로 가시면서, 외아들로 홀로 남겨진 우리 아버지가 가계를 책임져야 하는 등 사는 게 어려워졌기 때문이지요. 아버지는 할아버지로부터 버림받았다는 생각에 고향 마을을 버리고 홍천 읍으로 이사를 한 뒤 시골 장에서 곡식을 사다 넘기는 등 미곡상을 하셨고 전쟁 이후에는 읍내 어느 부잣집의 산판업과 제재소 운영을 맡아서 했는데 그 집은 점점 잘 살았지만 죽도록 일하는 우리 아버지는 늘 그 모양으로 가난했기 때문에 내 불만이 참 많았지요.

중학교 시절

정: 중학교 때로 넘어가요. 그럼. 중학교는 어디서 다녔지요? 그때

그곳에서 벌어진 경험 내용들에 대해 알고 싶네요.

전: 홍천중학교에 입학해 처음으로 교과서 외의 책을 볼 수 있었지요. 이 세상에 이렇게 많은 책이 있다는 것을 홍천서점에 갔을 때 처음 알았지요. 그때부터 나는 책벌레가 될 수밖에 없었어요. 그 서점에 서서 책방집 주인의 미움을 받아가며 책을 읽기 시작한 거지요. 시간이 너무 돼 읽다가 꽂아둔 책을 다음 날 다시 읽으러 가면 그 자리에 없는 겁니다. 주인이 내 키가 안 닿는 높은 곳에 꽂아 놓은 것이지요. 나는 치사스럽게도 의자를 가져다 끝내 그것을 내려 읽곤 했지요. 그렇게 읽은 책이 아마 200여 권은 됐을 겁니다. 주로 루팡 시리즈, 코난 도일의 탐정소설을 많이 읽었는데 그것을 읽을 때의 긴장이 나중에 내 소설 작법에서 매우 중요한 역할을 했다고 봅니다. 책을 빌어다 밤을 새워 읽는 것을 우리 할머니나 부모님은 내가 공부를 그렇게 열심히 하는 줄 알고 정말 많은 기대를 했었지요. 그 기대가 무서웠는지 학교 성적도 그런대로 좋은 편이었지요.

고등학교 시절 이야기

정: 고등학교 시절은 어땠나요?

전: 아버지 말씀이 대학까지 보낼 형편이 안 되니 아예 사범학교에 진학하라는 겁니다. 그러나 아버지 뜻을 어기고 내 마음대로 춘천고등학교에 원서를 넣고 시험에 합격했지요. 1학년 때 그때 막 시인이 되신 국어 선생님을 만났어요. 이희철 선생님이라고. 나는 시골 촌놈이

춘천까지 유학 온 뒤 겪게 되는 소외감에서 벗어나기 위해 문예반에 들어갔던 겁니다. 그 문예반을 통해 내가 어휘력과 문장 구문이 형편없다는 것을 알게 된 것이지요. 중학교 때 책을 좀 읽었다는 자부로 문예반에 들어갔는데 다른 아이들은 이미 소설과 시를 구별하는 등 머리에 이미 피가 말라 있더라고요. 백일장에 나갔는데 다 떨어졌어요. 그 흔한 장려상도 한 번 못 탔지요. 어느 날 백일장에 못나간 설움으로 공지천에서 한껏 울었지요. 그 울음은 어떤 성령의 역사쯤으로 생각할 수 있을 만큼의 의미가 있었지요. 그날 나는 글쟁이가 될 것을 결심했지요. 그리고 그날 바로 시작한 소설로 제6회 학원문학상에 3등 입상했지요. 그때 함께 입상한 사람은 조해일, 양문길, 황석영, 조세희 등으로 기억됩니다. 고등학교 때 술을 배웠어요. 양동이 한 가득 막소주를 받아놓고 풀빵 같은 것을 안주로 폭음했지요. 좀 심한 문학적 방종이었는데 그것이 내성적인 내가 세상을 적으로 할 수 있는, 그런 오기를 키워줬다고 할 수 있을는지 모르겠네요.

대학교 시절 이야기

정: 대학교 시절은 휘경동에 있는 경희대학교 문과대학 국문학과에서 보냈지요? 이 시대의 휘경동 대학가라든지 학생들의 정신상태 등에 대해서 좀 말씀해 주십시오. 가난과 고통을 줄줄이 등에 진 학생들과 정신적인 부담들을 등에 업은 학생들이 당대에 상당한 고통과 또 거기서 벗어나려는 열기를 가지고 생활을 했던 것 같은데 전 선생님은 어땠나요? 전 선생의 초기 작품들에 이 시대 분위기는 짙게 드러나 있지만 오늘은 작품 이야기로부터 좀 자유롭게 떠나 보시지요.

전: 경희대학으로 진학한 것은 황순원 선생님이 그 학교에 계시다는 그 한 가지 이유 때문이었습니다. 고등학교 때 읽은 선생님의 소설이 좋았기 때문이지요. 정말 운 좋은 선택이었지요. 내 문학, 내 인생에 있어 황순원 선생님을 만난 건 정말 행운이 아닐 수 없습니다. 선생님의 절제력, 그리고 최상의 독자는 바로 작가 자신이라는, 자기 글에 대한 책임감, 그 무서운 작가 정신과 그 자세를 멀리서나마 바라볼 수 있었으니 말입니다. 문학적 방종은 대학에 들어가 절정을 이뤘지요. 광주에서 올라온 이성부를 만나면서 함께 자취도 했고 술도 많이 마셨고 절망도 많이 배웠지요. 588번지나 종3 뒷골목을 헤매다가 통금 사이렌에 청량리에서 석간동까지 뛰던 기억도 생생합니다. 4 · 19때는 철저히 구경꾼으로 열심히 뛰어다녔지요. 그 뜀질은 처음 사 신은 구두에 의해 내 발뒤꿈치가 엉망이 돼 오랫동안 고생한 기억도 있습니다. 청량리 하숙집에서 5 · 16의 새벽 총성을 들었고, 그 전날 밤 전방 부대의 서울 진입을 막기 위해 양수대교가 불타게 됐다는 것을 알았고 그 강을 배로 건널 때마다 울화통이 치밀곤 했지요.

경력 사항과 관련한 이야기들

정: 이제는 사회 경력과 관련된 이야기를 듣고 싶습니다. 요즈음 대학생들은 졸업해도 취직이 되지 않아 무척 고민들을 하고 있는 실정입니다. 처음에 중 · 고등학교 선생을 하셨지요? 이때의 직장이나 학생들 문제들에 관해 이야기를 좀 해 주세요. 학교 폭력문제였나 작품들도 이 중 · 고등학교 교실에서 벌어지는 문제를 놓고 쓴 적이 있지요?

전: 대학을 졸업하자 곧바로 고향에 내려갔어요. 꿈이 중 · 고등학교 교사가 되는 것이었으니까요. 교직과목을 이수해 2급 중등교사 자격증도 땄지요. 처음엔 고향 읍의 국민운동 사무실에 나가 지금은 고인이 됐지만 이재석이란 정치 지향적인 사람을 만나 그 방면에 관심을 가졌지요. 그때부터 나는 성공한 악이 바로 정치쟁이들이란 걸 알게 됐지요. 나는 성공한 악이 되는 걸 포기했지요. 처음의 꿈대로 선생이 되기로 결심하고 마침 원주에 있는 어느 사립 고등학교에서 교사 채용을 한다기에 갔다가 운 좋게 고등학교 국어 선생이 된 것이지요. 육민관고등학교인데 설립자의 창학 정신이 내 마음에 들었고, 대학에서 안 한 공부를 학교 선생이 되면서 새로이 하는 기분도 좋았지요. 거기서 일 년 반 있다가 공립학교 교사채용순위고사를 본다는 얘기를 듣고 응시, 또 운 좋게 상위 합격, 곧바로 춘천중학교에 발령을 받았지요. 그 학교에서 3학년 담임만 7년 동안 했는데 그땐 정말 참교육을 했다는 자부를 합니다. 가르치는 일이 좋았어요. 등단하고 만 10년 동안 단 한 줄의 소설도 쓰지 못한 이유가 바로 그겁니다. 그러나 그 10년 동안 나는 많이 울었지요. 내가 버린 문학이 내 곁을 빙빙 돌면서 나를 괴롭혔기 때문이지요.

정: 경희고등학교에서는 얼마나 계셨습니까?

전: 72년 3월, 당시 경희대학교 문리과대학 학장으로 계시던 조병화 선생님이 느닷없이 서울로 불러 올려 조영식 총장님한테 인사를 시킨 뒤 내일부터 경희고등학교에 출근하라는 것입니다. 그때부터 85년 2

월까지 13년간 경희고등학교 국어 선생으로 일했지요. 처음 서울에 올라와서는 후회도 많이 했어요. 서울에서 하는 건 교육이 아니었지요. 모두 돼지 새끼들을 기르고 있더라고요. 강원도로 다시 내려가려고 결심했는데 사정이 여의치 않아 1년 반 동안 어영부영하다 보니 소화불량증에 걸렸어요. 체중이 58킬로까지 내려가는 신경성 소화불량이었지요. 그땐 그 병으로 정말 죽는 줄 알았어요. 74년 봄 작가 조선작 씨와 한 집에 살게 된 인연으로 다시 작품을 쓰게 됐지요. 소설을 다시 쓰게 되면서 소화불량증세가 싹 가시더라고요. 그래, 이것밖에는 없다. 그때부터 소설 쓰는 일이 즐거웠지요. 소설 쓰는 일이 나를 구원했다고 감히 말할 수 있지요. 소설을 쓰기 않았으면 나는 서울 생활에 결코 적응하지 못했을 것이고, 고향으로 다시 내려가지 않은 이상 나는 죽고 말았을 테니까요.

정: 그러니까 사회 경력은 교직 말고 다른 직장 경력은 더 없었나요? 또 다른 경력들을 좀 얘기해 주세요.

전: 아까 얘기한 대로 국민운동에 조금 참여한 것 이외는 전혀 없습니다.

교우 관계에 대하여

정: 교우 관계에 대해서 알고 싶습니다. 교우 관계를 문단 교우와 동창 교우 관계로 나누어 이야기 좀 해 주세요.

전: 문학 외적인 면에서의 친구는 얘기하지 않기로 합니다. 고등학교 때 문학 동인 활동을 하던 친구들을 지금도 가까이 만나고 있습니다. 이승훈 시인도 같은 동인 활동을 했지만 그때는 술친구가 아니라서 다른 친구들처럼 그렇게 흉허물 없이 지내는 관계는 아니었습니다. 그러나 이승훈은 나를 항상 절망시킨, 내가 넘어야 할 벽이었던 것은 분명합니다. 대학교 1학년 때 광주에서 올라온 이성부와 만나면서 자취 생활도 함께 하는 등 참 가까이 지냈습니다. 이성부 역시 나를 꽤나 절망시켰지요. 내가 대학 중에 신춘문예로 서둘러 등단했던 것도 이성부를 의식한 열등감의 소산이었을 겁니다. 대학교 3학년 때 국제대학에서 경희대학 영문과로 편입해 온 김용성을 처음 만나 지금까지 우정을 나누고 있습니다. 김용성도 재학 시절 어느 신문의 장편소설 당선의, 그 엄청난 상금으로 나를 기죽였던 친구지요. 고등학교 때부터 조세희, 조해일 등을 알았지만 그렇게 가까이 지내지 못했습니다. 창비를 통해 재 등단한 74년 면목동에서 문방구를 하던 작가 유재용 씨를 만난 것은 황순원 선생님이나 조병화 선생님이 내 길 앞에 서 계셨던 것처럼 정말 괜찮은 만남이 되었지요. 유재용 씨를 통해 문단을 처음으로 기웃거리게 됐으니까요. 지금은 내가 춘천에 주로 살고 있어 그렇지 못하지만 그전에는 문단에서 바늘과 실처럼 늘 붙어 다닌 분이 바로 유재용 씨였지요. 김원일, 김문수, 한용환 작가들을 〈작단〉 동인 모임을 통해 알게 된 것도 내게는 정말 괜찮은 만남이었지요. 지금은 강원도에 함께 살면서 작품 활동을 하는 이은무, 이무상, 최돈선 시인 등이 내 문학의 화롯불 같은 친구들이지요.

정: 글 동네 아닌 친구들 중에 얘기할 만한 사람 없어요?

전: 춘천에서 함께 늙어가며 등산을 하는 유연선, 유묘상, 정재경 교장들은 내가 문학으로부터 도망쳐 얻을 수 있는 유일한 우정들이지요. 함께 농사를 짓는 고교동창 이성실 교수도 빼놓을 수 없는 친굽니다. 그리고 자신을 내 데뷔작 〈동행〉의 주인공쯤으로 신문기자한테 말해버린 국민학교 동창 원덕희가 감두리 마을에 아직 살아 있다는 것이 내가 고향을 자주 찾는 이유 중의 하나가 될 것입니다. 한국화를 하는 산동 오태학 화백도 가끔 내가 만나고 싶은 사람입니다.

연애, 결혼 이야기

정: 결혼 얘긴데, 결혼 몇 살 때 하셨어요.

전: 스물여덟 살에 결혼했습니다.

정: 연애결혼인가요? 중매결혼인가요?

전: 아내의 친구 소개로 만나 1년 동안 사귄 뒤 결혼했지요.

문단경력과 관련된 현실 이야기

정: 평생 문필 생활만 해오셨으니 이 이야기는 앞으로 전기 작가들이나 작가 연구자들이 나서서 많은 말로 전 선생님의 정신적 편력에 대하여 쓸 수 있을 것입니다. 오늘 이 자리에서는 그 기초 자료를 작가

자신께서 직접 발설해 주신다는 데에 의미를 두려고 합니다. 데뷔 시절의 문단 사정과 전 선생님의 등단 과정에 대해서 이야기를 좀 해 주시지요.

전: 1963년 《조선일보》 신춘문예에 소설 〈동행〉 당선으로 등단했지요. 대학 4학년 때였는데 당선 소식을 듣는 순간 나는 아차 실수했구나, 생각했지요. 신춘문예 응모는 당선을 노려서라기보다 여자친구한테 나도 이런 것을 하고 있다는 것을 보여 주기 위한 과시용 치기였기 때문이었지요. 그 여자 친구가 내 원고를 정서해 줬지요. 실수했다고 생각한 것은 내 원래 계획은 황순원 선생님을 통해 현대문학 추천을 받자는 것이었습니다. 그렇게 했더라면 등단 시기가 많이 늦어질 수는 있었지만 나는 지금쯤 꽤 괜찮은 작품을 쓴 작가로 여기 앉아 있을 것이 분명합니다. 등단하고 10년 동안 작품을 쓰지 못한, 글 쓰는 일을 가벼이 생각했기 때문에 내가 감수해야 했던 그 10년의 고통을 지금 다시 생각하게 되는군요.

내가 등단할 무렵만 해도 상업성과 비 상업성 문학의 격이 분명했고 작품 쓰는 자세가 모두 진지했지요.

정: 다음은 작품 활동에 관한 이야기입니다. 적어도 20년 이상 작품 활동을 해 오시는 동안 문학에 대한 선생님 나름의 신념이랄까, 원칙 같은 것을 알려 주시지요. 그리고 그동안 발표하신 총 작품들을 장르별로 좀 알려 주실 수 있겠습니까?

전: 억지로 쓰지 말자. 쓰고 싶을 때, 즐거운 마음으로 쓰자. 전업 작가와 그렇지 않은 작가를 가르는 그 기준으로 볼 때 나는 결코 전업 작가가 될 수 없겠지요. 그리고 쓰려는 어떤 대상에 대한 내 절망, 내 고통을 철저히 감춰야 한다는 강박이 나를 끌고 다니고 있는 걸 느끼고 있지요. 쓰는 신명을 위해 그 모든 것을 감출 수 있어야 한다, 뭐 그런 거지요. 내가 즐겁지 않은 글쓰기가 어떻게 나를 구원하고 내가 좋아하는 사람들에게 즐거움을 줄 수 있겠는가. 행위는 즐겁게, 그러나 좀 더 엄숙한 이야기, 사실적인 이야기를 내 문학의 본령으로 삼자. 작가라고 해서 남의 생활을 함부로 훔쳐보는 치사한 짓은 제발 하지 말자, 뭐 대충 이런 생각들을 하면서 글을 쓴다고 할 수 있지요.

발표한 작품 수는 장편 4편, 중편 20여 편, 단편 60여 편 정도 되는 것 같습니다. 워낙 과작하는 체질이라 등단 직후 글을 쓰지 않은 10년을 감안한다 하더라도 양적으로 결코 많은 작품이 아니지요.

정: 70~80년대는 지식인의 암흑시대였지요. 일체의 말길이 막히고 자유로운 생각 자체가 무참하게 억압되던 시기에 글쓰기란 사실 이중적인 고통일 수밖에 없었겠지요?

전: 그런 고통 자체가 글쓰기를 선택한 사람으로서의 당연한 사명으로 생각했지요. 바꿔 얘기하면 그것을 극복하기 위한 일이 글쓰기의 신명으로 올 수도 있다는 기대를 중하게 생각했다는 것입니다. 70년대 중반에 발표된 〈침묵의 눈〉이 다소 문제가 되었던 것은 그 작품 속 주인공 이름이 '민중'이었기 때문이었지요. 지금 젊은이들이 들으면

믿어지지 않을 얘기지요. 나는 이미 작품집에 들어간 그 작품의 주인공 이름과 작품 제목까지 다른 것으로 바꾼 적도 있지만 지금은 오히려 그런 제약이 그립기도 합니다. 작가로서의 긴장이 글쓰기의 신명이 될 수 있기 때문일 겁니다.

정: 전 선생님도 4 · 19세대 아닙니까? 이 세대가 지닌 독특한 문화적 감수성이랄까 소외감 등에 대한 솔직한 느낌을 말씀해 주십시오.

전: 모든 것을 부정하는 마음으로 문학을 선택했고, 그리고 글쓰기에 대한 부정의 정신으로 해서 10년 동안 작품을 쓰지 못했습니다.

정: 오늘날 우리가 겪고 있는 IMF 고통 문제에 대해서도 한 말씀 해 주시지요.

전: 전철에서 본 얘깁니다. 어떤 술 취한 50대 남자가 고래고래 악을 쓰고 있는 겁니다. 그 대상이 막연한 분노의 목소리는 우리나라가 결코 IMF가 아니라는 겁니다. 해외여행 잘 가고, 금강산 구경 잘 가고, 음식점마다 와글거리고, 백화점 잘 되고, 자동차들 길거리에 빽빽하게 밀려다니고, 텔레비전 보고 또 보고, 국적 없는 그 신명나는 춤 잘도 춰 대고 등등 50대가 악을 쓰며 엮어 대는 그 사설에 전철 속 사람들이 숨도 제대로 못 쉬고 있었지요. 그날 나는 그 50대의 반어적 분노 표현의 그 고통을 조금 나눠가졌다는 생각입니다.

정: 80년대 작품 중에 장편소설 《길》이었나요? 폭력의 상징으로서의 아버지와 둘째 할아버지 이야기는 지금도 나는 그 작품을 아주 선명한 이미지로 간직하고 있습니다.

전: 《길》 연작을 써내고 있는 중에 KBS의 이산가족 찾기라는 거대한 드라마가 연출되었지요. 바로 그러한 감동을 연출하려고 욕심 했던 내가 김이 샐 수밖에 없었지요. 부권상실의 의미를 추적하려던 계획을 포기하고 부족한 대로 책을 엮어 내고 말았지요. 처음 계획대로 4 · 19에서 80년대까지를 그려 냈으면 괜찮은 작품이 되지 않았을까 하는 아쉬움이 남는 작품입니다.

정: 전 선생님은 혹시 어떤 종교를 가지고 있습니까? 작품 분위기로 보면 전통적인 유교적 사유가 있다고 보았습니다만.

전: 그 신앙의 깊이가 어떠했는지는 모르지만 할아버지 할머니 세대에서부터 기독교적 분위기를 느끼며 성장했지만 나는 교회에 별로 나가지 않았지요. 그러나 유신론잡니다. 교과서적인 나를 지탱하는 힘도 그런 나로부터 벗어나기 위한 방황도 그런 기독교적인 분위기에서 가능했던 것이지요. 나는 때로 샤먼들의 그 초능력을 믿고 싶어지는 신비주의자이기도 합니다.

정: 전 선생님의 작품에 대한 질문은 무척 결례가 되는 것으로 압니다만, 이제까지 써 오신 작품 세계에 대한 간략한 자기 해석 좀 부탁드

려도 될까요?

전: 초기 내 소설의 관심은 한마디로 오늘의 삶을 어둡게 만들고 있는 원인 찾기라고 할 수 있습니다. 6 · 25라는 민족 수난으로 만들어진 껍질에 대한 관심에서 시작한 것이지요. 그 껍질을 뒤집어쓰고 있는 아버지 찾기, 우리의 뿌리 혹은 힘의 근원이라고 생각한 아버지와의 화해나 그 반대의 현상을 통해 현실을 있는 그대로 인식하자는 것이 작품을 만드는 과정에 형성되는 작품 의도였지요. 고통 받는 삶 자체가 역사라는 인식은 전쟁이나 어떤 수난기에 숱하게 나타나는 영웅이나 지사들에 대한 거부감을 가져오게 마련이었지요. 그것은 어떤 명분을 위해 작은 것의 희생을 요구하는 힘의 비인간적 권위와 폭력, 그리고 정치쟁이들의 파렴치에 대한 혐오라고 할 수 있었지요. 위선과 교활한 지혜는 더욱 질 나쁜 폭력이라는 것을 말하기 위한 소설 쓰기가 내 두 번째 관심세계가 되는 셈이죠. 그것은 은폐되는 진실에 대한 분노로 표현되곤 했지요. 그 분노가 제대로 표출되지 않은 상태에서의 억압은 광기를 가져오게 마련이지요. 다시 내 관심은 광기를 지닌, 별난 인생들로 옮겨졌지요. 성공하지 못한 악이 내가 즐겨 다룬 광기라고 할 수 있습니다. 그 광기는 한때 내 작품의 주요 모티브가 되었던 6 · 25적 악령이 좀더 구체적인 모습으로 현현된 것이라고 보아도 좋을 것입니다.

정: 요즘 인문적인 정신은 아예 무시되고 있는 실정입니다. 마침 전 선생님께서는 대학교에서 국문학을 가르치고 계시니까 묻겠는데 교육

을 개혁한다고 해서 모두 기능 교육 쪽으로만 학풍을 몰아가고 있는 현실에 대해서 어떻게 생각하고 계시는 지 좀 알고 싶습니다. 교육을 정치 논리로 재단해도 되는 겁니까?

전: 자연과학 중시의 17세기 실학주의는 인문주의에 대립하는 교육상의 일대 혁명을 가져온 것은 사실입니다. 문학 혹은 언어와 관련된 사유보다는 자연과학을 중요 학과로 삼자는 이 흐름은 인문주의와 대립되는 양상을 보이면서 변증법적 발전을 해 온 사실도 우리는 간과해서는 안 되겠지요. 그러나 요즘 대학에서 보여지는 현상은 인문학의 포기 및 실종이라는 개탄의 소리가 높은 것이 현실입니다. 나는 이것을 교육 개혁에 따른 어쩔 수 없는 위기라고 생각합니다. 70년대 산업화의 과정에서 굴뚝이 높아지는 만큼 정신이 따라가지 못했기 때문에 빚어진 인간성 상실, 혹은 윤리 도덕의 마비를 가져왔다던 그 경험 속에서 우리는 아직 헤어나지 못하고 있다는 것을 명심해야 할 것입니다. 정신이 따르지 않는 효율 중시의 물질 숭상 숭배가 매연을 뿜어내는 굴뚝만 쳐다보게 만들었다는 것이지요.

교육 개혁 차원에서 말씀드리자면 경제 논리에 따른 학부제 등의 구조 조정은 자연과학 분야에서는 가능할는지 모르지만 인문학 쪽에서는 재고해야 할 점이 많다고 봅니다. 운동 시합에서 패자는 떨어져 나가고 끝까지 남은 팀만 우승을 가리게 되는 토너먼트식 구조 조정이 인문학에도 일률적으로 강요되어서는 곤란하다는 것입니다. 교원정년 단축이 교육개혁으로 이해돼서는 이 나라 교육이 결코 성공할 수 없다는 얘기지요. 30년 경력의 노하우보다는 1년 경력의 젊음이 교육에 더 필요하다는 발상으로 국민을 설득하려 해서는 안 된다는 얘깁니다. 실학의 실질 숭상도 그 밑바탕에는 인본주의적 유고 철학이 있었기 때문에 그것이 경제적 교육적 효과를 얻어낼 수 있었다는 생각입니다.

정: 나는 우리나라의 문화 정책에 대해서도 상당한 문제가 있다고 생각합니다만 전 선생님은 어떻습니까? 공보나 체육, 관광에 묶여 문화가 운용되어 온 저간의 사정을 보면 5,000년 전통을 지닌 문화 민족이라는 신념을 그나마 헌 신발 버리듯 내팽개쳐 버린 것 같아 한심하다는 생각이 듭니다.

전: 교육 정책이 혼미를 보이듯 우리나라 문화 정책도 잠재된 우리의 문화 역량 개발과 시대에 맞춰 발전하는 문화 흐름을 제대로 수용하고 이끌지 못한다는 생각입니다. 문화가 국가 발전의 동인이라는 인식만 있지 실제로 그 문화의 실체 잡기, 그것의 전통화나 가치 매기기에는 언제나 한 수 늦게 나서고 있다는 불만입니다. 문화 정책은 그 시대 문화의 중심 잡기인데 그 중심이어야 할 우리의 전통 문화가 올바른 검증을 통한 가치 매김에 앞서 상품화부터 됨으로써 전통의 계승이라기보다는 전통의 단절을 부채질 하고 있다는 것을 이곳저곳에서 앞다투어 벌이고 있는 무슨 무슨 축제에 참가해 보면 금방 느낄 수 있습니다. 문화 정책의 사각지대는 중앙 문화 중심에서 항상 배제되고 있다는 지방 문화인들의 자기 비하적 문화 인식, 지역주의적 편견과 아집에서 찾을 수도 있을 것입니다. 다른 지역 문화와의 차별성이 바로 총체적 민족 문화의 핵이라는 것을 정책적으로 뒷받침해 줄 때 문화의

균등이 이루어진다고 봅니다.

특히 교육정책이나 문화정책은 정치 논리, 경제 논리를 넘어서는 어떤 철학에 의해 수립되고 실천되어야 한다고 봅니다.

2부

내 문학의 영토 지키기

물은 스스로 길을 번다

-창작 강좌

등단하고 만 10년 동안 단 한 편의 작품도 쓰지 못했다. 준비 운동도 없이 트랙에 들어섰다가 쓰러져 평생을 폐인이 된 운동선수 꼴이었다. 글을 쓰는 사람으로서의 기본정신이 얼마나 중요한 것인가를 터득하는데 10년이 걸린 셈이다. 그냥 단순한 취미 활동으로서의 글쓰기라면 몰라도 바로 여기에 내 길이 있다는 확신으로 시작한 글쓰기라면 평생을 그것과 함께 하기 위한 정신적 준비가 필요하다.

글쓰기의 기본자세 갖추기. 이것이 내가 문예창작교실에서 주고받는 강의 내용의 전부라 해도 크게 틀리지 않을 것이다.

창작의 이론과 실제

창작 욕구가 있는 학생들을 위해 개설된 이 강좌는 일 년에 한 학기 동안 창작과 관련된 문학 이론과 글쓰기의 실제로 채워진다. 학생들과의 만남이 단 한 학기로 끝나는 데다 문학의 전 장르에 걸친 창작 강좌인 만큼 어느 한 분야에 치중하기가 어렵다 보니 자연히 겉핥기가 되기 쉽다.

더구나 수강생들 중 대부분이 창작 쪽에 재능이 있어서 왔다기보다 소설이나 시가 어떻게 쓰여지는가 하는, 문학 이해로써의 호기심인 쪽이어서 강의의 방향을 잡기가 쉽지 않은 것도 사실이다.

그러나 나는 일단 수강생들이 작가나 시인 지망생이라는 전제하에 강의를 시작한다. 사실 시간이 조금 지난 뒤에 확인해 보면 수강생 누구나가 글쓰기에 대한 막연한 동경과 실제로 그런 꿈을 갖게 한 어떤 계기가 있다는 것을 확인하기 어렵지 않다. 초등학교 때 백일장에 나가 입상을 한 뒤 선생님에게 칭찬을 받았다든가 뭔가 쓰지 않으면 못 견딜 만큼 절실한 무엇이 자기를 괴롭히고 있다는 등의 개인적 사연의 확인이다.

나는 왜 글을 쓰려고 하는가, 왜 쓰지 않으면 안 되는가, 글쓰기는 나에게 무엇인가?

학생들에게 던지는 화두다. A4 용지로 한 장 이상의 글쓰기를 고문하듯 주문한다. 반응은 기대했던 것 이상으로 좋다. 한 장을 겨우 채우는 학생도 없지 않지만 꽤 긴 글을 써내는 학생도 많다. 내용은 물론 그 이야기를 풀어 가는 솜씨가 만만치 않다. 문학을 처음 시작할 때의 설렘으로 그 글을 읽는다. 수강 학생이 많을 경우에 조금 벅차긴 하지만 나는 이 글을 공개적으로 발표하게 한다. 자신들이 생각했던 것보다 진지하고 알맹이 있는 내용이 담겨 있는 글이 발표되는 것을 들으면서 학생들은 고개를 주억거린다.

쓰고 싶어 쓴다. 쓰지 않으면 죽을 것 같다. 글 쓰는 일이 즐겁다. 글쓰기를 통해 내 열등감을 보상받고 싶다. 글 쓰는 일이 나를 구원했다. 사람 이해의 길이다. 세상 보는 눈이 달라졌다.

이러한 결론이 구체적인 예를 통해 주어지는 순간 공감대가 형성되면서 새삼스레 그들 자신의 글쓰기 욕구가 불붙어 오르는 분위기가 역력하다.

무엇을 쓸 것인가

왜 쓰려는가 하는 글쓰기의 욕구 원인이 밝혀진 다음에는 그 욕구가 채워질 수 있는 금맥 찾기가 필요하다. 즉 글쓰기를 통한 할 말 찾기인 것이다. 어떤 말을 하고 싶은 것인가. 어떤 이야기를 해야 신명이 날 것인가에 대한 예비 진단이다.

가장 쓰고 싶은 이야기, 이것을 쓰지 않고는 못 견디겠다고 생각하는 것이 있는가. 이것은 나 말고는 누구도 쓸 수 없다, 이 문제에 나보다 더 절실하게 부딪쳐 본 사람이 없을 것이다……. 기억의 잔상을 클릭 클릭, 설사 그것이 나중에는 아무런 쓸모가 없는 것이라 해도 바로 이것이다, 하고 불현듯 짚이는 뭔가를 찾아내야 한다.

이것은 자기 이야기로부터 시작하라는 말과 같다. 쓰려는 무엇의 전문가가 돼야 글 쓰는 신명이 난다는 얘기이기도 하다. 대부분의 작가 · 시인들이 그러하듯 글을 쓰려는 사람은 어린 시절의 각인된 기억을 밑천 삼아야 한다. 각인된 기억이란 그만큼 절실하고 충격이 컸던 사건이란 뜻이기도 하다. 시간이 지난 지금쯤 그것은 오랜 세월 동안 객관화되었을 뿐 아니라 아직도 그것이 머릿속에 생생한 만큼 그 속에 뭔가 비밀이 감춰져 있다는 것을 의미한다. 잊혀질 수 없는 그 기억에 의미를 붙여야 한다. 아직도 잊혀지지 않고 기억의 창고에서 숨을 쉬고 있는 그것의 정체를 밝혀야 한다.

무엇을 쓸 것인가. 학생들은 처음에는 황당하다는 듯이 망설이지만 막상 펜을 들면 좌충우돌, 종횡무진 거침이 없다. 작가가 갖추고 있어야 할 솔직성이 바로 이 부분에서 여지없이 드러난다. 지금까지 금기시 해왔던 어떤 문제로부터의 해방감이 그들 글 속에 넘쳐난다.

학생들은 이 단계에 이르러 조금 설레기 시작한다. 글이란 별것이 아니구나. 내가 알고 있는 것, 내 문제, 내 이야기를 쓰면 된다는 것에 안도하며 자신감을 보이는 것이다. 어떤 학생은 지금이라도 당장 소설 한 편을 써내겠다는 듯이 서둘러 댄다.

우선 소설 쓰기를 예로 글쓰기에서의 기본자세가 무엇인가를 다시 강조한다.

소설은 무엇인가

소설은 작가가 꾸며 낸 거짓말 이야기다. 이것을 믿지 않으면 작가가 될 수 없다. 소설은 누가 뭐래도 거짓말 이야기이다. 물론 독자들도 자신들이 읽는 소설이 작가가 꾸며낸 거짓말이라는 것을 모르지 않는다. 그러나 그 거짓말을 문제 삼는 독자는 없다. 작가가 꾸며 낸 거짓말이 거짓말 이야기로 느껴지지 않기 때문이다. 우리가 텔레비전 드라마를 보면서 웃고 우는 것과 같은 이치이다. 꾸며 낸 이야기가 실제로 있었던 이야기보다 재미있는 것도 작가가 거짓말로 이야기를 꾸며 냈기 때문이다.

사실이 아닌 것을 사실처럼 말하는 능청, 없는 것을 있는 것처럼 말하는 능청떨기가 소설이다. 불륜의 칙칙하고 꺼림한 기분을 고상한 아픔으로 미화하는 것이 소설이다. 자동차로 개구리를 깔아뭉갠 일로 촛불을 켜놓고 미물의 죽음을 애도하는 그 마음의 과장 보여주기가 소설이다.

그것이 어떤 것인가를 알면서도 짐짓 시치미를 떼는 일로 그것의 본질을 독자가 스스로 찾아내도록 유인하는, 시치미 떼기가 소설인 것이다.

루쉰의 산문에서 이런 것을 읽었다. 꿈에 루쉰이 선생님에게 글을 쓰려는 사람의 마음 자세에 대해 물었을 때 선생님이 예로 든 얘기다. 옛날 어떤 집에서 아들을 얻어 집안이 온통 축제 판이었다. 만 한 달이 되어, 잔칫날 손님들에게 아이를 보이며 덕담을 듣고 있었다. 손님 하나가 말했다. 우와, 이 아이는 크면 부자가 되겠는데요. 부모는 이 말을 듣고 매우 고마워했다. 다른 사람이 아이를 보면서 말했다. 이 녀석, 크면 높은 벼슬을 하겠습니다. 아이 부모는 입이 더 크게 벌어졌다. 그런데 다른 손님 하나가 한 말이 문제였다. 이 아이는 분명 죽을 겁니다. 그러자 사람들이 그를 죽도록 때렸다. 사람이 죽는다는 것은 진실이지만 부자가 되거나 벼슬을 할 거라는 것은 거짓말일 수 있다.

그런데 거짓말은 좋은 보답을 얻었고 진실은 죽도록 얻어맞았다. 선생님이 꿈에 거짓말도 안 하고 진실을 말해 얻어맞지도 않는 비결을 말해주었다. 이렇게 하려므나. 우와! 이 아이는 정말! 이걸 보세요! 얼마나…… 어이구! 하하! 허허러 헛. 허허허허!

소설의 거짓말 이야기는 이렇게 하고 싶은 말을 직접 드러내지 않는데 묘미가 있는 것이다. 아무리 진실이라도 그것을 함부로 발설하지 않고 독자의 몫으로 남기는 거짓말 이야기여야 한다.

무엇이 작가에게 그런 능청스런 거짓말을 만들어 내게 하는 것일까. 작가의 그 능력을 우리는 상상력이라고 한다.

문학은 상상의 산물이다

소설 쓰는 즐거움이 바로 상상하는 즐거움이라고 해도 틀리지 않는다. 소설은 전적으로 상상의 산물이기 때문이다. 상상은 관념적인 것을 구체화하는 힘이다. 즉 어떤 사물을 가지고 하나의 의미 있는 형상을 만든다는 것이다. 상상은 기억을 재료로 하기 때문에 현실 생활에서 어떤 사물과 만났을 때 잠자고 있던 그것이 불현듯 피어오르게 된다. 그러나 단순한 경험의 재현은 진정한 의미의 상상이 아니라 그저 기억을 살려 내는 정도밖에 안 된다. 예술에서 필요로 하는 상상은 그 기억이 현실의 어떤 사물을 꼬투리로 해서 새로이 뭔가를 형성해 내는 힘이어야 한다.

어느 분이 소설 하나를 보내 왔다. 읽어 보니 내용도 좋고 문장도 괜찮은데 결정적인 흠이 과거 체험의 서술에 끝나고 말았다는 아쉬움이었다. 유년 시절의 그 각인된 체험들이 상상의 힘에 의해 형상화되지 못했다는 얘기다. 소설은 어차피 거짓말이고 과장이게 마련인데 바로 그 부분을 소홀히 했다는 것이다. 상상하는 즐거움이 따르지 못했기 때문에 아무래도 글이 다소 답답하고 독자를 사로잡을 수 있는 어떤 긴장감으로 연결되지 못한다는 아쉬움이었다. 그것을 쓴 사람은 자기가 직접 본 것, 있었던 일을 그대로 재현해 내는 일에 즐거움을 느꼈을 뿐이다. 자신이 보지 않은 그 부분을 상상으로 그려 내고 뭔가 예언하는 즐거움이 따랐더라면 그 글은 정말 좋은 글이 되었을 것이 분명했다.

공상이나 망상도 상상에 뿌리를 두고 있지만 그것은 현실이라는 개연성과 맞닿아 있지 못하기 때문에 끈 풀어진 풍선과 같은 것이다. 문학에서 필요로 하는 상상은 일단 독자를 당혹스럽게 한 뒤 고개가 끄덕거려질 수 있는 개연성을 가지고 있어야 한다.

작가의 상상하는 즐거움은 자신의 상상 세계에 독자들을 동참시키는 것이다. 그리하여 좋은 소설은 작가와 독자가 다같이 상상을 통해 만나게 된다.

문학에서 필요로 하는 상상은 우연이 아닌 개연적 진실과 가까이 있다는 것을 글 쓰는 처지에서 분명히 인지하고 있어야 한다.

이제 문제는 상상된 것을 표현하는 일이다. 작가가 되기 위해서는 이야기꾼으로서의 언변이 있어야 한다는 것이다. 누구보다 이야기를 잘해야 한다. 이야기꾼으로서의 장인 의식이 필요하다. 목수나 도공이 자기가 다루는 나무나 흙에 대해 잘 알고 있어야 하는 것처럼 글을 쓰려는 사람은 글의 일차적인 자료인 언어를 누구보다 잘 알고 있고 누구보다 그것을 사랑하는 사람이어야 한다. 어휘 구사력, 그것이 작가로서의 재능 확인이라는 것을 잊지 말아야 한다.

고문하듯 물어야 한다. 나는 우리말을 얼마나 사랑하고 있는가. 그리고 이야기꾼으로서의 남들보다 뛰어난 어휘 구사력을 가지고 있는가. 그렇다. 이 대목에서 대부분 절망한다. 그 절망이 깊을수록 좋다. 언어 혹은 문장에 대한 열등감이 글 쓰려는 사람을 괴롭혀야 한다. 장인 기질이 드러나는 것도 문학의 일차적인 자료인 언어에 집착하는 그 치열성에서 생겨난다는 뜻이다.

문제는 문장이다

문장이 모든 것을 해결해 준다는 믿음이 있어야 한다. 물론 좋은 글은 좋은 생각에서 나온다. 그러나 좋은 생각을 좋은 글로 만드는 것은 글 쓰는 이의 표현력, 즉 문장력에 의해 결정된다. 별것 아닌 얘기도 성공한 작가가 다루면 감칠맛이 있고 뭔가 깊이가 있는 것처럼 느껴지는 것도 그 작가가 구사하는 문장 때문이라는 것을 알아야 한다.

물론 문장력은 타고난 재능과 관계가 깊다. 그러나 글 쓰는 이의 피나는 노력에 의해 감춰졌던 재능이 발굴된다는 것을 잊어서는 안 된다. 좋은 문장 만들기의 즐거움은 글 쓰는 이의 확실한 성공을 약속하는 조짐이다.

왜 쓰려고 하는가. 글쓰기를 선택하지 않을 수 없는 어떤 피치 못할 끌림이 있어야 작가 시인이 될 수 있다는 것의 암시다.

무엇을 쓸 것인가. 자신이 평생을 파먹어도 고갈되지 않을 어떤 글쓰기의 샘을 하나 마련하고 시작하라는 것이다. 쓰려는 그 무엇만 생각해도 즐거워지는, 상상의 원천으로서의 샘을 찾아야 한다는 말.

소설은 거짓말 이야기이다.

이것은 문학이 상상의 산물이라는 것을 믿어야 글쓰기의 신명을 얻을 수 있다는 것의 강조이다.

왜 거짓말 이야기를 꾸며내는가. 소설은 지금까지 사람들이 진실이라고 믿고 있는 것을 뒤집어 엎으려는 악의를 품고 있어야 한다. 이제까지 우리가 알고 있는 의미를 전연 다른 것으로 새롭게 하기 위하여, 기존의 질서를 깨는 일로 새로운 질서를 믿게 하기 위해 거짓말이 필요하다는 걸 믿어야 한다.

우리말을 얼마나 잘 쓸 수 있는가.

이것은 문장이 모든 것을 결정한다는 인식의 강조다. 표현력이 부족한 작가는 글쓰기의 즐거움보다 그 절망으로부터 결코 자유롭지 못하다는 것을 알 필요가 있다.

창작의 이론과 실제를 수강한 학생들이 한 학기 동안 내게서 집중적으로 들은 강의 내용의 요약이다. 작가 · 시인이 되려는 사람이 갖추어야 할 원론적인 이야기에 불과하다. 물론 시간이 허락하는 한 몇 가지를 더 주문한다.

자신이 지금까지 알고 있는 소설 혹은 시에 대한 모범 답안을 깨기 위한 글쓰기를 시작하라. 소설이 무엇인가는 소설 읽기를 통해서 터득해야 한다. 좋은 소설이 어떤 것인가도, 소설을 어떻게 써야 할 것인가도 소설을 통해서 터득할 일이다.

독창적 자기 세계를 보여 주기 위한 신인다운 실험 정신이 필요하다는 것도 빼놓을 수 없다. 이것도 지금까지 알고 있는 소설의 모범 답안을 버리는 일로부터 시작해야 한다.

모든 예술이 그러하듯 문학에도 그 질과 격이 있다는 것의 일깨움. 가벼운 것과 무거운 것이 있고 밝은 것과 어두운 것이 확연히 다른 얼굴로 존재하는 것을 알 필요가 있다. 문학의 질과 격은 그것의 예술성 혹은 문학성이 얼마나 갖춰져 있는가에 의해 판가름 난다.

이외에도 소설은 궁극적으로 인물 탐구이기 때문에 캐릭터 만들기가 무엇보다 중요하다는 것의 강조도 필요하다. 그 캐릭터가 숨쉬는 공간과 사건 서술에 걸맞은 어조(톤) 선택이 작품의 성공 여부를 결정한다는 것도 강조한다.

상투적인 소재나 진부한 주제는 아예 손도 대지 말라. 소재와 내용이 새로워야 글 쓰는 신명이 난다. 소재나 내용이 다소 진부한 것이면 그것을 보여 주는 방법이 새로울 필요가 있다. 지금 쓰려는 작품이 새로운 내용이거나 새로운 방법이라는 확신이 서지 않으면 아예 시작하지 말아야 한다.

쓰고 싶은 것을 참는 것도 글쓰기의 한 수련이다. 쓰고 싶은 것을 참는 방법으로 책 읽기를 권한다. 성찰하고 판단하는 준비 과정도 없이 글쓰기에 조급하게 덤벼드는 사람치고 좋은 작품을 만드는 것을 보지 못했기 때문이다.

가끔 쓰고 싶은 욕구를 억누르는 것이 필요하다. 이제 쓰지 않으면 죽을 것 같다는 단계까지 기다렸다가 시작해야 한다. 마른 갯솜이 물을 먹듯 그렇게 글이 술술 풀려나갈 것 같은 시간까지 기다리는 인내가 필요하다.

작가 지망생들은 글쓰기에 앞서 그것에 필요한 요란 찬란한 이론 공부를 내게 원한다. 그러나 나는 단호히 그 유혹으로부터 벗어난다.

이론 습득과 어떤 것의 구체적인 훈련은 모처럼 불붙기 시작한 상상력을 위축시킬 염려가 크다. 특히 소설과 시에 대해서 이론적으로 많이 알고 시작하게 되면 결국은 그것이 상상의 장애 요인이 되고 그 덫에 치이게 되면 평생을 문학 병으로 노랗게 시들어 가는 삶을 살아야 한다.

쓰고 싶을 때 자기 맘대로 써야 한다. 선생이 나서서 이렇게 써라 저렇게 써라 하는 것이야말로 창작교실에서는 정말 웃기는 일이다.

'나는 경기장에 나가 골을 넣기엔 너무 늙었다.'

한국 축구가 미국 골드컵 예선에서 쿠바에 비기는 졸전을 벌인 뒤 가진 기자 회견에서 히딩크 감독이 한 말이다. 득점력 배양은 선수들 스스로가 해결할 수밖에 없는 문제라는 것의 은유적 표현이다. 경기 운영의 창의력 배양은 감독의 몫이지만 선수들의 골 본능만은 자신의 권한 밖이라는 히딩크의 말은 시사하는 바가 크다.

창작교실에서 내가 할 수 있는 일은 학생들의 창작 욕구를 부추기는 일과 그 재능을 스스로 찾아내게 하는 계기 마련하기, 그리고 글쓰기를 위한 치열성이 있어야 한다는 원론적인 주문일 뿐이다.

물은 스스로 길을 낸다. 웅덩이를 채웠다가 넘쳐흐를 만큼의 수량이 문제다. 물줄기가 위로 솟구치는 샘물을 발견하는 것은 전적으로 그들의 몫이다. 재능을 찾아내는 것도, 그 재능이 창작 에너지로 활활 타오르게 하는 것도 그들이 할 일이다.

초심의 설렘으로

올해에도 신춘문예 작품들을 대충 찾아 읽었다. 매년 정초에 발표되는 신춘문예 작품을 찾아 읽는 일은 내 오랜 버릇이다. 신문을 구하지 못한 것은 인터넷이라도 뒤져 읽어야 직성이 풀린다.

내가 정초에 이 신문 저 신문을 뒤지고 있으면 모두가 하는 얘기가 있다. 조금 기다리면 출판사에서 신춘문예 작품을 모아 엮은 책이 나올 것인데 그때 사서 한꺼번에 읽지 왜 그 고생을 하고 있느냔 얘기다.

물론 어느 해는 정초에 신문 볼 시간이 없어 나중에야 신춘문예 당선 작품집을 사서 읽기도 했다. 그러나 신춘문예 당선 작품이 발표된 그 즉시 신문지의 기름 냄새를 맡아 가며 작품을 읽는 그 가슴 설렘을 도저히 찾을 수 없었다. 인터넷에 들어가 작품을 찾아 읽는 것도 신문을 찾는 번거로움은 없을는지는 몰라도 왠지 작품의 그 따끈한 맛을 느낄 수 없기는 매한가지다.

내가 매년 신춘문예 당선 시나 소설 작품은 물론 문학잡지의 데뷔 작품을 열심히 찾아 읽는 일을 좀 의아해 하는 사람들이 많다. 그렇게 젊은 신인들의 작품을 굳이 찾아 읽는 이유가 뭐냔 것이다. 내 대답은 상대에 따라 혹은 그때의 기분에 따라 수시로 달라진다. 그러나 그 대답의 골자는 변함이 없다.

나이 먹으면서 녹이 쓴 내 문학 정신 혹은 글쓰기의 신명을 추스르기 위해서라는 것이다. 문학잡지의 신인상 등 데뷔 작품이나 신춘문예 당선작을 찾아 읽는 일이 자동차의 엔진 오일을 갈아 넣기와 다르지 않다는 얘기다.

아주 빼어난 당선작을 읽었을 때는 여지없이 기가 죽는다. 신인들만이 가질 수 있는 패기의 실험 정신과 탁월한 언어 감각에 의해 빚어진 작품을 읽으면서 나는 절망한다. 한때는 이런 것이 내가 넘어야 할 산이라고 생각했는데 나이를 먹으면서 아예 그 산을 포기하지 않으면 안 된다는 무력감에 빠지기도 한다. 문제는 좋은 작품을 읽었을 때의 그 절망이 어느 정도 시간이 지나면서 나도 저런 작품을 써야 하겠다는 마음 다짐으로 바뀐다는 사실이다.

이와는 달리 내가 읽은 당선작이 기대에 못 미치는 수준 이하의 것일 때는 나도 이것보다는 낫게 쓸 수 있다는 마음의 위안마저 생긴다.

어쩌면 내가 신춘문예 당선작을 찾아 읽는 것은 문학이 필요로 하는 이 시대의 감각, 그 체취를 느끼고 싶어서인지도 모른다. 특히 젊은이들의 눈으로 본 세상 읽기, 그것의 성찰과 판단이 점점 둔해지고 있는 내 글쓰기의 안목과 통찰에 윤활유 역할을 해주리란 기대일 것이다.

내가 신춘문예 당선작을 발표와 동시에 찾아 읽는 진짜 이유는 다른 데 있는지도 모르겠다. 글쓰기의 설렘, 그 떨림의 확인 같은 것이리라. 지금도 신춘문예 철만 되면 마음이 설렌다는 문인들이 많다. 아마 대부분의 문인들이 신춘문예 모집 공고를 보거나 당선작이 발표된 지면을 보면서 그런 설렘을 가질 것이다.

서점에서 문학잡지만 봐도 가슴 두근거리던 문학 소년 시절을 생각할 일이다. 아직 등단과는 아랑곳없이 글쓰기의 신명에 빠져 있을 때의 그 치열성은 또 어떠했는가. 드디어 등단을 결심하고 등용문을 두드릴 무렵의 그 기대와 절망의 긴 시간들도 잊을 수 없으리라. 응모했던 작품이 신인상으로 뽑혔다는 통고를 받았을 때의 그 황홀한 전율을 어찌 잊을 수 있겠는가. 등단한 뒤 첫 작품이 지면에 발표되었을 때 작품을 몇 번이고 거듭 읽었던 그 감동의 자기도취는 지금 돌아봐도 가슴 떨리는 일이다. 그리고 얼마 뒤 첫 시집이나 소설집을 발간, 그것을 가까운 사람들한테 보내고 나서 그 반응을 기다릴 때의 초조와 흥분은 또 어떠했는가.

이것이 바로 글쓰기를 통한 가슴 설렘의 순간들이다. 이 설렘 속에 문학의 생명이 숨 쉬고 있다는 사실을 우리는 잊고 있다. 왜 쓰려고 하는가, 왜 쓰지 않으면 안 되는가, 하는 고문 같은 물음으로 자기 단련을 하던 시인 · 작가 지망생 시절의 그 마음 떨림 속에 문학을 향한 때묻지 않은 순수와 열정의 집념이 숨쉬고 있었던 것이다. 그 설렘이 또한 글쓰기의 즐거움이었고 절망으로부터 다시 일어서게 하는 에너지였다.

그런데 요즘 문학 혹은 글쓰기에 대한 이 시큰둥한 느낌의 정체는 도대체 뭐란 말인가. 처음 시작할 때의 그 설렘을 어디로 갔나. 글쓰기의 그 신명을 어디에다 빼앗기고 있는가.

별것 아닌 작품 몇 편을 써놓고 독단 작가 행세를 하는 그 즐거움에 빠져 있는 내 모습이 보인다. 등단 경력을 권력처럼 허리에 두르고 문단에서의 자리싸움에 연연하는 추하기 이를 데 없는 내 모습이 보인다. 내 분야 글쓰기만 최고라고 내세우며 남의 글을 읽지 않고 남의 분야에 대해서는 아예 등 돌리고 있는 소아병적 문학 장르 이기주의 주범은 아닌지. 조폭의 형님처럼 패거리 의식으로 아랫것들이 허리 굽혀 손 비비는 그 맛에 흠뻑 취해 홍알거리며 사는지도 모르겠다.

이 모두가 초보자 시절의 그 설렘을 잊었기 때문이다. 글 쓰는 참 즐거움을 잃었으니 그 설렘을 다른 것에서 찾을 수 있으랴. 시인 · 작가 행세하며 뽐내기, 문단의 이런저런 감투를 구걸해 명함에 새겨 넣는 일에 혼신의 열정을 쏟는 등 문학의 본질 외적인 것에서 즐거움을 찾을 수밖에 없을 것이 당연하다.

그리하여 지금의 우리 문단은 초심자의 그 설렘을 잃지 않은 채 글쓰기의 신명을 누리고 있는 이들보다 그러한 본질적 신명을 잃고 문학 외적인 일에서 성취감을 찾고 있는 사람들이 더 많이 눈에 뜨인다. 문제는 글 쓰는 신명보다 다른 일에 신명을 찾고 있는 시인 · 작가들로 하여 오직 글쓰기의 그 설렘만을 끌어안고 사는 더 많은 문인들이 상처를 입거나 문학에 대한 환멸을 느끼면 어쩌나 하는 우려인 것이다. 실제로 문단의 흐린 물을 내려다보며 글쓰기의 신명을 잃었다는 문인들이 적지 않다.

처음 시작할 때의 마음, 초보자 시절의 그 설레는 마음을 되찾을 일이다. 그 설렘이 바로 때 묻지 않는 문학 정신이요, 우리가 글쓰기에서 찾고자 하는 위안이며 희망이라는 것을 잊지 않아야 할 것이다.

첫 입맞춤의 감촉 같은, 문학의 길을 처음 들어설 때의 그 경건한 마음과 가슴 설렘으로 잃어버린 글쓰기의 신명을 되찾고 싶다.

글쓰기의 신명 추스르기

-이상문학상특별상 수상 소감

새해 벽두에 신춘문예 작품을 찾아 읽는 일은 내 오랜 버릇입니다. 되도록 당선작품이 발표된 신문을 얻어 종이에 밴 기름 냄새를 맡아가며 읽습니다.

이제 글쓰기를 막 시작한 어떤 이는 신춘문예 작품을 아예 읽지 않는다고 했습니다. 시샘 같은 것도 있지만 뽑힌 작품을 읽었을 때 거기에서 오는 절망을 감당하기가 생각보다 버겁기 때문이란 얘기였습니다.

그러나 나는 절망하기 위해 신춘문예 당선작이나 문학잡지의 신인상 작품을 열심히 찾아 읽습니다. 그러고 보면 나는 꽤 오랜 세월 글쓰기의 절망과 가까이 지내 왔다는 생각이 듭니다. 원래 열등감 체질은 안 떨어지려고 줄에 매달려 버둥거리기보다 아예 바닥에 곤두박질쳐진 다음 비로소 출구를 찾는 법이지요.

문학의 길에서 가장 확실하게 만져지는 것은 절망뿐입니다. 어느 날 불현듯 내가 매달려 온 글쓰기가 아주 던적스러운 광기에 불과하다는 생각이 들 때가 있습니다. 수상쩍은 이 자괴심이야말로 글 쓰는 행위와 그 결과물에 대한 회의로부터 옵니다. 글쓰기의 신명을 잃었다는 것이지요.

그러할 때 나는 미련 없이 모든 것을 버렸습니다. 신명 없는 글쓰기를 계속한다는 것은 나 자신에게는 물론 독자들에게도 죄를 짓는 일이라고 생각해 왔습니다.

그러나 글쓰기에 대한 회의, 그 주기는 그리 길지 않습니다. 정초에 어김없이 나타나는 내 버릇, 신춘문예 작품 찾아 읽기가 그것을 입증했습니다.

나는 신춘문예 작품을 읽으면서 잃었던 글쓰기의 신명을 되찾습니다. 무뎌진 감각도 되살아나는 것을 느낍니다. 여러 작품을 빼놓지 않고 읽다 보니 가벼운 것과 무거운 것, 낡은 것과 새로운 것, 거짓된 것과 진실한 것이 구분되어 보였습니다.

때로는 당선작을 뽑은 이들의 아집과 허물어진 균형 감각 앞에 끌끌 혀를 차기도 합니다. 빼어난 작품을 읽었을 때는, 신인들만이 가질 수 있는 그 패기의 실험 정신과 탁월한 언어 감각 앞에 여지없이 기가 죽곤 합니다. 한때는 이런 것이 내가 넘어야 할 산이라고 생각했는데 나이를 먹으면서 아예 그 산을 포기하지 않으면 안 된다는 무력감에 빠지지도 합니다.

이번 이상문학상 특별상을 받게 되었다는 수상 소식을 접하고 내 안에 작은 파문이 일었습니다. 신춘문예 작품 찾아 읽기가 녹이 쓴 내 문학 정신 혹은 글쓰기의 신명을 추스르는 일에 더 없이 좋았듯 이번 수상 소식도 그와 다르지 않은 의미로 채워질 것이란 기대의 떨림이었을 것입니다.

어떤 형태이든 내 글쓰기의 결과물에 대한 가치 매김은 즐겁습니다.

문학의 길을 처음 들어설 때의 경건함으로 내 글쓰기를 다시 점검하겠습니다.

무엇일까, 이 묶임의 정체는

-8회 현대불교문학상 수상소감

온갖 박멸 작전에도 불구하고 바퀴벌레가 건재하다는 것을 오늘 아침 주방 찬장 속에서 다시 확인한다.

바퀴는 고생대 석탄기에 나타나 지금까지 별로 진화하지 않은 채 생존하고 있는, 지구 위에서 가장 완벽한 피조물로 알려졌다. 3억 년 전의 화석이 증명하듯 앞으로 수억 년을 더 버텨 내리라. 진화를 필요로 하지 않는 완벽한 생존의 비결은 다섯 가지 고통을 모르고 산다는 것. 食苦 · 病苦 · 住苦 · 色苦 · 心苦.

아무리 깨인 문명 속에서도 인간은 이 다섯 가지 고통으로부터 결코 자유로울 수 없다. 특히 몸에 문화를 좀 익힌 족속일수록 마음고생이 심한 법.

예술이야말로 그 마음고생을 벗어나는 데 필요한 한 가닥 자유의 빛이 아니었을까.

실제로 문학이 나를 구원했다는 말을 자주 써왔다. 얽매임을 풀어내는 버림의 미학이 아니라 또 다른 것을 움켜쥐는 탐심의 극치, 그 즐김과 다르지 않았을 것이다. 글쓰기의 결과물에 주어지는 문학상 역시 그 즐김의 하나였을 터.

그런데 수상쩍다. 너무 뜻밖의 수상 소식이라 그런가, 응당 어금니에 즐거움이 괴어올라야 마땅한 일인데 이상하게도 마음에 걸림이 생기는 것은 무엇 때문인가. 쑥스러움일 것이다. 우편함에 든 소포를 막상 뜯고 보니 그것이 내 앞으로 온 것이 아닌 것을 확인했을 때의 그런 짐짐함이다.

수상 소식을 접하고 상의 의미를 이만큼 생각해 보기도 처음이다. 어쭙잖은 내 문학 행위를 불가에서 말하는 어떤 연으로 잇고 싶은 충동까지 인다.

이미 숨어버린 바퀴 찾는 일도 그만둔다. 무엇일까, 이 묶임의 정체는.

분명한 것은 문학의 길, 그 출발선상에 다시 선 것 같은 느낌을 떨칠 수 없다는 사실이다. 잠시나마 이런 떨림을 안겨 준 모든 분들에게 합장배례로 고마움을 전한다.

무량수의 불심으로

-8회 만해대상 축사

제8회 만해대상!

평화부문의 만델라 전 남아공 대통령 각하, 문학부문 황석영 작가님, 학술부문 데이비드 멕캔 교수님(David R. MacCan), 예술부문 임권택 감독님, 실천부문 법타스님,

수상을 진심으로 축하합니다.

대선사 큰 시인이었던 만해 한용운 선생의 생애와 업적을 기리고 추모하기 위해 제정한 만해대상은 이제 혼란한 이 시대 올바른 가치 척도로서의 시금석이요 만인이 수긍하는 권위의 유일무이한 큰 상으로 자리 잡았습니다. 워낙 공명정대하게 논공되는 크고 깨끗한 그릇이라 여기에 담기는 물 또한 맑고 시원합니다.

오늘 만해대상을 수상하신 다섯 분의 성문(聲聞)이 심심산천 백담사 계곡 만해 마을에 찬연히 울려 퍼집니다. 만해 한용운 선생의 혼령이 다섯 분 이름을 빌어 휘황하게 빛납니다.

역대 만해대상 수상자 및 오늘 수상하신 다섯 분 삶의 궤적과 그 업적 위에 어려운 시대 조국의 자주 독립과 문명의 내일을 열기 위해 선각의 길을 걸으신 만해 한용운 선생의 유심 정신이 아름다운 조화를 이뤄 겹쳐집니다.

암울한 시대 상황에 대응한 〈님의 침묵〉, 그 부드러우면서도 날카로운 은유는 선사상의 극치였습니다.

조선불교유신론 저술과 대승불교의 반야사상으로 종래의 무능한 불교를 개혁하고 불교의 현실 참여를 주장한 선각 대선사의 실천 정신이야말로 시대의 흐름을 바로잡는 도덕적 양심의 발로 그것이었습니다.

만해 한용운 선생은 나라와 겨레 사랑 그리고 중생 구도의 횃불로서 시인의 길을 선택했습니다. 오늘 만해 마을이 불도량의 경지를 넘어 만해 시인학교와 문인의 집 등 우리나라 문학의 텃밭으로 자리한 뒤이 고장 문화 예술인들의 창작 무대요 그것을 활성화하는 창조 공간으로서의 역할을 다하고 있음도 만해 한용운 선생이 시인이었기 때문에 가능한 일일 것입니다.

오늘 만해대상을 수상한 다섯 분이 걸어오신 온 그 길이 바로 만해 사상과 그 실천으로 통하는 같은 길이었다는 것을 확인하기는 어렵지 않습니다.

민권 운동을 통한 인류애의 실천, 분단 비극의 상처와 그 치유를 위한 부단한 실천적인 삶과 문학, 독특한 안목으로 파헤쳐진 한국학의 빛나는 학문적 성과, 가장 한국적인 것이 세계적인 가치를 획득할 수 있음을 여실히 증명해 보인 빼어난 예술 혼, 상생의 민족 화해를 위한 자비 정신의 실천.

이렇게 크고 깊은 걸음을 걸어오신 다섯 분이 오늘 백담사 만해 마을에 잠시 머문, 만해대상이란 이 불가의 연이 만해 축전에 참여한 모든 사람들에게 꿈과 희망의 꽃으로 피어나기를 기원합니다.

입을 열어 그 공적을 치하하기는 쉬어도 그것을 마음 깊이 담아 간직하기는 쉽지 않습니다. 구태여 입을 열지 않아도 무량수의 불심으로 가슴이 열리는 그런 빛나는 공적들 위에 주어진 만해대상을 수상한 다섯 분에게 다시 한 번 합장배례로 축하를 드립니다.

문학 영토 지키기

정초에 농악대가 풍악을 울리며 마을로 들어설 때의 그 신명은 예전이나 지금이나 변함이 없다. 농자 천하지대본(農者 天下之大本). 농악대 선두에 펄럭이는 농기야말로 어떤 기세를 드러내 보이는 우리나라 최초의 시위 플래카드라고 해도 좋을 것이다.

농사짓는 사람을 우습게 여기지 마라. 아무나 농사를 할 수 있는 게 아니다. 땀 흘리는 사람만이 이 땅의 주인이다. 농민은 하늘을 무서워하고 순리를 따라 사는 사람들이다.

누구를 향한 시위일 것인가.

우선 농사짓는 일을 전업으로 삼고 사는 농민들 스스로의 자존심일 것이다. 하늘의 이치를 알고 흙이 지닌 생명력을 아는 작물 생산자로서의 긍지를 드러내는 일이라고 할 수 있다.

영기와 농기를 앞세운 농악대를 버선발로 달려 나가 영접하는 사람들이 있다. 오늘 하루만이라도 자신의 신분을 버리고 펄럭이는 농기 앞에 허리를 굽힌다. 사농공상, 봉건시대의 네 가지 사회 계급대로 따지자면 귀족 신분으로 사는 선비들이야말로 밭에 나가 일하지 않고 먹고사는 자신들의 처지가 그날 하루만은 좀 겸연쩍을 수밖에 없을 것이기 때문이다.

그러나 선비들이 비록 농사짓는 일을 잘 모른다 해도 일상생활 속에서의 경제 활동을 가벼이 보았다는 것을 결코 아니다. 평민들의 귀감이 될 수 있는 검소한 생활의 실천 그 자체가 먹고사는 문제를 중요하게 생각했다는 증거라고 할 수 있다. 박지원의 〈허생전〉에서도 선비의 경제 활동의 필요성은 구체적으로 강조되고 있다.

'항산(恒產)이 있는 다음에야 항심(恒心)이 있다' 라는 맹자의 말처럼 어느 정도의 경제적 기반이 갖춰지고 나서야 도덕성 내지 양심을 내세울 수 있었으리라. 문제는 감투와 재물에 대한 탐심이 생기면서부터 선비로서의 항심을 잃게 된다는 사실이다.

선비의 항심은 뭐니 뭐니 해도 학문과 덕행을 고루 갖춘 인격자로서의 선비 정신에서 찾아야 할 것이다. 대쪽 같은 절개와 청렴결백도 세속의 잡다한 일을 멀리함으로써 가능했을 터.

이렇게 바른 선비 정신이 높이 평가되어 높은 관직에 올라 경세제민의 뜻을 펼친 사람도 많았다. 또 어떤 이들은 바른 선비 정신으로 글을 쓰고 그림을 그리는 등 예술적 열정을 불태웠다.

세속적 삶의 유혹으로부터 눈감기. 오직 행동과 예절이 곧바르고 의리와 원칙을 중시하는 중용의 길 걷기. 이러한 선비 정신이 그 시대를 사는 지식인으로서의 올바른 자세였는가에 대해서는 대체로 부정적이다. 안빈낙도하다 보니 자신이 살고 있는 당대 사회의 갖가지 모순을 제대로 볼 수 없었음은 물론이고 자신의 앎을 생산적으로 활용하기보다는 상아탑 속에서 썩혀 버리는 경우가 많았을 것이기 때문이다.

이상적 지식인상으로서의 선비 정신은 항상 타인의 귀감이 되는 모범적 삶의 실천이 아니었는가 싶다.

퇴계 이황은 선비의 사회 공인으로서의 올바른 의식을 강조한 바 있다. '중국 동한 때 선비는 절의를 숭상하여 세상을 편안히 했고, 송의 선비는 도덕을 숭상하여 인심을 맑게 하였으나, 진송(晋宋) 사이의 선비들은 논란으로 천하를 망쳤고, 당의 선비는 글을 쓰는 것에만 열중하여 세상을 모르게 되었다.'

절개와 의리, 도덕적 양심의 실천을 선비가 지녀야 할 항심으로 삼았음 직하다. 사회 공인으로서의 선비가 이러한 항심을 잃을 경우 비슷한 무리와 작당을 하게 되며 작은 이익을 탐하고 자신의 거짓됨을 감추기 위해 허세를 부리게 마련이다. 중심이 허물어지면 공허한 관념놀이에 몰두하게 되고 글을 쓰되 수식이 앞서는 말의 유희에 빠질 수밖에 없을 것이다.

원래 선비 정신으로 출발한 문인의 길이 이와 다르지 않다는 생각이다.

삶의 모습을 총체적으로 다루되 진실의 보편적 가치를 미적 감각으로 독특하게 그려내야 하는 문학에 있어서 그것의 창조 주체가 어떤 정신을 지니고 있는가 하는 것은 매우 중요한 일이라고 할 것이다.

문학은 현상의 모순 속에서 새로운 질서와 의미를 찾는 진실 게임이라고 할 수 있다. 세상 돌아가는 이치를 모른 채 단순히 장인으로서의 재능과 그 끼만으로 문학이 만들어질 수 없다는 얘기이다. 굳이 학덕을 겸비한 큰 인격자는 아니라고 해도 최소한의 양식과 양심을 지니고 있어야 문인으로서의 자격이 있다고 본다.

재와 덕을 고루 갖춘 것이 이상적인 선비 상이지만 덕이 재를 앞지르면 군자라 하고 재가 덕을 앞지르면 소인이라 했다. 조선시대에 재보다 덕을 앞세운 것은 덕치주의의 실현을 최상의 정치 목표로 삼았기 때문이겠지만 개인의 인격 형성에 있어서도 재보다 덕을 우위에 두었음은 두말할 것도 없다.

덕은 사람이 지닌 인격적 능력이기 때문에 알게 모르게 남에게 영향을 미치게 마련이다. 문학작품은 집요하게 독자의 정서적 반응을 요구한다. 그것을 창조한 사람이 어떠한 생각과 느낌을 가지고 있느냐에 따라 그 반응의 감화가 달라질 것은 당연한 일이다.

옛 선비들이 그러했듯 요즘 문인으로서의 덕 또한 치우침이나 과부족이 없이 떳떳하며 알맞음의 균형감에서 나올 것이다. 장인으로서의 남다른 안목과 정직성이 그 균형감의 바탕이 될 것은 당연하다.

이제 문학은 더 이상 옛 선비들이 틈틈이 취미로 끼적거리던 재주놀음이 아니다. 문학이라는 고유의 영토를 확보하고 있는 이 시대 문인들의 자존심에 걸맞은 자격 갖추기가 필요한 것도 그 때문이다.

문인의 길, 문인 신분으로서의 직업윤리는 무엇일까.

문인은 오직 자신이 생산한 문학작품을 통해서만 평가받아야 한다.

비문학적인 그 어떤 방법으로도 자기 문학을 분장해서는 안 될 것이다. 또한 자신의 문학 행위가 문학 주변의 권력으로 작용하고 있지 않나 조심스레 돌아볼 일이다.

등단 제도의 매너리즘과 그것의 상업화 혹은 권력화 과정이 문학의 영토를 산성화시키고 있음도 유념해야 할 것이다. 문학 패거리들의 영토 확장과 세 과시에 편승하는 일로 문인의 자존심을 팔아서는 더욱 곤란하다.

문인으로서의 항심도 잡히기 전에 상업주의와 결탁하거나 정치쟁이보다 더한 쇼를 연출하며 선량한 독자를 농락하는 일로 문학 영토를 혼란스럽게 하는 것이야말로 문인으로서의 바른 길이 아니니다.

문인들이 세상의 흐름과 그 요구에 너무 쉽게 동요하는 일도 문제라고 생각한다. 문학이 시대를 앞서가고 어떤 흐름을 만들어간다는 자부보다는 시대의 유행에 자신의 키를 맞추고 있다는 사실은 이미 문학의 본령을 잃었기 때문일 것이다.

글쓰기 전업가로서의 치열성과 책임감이 요구된다. 객기와 치기로서의 문학, 또는 한낱 허세와 사치로서의 글쓰기가 아닌 자기 생명현상으로서의 진지한 문학 정신이 필요하다는 것이다.

무엇보다 중요한 것은 자기반성으로서의 글쓰기, 준엄한 자기 성찰이다. 사람 사는 이치를 터득하여 사람을 제대로 이해하고 사람 가까이 다가가기 위한 문학이 자기 자신을 모르는 상태에서 어찌 생산될 수 있겠는가.

문학의 영토를 지키는 이 시대 문인으로서의 자존심이 농기처럼 펄럭이기를.

영원한 것은 없다, 그러나

-작가의 산행 일지(1991~1998)

영원한 것은 없다. 그러나 인류 존속에 결정적 역할을 하는 자연은 그 생성과 소멸의 섭리를 통해 영원을 지향한다. 숲이 그것을 증명한다. 수없이 바뀌고 사라지면서도 이 지구상의 숲은 항상 생명의 원천으로서 건재하다. 키 큰 나무가 잎을 피우기 전 키 작은 나무들은 부지런히 햇빛과 사랑을 나눈다. 그 작은 나무들 아래의 풀들은 자기들 머리 위의 나무가 잎을 달기 전 부지런히 꽃을 피우고 열매를 맺는다. 그것은 치열한 싸움이며 동시에 가장 아름다운 평화 공존의 방식이다.

숲은 녹색 탱크. 나는 생활에서 피폐하고 고갈된 에너지를 숲에서 충전 받는다. 자연과의 만남, 그것은 항상 덧셈이었다. 자연은 내 감성대로 살고 싶은 욕구의 충족, 충만한 위안이었다. 자연 앞에서 나는 거침없이 감동한다.

나는 산을 오르기 위해 산에 가는 것이 아니라 산 속 나무숲 아래에서 나를 기다리는 산야초를 만나러 간다. 그 작은 생명들과의 만남, 그것이 바로 내가 찾는 삶의 가장 깊은 감동이고 신명이다.

산과 숲에 들어가 보고 느낀 것들이 작품 속에 묘사됨으로써 그것들은 비로소 그 존재를 드러내며 문학을 통한 영원을 꿈꾼다.

※그때 그 장소에서 본 것들이 작품 속에 어떻게 그려졌는가를 확인하는 의미에서 산행일지 중간에 작품의 일부를 삽입하기로 한다.

1991년

2월 14일. 춘천댐 매운탕 골목 지나 삿갓봉(716m) 산행. 산비탈 눈 속의 노루발풀 싹을 보다.

3월 15일. 동면 만천리의 구봉산 기슭 왜가리 서식지 돌아보다. 백로와 함께 경관 좋은 산자락 소나무 숲에 서식하는 왜가리. 내가 태어난 내촌 물걸리 장수원 뒷산에는 6·25 때 떠난 왜가리가 다시 돌아오지 않는다. 솔잎혹파리 피해로 소나무를 모두 베어버렸기 때문.

4월 14일. 다시 만천리 박씨묘 근처의 노송군락. 고등학교 때 소풍 왔던 장소. 주변의 숲이 많이 없어졌다. 잔설 속에 핀 꽃다지, 괭이눈.

5월 3일. 태백문화원 김강산 씨와 태백산 산행.

그날 새벽 태백산으로 오르는 산등성이는 무릎까지 올라오는 눈으로 덮여 있었다. 더구나 높되(1,566m) 가파르지 아니하고 남성적인 중후함과 어머니

젖가슴 같은 포용하는 자세를 가진 태백산은 주목 고목 군락이 살아 천 년 죽어 천 년의 기개로 눈 속에 장관을 이뤘다.

그리고 눈 위에 자줏빛으로 핀 얼레지꽃 군락은 영산의 신비로움을 한층 더하게 했다. 길쭘한 두 장의 잎 한가운데 꽃자루를 키워 사뿐히 피어난 얼레지꽃은 그 이름만큼이나 모습이 이국적이었다. 실제로 백합과에 속하는 얼레지꽃은 겨울 꽃으로 인기 있는 시크라멘과 그 모양새가 비슷했다.

산행에서 얼레지꽃을 가끔 보긴 했어도 이렇게 눈 속에 지천으로 군락을 이뤄 핀 것을 보기는 처음이어서 와아, 하는 탄사가 저절로 쏟아질 수밖에 없었다.

나는 다시 팔부 능선쯤에서 걸음을 멈춰야 했다. 어, 저 눈 위의 흰 꽃! 그것을 본 순간의 그 형언하기 어려웠던 감동을 어찌 말로 표현할 수 있으랴. 정말 신비로웠다. 그때 나는 말을 잃었다. 함께 산행에 나선 두 사람에게 그 흰 꽃을 그저 손가락질해 보였을 뿐이다.

흰 빛의 한 송이 얼레지꽃. 자줏빛으로 무리지어 핀 그 숱한 얼레지꽃 속에 숨은 듯 피어 있는 그 흰빛 얼레지꽃의 발견은 현실 같지가 않았다.

그러나 우리는 산 정상의 천제단에서 맞이할 일출 시간에 쫓겨 그 흰빛 얼레지꽃 앞에 더 오래 머물 수 없었다.

나는 그날 산 정상에서 일출 맞이를 하면서도 방금 보고 온 그 흰빛 얼레지꽃의 잔상에서 헤어나지 못했다. 천제단 위에서 촛불을 밝히고 뭔가 축원하는 샤먼들의 그 역동적인 모습이 그대로 그 흰빛 얼레지꽃으로 보이기도 했다.

한 송이 그 흰빛 얼레지꽃을 다시 보리란 기대는 하산길을 다른 데로 잡은 탓에 무산되고 말았다.

그로부터 10여 일 뒤 나는 동아일보 1면에 꽃 사진과 함께 난 박스 기사를 하나 보게 되었다. 일본에만 자생하는 흰빛 얼레지꽃이 우리나라 오대산에서도 처음 발견됐다는 특종기사였던 것이다.

어느 초가을 치악산 돌 틈에 숨어 있다가 나를 반기던 그 금강초롱 한 송이를 아직도 잊지 못하듯 나는 태백산 눈 속에서 만난 그 흰빛 얼레지꽃의 그 애잔한 아름다움을 결코 잊을 수가 없다.

내가 태백산 눈 속에서 만난 그 흰빛 얼레지꽃 한 송이는 어느 고결한 영혼의 환생이었는지도 모른다. 그 영혼은 다시 세속의 내 가슴속에 묻어와 또 다른 환생을 기다리고 있는 것은 아닐는지.

–태백산 눈 속의 흰빛 얼레지꽃

5월 21일. 춘천 동산면의 연엽산(850m) 산행. 강원대 연습림의 잣나무숲. 국수나무, 기린초, 졸망제비꽃, 애기나리, 천남성 보다.

6월 6일. 대암산 용늪에 오르기 위해 양구 팔랑리 뒷산으로 접어들었으나 군 초소에서 제지 당함. 은방울꽃, 큰앵초 처음 보다.

6월 22일. 춘천 실레마을 금병산(654m) 16번째 산행. 봄봄길, 동백꽃길, 산골나그네길, 만무방길, 금 따는 콩밭길 등 김유정의 작품 이름으로 등산로 이름을 처음 발상했을 때 생각이 나다. 금병 산기슭 산국농장에서 앵두 따먹다.

7월 23일~8월 5일. 중국 여행. 북경→상해→항주→소주→장안→연길→백두산. 장백폭포 밑 계곡에서 노랑 두메양귀비(만병초) 군락에 취하다.

10월 5일. 강촌 검봉 산행. 최돈선, 이철준과 생강냄새 나는 생강나무가 김유정 소설 〈동백꽃〉이라는 것을 화제로 삼다. 생강나무, 아직 냄새 안 나다. 산국, 구절초, 개미취, 쑥부쟁이의 계절.

이 금병산이 김유정의 〈동백꽃〉의 작품 무대일 겁니다. 봄이면 정말 노란 동백꽃이 많이 피지요. 꽃이나 나뭇가지를 꺾으면 말 그대로 알싸한 향기가 납니다. 그래서 학명이 생강나무지요. 들에 산수유가 필 때 산골짜기 이곳저곳에 노랗게 피는 그 꽃이 바로 강원도의 동백, 즉 생강나무라 그겁니다. 그런데 대부분의 사람들은 김유정 소설의 동백꽃에 대해 잘못 알고 있습니다. 즉 제주도나 남해안에서 흔히 볼 수 있는 차나무과인 상록교목에 피는 그 붉은 꽃으로 생각하는 거지요.

-장편 《유정의 사랑》 중에서

11월 2일 덕만리 고개 너머 홍천강 물굽이에 수반처럼 앉은 끝자락 팔봉산 건너편 명적사 돌아보다. 수백 년 고목 느티나무, 나보다 더 오래 이 세상에 머물 터. 겨울 속의 봄빛.

12월 22일 광릉수목원 돌아보다. 50년대까지 춘천 추곡약수터 뒷산에서 서식이 확인됐던 장수하늘소, 보고 싶다.

60년대까지만 해도 장수하늘소가 서식했다는 추전리 일대 원시림 숲은 대부분 물 속에 잠겼다. 그러나 추곡리 태모산에는 아직도 수십 년 된 서어나무며 참나무가 하늘을 가려 그 일대 소나무는 모두 정상으로 쫓겨 올라갔다. 그네 말마따나 음기가 센 산이어서 그런지 습지가 많아 활엽수들이 잘 자랐다. 참나무 숯을 굽는 사람들도 워낙 산세가 험해 접근이 어려웠던 모양이다.

그날 밤 꿈에 나는 기어이 장수하늘소를 보았다. 나 또한 장수하늘소가 되어 하늘을 날고 있었다. 나 혼자가 아니었다. 학교에 있는 곤충도감 속 장수하늘소보다 몇 배나 큰 상대가 내 앞에서 날개를 퍼덕이며 서어나무 숲을 날

아다니고 있었던 것이다. 장엄했다. 딱딱한 적갈색 날개를 활짝 펼치자 앞가슴과 등판에 광택이 휘황했다. 암컷 장수하늘소였다. 상대를 따라잡기 위해 나도 긴 더듬이를 활처럼 휘며 솟구쳐 올랐다. 암컷을 놓칠 것 같은 초조감 속에서도 사정 직전의 떨림으로 온몸이 팽팽히 부풀었다. 그러나 어느 순간 내 날개는 점점 뻣뻣하게 굳어 갔고 나는 아래로 아래로 한없이 떨어져 내리기 시작했다. 그 황홀한 비상으로부터 내던져지는 낭패의 가위눌림에서 허덕이다가 잠을 깼다. 잠을 깨고 나자 내가 꿈에서 좇아다닌 것이 장수하늘소가 아니라 산에서 본 그 여자였다는 생각이 들었다. 그 여자 생각으로 새벽잠을 설쳤다.

-단편 〈소양강 처녀〉 중에서-

1992년

5월 9일. 정선 화암약수. 몰운대 바위 위의 노송, 경건한 마음으로 바라보다. 광대곡 계곡에서 노루귀광대 수염. 폭포 웅덩이에 뛰어들었다가 냉기에 기겁을 하다.

5월 24일. 제천 의림지. 의림지 둑의 적송 고목 인상 깊다. 잘 생긴 소나무를 보면 왠지 신이 난다.

9월 1일. 장편 분재《유정의 사랑》원고 1부 〈산행〉 탈고. 금병산, 구절산 등 춘천 근교의 산을 배경으로 한 작품. 산야초 이름 이십여 가지 사용.

신의 권능 중 가장 뛰어난 건 예술적 감각일 거예요. 그런 뜻에서 신은 예술가예요.

산이 그런 신의 예술적 감각을 만끽하게 해준다는 말을 하고 싶었는지 모른다. (생략)

가만, 무슨 향기가 나지 않습니까?

이 공기 냄새 말이에요?

이게 바로 숲에서 나는 냄새인데 피톤치드라고 한답니다. 피톤은 식물이고 치드는 다른 생물을 죽인다는 뜻인데 이 두말의 합성어지요. 곤충이나 동물들은 냄새를 남기거나 나무 등에 흠을 냄으로써 자기 영역을 표시하면 살다가 더 강한 적이 나타나면 도망칠 수도 있지만 식물은 그게 안 되지 않습니까. ……그래서 식물은 자기 보호를 위해 병균을 죽이는 물질을 발산한다는, 그런 얘깁니다. 피톤치드는 이런 여러 가지 효능을 살리기 위해 방향물질, 즉 테르펜을 포함하고 있다더군요. ……또한 삼림 속에선 테르펜만 나오는 것이 아니고 마이너스 전를 띤 공기이온이 아주 작은 입자로 떠다니고 있어 긴장된 신경을 이완시켜 주는 효과가 있답니다.

–장편 《유정의 사랑》 중에서

9월 26일. 구룡사에서 치악산 비로봉(1,288m)까지 올라감. 홀아비꽃대, 그리고 등산로 바위틈에서 금강초롱 두 송이 발견하다. 금강초롱 발견한 그 경이로움 평생 잊지 못할 듯. 물매화, 분홍구절초 보다.

12월 12일. 눈 덮인 금병산 산행. 소나무 수십 그루 눈 무게 이기지 못해 부러지다.

1993년

2월 9일. 양평 용문산 산행. '눈 있는 산이 겨울 산' 이란 생각. 용문사 1,100년 된 은행나무 고목. 산기슭의 부도군.

4월 30일. 민통선의 백암산(596m) 칠성전망대. 종꽃, 산수국, 조팝나무, 철쭉.

5월 15일. 정선 숙암약수터에서 개회나무, 싸리꽃, 찔레꽃, 개망초, 쪽제비싸리. '걸프전' 터지다.

5월 23일. 횡성 덕고산의 봉복사 근처에서 큰꽃으아리, 금낭화군집, 둥굴레, 산괴불주머니, 노루오줌, 까치수영, 개망초밭, 중나리, 두릅나무 군락지.

5월 30일. 홍천 동면의 공작산(887m) 세 번째 산행. 칼날 같은 정상. 서울 섭씨 31도라는 이른 더위 땀 많이 흘리다. 고광나무, 국수나무꽃, 은대난초, 쪽동백나무꽃 보다.

7월 17일. 횡성 울비산에서 고사리 뜯고 동자꽃, 달맞이, 쥐방울덩굴, 으아리꽃, 무덤가의 타래난초 보다.

8월 5일. 횡성 갑천의 병지방리 토종마을을 찾다. 산디계곡 입구 이장 집에서 두부 사 먹다. 계곡 찬 바위에서 낮잠. 산더덕, 다래 열매 주워 먹다. 귀가길에 원추리, 무릇, 참나리, 노루오줌, 마타리.

9월 26일. 횡성 어답산 산행. 길 잃어 헤매다. 단풍취, 정상엔 곰취, 천남성 열매, 쑥부쟁이, 구절초, 며느리밥풀꽃.

10월 23일. 강원대 인문대 산악회 공작산 산행(네 번째 산행) 능선타기에 괜찮은 코스 찾아내다.

10월 24일. 운두령에서 계방산(1,577m) 산행. 제법 많은 눈이 산죽(조릿대) 덮인 길에 운치를 더하다.

칠부 능선쯤에서 팥배나무 열매를 새들과 함께 따먹다. 수리취 마른 가지 꺾어오다.

1994년

3월 5일. 정선 구절리 노추산 산행. 산 위의 '이성대' 암자 인상적.

5월 2일. 계방산에 오르기 위해 운두령 정상에 차를 세웠으나 군 작전 중이라 이승복 옛 집터가 있는 계곡 맞은편 습한 산을 오르다. 땅꾼들이 뱀 잡아 저장하는 항아리 발견. 피나물, 족도리풀, 나도개감채, 개별꽃무리, 참동의나물, 괭이눈, 애기괭이눈, 귀룽나무, 태백제비꽃, 화살나무, 미나리냉이. 물가에서 개두릅(엄나무순) 고추장 찍어먹다.

5월 18일. 홍천 두촌면 가리산(1,050m) 산행. 금마타리 및 철쭉 군락 발견. 홀아비꽃대, 큰애기나리, 민백미꽃, 삿갓나물꽃, 참꽃마리, 당개지치, 고추나무, 괴불나무, 은방울꽃봉우리, 용둥굴레, 철쭉, 고광나무.

6월 1일. 가리왕산(1,561m) 산행. 정상에서 곰취 뜯다. 가리왕산 휴양림으로 내려와 채취한 곰취로 쌈을 싸 먹다. 머리가 맑아지며 새벽까지 잠이 오지 않는 것으로 봐 곰취 속에 카페인 성분이 함유된 듯.

7월 21일. 양구 평화의 댐 근처 어느 계곡에서 벌거벗고 폭포수욕하다. 그 폭포 바위틈에서 '구름병아리난초' 채취하다(올 여름 들어 가장 무더운 날).

8월 17일. 화천군 화악산(1,453m) 산행. 지독한 안개, 빗속에서 기린초와 고사리 채집. 군사작전용 터널 지나 계곡 쪽으로 오르다가 '닻꽃' 보다. 송이풀, 마타리 만개, 당귀, 산오이풀, 흰물봉선. 내려오다 촛대바위 아래 폭포에서 금광굴 발견. 바위떡풀 채집. 바위채송화, 산일엽초.

8월 27일. 가리왕산 두 번째 산행, 숙암계곡 쪽 임도 흐리목 위 100m 지점에서 등반. 습한 계곡. 진범, 곰취, 칼송이풀(노랑색-한국특산), 승마, 촛대승마 군락. 쥐털이슬, 만병초, 이질풀, 모시대, 떡깔나무 줄기 위의 산일엽초를 걷어오다. 밤 하산 길에 산토끼 한 마리가 계속 길 안내하다.

9월 7일. 계방산 네 번째 산행. 올해는 산팥배나무 열매가 없었다.(기상이변 때문?) 도토리 줍다. 구부 능선에서 이질풀(쥐손이풀) 군락 보다. 정상에서 용담, 벌개미취, 칼송이풀, 서덜분취.

10월 25일. 화천 용화산(878m) 산행. 바위 줄타기. 쌍바위 위에 앉아 낙엽 하나 계곡 기류를 타고 고요히 파란 하늘로 높이 높이 승천하는 모습에 넋을 놓다. 뒤따라 두 개의 잎이 다시 시도했으나 실패. 바위 구절초 약간. 바위에 납작하게 자란 진달래와 철쭉 인상적.

11월 5일. 홍천 매봉 산행. 통닭처럼 생긴 고목 뿌리 줍다. 뱀이 많은 산이라고. 임도 개설로 자연이 얼마나 훼손되는가. 얻음보다 잃는 것이 많은 임도에 대한 불만들 얘기함.

시간이 흐르면서 여자의 행동범위가 넓어졌습니다. 한 곳에 오래 머물기보다 남자의 걸음을 따라 산을 오르면서 매크로 렌즈가 아닌 육안으로 자연을 바라보게 되었습니다. 교육으로 채워진 머리보다는 체험 중심의 본능과 달빛만 비쳐도 출렁이는 가슴을 느꼈습니다. 산 기운으로 수혈된 몸의 피돌기도 도심에서보다 한결 싱싱해졌습니다. 산에 들어오면서 남자가 산사람이 되듯 여자도 산 냄새를 맡는 순간부터 들짐승처럼 저돌적으로 내닫곤 했습니다.

산은 여자와 남자의 집이었습니다. 두 사람의 온 생애가 목말라 찾고 있는 낙원이고 해방구였습니다. 자연은 여자와 남자가 구석기시대로 가는 타임머신이기도 했습니다. 녹색 탱크이기도 한 산이 침묵으로 여자와 남자의 만남을 자연현상으로 자연스럽게 받아들였습니다. 자연의 소리와 빛이, 오묘한 자연의 법칙이 여자와 남자의 만남에 들러리를 섰습니다. 가을은 갈잎 떨어지는 소리로, 여름은 짙은 나뭇잎 그늘로, 봄은 진달래꽃 생명의 빛으로, 겨울은 벌거벗은 나무의 겸손으로 여자와 남자의 보호색이 되어주었습니다.

산에서의 만남은 여자와 남자의 생애 한 복판을 관통한 행복이었습니다. 행복이 구체적으로 구석구석 만져지는 황홀한 떨림의 시간이었습니다.

-단편 〈온 생애의 한 순간〉 중에서-

12월 28일 춘천 삿갓봉 근처 가덕산 산행. 옛날 광산하던 흔적. 계곡 눈 위 속에서 산갓 발견. 시골 사람들이 흔히 산갓이라고 부르는 이 들풀 이름을 알기 위해 야생화 전문 사진작가 김태정 씨를 찾아갔으나 그도 모른다고. 나중에 《강원의 자연》이란 책자 속에서 는쟁이냉이라는 이름을 알게 되다. 는쟁이냉이는 물김치에 넣어주면 그 속에서 죽지 않고 특유의 갓 냄새를 낸다. 약재로도 쓰이는 아주 귀한 풀. 고산 습지에 자생.

1995년

1월 8일. 금병산 겨울 산행. 봄봄길-동백꽃길-금따는 콩밭길-김유정 작품 만무방의 무대 수하리골 저수지로 내려옴. 도중에 약간의 겨울비, 그러나 춥지 않았다.

2월 6일~2월 9일. 제주도 여행. 눈보라 속 마라도 돌아보다가 바닷가 바위에서 월귤나무 발견하다.

2월 11일. 홍천 삼마치 고개 정상에서 오음산(930m) 산행. 정상에서 바라보이는 군부대 관측초소의 레이더.

4월 30일. 점심 지참하고 10시쯤 석파령(서울 가는 옛날 고갯길) 올라가다. 월명리 당림 국교 지나 외곽 길로 올라가다가 은방울꽃 군락, 두릅, 고사리, 구슬봉이, 토종 민들레 발견. 임도 때문에 잘려나간 산 정상에서 점심. 외래종 민들레 때문에 토종 민들레 보기가 어렵다는 얘기. 토종 민들레는 꽃받침이 위로 가지런히 붙어 있는 것이 특징. 점심 먹고 산에 오르면서 바위말발도리, 큰개별꽃, 얼레지, 은방울꽃. 특히 삼지구엽초 꽃 핀 것 보다.

5월 15일. 홍천 내면 점봉산(1,424m) 산행. 더덕 등 산채 채취. 이우철 교수로부터 자연 식생 및 생태 얘기 듣다. 키 큰 활엽수로 해서 산 정상으로 쫓겨 올라간 소나무 얘기 인상적. 이때부터 산에 갈 때면 활엽수와 햇빛 싸움을 벌이다가 고사한 소나무가 눈에 많이 띄다.

5월 27일. 샘밭 우두의 수리봉 산행. 유묘상 교장 주먹밥 싸와 옛날 얘기하면서 먹다. 삼지구엽초 군락, 은대난초, 산작약 채취. 애기풀, 백선 군락. 하산한 뒤 다시 마적산에 올라가 돌지고 내려와 동면에서 두부찌개 먹다.

10월 8일. 화악산(1,468m) 공군기지 초소까지 올라감. 철쭉, 용담 군락. 노루귀 군락.

10월 29일. 다시 오음산 산행. 길 잘못 들어 해매다. 점심 식사 후 산에서 오수. 산일엽초 채취. 만산 홍엽. 아무도 없이 빈 산. 날씨 햇빛 다 좋음. 낙엽 헤치며 내려오다.

11월 12일. 동산면 구절산 산행. 산일엽초 군락, 뒤웅박 같은 말벌 집을 보며 저들이야말로 예술가라는 생각을 함.

자연 속의 모든 것은 바라보는 자세와 각도에 따라 정말 놀라울 정도로 그 모습이 다르다는 것에 여자는 놀랐습니다. 땅에 똑바로 누운 자세로 올려다보는 하늘 배경의 상수리나무 숲은 정말 신비로웠습니다. 또한 복잡성과 단순성이 뒤섞여 자아내는 자연물의 도형과 무늬는 자연이 신의 예술임을 보여주기에 모자람이 없었습니다. 산의 바위나 강가의 돌 하나하나도 인간의 눈을 즐겁게 하기 위해 고안된 도형이고 무늬만 같았습니다. 중맥이 있는 나뭇잎의 좌우대칭이 보여주는 도형미에도 여자는 취했습니다.

남자가 산 냄새를 물씬 풍기며 깊은 산에서 돌아오면 여자는 그동안 혼자 본 것을 나누고 싶어 산새처럼 빠르게 지저귀기도 했고, 무턱대고 남자를 밀고 숲 깊숙이 들어가기도 했습니다. 접사된 3차원의 나무껍질 무늬를 남자에게 보여 주며 여자는 숨을 몰아쉬었습니다. 이 나무 이름이 뭐예요? 고광나무. 암컷이 몸 밖으로 내뿜는 페로몬 냄새를 맡은 수컷 곤충처럼 남자는 서둘러 댔습니다. 나무 이름은 이상해도 꽃 냄새는 참 좋아요. 여자의 목소리는 숲을 뚫고 들어오는 햇살처럼 해맑은 고음이었습니다. 당신이 더 아름다워. 남자는 탱탱하게 충전된 몸으로 여자를 고광나무 숲에 눕혔습니다.

-단편 〈온 생애의 한 순간〉 중에서

1996년

4월 14일. 수리산 산행. 산 입구 할미꽃 만발. 양지꽃 싹 보임. 김치와 김으로 술안주. 노루발풀 채취, 바람이 거세나 양지쪽에서 낮잠.

5월 5일. 지난 해 화악산 중턱에 핀 노루귀꽃 보러 다시 산행. 애기괭이눈 군락, 산갓 군락, 홀아비바람꽃 군락, 중무릇(애기중의무릇) 군락, 현호색 군락, 얼레지 군락, 노루귀 군락, 진달래. 화악산은 야생화의 보고. 내려오는 길 곰취 채취.

6월 9일. 홍천 가리산 세 번째 산행. 유연선이 준비해 온 김밥 먹고 산 위 바위 위에서 오수. 금마타리 다시 채취해 오다.

9월 14일. 삿갓봉에서 가덕산 거쳐 북배산까지 능선으로 종주. 더덕캐 먹다.

10월 9일. 금병산 스물세 번째 산행. 비단금 병풍병, 활엽수 많은 금병산이 춘천 시내 쪽에서 바라보면 정말 비단 병풍을 펼친 것처럼 아름답다. 학곡리 사람 일부는 금병산을 진병산이라고 함. 옛날 군사들이 진을 쳤던 성터가 있다는 뜻인데 내 생각에는 금병산을 소리 낼 때 생기는 일종의 구개음화 현상으로 보고 싶음.

1997년

4월 20일. 오음리 넘어가는 마적산 산행. 청평사 오봉산 5개의 봉우리 개방. 황장엽이 서울 도착했다는 소식을 산에서 라디오를 틀고 다니는 사람을 통해 듣다.

4월 26일. 금병산 김유정 등반대회 앞두고 서둘러 퇴원하던 오페라카페 사장 이철준 사망. 늦은 나이에 산바람이 나 정신없이 산을 타던 친구, 세상 사람들을 잘 모르는 내게 항상 그 출구가 돼 줬던 사람. 나는 이제 어떻게 살아야 하나.

5월 11일. 느랏재고개 정상에 차 세우고 산행. 앵초싹 보다. 삼지구엽초꽃, 두릅, 애기나리, 산붓꽃, 구슬봉이꽃, 양지꽃, 상수리 나무길 올라 중간 정상 봉우리 삼거리에 앉아 맑은 바람 쐬다. 짐승털과 발자국, 누리대, 더덕 군락, 얼레지, 작은 엄나무 채집. 저녁에 두릅과 엄나무싹, 잔대싹, 삽주싹 무쳐 먹다.

10월 26일. 명봉(654m) 산행. 손이 시릴 정도로 바람 불다. 홍어회 무침과 해파리로 독한 술 마시다.

11월 15일. 새술막 가지울 농원에 나무 심다. 은행 15, 레드오크 1, 층층나무 1 그루, 내 손으로 만드는 내 숲을 꿈꾸기 시작하다. 욕심이다. 그러나 이 유혹을 물리치기에는 너무 늦었다. 내 노력과 사랑만 있으면 가능한 일. 내 손으로 가꾼 이 숲이 사라지지 않게 하는 일이 더 중요하다. 신명이 있을 때 열심히 할 것.

1998년

1월 11일. 강원도 경기도 경계의 백운산(904m)부터 도마치봉 산행. 아이젠하고 무릎까지 덮이는 눈길 7시간 등반. 높은 산 겨울나무는 눈꽃을 피운다. 눈꽃에 넋이 나간 일행, 걸음이 느리다.

눈 속에서 끓여먹는 라면 맛!

2월 1일. 다시 계방산 겨울 산행. 영서는 눈이 별로 없으나 산을 올라갈수록 눈 많아짐. 눈의 빛깔 때문인가 쾌청의 파란 겨울 하늘 쳐다보기가 무섭다. 정상에서 먹다 남은 도시락을 점심 안 싸 온 등산객들에게 나눠 주자 모두 고맙다고.

3월 15일. 부용산 산행. 오봉산이 남성적인 산이라면 그 맞은 편 부용산은 매우 여성스러운 자태. 그러나 웬걸, 가파른 등산길. 철쭉나무 군락. 더 가파른 하행 길. 부용산이란 글자를 새긴 지팡이 만들다. 꽃몽오리 터질 듯한 생강나무.

3월 22일. 홍천 북방면의 불금봉, 성치산(499m) 산행. 계곡 전체가 달래밭. 냉이 캐고 두릅 딴 뒤 달래 씻어 된장에 찍어 술안주.

3월 27일~4월 19일. 가지울 농원에 두릅나무 11, 은행나무 4. 라일락 1. 모과 3. 목련 5. 단풍 3. 앵두 5. 산벚나무 10. 왕벚나무10. 주목 5. 살구나무 5. 산벚나무 16. 체리나무 3. 매실 8. 명자나무 3. 백자작 20. 단풍 20.매화 5. 배나무2. 복숭아나무 3. 엄나무 2. 금낭화 3. 배롱나무 3 그루.

4월 21일~4월 30일. 가지울 농원에 옥수수. 1차로 5고랑, 수수 5고랑, 검정콩, 쥐눈이콩, 상추 2고랑, 결명자 3고랑 파종. 초롱꽃 두 뿌리. 사과나무 3. 꽃사과 1. 꽃창포 20 포기(연못)

4월 25일. 금병산 등반 행사 환경운동연합과 공동 주관.

5월 3일. 명봉 산행. 본격적으로 산나물 채취. 잔대, 삽주싹, 누리대, 두 그루 엄나무, 삼지구엽초, 두릅, 특히 땅두릅.

5월 20일. 홍천 노일리 태학산 산행. 옥잠난 보다. 흙은 모두 씨앗이다. 밭의 잡초와의 싸움에서 내가 얻은 결론.

12월 25일. 오랜만에 겨울 산행, 대룡산 중봉(940m) 이상하게 따뜻한 겨울 날씨. 정상 그늘진 곳에 눈 많았다. 지뢰 표시 팻말. 땅 속에 살아 숨쉬고 있는 괴물, 지뢰. 언젠가 지뢰 얘기를 작품으로 남기고 싶다. 산행 중 산짐승 잡기 위해 설치한 올무를 여러 개 발견. 올무에 걸린 채 뼈만 앙상하게 남은 산짐승.

가면과 의기투합, 이웃의 두 얼굴

스페인어로 번역된 필자의 작품을 읽은, 한국에 거주하는 스페인어권 사람들과 만난 적이 있다. 토론에 임하는 자세가 너무 진지해 그날 그네들이 던진 말들이 쉬 잊혀지지 않는다.

특히 한국인들의 '나와 다른 것에 대한 거부' 얘기가 인상적이었다. 즉 자기들이 한국에 살면서 느낀 것 중 가장 이해하기 힘든 것은 한국인은 자기들과 다른 것에 대한 거부가 너무 강하다는 것이었다. 장애인에 대한 우리나라 사람들의 편견이나 인종차별에 대한 불만이었다.

필자의 〈아베의 가족〉, 〈지빠귀 둥지 속의 뻐꾸기〉 등의 작품이 저능아나 혼혈아를 낳은 어머니와 그 자식이 겪어야 하는 고통을 내용으로 하고 있는 것을 예로 들며 자기네들로서는 그것이 잘 이해가 안 된다고 했다. 자기들은 대부분 국제결혼을 해 피부가 다른 아기를 낳지만 그것으로 인해 괴로움을 당하거나 그 결과가 비극적이지 않다는 항변이었다. 장애아나 혼혈아를 낳은 것이 비극적인 삶으로 연결되게 작품을 만드는 것이야말로 작가가 장애에 대한 편견이나 인종차별에서 온 것이 아니냔 지적이었다.

물론 한국인의 순혈주의나 역사적 배경을 내세워 항변할 수도 있었지만 그날 필자는 입을 다물었다. 장애자나 혼혈아들이 등장하는 작품의 내용이 매우 비극적인 내용으로 일관되어 있다는 것은 작가 의식 속에 뿌리 깊게 박힌 편견이 있기 때문이란 지적을 부인하기 어려웠기 때문이다. 어떤 사물을 연민이나 사랑의 눈으로 오래 오래 바라본다는 것부터가 나와 다른 것에 대한 호기심이며 그것에 내가 앞선다는 우월감에 다르지 않을 것이다.

이웃을 제대로 이해하고 그네들과 더불어 사는 일이 쉽지 않음을 새삼 생각한다.

이웃은 너와 내가 함께 이뤄 내는 공동체이기도 하지만 서로 다른 얼굴, 다른 생각을 가진 사람들이 자기 존재 확인을 위해 벌이는 싸움터이기도 하다. 나와 같지 않으면 밟아 죽여 버리는 우리의 '우리 됨'이 무서운 세상이다.

특히 관계 중심의 한국 사회에서 타인과의 만남은 우선 그 관계를 정확히 따져 행동하는 패턴을 보인다. 혈연과 지연, 학연 등이 우선적으로 이웃 형성의 조건으로 작용하는 것도 그 때문이다. 그러므로 나와 무관한 이웃에 대해서는 철저하게 경계하며 자기 보여 주기를 주저하게 되는 것이다.

그것은 나와 다른 이웃에 대한 불신이며 피해 의식이라고 할 수 있다.

그러한 불신의 두려움을 감추기 위해 우리는 가면을 쓰고 이웃과 만난다. 속마음을 감추고 거짓으로 꾸미는 행위로 살아가는 일에 익숙해졌다는 뜻이다.

가면이 벗겨진 뒤 본래의 얼굴이 드러날 것이 두려워 아예 이웃과 단절하고 사는 사람들도 많다. 요즘 도시인들의 아파트 생활에서 이웃 관계가 갈수록 살벌해지는 것도 아마 그 가면을 벗기가 두렵기 때문일 것이다.

어떤 사람은 시골에 살다가 도시 아파트로 이사를 오면서 팥떡을 해 돌렸다. 이웃으로 받아 달라는 우리네 전통 방식의 신고였던 것이다. 그런데 어느 한 집에서 돌린 떡이 되돌아왔다. 자기네는 그런 떡을 안 먹기 때문에 받지 않겠다는 전갈도 따라 왔다. 새로 이사 온 당신네와 이웃으로 트고 살 생각이 없다는 것을 분명히 밝혔다는 생각이다.

비슷한 일로 어떤 주부가 이웃을 잃게 되는 일화도 있다. 그 주부는 자기네 앞집으로 이사 온 부부 교사와 가까이 지내고 싶어 좀 색다른 음식을 해 먹거나 과일 같은 것을 사올 때 잊지 않고 앞집에 조금씩 들여보냈다는 것이다. 그런데 부부 교사 집에서는 단 한 번도 이쪽에 무엇을 건네 오는 일이 없다는 얘기다. 그 부부 교사 집에는 며칠이 멀다 하고 과일상자가 들어오는 등 학부형들이 여럿 들락거렸지만 그 과일을 한 개도 얻어먹지 못했다는 것이다. 이것은 그 부부 교사가 뭔가 좀 모자라는 사람이거나 아니면 자기들 생활에 이웃이 끼어드는 것을 용납하지 않겠다는 계산이 깔린 행동일 수 있다.

원래 우리의 이웃은 한 개인의 아픔까지도 서로 나누는 것을 미덕으로 삼아 왔다. 그러나 이제 우리들 이웃은 주고받는 그런 전통적 관례마저 깰 만큼 폐쇄적인 관계로 바뀌어 가고 있다.

이런 세태이고 보면 이웃에 대한 관대함이 때로 의심을 받는 경우가 흔하다. 뭔가를 베풀면 그것을 액면 그대로 받아들이지 않는다는 것이다. 베푸는 것에 대한 부담감도 크고 그럴수록 의심이 많아질 수밖에 없다.

이것은 어쩌면 이웃에 대한 지나친 관심에 대한 거부반응일 것이다. 어쩌다 이웃이 문을 조금만 열어 주면 냅다 쳐들어가 시시콜콜 모든 것을 캐내고야 만다. 그것은 이웃을 이해하기 위한 관심이 아니라 이웃의 단점을 호시탐탐 노리고 있는 호기심이라고 할 수 있다.

그리하여 우리의 이웃들은 문 열기를 주저하고 두려워한다. 있는 그대로 보여지는 것도 겁나 되도록 위장하거나 사실보다 과장하게 마련이다. 사생활 침해에 대한 방비책으로 더 두꺼운 가면을 쓰게 된다는 말이다. 이웃집 과부 아이 난 데 미역 걱정한다는 말처럼 우리는 자기와 아무 관련이 없는 엉뚱한 남의 일에 너무 신경을 쓰는 일도 좋은 이웃이 사라지는 원인이라고 할 수 있다.

그러나 우리네 이웃은 일단 이해관계가 맞는 일에 있어서는 결속이 무섭다. 아파트 주변에 혐오 시설이 들어와 집값이 떨어질 염려가 있을 때 이웃들의 의기투합은 필사적이다. 개인의 이기가 혐오 시설을 이웃으로 받아들일 수 없다는 집단 이기주의와 결속함으로써 얻어내는 효과가 어떠한 것인가를 잘 알기 때문이다.

예로부터 목소리 큰 사람이 이기는 힘의 지배 논리는 세상이 아무리

변해도 달라지지 않고 있는 것이다. 조폭 영화가 흥행에 성공하는 것도 의리를 힘의 논리로 삼아 온 우리네의 유교 문화에 대한 향수라고 할 수 있다.

때로 이웃의 결속이 소시민 근성에서 만들어지는 경우도 없지 않다. 자기들과 어울려 살아서는 자기들의 안위가 흔들릴 수 있다고 생각하는 이웃을 가려내 철저하게 소외시키기 위한 배타성이 바로 그것이다. 그러할 때 접촉이 차단된 그 이웃은 그 벽을 허물기 위해 갖은 방법을 다 동원하게 마련이다. 폭력 등 사회악이 바로 우리가 소외시킨 이웃에서 발생하게 된다는 얘기다.

불우 이웃을 돕는 모임을 만들어 봉사 활동을 하다가도 장애자 학교가 집 가까이 들어온다면 결사반대하고 나서는, 역지사지로 삼을 수 없는 이런 님비현상이 바로 '우리 됨'에서 반성해야 할 문제라고 생각한다.

의기투합하던 이웃도 일단 뒤돌아서게 되면 전혀 다른 얼굴이 된다. 결국 내가 장애자를 두게 되면 지금까지의 이웃을 원망하며 홀로 떠날 수밖에 없다는 것이다. 또한 친하게 지내던 이웃이 주차장에서 작은 접촉 사고 때문에 고래고래 고함을 지르며 싸우다가 급기야는 원수로 돌아서는 일을 우리는 흔히 목격한다.

겉 다르고 속 다르다. 집에서 보여지는 자기와 이웃들에게 보여지는 자기가 분명 다른 것이 오늘을 사는 우리의 모습이다.

이러한 우리네의 이중성이 이웃과의 만남에서 지금까지 그리 큰 문제가 없지 지낼 수 있었던 것은 뭐니 뭐니 해도 '이웃사촌'이란 친근감이 의식의 뿌리에 박혀 완화 작용을 했기 때문이 아닌가 싶다. '정만 있으면 삿갓 밑에서도 산다'는 말처럼 한국인은 정에 살고 정에 죽는다. 세상이 아무리 변해도 좋은 이웃은 따뜻한 정을 주고받는 가운에 만들어진다는 얘기다.

그러나 이러한 정과 의리로 화합하던 우리의 이웃들이 개인주의와 이기주의를 혼동하는 등의 서구적인 합리의 이성 중시를 잘못 받아들이면서부터 좋은 이웃이 나쁜 이웃으로 바뀌어 가고 있다. 내 것만을 지키기 위해 남의 희생을 담보로 할 때 좋은 이웃은 무너질 수밖에 없다. 서울 강남지역의 아파트 시세 담합 등이 바로 그런 예일 것이다.

오늘 우리의 이웃들은 이웃이라는 울타리 너머의 다른 이웃 찾기에 열중하는 현상을 보인다. 취미 생활이나 특기 활동 중심의 동아리를 찾아 나서는 일이다. 어쩌면 맹목적인 정 나누기로써의 종래의 이웃보다는 이렇게 생각의 방향이 같은 사람끼리의 만남을 통해 자기실현을 꿈꾸는 것이 더 바람직하다고 믿기 때문일 것이다.

타인의 삶에 접근하기 어려운 아파트 등 도시의 주거 형태에서는 이웃을 떠나는 일도 쉽다. 함께 생각을 나누자고 만류하는 손길도 없기 때문에 이웃을 떠나는 일에 죄의식을 가질 필요도 없다.

그러나 이웃이란 아무리 단절된 상태로 살아간다 해도 나를 바라보며 나의 살아가는 모습을 닮으려 하는 사람이 반드시 있게 마련이다. 자기와 취미 생활이 다르다고 이제까지의 이웃을 가볍게 외면하며 떠나는 일로 상처받는 사람이 생긴다는 얘기다. 그렇게 외면당한 이웃은 그 소외감으로부터 벗어나기 위해 또 언젠가 이웃의 누군가를 배신하게 되는, 이웃 반목의 도미노 현상을 낳게 될 것이다.

이웃과의 반목은 급기야 무관심으로, 그 무관심은 공중도덕의 붕괴를 가져온다.

남에게 들키지만 않으면 죄가 되지 않는다는 생각이야말로 참다운 '우리 됨' 에 있어서 가장 부끄러운 일이 아닌가 한다. 평수가 넓어 생활 형편이 괜찮은 아파트 단지의 쓰레기 처리장에도 종량제 규격 봉투가 아닌 쓰레기 투기가 밤만 되면 그치지 않는다는 것을 관리인들이 체념한 얼굴로 얘기한다. 남이 안 보는 밤에 쓰레기를 투기한 사람이 밝은 대낮에는 가장 점잖은 얼굴로 엘리베이터 청소 불량을 나무란다. 권리 찾는 일에는 눈이 벌거면서 의무 이행하는 일에는 등을 돌리는 이러한 양심의 실종은 우리 이웃들이 점차 반사회적 성격 장애를 일으키고 있는 좋은 예라고 하겠다.

한국인이 지닌 특이한 사고방식의 하나로 내용보다 형식 중시의 체면치레를 얘기하는 사람들이 많다. 냉수 먹고 이 쑤신다는 말처럼 실속은 없으면서 겉치레에만 치중하다 보니 말 그대로 위신을 지키기 위한 가면이 필요할 수밖에 없을 것이다.

우리의 이웃들이 엄청난 힘을 보여준 일이 있었다. 축구를 좋아하는 민족이긴 하지만 대부분의 사람들은 한국 축구 리그의 팀 이름도 모르면서 지난 월드컵 때 7백만이나 몰려나간 그 애국심 말이다. 이것도 따지만 보면 남에게 보이기 위한 한국인의 체면과 무관하지 않다는 생각을 한다. 응원이 끝난 자리에서 쓰레기를 치우는 한국인들의 모습을 취재하며 다소 비아냥거리던 외국 언론도 그런 맥락으로 해석할 수 있을 것이다.

체면치레의 그 가면을 쓰지 않고 살아도 되는 우리의 이웃이 아직도 남아 있다. 우리의 농어촌 마을은 지금도 희로애락이 분명한 정의 문화가 아직 훼손되지 않은 모습으로 살아 있다는 것이다.

농어촌은 울타리가 없거나 있더라도 문이 항상 열려 있기 때문에 가식이 필요 없다. 고향을 떠났던 사람들이 도시 생활에 지쳐 다시 돌아왔을 때 더 따뜻한 이웃으로 맞아 주는 곳도 농어촌 인심이다.

그러나 갈수록 황폐화하는 농어촌 현실에서 아름다운 이웃의 원형이 사라지지 않기를 기대하는 것은 욕심인지도 모르겠다. 농어촌 사람들의 삶을 좀 더 이해하고 그들에게 밝은 미래가 있다는 것을 확신시켜 줄 이웃으로서의 눈길이 필요한 때라고 생각한다.

어떻든 상부상조하며 정의 문화로 따뜻함을 잃지 않고 있는 우리의 농어촌 마을을 참다운 이웃의 본으로 삼는 일에 이론이 있을 수 없을 것이다.

무섭게 달라지는 세상, 그 원형을 찾기 어려울 정도로 바뀐 세태 속에서도 '세 잎 주고 집 사고 천 냥 주고 이웃 산다.'는 이웃의 중요성을 강조한 이 말이 새삼스레 떠오른다.

요즘 관공서는 물론 개인 집 울타리 없애기 운동이 벌어지고 있다. 울타리가 헐린 자리에 가면을 쓰지 않은 우리의 이웃들이 환한 웃음으로 마주보고 서 있는 모습이 보인다.

다시 큰 바위 얼굴을 기다리며

들리는 소문에 의하면 문단도 작단도 정치판 못지않게 시끄러운 모양이다. 조직이 비대할 때 생기는 자연스런 현상이다. 이런 때일수록 감투싸움을 위한 패거리 만들기와 떡고물 챙기는 일에 몰두해 전체 회원의 권익과 화목이라는 원래의 취지는 뒷전이게 마련이다.

이제라도 배의 항로를 제대로 잡아 순항할 선장을 찾아야 할 때가 아닌가 싶다. 승선권이 남발돼 정작 타야 할 손님들이 그 배를 외면한 채 몇몇 사람들의 유희장으로 전락하고 있다는 지적도 겸허히 수용해야 한다.

리더십을 갖춘 큰 어른이 나서면 자연스럽게 해결될 문제라고 생각한다.

소설가들의 모임도 처음은 두 갈래로 시작되었다. 그러나 한국소설가협회란 유일무이한 단체로 재출발할 수 있었던 것은 오로지 당시의 원로 작가들이 중심을 잡고 계셨기 때문에 가능한 일이었다.

당시 그 어른 역할을 하신 원로 중의 한 분이 바로 김동리 선생이었다.

당시 김동리 선생이 문단을 제대로 이끄는 리더로서의 존경받는 어른이셨다면 황순원 선생은 그런 일을 멀리 하심으로써 존경을 받은 분이셨다. 삶의 방식이 이처럼 약간 달랐을 뿐 두 분의 공통점은 당대 문단에서의 왕성한 작품 활동이나 그 작품의 품격에서 단연 거목다운 면모를 지키고 있었다는 사실이다.

오늘 새삼스레 문단의 큰 어른이셨던 황순원 선생을 생각하면서 깊이 자성한다. 문학에 대한 순수한 열망을 외면하고 사는 내 근황에 대한 반성이다.

문학 혹은 글쓰기에 대한 요즈음의 이 시큰둥함의 정체는 도대체 뭐란 말인가. 처음 시작할 때의 그 설렘과 신명은 도대체 어디로 갔단 말인가.

이 모두가 초보자 시절의 그 설렘을 잊었기 때문이다.

요즘의 문단 역시 초심자의 그 설렘과 경건함을 잃은 채 문학 외적인 일에서 성취감을 찾고 있는 사람들이 그 어느 때보다 많이 눈에 뜨인다. 문제는 글 쓰는 신명보다 다른 일에 신명을 찾고 있는 문인들로 해서 오직 글쓰기의 그 설렘만을 끌어안고 사는 더 많은 문인들이 상처를 입거나 문학에 대한 환멸을 느끼게 된다는 사실이다. 실제로 문단의 흐린 물을 내려다보며 글쓰기의 신명을 잃었다는 문인들이 적지 않다.

오직 글쓰기의 순수한 열정을 끌어안고 사는 많은 문인들이 우러러 본을 받는 그런 문단의 어른들이 필요한 때다.

학처럼 고고한 삶과 올곧은 문학의 길을 묵묵히 걸으신 그런 어른들이 그립다. 그냥 그 모습만 쳐다봐도 문학을 처음 시작할 때의 그 설렘을 되찾아 글쓰기의 노고에 값하는 즐거움을 누릴 수 있는 큰 바위 얼굴 같은 그런 어른들이.

3부

문학의 길에서 만난 사람들

산골길의 낙락장송 같은 그대

황순원 선생님이 계신다는 그 한 가지 이유로 경희대학을 선택했다. 단편 서너 편과 장편 《인간 접목》을 읽은 것이 고작이었지만 시골 문학 소년에게 당시 황순원 선생님의 위치는 그처럼 대단했던 것이다.

대학에 입학해 처음 뵌 선생님의 인상은 당신의 작품과 그 이미지가 일치한다는 안도감 같은 것이었다. 그것은 특히 선생님의 부드러우면서도 때로 날카롭게 날이 서는 그 혜안에서 받은 인상이라고 할 수 있었다. 선생님의 그 눈길은 사물의 핵심을 꿰뚫어 본 뒤 작품의 깊숙한 뒤쪽에 감추는 철학이며 진짜 아름다움의 본질을 보는 심미안으로 비쳐졌다.

정주 오산중학 1학년 때 남강 이승훈 선생을 직접 뵌 뒤, 그분의 모습에서 남자는 늙어 가면서 저렇게 아름다울 수 있구나……, 생각했다니 이 얼마나 놀라운 심미안이란 말인가.

내가 대학에 들어와 처음으로 쓴 소설 한 편을 선생님께 건넨 것은 2학년 가을쯤이었다. 한 달이 좀 더 지난 어느 날 나는 선생님으로부터 그 소설을 돌려받았다.

잘 썼드구만. 작품을 건네주시며 하신 이 한마디로 나는 하늘을 얻은 기분이었다. 그러나 자취방에 돌아와 흥분된 상태에서 원고를 펼쳐 본 나는 정말 부끄러웠다. 원고 곳곳이 선생님의 연필 글씨로 고쳐져 있었던 것이다. 주술 관계가 맞지 않는 문장은 줄이 쳐 있었고 적절치 않은 낱말 하나하나가 지적된 뒤 모두 다른 말로 고쳐져 있었다. 내 문장이나 어휘력이 형편없다는 것을 크게 일깨워 주신 사건이었다.

작품을 쓸 때마다 국어사전을 수없이 뒤져 보고 정확한 문장 구사를 위해 나름의 노력을 기울이게 된 것도 선생님의 그 가필정정 사건의 교훈이라고 할 수 있다.

선생님께서 두 번째로 내 글을 읽어 주신 것은 20년 뒤 뒤늦게 시작한 대학원 과정에서 내 석사 학위 논문 심사 때였다. 나는 또 한 번 얼굴을 쳐들 수 없도록 부끄러웠다. 논문 지도 교수인 선생님께서는 20년 전보다 더 꼼꼼하게 논문 여러 곳의 잘못된 것을 지적해 주셨던 것이다.

또 하나 생각나는 황순원 선생님의 원고 교정 얘기가 있다. 지금은 작고한 내 대학 선배 하나가 《현대문학》지에 초회 추천을 받은 지 18년 만에 마지막 추천을 받기 위해 사당동 예술인촌에 있는 선생님 댁을 나와 함께 방문했을 때다. 선생님이 원고를 들고 방에 들어가신 뒤 우리는 무려 세 시간 동안 술만 마시고 있었다. 선생님이 세 시간 동안 읽으신 그 원고를 돌아오는 택시 속에서 펼쳐 본 그 선배의 얼굴이 하얗게 질리던 일을 나는 지금도 잊지 못하고 있다.

선생님을 찾아뵈면서 내가 확인한 사실은 선생님은 모든 원고를 노트에 연필로 쓰셨다가 다시 원고지에 옮겨 쓰신다는 것이었다. 연필로 쓰는 작업이 작품의 초고였다는 생각이다.

선생님은 잡지사에 넘긴 당신의 원고를 초교는 물론 재교까지 손수 보시는 일을 한 번도 어긴 일이 없었다. 작품 전집이 만들어질 때도 선생님은 오랜 시간 동안 손수 교정을 보시면서 개작까지 하셨던 것이다. 그 일을 두고 그렇게까지 하실 필요가 있느냔 내 물음에 대한 선생님의 답변은 명료했다.

"그렇게 하는 것이 자기 작품에 대한 애정이자 독자에게 그 내용을 명확히 전달하기 위한 작가로서의 책임이자 의무라고 생각하네."

3인칭 대명사 '그' 대신 되도록 등장인물 이름을, 여자의 경우는 '그네'로 통일해 쓰시는 등 황순원 선생님은 나름의 맞춤법이나 띄어쓰기 등 어떤 원칙을 가지고 글을 쓰신 큰 작가였다.

선생님은 제자 문인 등 사람들과의 만남에 있어서도 항상 일관된 호칭을 쓰셨다. '전 작가', '김용성 작가', '김원일 작가', '고원정 작가'. 선생님이 우리를 부를 때 쓰신 그 '작가'란 호칭이 우리에겐 가장 영광스런 월계관이었다는 것을 지금에서야 절실히 깨닫는다.

선생님과 마주앉은 많은 시간이 있었지만 공식적인 면담 형식을 통해 대화를 나눠 본 것은 단 한 번이었다. 선생님이 정년 퇴임을 하신 직후 경희대 대학주보에서 면담 요청을 했을 때 그 대담 상대를 나로 지명하셨기 때문이다. 선생님은 대담의 조건으로 그 내용 정리를 기자가 아닌 내가 해야 한다는 약속도 받아 냈다. 그리하여 나는 대담을 한 그날 늦은 밤까지 대담 내용을 정리했다. 다음 날 아침 나는 선생님이 건 전화를 받았다. 원고가 정리되었으면 한 번 보고 싶다는 말씀이었다. 원고를 받아 보신 선생님은 두어 군데 어색한 표현을 지적해 주시곤 신문사에 넘겨도 좋다고 하셨다.

그 일로부터 10년 뒤 선생님과의 두 번째 공식적인 대담이 이뤄지기 직전에 무산되는 일이 생겼다. 어느 신문사의 끈질긴 대담 요청에 먼저처럼 나를 대담 상대로 지명해 수락하셨던 것이다. 사진 기자를 데려와서는 안 된다는 조건이 붙어 있는 대담 약속이었다. 사진을 찍지 않겠다는 말씀에 담당 기자가 나한테 어떻게 좀 되도록 말씀드려 달라는 당부가 여러 번 있었지만 선생님을 잘 아는 나로서 달리 도와줄 길이 없었다.

대담 약속 며칠 앞둔 어느 날 선생님이 향리인 홍천에 내려가 있는 나를 수소문해 전화를 걸어오셨다. 그 신문사의 대담을 취소해 달라는 말씀이었다. 몸도 좋지 않지만 아무래도 그 사람들이 그냥 올 것 같지 않아(사진 기자의 동행을 염려하신 듯) 아예 만나지 않겠다는 것이다.

선생님은 이처럼 당신의 관리에 철저하신 분이었다. 세속의 잡다한 관심으로부터 당신을 지켜 내기 위한 절제와 자제의 미학으로 일관해 오신 선생님의 삶의 여정은 차라리 종교적 엄숙성에 가까웠다.

선생님은 정년 퇴임을 하신 얼마 뒤 그처럼 즐겨 피시던 담배를 마치 특급열차가 아무렇지 않게 간이역을 지나치듯 정말 어렵잖이 끊어 버리셨다. 금연의 그 놀라운 자제력은 당신의 양복 안주머니에 넣고 다니시는 담배를 통해서도 드러났다. 이렇게 담배를 지니고 다니면서도 안 피울 수 있다는, 자신과의 싸움이 어떤 것인가를 보여 주신 것이다. 선생님의 금연 이유는 간단했다. 늙어서 담배를 많이 피는 사람들 중에는 입에서 침이 흐르고 손이 떨리는 등 남 보기에 뭣한 면이 있는데, 바로 늘그막의 그런 추함이 싫어서라는 것이었다.

선생님은 정년을 맞은 1980년 9월까지 23년 6개월 동안 단 한 가지 보직도 맡지 않으신 일로 유명하다. 공직에 있으면서 그것을 원하든 아니든 위로부터 혹은 주위 상황에 의해 떠맡겨지는 그 숱한 보직을 철저하게 외면한다는 것은 결코 쉬운 일이 아니다.

작품을 쓰는 사람에겐 작품만 쓰도록 내버려 둬 달라는 그 일관된 고집은 문단의 어떤 모임이나 단체에도 당신의 이름이 오르는 걸 마다하셨던 것이다. 한국소설가협회가 하나로 재 출범할 할 무렵 김동리 선생이 나한테 황순원 선생을 총회 자리에 모시고 나왔으면 좋겠다는 당부를 하셨다. 모처럼 하나가 되어 새로이 시작되는 총회 자리에 나와 앉아 계시기만 해도 후배 작가들에게 큰 힘이 되지 않겠느냐고 협회에서의 고문 추대 의사를 넌지시 전하자 선생님이 단호히 고개를 저으셨다.

"체질에 안 맞아서 그런 거야. 그냥 내버려 두는 게 나를 위한 일이지."

그러면서 선생님은 김동리 선생이 문단을 이끌고 계시는 그 노고와 성과를 매우 높이 평가하시는 일도 잊지 않으셨던 것이다.

아무튼 그 연세 그 위치로 모든 것을 물리쳐 무연한 자세를 끝까지 지켜 내기란 정말 어려운 일일 테지만 선생님의 그 초연함은 언제부터인가 보는 이들로 하여금 하나도 유별나지 않은 자연스러운 것으로 비쳐졌던 것이다.

내가 대학원 석사 과정을 할 때 박사 과정을 하는 사람들과 함께 선생님 강의를 받은 적이 있었다. 어느 날인가, 박사 과정을 밟는 분들이 다음 주 시간에 휴강을 했으면 하는 의사를 선생님한테 전했다가, "어떻든 난 그날 나와 있겠네."라는 말씀으로 휴강 제의를 거절당한 일이 있었다. 그러나 그 당일 박사 과정 사람들은 강의에 나오지 않았고 그 일로 선생님이 대표되는 사람을 불러 몹시 나무라는 것을 본 적이 있다. 다른 학교의 예를 들며 변명하는 대표의 말을 냅다 자르면서 선생님은 "그건 말도 안 돼. 왜 우리 학교가 그 학교와 같아야 한단 말인가. 우리 학교는 우리 학교, 나는 나대로의 방침이 있는 법이지."라고 단호함을 보이셨던 것이다.

그처럼 선생님은 당신이 맡으신 강의 시간만은 철저하셨다. 특히 선생님 개인 사정으로 휴강을 한 적이 단 한 번도 없었던 것으로 기억된다.

정년 퇴임 직후의 대담 때 선생님의 건강에 대해 여쭤 봤다.

"술이 내 건강의 바로미터지. 열세 살 때 체증으로 해서 반 홉씩의 소주를 마시기 시작했으니까 문학보다 더 빨리 시작한 셈이지. 술을 배워 술 얘기를 소설로 써서 그 원고료가 모두 술값이 된 거지."

선생님이야말로 진짜 애주가였다. 우리 또래의 작가들이 만드는 술자리에 기꺼이 나와 주심은 물론 몇 차례의 자리 옮김에도 끝까지 행동을 같이해 주셨다. 1980년대 중반 이후부터는 경희대 출신의 젊은 작가들 중심으로 보신탕 집에서 선생님을 모시는 술자리가 정기적으로 벌어졌고, 그 일은 유명을 달리하신 올해 여름까지 계속되었다.

제자들의 술값 부담을 덜어 주기 위해 '회비 제'를 제안하신 것도 선생님이시고 술값 계산 때는 누구보다 먼저 지갑을 여시곤 했다.

그 많은 술자리를 통해 확인된 선생님의 결정적 실수는 단 한 번도 흐트러진 모습을 보이지 않으셨다는, 바로 그 사실이다. 누구나 술이 많이 취한 상태에서는 평소 볼 수 없었던 다른 면을 보여 주기 보통인데 선생님의 경우는 그것이 통하지 않았다는 불만이다. 술을 아무리 잡숴도 허튼 말씀 한마디, 몸가짐 하나 흐트러짐이 없으셨기 때문이다. 도대체 선생님의 어느 곳에 취기를 통해 밖으로 내몰고 싶은 그런 찌꺼기가 있을 수 있겠느냔, 그 맑고 투명함을 알기까지는 정말 많은 시간이 필요했던 것이다.

그러나 그 엄격함으로 해서 술자리의 흥이 깨진 적은 한 번도 없었다. 오히려 선생님과 함께 하는 술자리는 그 어느 자리보다 부드럽고 재미있게 마련이다. 젊은 제자들의 그 어떤 농담에도 기꺼이 동참하시기 때문에 별다른 신경을 쓰지 않아도 좋았던 것이다.

선생님은 그처럼 매일 자시는 술이지만 결코 그 술의 애교나 사기에 넘어가지 않으셨다. 술을 만만하게 생각하거나 지나치게 짝사랑하여 폭음하는 일이 없었기 때문일 것이다. 원래 소식가이긴 하지만 안주는 아주 조금씩만 입에 대시고 잔은 소리 없이 비워 당신의 잔을 남한테 건넬 때는 반드시 종이 냅킨으로 잔 언저리를 깨끗이 닦으시곤 했다.

제자들과의 만남 약속 시간을 철저하게 지켜 주시기 때문에 술자리 약속이라고 느지막이 나타났다간 몹시 면구스러운 처지가 되고 만다.

술 중에서는 소주를 제일로 치셨으나 고희 무렵부터는 포도주, 그중에서도 마주앙만을 드시었다.

선생님은 여간해선 낮술을 안 하시었다. 낮에 술을 시작하면 대개 해 넘어갈 무렵에 그 술자리가 파하게 마련이라, 술 먹어야 할 그 시간에 술을 깨야 하는 저녁 어스름의 그 불쾌감이 싫어서 낮술을 안 하신다는 것이었다. 그러나 낮에 시작해 밤까지 가는 술자리라면 낮술도 괜찮다는 지론이고 보면 선생님의 술 사랑하심이 어느 정도인지 짐작이 갈 것이다.

예로부터 술자리에서는 그 자리에 없는 사람을 안주로 올려놓고 씹는 맛이 큰 것인데, 선생님은 그 정도가 좀 심하다 싶으면 거침없이 제동을 거시곤 했다. 무엇을 부정하기는 쉬워도 긍정하기는 어렵다고, 남을 헐뜯고 깎아내리는 일에 익숙해 있는 우리들로서는 선생님의 일침에 늘 머쓱해지곤 했다.

"남의 얘기, 특히 살아 있는 사람의 이야기는 되도록 안 하는 게 좋은 게야."

그러면서 선생님은 작가는 남의 얘기가 아니라 자신의 실수, 자신의 이야기를 할 줄 알아야 참다운 작가라고 곁들여 말씀하시곤 했다.

팔십 년대 초 어느 날 선생님과 단 둘이 가졌던 술자리가 생각난다. 그날 선생님은 다른 때와 달리 술을 많이 자셨지만 말씀은 별로 없으셨다. 그러나 술자리가 파할 무렵 선생님은 혼잣말처럼 뭔가 다짐을 두시는 것이었다.

"요즘 작가들이 많이 혼란스러울 게야. 이럴 때일수록 자기를 지킬 수 있어야 해. 나는 말이네, 소설도 예술이라는 것을 끝까지 해 보이는 마지막 작가로 남고 싶네."

소설도 예술이어야 한다. 당시 이데올로기와 상업주의의 노예가 된 문학이 기승을 부리던 때라 선생님의 아이러니컬한 이 말씀이 비장하게 들릴 수밖에 없었던 것이다. 어쩌면 소설이 문예 미학이길 스스로 포기하기 시작한 그 시대 소설 문장에 대해 내리는 준엄한 경고였다는 생각이다.

선생님은 왜곡되는 역사와 혼란스러운 현실에 대해서는 단호히 비판하고 철퇴를 내리시곤 했다. 그러나 그러한 현실 인식이 선생님의 작품 속에 함부로 노출되는 일은 결코 없었다.

선생님은 문학의 사회적 효용성에 대해 '당장 눈앞의 것을 변화시키고자 하는 조급한 작업이 아니라 내부의 그 심층 구조에 서서히 눈에 보이지 않는 움직임을 일으키는 것이 중요하다'는 것을 강조하시면서 문학은 어떤 이즘과도 별개의 것으로 존재해야 한다는 말씀을 덧붙이고 했다.

신문 연재를 한번도 안 하신 일에 대해 선생님은 그런 체질이 아니란 말씀과 함께 작가는 발표 지면을 선별할 것이 아니라 모든 것을 작품에다 기준을 두어야 한다고, 작가들의 해이된 글쓰기 자세에 대해 일침을 놓으시기도 했다.

"대패질을 하는 시간보다 대팻날을 가는 시간이 더 길 수도 있다."

선생님은 절제된 간결한 문체에서부터 선생님의 삶은 물론이고 주변의 모든 것이 그러한 자제와 연마의 미학으로 빚어지고 정리됨을 우리들에게 손수 보여 주신 이 시대의 큰 장인, 예술 혼의 화신이셨다.

술을 즐기기 위해 술이 지닌 불량한 속성을 선생님 나름의 철학으로 다스려 순종케 했듯 선생님은 당신의 삶 자체를 속속들이 정관하고 계시는 것은 물론 그것의 한계 인식에서 오는 허무마저 삶이 보여 주는 완성이요 그 미학이라고 생각하셨던 것이다.

선생님은 당신의 이 세상의 마지막 시간을 치밀하게 준비하고 계셨던 것으로 생각된다. 아주 오래전부터 선생님은 당신에게 남아 있는 세속의 욕심을 서서히 한 올 한 올 줄여 가는 일로 세상과의 하직을 준비하고 계셨던 것이다.

지난해(1999년) 연말 당신의 사랑하는 제자들을 불러 저녁을 사 주시며 내년 정초의 세배는 받지 않겠다고, Y2K 소란을 핑계 대실 때의 그 결연함 속에서 우리는 어느 정도 그것을 눈치 채고 있었는지 모른다. 춘천에서 서울까지 차가 밀려 약속 시간에 훨씬 늦게 도착한 나를 두고 사모님이 누군지 알겠느냐고 묻자 내 이름 석자를 대시며 빙그레 웃으시던 그 눈길 속에도 이미 세상 인연을 반쯤 외면한 초연함이 깃들여 있었던 것이다.

황순원 선생님은 문학에서 일가를 이루신 것 못지않게 다복한 가정을 이끌어 가신 분으로 널리 알려졌다. 숭의여학교 문예 반장이었던 동갑의 사모님과 연애를 시작해 20세에 결혼, 3남 1녀 그 자제분들을 다 출가시키시고 두 분이 그야말로 동고동락 65년 동안을 해로하시는 모습이 그렇게 아름답게 보일 수가 없었던 것이다.

나는 선생님 내외분이 고희 기념 잔치에서 서로 맞잡고 왈츠를 추시던 그 모습을 잊을 수가 없다. 선생님이 어린 나이에 남강 이승훈 선생을 멀리서 바라보면서 느꼈던, 남자는 늙어 가면서도 저렇게 아름다울 수 있구나 하는, 바로 그 아름다운 모습을 그날 여실히 보여 주셨기 때문이다.

황순원 선생님의 고희(1985년 3월 26일)에 맞춰 쓴 서정주 시인의 축시 그 첫 연으로 글을 마치려 한다.

鶴두루미나 두어 마리
가끔 내려와 앉아서 쉬는
山골길의 落落長松 같은 그대.

조병화 선생님께

"너 당장 내일 서울 올라와라."

1972년 3월 어느 날 저는 시골 학교 교무실에서 선생님의 전화를 받았습니다. 대학을 졸업하고 만 9년 동안 은사님들께 안부 편지 한 장 못 올리고 사는 제게 선생님의 전화는 너무 뜻밖이었지요.

다음 날 저는 선생님 앞에 머리를 조아리며 서 있었습니다.

"너 소설 안 쓰고 그동안 뭐 했냐?"

당시 경희대학교 문리과대학 학장이신 선생님께선 등단한 지 10년 가까이 문학과 담을 쌓고 숨어 사는 못난 제자를 가볍게 꾸짖은 뒤 그 날로 곧장 저를 조영식 경희학원 이사장님 앞에 세우셨습니다.

며칠 후 저는 강원도를 떠나 서울 경희고등학교 국어 교사가 되었습니다. 더 중요한 것은 서울 생활을 시작한 뒤 10년 만에 새로이 작품 활동을 하게 된 일이었지요.

그때 선생님이 저를 서울로 불러올리지 않으셨다면 저는 영영 강원도 시골의 중등학교 교사로 자족하는 생활을 하며 글 쓰는 신명을 영영 잃고 말았을 것이 분명합니다.

선생님, 고맙습니다. 선생님이 새로이 길 터 주신 제 문학의 길 한눈 팔지 않고 열심히 걷는 일로 선생님 은혜에 보답하겠습니다.

초록빛 무지개로 뜬 대관령 시인

–신봉승 선생 고희 기념에 부쳐

상대에 대한 호칭을 놓고 고민하게 되는 경우가 적지 않다. 두 편짝에서 서로 일컫는 이름이 적절치 못함으로써 그 만남이 부자연스러워지는 경우를 여러 번 겪어 봤기 때문이다. 선배라기보다 선생님으로 불러야 좋을 그런 나이 차이나 친분 정도에서 굳이 선배라는 호칭을 즐겨 쓰는 새카만 후배의 경우, 자기 나름으로 친근하게 접근한다는 것이 오히려 상대에게 결례가 될 수도 있다는 얘기다.

어느 쪽이냐 하면 나는 초당 신봉승 선생을 '선생님' 이라고 했다가 또 어떤 경우에는 '선배님' 이라고 부른다. 나도 모르게 두 개의 호칭을 혼용하고 있는 것은 초당 선생이 내게는 그만큼 어려운 관계이면서 또 어떤 때는 호형호제하는 사이처럼 가깝게 느껴지기 때문일 것이다.

그러나 나는 여럿이 있는 공식적인 자리에서는 언제나 초당 선생을 선생님으로 불러 왔다. 나뿐이 아니라 동료 작가 김용성이나 평소 가까이 지내는 후배 문인들도 초당 선생을 모두 선생님으로 깍듯이 높여 부른다. 특히 초당 선생의 48권짜리 대하소설 《조선왕조 500년》의 산실인 마포의 '역사문학연구소'에서 수년간 일한 젊은 작가들 대부분이 분명 대학의 후배면서 한결같이 선생님이란 호칭을 쓰고 있었다.

이것은 쉽게 범접하기 어려운 초당 선생의 대쪽 같은 선비 기질과 사물과의 거리를 함부로 허락하지 않는 엄격함과도 무관하지 않을 것이다. 좀 결례의 표현을 하자면 초당 선생의 품새에서 보수 성향이 은연중 드러난다고 하겠다. 내친걸음, 어느 날 초당 선생 댁의 정경 하나를 떠올려 보자. 사모님이 초당 선생 서재 문밖에서 기척을 한다. 곧 문이 열리고 단정히 무릎을 꿇고 앉은 사모님이 밖에서 걸려 온 전화 소식을 전하거나 찻상을 들여온다. 초당 선생과 사모님 사이의 열애 얘기를 들어 익히 알고 있는 나로서는 다른 집에서 보기 어려운 그러한 분위기가 단순히 부덕을 갖춘 종가 장손 며느리로서의 반듯한 가정 법도만이 아니라는 느낌을 어쩔 수 없었다. 가정생활에서 드러나는 초당 선생의 그 위엄이 그처럼 크게 보였다는 뜻이다.

초당 선생이 거느리고 있는 위엄. 이 부분에서 오해가 없어야 할 것이다. 권위주의적인 초당 선생을 떠올려서는 안 된다는 얘기다. 권위적이라니, 그건 말도 안 된다.

초당 선생은 나이와 신분을 전혀 가리지 않고 사람을 넓게 만난다. 대개의 만남이 슬쩍 손 한번 잡고 의례적인 인사말이나 몇 마디 나누는 것이 상례인데 이런 식의 엄병함이 초당 선생에게는 통하지 않는다. 누구고 일단 만났다 하면 상대의 눈을 쳐다보며 당신의 생각을 있는 그대로 다 내보일 정도로 최선을 다한다. 위엄은커녕 어떤 자리 누구와의 만남에도 상대의 인격을 높여 중히 하며 당신의 생각과 느낌 토로에 거침이 없다. 당신의 속내를 은근히 감추거나 꾸미지 않음으로써 상대가 쉽게 마음의 문을 열게 마련이다.

초당 선생이 있는 술자리만큼 활기차고 소박 소탈하여 함께 있는 사람 모두가 즐겁기도 어려울 것이다. '기가 막혀!'로 시작하는 초당 선생의 고향 예찬이 나오면 사람들의 마음은 불현듯이 대관령 아흔아홉 구비를 돌아 내려 초당의 인생 초록 물들인 강릉 앞바다로 내닫게 마련이다.

그러나 이렇게 사람 만남에 있어 격의가 없다고 해도 선생 나름의 엄격함은 그대로 칼이다. 상대가 이쪽의 기탄없음을 믿고 함부로 예의에 어긋나는 언동을 했다가는 용서가 없다. 요리상의 접시가 날아가는 것도 바로 그런 순간이다. 혹자는 그래도 요리 접시만은 날리지 않았으면 하는 아쉬움을 말하고 있지만 내 생각은 다르다. 선생의 그 결기야말로 올곧은 성정을 가진 사람만이 내보일 수 있는 정직성이요 온당치 못한 것에 대한 선비다운 대응 방식이라고 보기 때문이다.

내가 초당 선생을 선생님이라고 호칭하게 되는 데에는 선생의 박식함에 대한 내 나름의 경의의 뜻도 크다 하겠다. 종횡무진, 사통팔달, 구석구석 막힘이 없다. 조선의 역사에 대한 것이야 그 분야 전업가로서 당연한 것이라 쳐도 세상사 전반에 걸쳐 모르는 게 없는 분이다. 알아도 제대로 알고 있다는 사실의 확인으로 해서 선생의 말씀을 듣는 사람은 속수무책으로 압도당하게 마련이다. 더구나 그 앎이 날카로운 사물 통찰력에 의해 일의 경위와 그 결과를 명료히 판단해 냄으로써 듣는 이들의 호기심 및 지적 욕구 충족은 물론 사태의 예단에 결정적 단서를 제공해 준다는 것이다.

매사 자기 주관이 초당 선생처럼 뚜렷한 분도 흔치 않을 것이다. 그리하여 초당 선생의 역사 드라마나 역사소설을 읽은 독자들은 한결같이 재미의 끝자락에 붙어 나오는 선생의 현실 인식의 확신에 찬 목소리에 귀를 기울이며 고개를 주억거리게 된다.

초당 선생은 관자(管子)의 '오늘의 일이 의심쩍거든 옛 역사를 살펴보고 미래의 일을 모르겠거든 지난날의 일을 뒤돌아보라' 라는 말을 역사 재현의 지침으로 삼고 있다는 것을 어느 글에서 밝힌 바 있다. 역사는 인간의 오만을 다스리는 준엄한 거울이기에 역사 앞에서 보다 겸허해져야 한다는 것이 초당 선생의 일관된 작가 정신이라고 봐도 좋을 것이다.

그 사람의 생활과 문학과 그리고 그것이 드러나는 언행에 다름이 느껴지지 않는다면 그 인생 혹은 그 문학은 성공한 것이라 봐도 좋으리라. 성공한 인생이 드문 것도 그것들이 일치하기가 결코 쉽지 않기 때문이다.

사람들이 초당 선생을 좋아하고 존경하는 것도 바로 선생의 말씀에 드러나는 생활과 실제의 그것이 일치하고 있음을 확인했음이다. 작품 편편이 깃들인 철학과 그 주장이 그대로 당신의 생활이라는 것도 초당을 가까이 아는 사람들은 다 알고 있다.

풍성하나 기름지며 속에 뼈가 있으나 마음을 다치게 하지 않는 것이 초당 선생의 현하구변이라 생각한다. 빈 바닥을 긁어내는 것이 아니라

고인 것이 절로 넘쳐흐르며 자랑이 섞였으되 사실과 한 치의 틈이 없으니 듣는 이가 하릴없이 흥겹고 배부르니 이 어찌 능변이 아니겠는가.

종가 장손으로서의 중심이 분명하나 부부애는 그 어느 집보다 살갑고 엄격하나 자애로운 자식 사랑으로 그 자식들에게 존경받으니 이런 분이 어찌 내 인생의 스승이 아니겠는가.

내가 초당 선생을 우리집 아이들 혼사에 두 번씩이나 주례로 모신 것도 선생님의 평소 생활신조와 본때 있는 가풍, 그리고 표 나지 않는 가운데도 자상한 부부애와 효성심에 깊이 감복했기 때문이다.

문단 경력 면에서도 초당 선생은 내게 선생님이고 대 선배이시다. 《현대문학》지를 통해 시인으로, 그리고 다시 문학평론으로 등단한 문학청년 초당은 그 재기 발랄한 예술 혼을 시나리오 쪽에서도 유감없이 발휘한다. 고등학교 시절 카메라에 깊이 빠졌던 그 감각이 영상 예술 쪽으로 줄기를 뻗친 것이다. 그리고 초당 선생은 새로이 텔레비전 드라마 작가로 계군일학 독보적인 자리를 굳힌다. 1970～1980년대 우리의 안방에 정통 사극의 진수를 맛보인 초당 선생은 다시 대하소설 《조선왕조 500년》 48권을 집필함으로써 역사소설의 대가로 군림한다. 그리고 초당 선생은 《양식과 오만》 등 역사 인식의 철학과 안목이 그대로 드러난 여러 권의 에세이집까지 냄으로써 글동네 사람들의 시샘을 받고 있다. 게다가 당신의 전공 분야를 대학에서 학생들에게 명 강의로 전수하고 있는 교수이기도 하시니.

가히 문호다운 글쓰기의 넓이와 깊이가 아닐 수 없다.

그렇다면 초당 선생을 뭐라고 불러야 하나. 나뿐이 아니라 많은 사람들이 초당 선생을 뭐라고 불러야 할는지 혼란스러워하고 있다. 시인 · 소설가 · 문학평론가 · 시나리오 작가 · 드라마 작가 · 교수 중 어느 것이 적절할는지.

초당 선생의 문체나 그 중심 정신은 강심 깊은 물의 흐름처럼 도도하여 걸림이 없고 장르의 넓이만큼 그 갈래 또한 다양하다. TV 드라마나 시나리오는 지리멸렬한 전개 방식을 떠나 속도가 있고 극적인 반전으로 시청자들을 사로잡았다. 방대한 분량의 역사소설은 처음부터 끝까지 정확한 사료를 바탕으로 오늘의 관점에서 역사를 돌아보고 미래를 예언하는 데 부족함이 없다는 중평이다. 더구나 과거 역사 소설이 야사 중심으로 우연성 투성이의 황당한 이야기가 많았음에 비해 초당 선생의 작품은 정확한 사료에 의한 검증된 사실만을 다룸으로써 개연적 진실 보여 주기에 적합한 역사소설의 새로운 장을 열었다고 해도 지나치지 않을 것이다.

이 분야에서 이만한 성취가 있기까지 얼마만한 어려움이 있었겠는가. 더구나 그것을 이룩한 만큼 지켜 내기도 어려운 것인데 초당 선생은 항상 쉬임 없이 다른 모습으로 우리들의 눈을 비비게 했다는 사실이다. 그 자리에 머무르거나 자족하지 않는 초당 선생의 부단한 변신의 힘이야말로 작가 근성의 집념이자 치열성이라고 볼 수 있다.

초당 선생의 생활신조인 신종여시(愼終如始) 즉 끝까지 신중하기를 처음과 같이하라는 그 정신이 바로 당신이 이룩한 오늘의 성취가 더 나은 모습으로 일취월장할 수 있는 원동력이 아닌가 싶다.

초당 선생은 시인으로 등단한 지 30여 년 뒤인 1990년 첫 시집《초당동 소나무 떼》를 상재했다. '시인이 되겠다고 고향을 떠난 내가 다시 고향으로 돌아가자면 시집 한 권은 있어야 한다'는 생각에서 발간한 시집 서문에서 초당 선생은 "나로서는 시를 쓰는 시간이 어느 무엇보다도 진지하고 경건하다는 사실을 수없이 경험했다"고 술회하고 있다.

여러 글에서 초당은 시를 쓰기 위해 고향을 떠났다는 말을 쓰고 있다. 《초당동 소나무 떼》의 시집 머리에 은사 황금찬 시인이 남긴 말이 인상적이다.

"하늘은 그에게 두 가지 은총을 내리었는데 한 가지는 예술적인 재능이요, 다른 한 가지는 땀 흘리는 근면성이다. 하지만 그가 이룬 장르 중에서 내가 보기엔 가장 천재성이 빛나는 것은 시라고 생각한다."

황금찬 선생의 이 말이 그냥 의례적인 인사말로 들리지 않는다. 나 역시 황금찬 선생의 의견에 동감하기 때문이다. 초당 선생은 시인으로 태어났다. 시인이 되어 시를 썼고 시나리오 작품과 텔레비전 드라마를 시인의 감성으로 그 시 정신으로 빚었으며 그 방대한 역사소설 역시 내포적 시어의 함축성을 생명으로 썼다고 할 수 있다.

시인 신봉승.

예술원 회원이기도 한 초당 선생의 글쓰기 인생을 모두 아우를 수 있는 호칭 하나를 이제야 찾았다.

초당 선생은 동해의 아침 햇살을 받고 태어난 대관령의 시인이다. 비록 글쓰기가 여러 갈래로 나뉘어져 그 분야에서 큰 성과를 거두고 있긴 하지만 그 근본 바탕에는 초록빛 서정이 깔려 있다는 것이 글 편편에서 확인된다.

오래전 들러 본 휘경동의 초당 선생 집에는 초록 잉크가 들었던 빈 병이 여기저기 놓여 있었다. 200여 개가 넘는다는 초록 잉크를 담았던 빈 병이야말로 초당 선생의 시인으로서의 꿈이 몽블랑 만년필촉을 통해 글로 형상화된 글쓰기 역사의 흔적이다.

맺고 끊는 것이 단호한 결기의 선비 정신으로 절제 탁마된 초록빛인생
넘치지도 모자람도 없다.
언제나 신인 정신으로 정진하는 영원한 문학청년
수시로 넘나드는 대관령 저 너머에 무지개 찬연하게 걸렸구나
시인 신봉승 선생 고희 잔치 축하하는 초록빛 무지개

문학의 길, 그 절망 앞에 설 때마다

-잊지 못할 선생님

이희철 선생님.

책 뒤에 조금 긴 연보를 붙일 때마다 선생님 존함을 잊지 않고 써넣었다. 문학이 무엇인지, 그 글쓰기의 길로 들어서는 데 있어 내게 결정적으로 부족한 것이 무엇인지를 일깨워 주신 분이기 때문이다.

고등학교 1학년 때 담임인 이희철 선생님은 그즈음 《문학예술》이란 문예지를 통해 이제 막 등단하신 시인이었다. 남도가 고향인 선생님은 특유의 나직한 목소리로 수업을 하시는 중에도 창밖 풍경을 무연히 내다보시는 등 시인 선생님이 보여 주시는 분위기는 시골 아이의 마음을 사로잡기에 충분했다.

특활 신청 때 나는 담임이 문예반 담당이라는 것만 믿고 무턱 그쪽을 선택했다. 문예반에 들어가 첫 번째 만난 절망은 아이들이 모두 나하고 비교가 안 될 정도로 그 방면에 깨어 있었다는 사실이다. 시골 작은 중학교에서 독서를 좀 했다고는 하나 이미 마빡에 피가 마른 문예반 아이들 앞에서 내 존재는 너무나 보잘것없었다.

더구나 다른 아이들처럼 나도 서너 번 글을 써냈지만 선생님은 내 글에 대해서는 전혀 언급을 하지 않았다. 그냥 주저앉는 일이 억울했음인가, 나는 어느 날 교무실로 선생님을 찾아갔다. 내가 써낸 글에 대한 선생님의 말씀을 듣고 싶었던 것이다.

좀 의외라는 듯 선생님은 나를 한참 동안 바라보시더니 내 글을 꺼내 놓았다. 선생님은 내가 쓴 글에 밑줄을 죽죽 그으면서, 문장부터가 엉터리라고 했다. 문장의 주술 관계가 엉망인데다가 글을 쓰기 위해서는 낱말을 제대로 쓸 줄 알아야 하는데, 내 어휘력이 형편없다는 것을 낱말 몇 개를 예로 들면서 말씀하셨다.

문예반에서 겪은, 글쓰기와 관계된 더 치명적인 좌절은 2학년에 올라간 어느 봄날에 있었다. 그날 우리 문예반원들은 백일장에 나가기 위해 다른 아이들의 선망의 눈길을 뒤로한 채 교무실 앞에 모여 문예반 선생님이 나오기를 기다리고 있었다.

교무실에서 나온 선생님이 모여 있는 무리들 중에서 나를 비롯한 서너 명의 이름을 불러 열외로 세웠다. "너희들은 지금부터 교실에 들어가 수업을 받는다." 어리벙벙해 하는 열외의 우리들을 향해 선생님이 말했다. "오늘, 너희들이 백일장에 못 나가는 이유를 스스로 깨닫기를 바란다."

그때까지 서너 번 있었던 백일장에 나가 단 한 번도 입상자 명단에 들어간 적이 없는 우리들을 열외로 세워 교실로 쫓아 보내는 선생님의 그 눈길에서 나는 단죄의 단호함을 본 느낌이었다.

열외가 된 아이들은 서로의 눈길을 피한 채 교실로 들어가는 대신 학교 울타리 개구멍을 통해 뿔뿔이 흩어지고 있었다. 나는 소양강이 흐르는 강둑에 앉아 열아홉 살 나이에 느낄 수 있는 최대한의 비애로 눈물을 흘렸다. 앞산의 철쭉만 바라봐도 울음이 터져 나왔다.

바로 그날 나는 봄날의 그 비애와는 영 딴판인 세계 하나를 만났다. 철길 둑에 움막을 파고 사는 문둥이 가족을 본 것이다.

며칠 뒤 나는 그 문둥이 가족 얘기를 소재로 내 일생 처음으로 소설이란 것을 쓰기 시작했다. 열외의 그 치욕을 지워 버리는 유일한 길이 글쓰기라고 생각했을 것이다. 글을 쓰는 동안 나는 이희철 선생님이 내게 일깨워 주신, 엉망인 내 문장력과 어휘력 부족을 감추기 위해 노력했다. 그렇게 이를 악물었다는 얘기다. 60장이 조금 넘는 그 글을 선생님 몰래 학원문학상에 응모했다.

얼마 뒤 선생님은 나를 교무실로 불렀다. 제6회 학원문학상 고등부 소설 부문 350여 편의 응모작 중 내 작품이 3등에 입상했다는 소식을 전하는 선생님의 웃음 띤 그 눈길을 나는 지금도 잊지 못하고 있다.

칭찬도 좋은 약이지만 뭔가 부족한 것을 일깨워 주는 일이 가르침의 가장 확실한 처방일 수 있다. 물론 칭찬하기와 달리 남의 열등한 부분을 지적해 주는 일이 그렇게 쉽지 않을 것이다.

글쓰기의 꿈을 가진 내게 결정적으로 부족한 것이 무엇인가를 일깨워 주신 이희철 선생님.

문학의 길, 그 절망 앞에 설 때마다 선생님의 가르침을 생각한다.

내가 넘어야 할 산

–이승훈 시인 회갑에 부쳐

돌아보면, 나는 문학의 길 그 초입에서 극복해야 할 두 개의 높은 산과 만나게 된다. 내 열등감은 그들 앞에서 곱빼기로 팽창하곤 했다. 나를 절망시킨 두 사람은 공교롭게도 모두 시를 쓰는 친구들이었다. 내가 이날 이때까지 글쓰기에 있어서 시에 대한 미련을 눈곱만큼도 안 두게 된 것도 어쩌면 그 두 사람 때문이란 억지도 부려 볼 만하다.

대학에 입학하면서 곧바로 만나게 된 이성부가 그 한 사람이었고, 그보다 먼저 나를 기죽인 것이 고등학교 동기 동창 이승훈이었다. 맨발의 이성부가 분수처럼 치솟는 강인한 시어로 나를 강타했다면 이승훈은 고뇌하는 지성의 착 가라앉은 목소리로 키만 멀쑥하게 컸지 알맹이가 덜 익은 나를 완전히 압도했다.

내가 이승훈을 만난 것은 고등학교 2학년 초 문예반에 들어가면서였다. 시골에서 중학교를 다니며 책을 좀 읽긴 했지만 아직 소설과 시를 제대로 구별하지 못하는 나와는 달리 도회지 출신 문예반 아이들은 이미 문학 병이 노랗게 물든 문제아들이었다. 나는 그들 세계에 매료되었고 쉽게 점염되면서 치기의 문학적 방종을 시작했다. 막소주를 양동이 하나 가득 받아 놓고 풀빵을 안주로 해서 냉수 마시듯 들이켜곤, 고성방가하며 뒷골목을 헤맸다. 약사리고개와 사창고개의 그 판잣집 싸구려 대포집을 전전하며 문학 얘기를 어쭙잖니 주절대다가 고추장 한가지로 반찬을 일삼는 자취 생활의 그 기름기 없는 뱃속이 반란을 일으켜 길바닥에 먹은 걸 몽땅 토해 놓곤 했다. 우리가 그렇게 토악질을 하고 있는 시간 우리로부터 좀 떨어진 위치에서 밤하늘을 쳐다보고 있는 아이가 이승훈이었다.

어느 먼 곳의 조그만 예배당에선/ 오늘 하로의 일모를/ 알리는 종소리…… / 자, 우리 다 함께/ 조용히 기도 올림이 어떻겠습니까

–춘천고 1학년 때 쓴 이승훈의 〈기도〉 중 일부

이승훈은 우리들 술자리에 마지못해 끼어 앉긴 하지만 술은 별로였다. 술 대신 그는 우리가 아껴 먹는 술안주에 손이 자주 가 원성을 사곤 했다. 술안주라야 선짓국 한 뚝배기가 전부였는데 "나는 뜨거운 국물이 좋더라" 며 거듭 서너 숟갈을 떠먹으니 따가운 눈총을 받지 않을 수 없었던 것이다. "그게 말이야……" 하고, 이승훈은 주로 우리들 얘기를 가만히 듣고 있다가 결정적인 순간에 나지막한 목소리로 껴들어

자신의 의견을 내놓곤 했는데 그 말들은 매우 합리적이어서 설득력이 있었던 것으로 기억된다.

그때 이승훈은 우리 고장 또래 아이들 중에서는 단연 돋보이는 존재였다. 문예반 선생님에 의해 이승훈이 쓴 시가 국어 시간에 낭송되면서 그에 대한 얘기가 전설처럼 떠돌았다. 이승훈은 화장실에 갈 때 국어사전 한 장을 찢어 가지고 들어가 그것을 다 외어 버린 다음 아주 먹어 치운다는 얘기까지 있었다. 그가 약사리고개를 넘으며 눈이 올 것 같다는 예감으로 하늘을 쳐다보는 그 우수 어린 모습만으로도 여학생들의 가슴을 설레게 한다는 얘기 등.

사실 그 시절 이승훈의 얼굴에는 어두운 그늘이 깔려 있던 것으로 기억한다. 효자동 언덕 위의 집을 향해 올라가는 이승훈의 뒷모습이 매우 외롭게 보였던 기억도 있다. 그가 억지로 먹은 술 때문에 괴로워하며 집 앞에 섰을 때 문을 열어 주던, 그와 같은 학년인, 그의 예쁜 누나 얼굴에서도 우리는 우수를 보았다는 생각이다.

이승훈은 교내는 물론 여러 곳의 백일장에서 늘 좋은 성적으로 입상했다. 우리 고장에서 유일하게 정식으로 문단에 등단한 시인인 문예반 담당 이희철 선생님은 교지 《소양강》의 권두시를 이승훈에게 맡길 정도로 그의 문학적 재능을 높이 평가했다.

어쩌다 나도 두어 번 백일장에 참여했지만 입상을 한 기억은 전혀 없다. 입상은커녕 아주 참담했던 백일장 사건 하나가 또렷이 기억에 남아 있다. 고3에 올라간 그해 봄이었을 것이다. 백일장 참가를 위해 문예반 학생들이 우쭐한 기분으로 교무실 앞에 모였고 문예반 선생님이 나를 비롯한 대여섯 명의 이름을 불렀다. 백일장에 참가해 봤자 별

볼일 없는 놈들이니 교실로 돌아가 공부나 하라는 거였다. 열외로 밀려난 우리는 서로 눈 맞추기를 꺼려 하며 슬글슬금 개구멍을 통해 학교를 빠져나가 흩어졌다. 소양강변에 웅크려 앉아 울음을 터뜨리던 그 열아홉 살 아이의 열패감이 작은 일을 만들었다. 그날부터 이를 악물고 쓴, 내 최초의 소설이 당시 학생들의 유일한 교양지였던 《학원》지의 제6회 학원문학상 소설 부문 350여 편 응모작 중에서 3위 입상을 했던 것이다.

그동안의 열패감이 한꺼번에 씻겨 나가는 쾌거였지만 그 즐거움은 또 다른 절망을 안겨 주었다. 내가 3위 입상을 할 때 이승훈은 시 부문에서 1위 입상을 해 나보다 배나 큰 트로피를 받았던 것이다. 이승훈은 분명 나보다 한 수 위라는 것을 다음 해 일월일일 지방신문의 학생신춘문예에서도 다시 한 번 확인시켰다. 그는 시 부문 당선이었지만 나는 당선작 없는 가작 1석이었던 것이다.

이성부가 나보다 앞서 문단에 나갔듯 이승훈도 62년에 《현대문학》지에 초회 추천을 받아 시인의 길로 들어섰다. 내가 문학 공부를 제대로 하지 못한 채 서둘러 1963년 신춘문예로 등단한 것도 항상 내 앞을 우뚝 막아서던 두 개의 산과 무관하지 않을는지도 모르겠다. 결국 그 조급성이 등단 후 10년 동안 문학과 등을 진, 고행의 세월을 가져왔지만 말이다.

자주 만나지는 못하지만 이승훈은 이제나 그제나 내가 넘어야 할 산이다. 나는 오늘도 아주 작고 삐딱한 글씨로 그가 서명한 그의 시집을 열심히 읽고 있다. 왜 리얼리즘 문학을 하는지 모르겠다는 그의 힐책이 자꾸 마음에 걸려 그가 신봉하고 있는 모더니즘의 불길로 나를 담금질하기 위해서다.

이승훈은 오늘도 그렇게 내 문학 정신의 부패를 막는 소금으로 거기 우뚝 서 있다.

……/ 나는 일어서며/ 하늘에서 들려오는 음성을 듣는다/ 처음의 나를 향하여 무수히 흘러들던 종소리, 너의 수척한 울림을 듣는다.

-춘천고 3학년 때 쓴 이승훈의 〈일요일〉 중에서

후란보얌나무의 붉은 꽃, 중남미의 열정

한국-멕시코/쿠바 작가교류에 다녀와서

쿠바 아바나의 헤밍웨이

6월 21일~23일.

아메리카 대륙 최초의 사회주의 국가, 카리브 해에 떠 있는 붉은 섬, 쿠바까지는 먼 길이었다. 열 시간 거리의 미국 LA를 경유해 다시 네 시간 걸려 도착한 인구 2천2백만의 대도시 멕시코시티의 작가의 집에서 하루를 묵어야 했기 때문이다. 쿠바의 안갈리오 공항에 도착한 것은 다음 날 오후 1시 45분이었다.

자귀나무 잎과 흡사한 후란보얌 나무의 붉은 꽃이 중남미의 열정을 대변이라도 하듯 카리브 해의 미풍을 타고 흐드러지게 피어 있었다.

북한에서 4년간 유학을 했다는 눈이 큰 쿠바 여인 바투리시아가 서

툰 한국어로 가이드를 했다.

쿠바의 수도 아바나는 2백만 인구의 도시답지 않게 조용하고 깨끗했다. 아바나는 옛날 스페인 통치 시대의 흔적이 그대로 남아 있는 올드 아바나와 혁명 후의 새로운 현대 도시로 면모를 바꾼 모던 아바나로 나뉘어져 옛것과 새것이 조화를 이루며 공존했다. 우리가 묵은 호텔 리비에라에서 내려다보면 그 신구 도시 사이에 쿠바 혁명의 체 게바라 벽화와 호세 마르티의 동상이 있는 혁명 기념탑이 우뚝 솟아 있었다.

호텔에 짐을 푼 뒤 반바지 차림으로 시내 관광에 나섰다. 올드 아바나에는 전형적인 스페인광장과 스페인 총독 관저였던 아바나 박물관 주변에만 관광객들이 모여 있을 뿐 비교적 한산했다.

뭐니 뭐니 해도 올드 아바나의 명소는 작가 헤밍웨이가 묵었던 호텔과 카페들이었다. 우리 일행은 헤밍웨이가 자주 들렀다는 카페에서 그가 그렇게 했듯 럼에 레몬주스를 타고 민트 잎을 띄운 모히또란 칵테일을 마시면서 늙은 악사들이 연주하는 쿠바 음악을 들었다. 벽이 온통 낙서로 꽉 찬 델메디오란 카페에는 즉흥 연주를 하는 악사와 손님들로 만원이어서 들어갈 수가 없었다.

헤밍웨이는 쿠바의 관광 상품으로 거기 살아 있었다. 〈노인과 바다〉, 《무기여 잘 있거라》가 쿠바에서 쓴 작품이고 아바나에서 가까운 거리의 고히마르 해변 마을은 〈노인과 바다〉의 작품 배경이기도 하다. 근처의 라 테레자 레스토랑은 헤밍웨이가 생존에 자주 찾던 곳으로 벽은 온통 헤밍웨이의 사진뿐이었다. 요즘도 점심시간이면 이 레스토랑에서 식사를 하는 〈노인과 바다〉의 실제 주인공 그레고리오 후안데스를 볼 수 있다고 했다. 그러나 후안데스가 얼마 전 104세로 죽었다는 기사를 읽은 기억이 있다. 관광객들을 위해 누군가 가짜 후안데스 역할을 하고 있음이 분명하다.

스페인 통치가의 국경 수비대의 병사였던 모로 요새 위에서 건너다 본 올드 아바나시 전경은 건축 양식이나 도시 구조가 유럽의 어느 도시와 그다지 구별되지 않았지만 중남미 특유의 석회암으로 지어진 고풍스런 건물들의 흰 빛깔이 인상적이었다.

모든 것이 국영화한 쿠바에도 변화의 바람은 불고 있었다. 만 60세가 넘으면 이민도 갈 수 있고 나라가 허락한 사유 식당을 운영할 수 있다는 것이다. 우리 일행은 열대수 열매들이 주렁주렁 달린, 혁명 전에는 부호의 별장쯤으로 쓰였을 어느 농가 사유 식당 정원에서 점심을 먹었다. 매콤한 맛의 갖가지 향료를 해물 찜이나 돼지고기 바비큐에 묻혀 먹는 맛은 각별했다.

아바나에서 그리 멀지 않은 곳에 위치한 산타루치아 해수욕장에서 우리 일행은 스페인 피와 아프리카 노예들의 피가 섞인 물라트 미인들의 가무잡잡한 피부의 벗은 몸들이 벌이는 매우 열정적인 춤사위를 여러 곳에서 볼 수 있었다. 그야말로 쿠바 서민들의 유일한 휴식처인 해수욕장에도 정복 차림의 경찰들이 순찰을 돌며 검문을 하고 있는 것이 인상적이었다. 특히 대중교통이 별로 안 좋은 그네들은 해수욕장에서 아파트까지 꽤 먼 길을 대부분 걸어 다니고 있었다.

그날 밤 우리는 카스트로행 차로 한낮에 삼엄한 경비를 펼치던 호텔 내셔널에서 쿠바의 쇼를 보았다. 스페인의 리듬과 아프리카 레게의 2박자의 경쾌한 '쿵딱'이 통기타와 타악기로 연주될 때, 또는 8박자의 살사풍 춤판이 벌어질 때는 무대와 객석이 하나로 호흡을 맞추기도 하는, 중남미의 열정이 다이나믹하게 펼쳐지는 쿠바의 민속춤과 노래는 매우 매혹적이었다.

다음 날 우리는 쿠바작가동맹 사무실이 있는 건물에서 작가동맹 회장과 쿠바에서 가장 잘 나가는 작가 레오나르도 파둘라 등 몇몇의 문인들과의 만남을 가졌다.

쿠바의 작가들은 지금 자기네들이 그 어느 때보다 자유로운 작품 창작을 하고 있다는 것을 틈틈이 강조했다. 예술가동맹 출신이 문화부 장관으로 있다는 얘기를 통해서도 국가가 작가들의 권익과 창작 지원에 적극적이라는 것을 은연중 암시하기도 잊지 않았다. 그들은 쿠바 안에서의 문학과 쿠바 밖에서의 문학이 합쳐졌다는 것도 강조했다. 오랜 세월 투쟁해 얻은 결과라고 했다. 오히려 밖의 문학(망명 작가들을 일컫는 듯)이 한 가지 모습에 갇혀 경색됐다며 국내파 작가들의 문학이 보여 주는 다양성을 자랑했다. 쿠바의 작가동맹에서는 올해만 해도 18명의 작가 책을 출판하는데 망명 작가가 4명이나 포함됐다는 얘기도 했다.

스페인어를 주로 쓰는 중남미가 대개 그러하듯 쿠바 문학도 스페인적인 문화와 아프리카적인 것이 복합되었음을 확인하기는 어렵지 않다. 그들은 한결같이 작가들의 소명의식을 얘기했다. 한과 슬픔의 미학이 한국 문학의 특징이라는 내 말에 그들은 절망과 기쁨의 합주라는 말로 쿠바 문학의 특성을 얘기했다.

작가예술가동맹 회장은 동맹 계간지 《유니온》에 올해 당장 한국 작가들의 작품을 특집으로 싣고 작품집도 내고 싶다면서 한국-쿠바간의 문학 교류 의지를 밝혔다.

아바나에서의 마지막 밤, 우리 일행은 다시 개인이 운영하는 식당을 찾아 나섰다. 호텔에서 부른 자동차 운전기사가 우리를 안내한 식당 주변은 정전으로 암흑이었다. 그러나 촛불을 켜 놓고 저녁을 먹는 동안 식당 주인 내외는 우리를 위해 최선의 서비스를 하고 있었다. 옛날 부호가 살던 아바나의 석조 고급 주택들은 지금은 학교나 병원이 아니면 합동 주택으로 쓰인다고 했지만 대부분 불이 꺼져 있었고 시민들은 차를 얻어 타기 위해 길에서 손을 들고 서 있었다.

메리다에서 칸쿤까지

6월 24일~27일.

쿠바를 떠나 세계적 휴양 도시 칸쿤을 경유해 멕시코 남동부 유카탄 주의 주도인 메리다에 도착하자 섭씨 36도의 더위 속에서 그곳 작가협회 사람들과 지역의 방송 및 신문사 기자들이 우리를 기다리고 있었다.

인구 백만의 메리다는 강렬한 흰빛의 건물과 담장 옆으로 잘 자란 가로수의 푸른빛이 조화롭게 어우러진 매우 조용하면서도 쿠바의 거리와는 달리 어딘가 활기를 띠고 있었다.

메리다 작가들과의 만남은 점심을 함께 먹는 일로부터 시작됐다. 무챠 글라시아스(대단히 고맙습니다), 샬룻(건배 혹은 건강의 뜻) 등의 인사말을 나누며 진행되는 멕시코 사람들의 점심은 2시가 넘은 시간에 시작해 퇴근 시간인 네 시를 넘기는 것이 보통이었다. 오래전 일본 사람이 경영하기도 했다는 중국 음식점에서 식사를 하는 동안 메리다의 작가들은 매우 적극적이고도 진지하게 자기들의 문학 세계를 얘기했다.

그들의 문학에 대한 열정은 6월 25일 한국 멕시코 두 나라의 문학작품 낭송과 토론회에서 여실히 드러났다. 메리다 문화원 문학분과 위원장 오스카르 등 작가 · 시인 등 50여 명이 참가한 작품 낭송회는 매우 열정적이면서도 진지하게 치러졌다. 우리가 먼저 낭송을 하고 통역이 된 다음에 다시 그들이 자신들의 작품을 읽는 순서로 진행됐다. 그네들은 우리와 달리 작품을 낭송하는 일에 상당한 비중을 두고 있는 듯했다. 단 한 줄의 소설을 쓴 사람도 있었고 여러 가지 형식 실험을 하는 재미에 빠져 있는 시인 등 자기 나름의 문학적 특성을 만들기 위해 노력하고 있는 모습을 확인할 수 있었다. 특히 그들은 우리 한국시에 대해 관심이 많았다. 우리네가 그렇듯 멕시코도 지역의 문인들이 더 순수한 문학적 열성을 갖고 있었던 것이다.

작품 낭송회가 끝나고 그네들과 가진 점심시간에 내가 그네들의 작품이 실린 문학잡지를 뒤져 하나하나 사인을 받은 뒤 이 책을 소중히 간직하겠다고 하자 그들은 그 책을 만들기 위해 자기들이 애쓴 얘기들을 풀어놓으며 흐뭇한 표정을 지었다.

작가들과의 만찬이 끝나고 그네들 식으로 서로 껴안고 뺨을 살짝 댄 뒤 등을 또닥이는 인사를 나눴다. 비록 같은 언어를 쓰지 않더라도 서로가 통할 수 있는 문학이라는 다리 위에서의 조우의 감동, 그 뜨거운 마음의 확인이기도 했다.

메리다에서 남으로 약 90km 정도 떨어진 허허벌판의 정글에 마야의 유적이 산재해 있다.

숲이 우거진 유카탄의 드넓은 평원을 지나면서 우리는 1905년 사탕수수 농장 노예로 끌려가 배를 내린 한국인 노동자들이 일했음 직한 길가의 애니깽 농장을 구경했다. 선인장의 일종인 애니깽이란 식물은 멕시코 사탕수수 농장에 팔려 간 멕시코 이민 1세 한국인 노동자들을 일컫는 말이기도 하다.

메리다에서 우리는 멕시코 이민 3세인 고로나 씨를 만났다. 같은 핏줄 확인 때문일까. 고로나 씨는 우리를 만나면서부터 자신의 기억 속에 남아 있는 한국어를 들춰내기 시작했다. '여기 나왔다!' 찬물, 밥, 김치, 부침개, 고추장 등 자신의 돌아가신 할아버지로부터 듣던 말이 우리를 만나자 그의 기억 속에서 살아나기 시작했던 것이다. 집에서 키우던 개한테 늘 한국말을 하던 할머니의 기억도 들춰냈다. 고로나는 스페인 피가 섞인 자기 아내와 함께 우리 일행을 메리다 대학 구내에서 하는 멕시코 민속 공연에 초대하기도 했다.

마야문명의 발상지 우슈말 지방은 카르스트 지형인 관계로 비가 와도 빗물이 땅속으로 바로 스며들기 때문에 하천이 없다. 그리하여 이 지역은 식수는 전적으로 빗물에 의존할 수밖에 없었을 것이라고. 고대 인구가 몇 만 명이나 되는 규모의 큰 도시가 존재하기 위해서는 통치의 위엄과 신성의 거대한 제단 형식의 피라미드 등의 신전의 위력이 필요했을 것이란 생각이 자연스럽게 와 닿았다.

우슈말 피라미드 유적지에서는 하루에 두 차례 레이저쇼가 벌어진다. 어두워지는 저녁 8시경의 우슈말 유적지를 뒤덮던 제비 떼가 사라지자 모기들이 관광객들의 피를 빨기 위해 맹렬히 돌진해 왔다. 우슈말의 마야 선조들의 영혼이 제비와 모기로 환생한 가운데 펼쳐지는 우슈말의 레이저 쇼는 신전을 레이저 광선으로 비춰 가며 마야의 전설과 그 사랑 이야기를 신비로운 음향으로 연출하고 있었다.

스페인 통치기에 고대 피라미드를 헐어 내고 그 위에 세운 어느 마을의 성당이나 정자나무인 세비야 고목과 초사(마야인들의 집) 속 횃대에 걸어 놓고 파는 그 흰 빛깔의 옷들이 눈에 선하다.

해변 가의 유적지 툴룸, 무더위를 날려 버리는 카리브 해의 그 쪽빛 바다를 보면서 불현듯 우리의 남해와 제주도를 떠올리고 있었다.

우슈말을 다녀온 다음 날 우리는 후기 마야문명의 발상지 체첸치야의 피라미드를 둘러보고 돌아왔다. 애니깽들의 슬픈 역사 때문일까 길가 숲에 자생하는 용설란이 달리 보일 수밖에 없었다.

비행기로 올 때와 반대로 우리는 메리다부터 칸쿤까지 자동차로 네 시간 거리를 달렸다. 칸쿤으로 이동하는 중 우리는 목이 짧고 키가 작달막한 마야 원주민들이 생활하는 거주지도 두어 군데 들러 보았다. 우리네 1960년대 농촌 생활에 견줄 만한 열악한 환경이었지만 그네들 표정은 밝았다. 인상적인 것은 그들과 더불어 사는 개였다. 함께 살기는 하지만 사랑으로 거두지 않는 것인지 아니면 그렇게 먹을 것이 없는 것인지 개가 낮은 문지방을 넘지 못할 정도로 뼈가 앙상하게 드러났다.

초가 옆의 궁전이라고나 할까, 원주민 마야인들의 조악한 삶을 구경한 뒤 얼마 가지 않아 우리는 카리브 해 연변의 최대의 휴양 도시 칸쿤의 바닷가 고급 호텔들을 바라보며 입을 다물 수 없었다. 쪽빛 바다와 호수를 함께 끼고 길게 이어진 칸쿤의 휴양촌은 미국의 마이애미에 맞서기 위해 건설했다는데 일 년에 2백만 정도의 관광객이 찾아온다고. 얼마 전 우리나라 농민이 할복을 한 바로 그곳이 칸쿤이라는 생각에 잠시 무연해졌다.

칸쿤에서의 이틀 중 인상 깊었던 것은 격랑을 헤치고 나가던 모타보트 타기. 왕복 한 시간 거리의 여인들의 섬에 도착했을 때 우리의 온몸은 카리브 해의 바닷물에 흠뻑 젖어 있었던 것이다. 그 쪽빛 물 속에 거북은 물론 상어 새끼 등 열대어들이 사람들을 향해 떼 지어 몰려오는 광경은 정말 장관이었다.

테킬라와 네그라모델로. 용설란을 주원료로 증류한 테킬라와 흑맥주 네그라모델로는 멕시코의 특산 술이다. 칸쿤의 밤, 카리브 해의 그 미풍을 안주 삼아 데킬라와 흑맥주를 마시면서 우리 일행은 어쩌면 우리 생애 두 번 다시 볼 수 없는 마지막 풍경을 저마다 가슴에 주워 담고 있었다.

이왕 먹는 얘기가 나왔으니 우리가 즐겨 먹은 멕시코의 타코 얘기를 안 할 수가 없다. 타코는 옥수수 가루 반죽을 만두피 모양으로 만들어 튀긴 뒤 그 속에 각종 고기나 야채 등을 넣고 매콤한 살사 소스로 간을 맞춰 먹는 멕시코 요리의 하나다.

혼혈 문화, 그 이중성의 열정적인 하모니

6월 28일~7월 2일.

쿠바에 가기 위해 하루 머물렀던, 세계에서 두 번째로 큰 도시 멕시코시티에 다시 도착한 것은 오후 2시경이었다.

멕시코시티는 해발 2,600 미터 고원에 위치해 있어 처음에는 낮은 계단을 오르기만 해도 숨이 찼다. 아바나처럼 멕시코시티도 고대와 근대, 현대의 모든 문화가 함께 어우러지는 복합 문화의 특징을 보여 주고 있었다.

멕시코는 넓은 땅덩어리만큼 역사가 깊고 다양하다. 신대륙 발견 이전에 이미 올메카 문화를 모태로 아스테크와 마야문명이 찬란한 꽃을 피웠다. 그러나 이러한 원주민 유럽의 스페인 문화가 침범하면서 스페인적인 것과 순수한 멕시코적인 것이 혼혈 혼합된 복합 문화를 이루게 된다. 스페인으로부터 그들은 독립을 쟁취했다. 그러나 그들은 스페인어를 쓰고 스페인과 피를 섞고 그 문화를 뒤집어쓰고 산다. 때로 그네들은 원주민 문화를 자기들의 정체성으로 내세우기도 한다. 그것은 복합 문화가 갖는 변증법적 발전이며 그 가능성이다. 이질적인 요소들이 오랜 세월을 지나는 동안 상승 작용을 하면서 혼혈 문화의 새로운 꽃으로 피어나고 있는 것이다.

멕시코의 또 다른 이중성은 미국을 보는 두 개의 눈을 통해 드러난다. 미국에 대한 피해 의식이 낳은 적대감과는 달리 그러한 미국을 은연중 선망하고 있다는 사실이다.

세계에서 가장 넓은 광장으로 알려진 멕시코시티의 소칼로 광장. 여러 양식이 복합된 성당과 궁전을 양옆에 거느린 소칼로 광장에서는 국기 하향식을 할 시간인 오후 5시에 군인들이 나와 대형 국기 게양식을 하고 있었다. 오랜 세월에 걸쳐 지어졌다는 대성당 주변 거리에는 우리네의 1960년대식 좌판 시장이 열리고 있었는데 옥수수를 구워 파는 여자들도 보였다.

1964년에 지어졌다는 멕시코의 국립 인류학 박물관은 그 규모가 대단했다. 1층에는 멕시코의 고고학 유물들이 시대별로 구분되어져 있고, 2층에는 원주민의 민속학 박물관이 있었다. 박물관 앞에는 단 하나의 기둥에 의해 세워진 84 미터 길이의 차양이 매우 인상적이었다.

인류학 박물관을 둘러본 그 다음으로 멕시코에서 가장 컸던 고대 도시 테오티와칸으로 차를 몰았다. 멕시코시티 북동쪽 50km에 위치한 테오티와칸으로 가는 도중 우리는 산자락에 다닥다닥 밀집해 있는 이른바 멕시코시티의 산동네를 구경할 수 있었다.

테오티와칸에는 세계에서 가장 큰 '해의 피라미드'와 '달의 피라미드'가 장엄하게 솟아 있었다. 밑변 225m, 높이 65m의 '해의 피라미드'는 햇빛에 말린 일억 개의 벽돌과 흙으로 쌓아 만들었다고 하는데 해발 3,000 미터 정도가 되는 맨 꼭대기에서 서서 '달의 피라미드'를 비롯한 고대 도시의 흔적을 둘러보는 느낌은 정말 형용하기 어려웠다.

29일의 한국과 멕시코간의 작가 교류 일정은 매우 타이트하게 짜여 있었다.

멕시코시티에서의 작가교류행사는 쏘겜(작가들의 권익을 위한 저작권 협회)의 문학 분과 위원장인 베르나르도 루이스의 안내로 이루어졌다. 작가이기도 한 베르나르도는 매우 다정다감한 사람으로 시종 미소를 잃지 않은 채 우리 일행의 편의를 위해 최선을 다했다.

아침 10시에 멕시코문화재단 방문. 1997년 기업인들의 출자로 결성된 문화 재단은 정부 출자까지 합쳐 약 1천1백만 불 정도의 재원으로 운영되는, 국가 차원의 문학 지원 사업을 하는 단체였다.

해마다 9백여 명의 신인작가들 중 20명의 시인과 작가를 선발해 일인당 1천 불씩 장학금을 지급(일년 생활비가 된다고 한다)한다든가 2만 달러 규모의 중남미 동시문학상 운영, 국립 우남대에 문학 연구 지원금으로 19세기 작가 연구를 돕고 있고, 문학지 및 작가들의 작품집 출판 사업, 번역 지원 사업 등 우리나라 대산재단이 하는 문학 지원 사업과 비슷한 일을 하고 있었다.

문화재단 사무총장의 안내로 장학금을 받는 젊은 작가들의 집필실을 둘러보았다. 문학장학금을 지급 받은 젊은 작가들은 문화재단 근처에 아파트를 얻어 놓고 일주일에 한 번씩 창작 지도를 받으며 작품을 쓴다고 했다. 말하자만 가능성 있는 전업 작가를 위한 도제 수업을 하고 있는 것이다.

이제 한창 문학의 초심을 잡고 있는 멕시코의 젊은 작가들을 앞에 놓고 문학작품 낭송을 했다. 작품 낭송회가 끝난 뒤 젊은 작가들은 우리 한국 문학의 흐름과 작품 창작 방법론에 대한 질문을 많이 해 왔다. 우리는 스페인어로 작품을 쓰는 당신들은 우선 스페인권의 많은 독자들을 확보하고 있어서 행복하다는 말을 해 주었다. 글로벌 시대, 작품의 제대로 된 번역이 그 어느 때보다 중요하다는 데 두 나라의 작가들이 동의하는 시간이기도 했다. 그네들도 메리다의 문인들처럼 시의 음악성을 강조하고 있었다.

오후 2시에 우암대 문학 강연. 대학 구내에서 학생들이 액세서리 등 물건을 진열해 놓고 파는 것이 인상적이었다. 주최 측의 실수로 시간이 바뀌는 등 청중은 많지 않았지만 문학 강연은 그네들이 요구하는 대로 현대 한국 문학의 역사에 대해 얘기했다. 우리가 창의적으로 만들어 쓰고 있는 한글의 우수성 강조에 대해 그들이 깊은 관심을 보였다.

오후 4시에 시내의 한 고풍스런 레스토랑에서 멕시코작가협회 초청으로 작품 낭송회를 가졌다. 원로 여류 작가 이멜다 등 멕시코의 작가 · 시인들과 함께 한 서너 시간은 두 나라의 문학 이해는 물론 문학 교류의 실질적인 방법까지 거론될 정도로 효과가 컸다.

특히 지난해 대산재단의 초청으로 세 명의 멕시코 작가가 한국을 다녀간 뒤라 그런지 한국 문학에 대한 관심이 각별했다.

한국의 문학 작품을 우리가 한 단락 읽은 뒤 번역된 것을 그네들이 모두 읽는 방식으로 진행된 문학 작품 낭송회는 매우 성공적이었다. 스페인어로 번역된 필자의 〈아베의 가족〉을 고혜선 교수가 줄거리를 얘기하는 중에 내 옆에 앉았던 작가 제우스 카자다는 눈물을 흘리기까지 했다. 그는 나중에 자신의 이메일 주소를 적어 주며 서로 안부를 주고받자며 헤어짐을 아쉬워했다.

그들 중 어느 작가가 질문했다. 멕시코는 고유의 멕시코 문화도 가지고 있지만 오랫동안의 스페인 침략으로 인한 문화의 스페인화와 미국이라는 강대국 문화에 주눅 드는 주변 문화라는 인식에서 벗어나기 어려운데 여러 여건이 비슷한 한국의 문학도 그렇지 않느냐고 질문했다.

나는 그 자리에서 한국과 멕시코는 역사의 질곡과 주변 환경이 비슷한 것이 사실이지만 우리는 오랜 전통의, 같은 피로서의 민족 정체성은 물론 우리 고유의 언어와 문자를 가지고 있기 때문에 강대국 문화에 쉽게 감염되지 않은, 우리의 독창적인 문화를 가지고 있다는 것을 역설했다.

그날 멕시코의 다른 작가 한 사람은 이제까지 한국과 멕시코 두 나라는 미국이라는 프리즘을 통해서 서로를 바라보며 이해해 왔는데 지금부터라도 미국을 거치지 않고 두 나라 작가들이 직접 만나자는 말로 두 나라 문학의 만남이 갖는 의미를 강조했다.

그날 세 시간 동안 있었던 두 나라 문인들의 만남은 중남미 사람들 특유의 열정에 의해 매우 진지하고 우호적이었다.

이 모임에서도 그네들은 자기네가 먼저 한국 작가들의 작품집을 만들겠다는 것을 제안하는 적극성을 보였다.

길은 어디로든 통하게 마련이다. 비록 언어와 풍습이 달라도 가슴에서 퍼낸 문학의 샘은 흘러넘쳐 중남미 고원에 새로이 길 하나를 열고 있었다.

평양에서 만난 사람들

2005년 7월 20일 오전, 북 측에서 보내온 고려항공 P561기가 인천국제공항을 이륙한 지 정확히 50분 뒤 우리는 평양비행장에 발을 디뎠다. 이데올로기가 낳은 불신과 증오의, 60년 긴 세월의 높은 벽이 한순간에 허물어져 내리는 순간이었다. 기내에서 로동신문을 받아 들고 룡성맥주 한 캔으로 설레는 마음을 다스리는 그 정도의 시간이었다. 이럴 수가! 허허. 그냥 웃음이 나왔다.

그러나 평양에서, 그리고 삼지연과 백두산 천지까지, 다시 묘향산 국제친선기념관과 보현사를 둘러보는 가운데 치러진 '6 · 15공동선언 실천을 위한 민족작가대회' 기간 동안 그 어느 장소에서도 평양공항에 도착할 때의 그 벅찬 감상은 쉬 찾아지지 않았다.

분단 60년 세월이 결코 짧지 않았다는 것을 어쩔 수 없이 확인해야 하는 긴장과 아픔의 시간이었다. 분명 같은 언어를 쓰고 같은 옷을 입고 먹는 것이 같으면서도 마주 앉은 서로가 허물기 어려운 두꺼운 유리벽을 실감하지 않을 수 없었다는 것이다. 분명 둘이 아니고 하나였고 그것이 다시 하나가 되어야 함을 서로의 입을 통해 뜨겁게 확인하고 있었지만 가슴 한 구석이 서늘하게 비어 드는 것은 어쩔 수 없었다.

이번 방북을 통해 그동안 한쪽으로 기울어진 채 굳어진 내 생각이 송두리째 바뀔 수 있으리란 기대는 그동안 남북 양측이 쌓아 놓은 이데올로기를 위한 이데올로기의 벽 앞에서 더 이상 나아가기 힘들었다.

비교적 자유분방한 사고 패턴을 가진 남 측의 작가들 일부는 순식간에 유람관광객으로 돌변해 숨 막히는 대열에서의 일탈을 꿈꾸었지만 자주의 깃발 아래 오늘도 치열한 삶을 살고 있는 북 측의 사람들은 그것을 용납하지 않았다.

그러나 남북의 작가대표단이 이번 60년 만의 만남을 민족 대화합의 계기요, 그 축제로 삼고자 하는 진지한 자세에 이르러서는 크게 마음이 다르지 않았다는 생각이다. 특히 삼지연에서 새벽 두 시에 출발해 백두산 천지에 이르기까지 우리 일행을 따라와 향로봉에 머물던 새벽의 보름달과 새벽 5시의 일출, 그 새벽빛을 모두가 얼굴 가득히 받던 순간은 그야말로 말이 필요 없는 '하나 됨' 이었다.

백두산 천지 주변 능선에는 워낙 고지대라 봄, 여름, 가을 세 계절에 필 산야초들이 모두 한꺼번에 핀다. 노란만병초나 돌쩌귀 · 구절초 · 칼잎용담 · 곰취꽃 등 백두산의 산야초 군락과의 만남은 남북 양쪽이 서로가 문을 배꼼이 열고 탐색하는 눈길로 만나야 하는 그것과는 달리

가슴이 확 트이는 감동 그 자체였다. 자연과의 만남이 언제나 덧셈이듯 이질화한 남쪽이 서로 한 가슴이 되는 그런 만남의 날이 어서 오기를 그때까지도 향로봉 자락에 머물고 있는 새벽달을 향해 빌었다.

60년 만에 남 측 작가들을 맞는 북 측 사람들의 환대는 정중했고 뜨거웠다. 북 측의 작가들은 자신이 넘쳐 있었고 자신들의 하는 일에 대해 자긍심이 대단했다. 물론 같은 말을 쓰면서도 그 말의 의미와 생각의 각도가 상당히 달라질 수밖에 없는 현실 앞에 가슴이 답답했지만 그것 또한 벽 쌓고 돌아서 딴 살림을 차린 60년 세월을 생각하면 그쯤은 문제도 되지 않는다는 생각이 들었다.

비교적 단색 계통의 소박한 옷차림인 평양 시민들의 무표정한 얼굴과 빠른 발걸음은 평양 시내 고층 아파트의 위용과는 어쩐지 다소 안 어울린다는 느낌이었다.

그러나 남북작가대회 연회장에 나온 이름 있는 북쪽의 작가들은 달랐다. 1940년생, 김일성상 계관인 작가 김진성은 매우 활기차고 여유만만해 보였다. 대하소설을 주로 쓰는 김진성 작가는 나와 동갑내기였다. 통일 되는 그날 우리 동갑내기 작가가 다시 만날 것을 약속하며 술잔을 부딪친 뒤 '쭉 냅시다' 라는 건배를 하는 동안 정말 죽기 전 다시 만났으면 좋겠다는 간절한 바람이 가슴을 쳤다.

민족작가대회 마지막 날 연회장에서는 4 · 15문학창작단에 속한, 역시 김일성상 계관인 작가 정기종과 술잔을 여러 번 건넸다. 《태백산줄기》, 《조선의 힘》 등 많은 작품을 쓴 정기종 작가는 자신이 군대 시절 등단을 하게 된 과정 등 그쪽 문단 실정에 어두운 나한테는 그쪽의 창작 분위기를 느낄 수 있는 좋은 이야기를 많이 해 주었다.

연회 중 정기종 작가는 남 측의 여성 작가 정지아를 데려와 정 작가의 《빨치산의 딸》을 잘 읽었다면서 일행에게 소개했다. 동석한 북 측의 주유훈 박룡운 작가들도 모두 정 작가의 작품을 읽었다며 그들이 최근에 앞다투어 집필하고 있는 미전향 장기수 문제에 깊은 관심을 보였다.

이번 양쪽 작가들의 만남은 서로가 얼굴을 마주했다는 그 사실만으로도 성공적이라는 생각이다. 다만 민족작가대회 일정 중에 함께 돌아본 정해진 관광 코스를 한 치도 벗어나지 못한 채 안내원들의 그 미소와 함께 계속 들어야 하는 동어반복의 언어들을 부담스러워하는 남 측의 작가들이 많았다는 사실은 앞으로 북 측이 적어도 작가들과의 만남에서는 이러한 점을 고려해야 하지 않을까 생각한다.

특히 북쪽에서 우리들에게 보여준 갖가지 수준 높은 공연이나 그 규모가 엄청난 여러 개의 조형 구조물, 이를테면 소년궁전이나 주체탑 전승탑 또는 묘향산의 국제친선기념관 관람에는 생각하기에 따라 그 효과가 많이 다를 수 있다는 것도 감안해 주었으면 한다.

북쪽 사람들의 심장에는 김일성 수령이 죽지 않고 살아 있었다. 사람들 모두의 가슴에 달고 다니는 휘장처럼 평양 시내의 높은 건물에 내걸린 현수막에는 '위대한 수령 김일성 동지는 영원히 우리와 함께 계신다' 이었다. 민족의 한 지도자가 이처럼 사람들의 심장 속에 살아 있다는 것의 확인이야말로 이번 북쪽을 돌아보며 학습된 것 중 매우 의미심장한 것이라고 할 수 있다.

평양의 보통강과 대동강은 잘 기획된 평양 시가지의 도시 미관과 조화를 이뤄 유유히 흐르고 있었다. 남쪽 텔레비전 화면에서나 보던 평양 거리의 한산한 모습과는 달리 공원이나 길거리는 그런대로 많은 사람들의 모습이 보였다. 특히 광복거리를 지나 평양교예극장이나 청년호텔, 소년궁전과 각종 체육관이 늘어선 체육관 거리를 차로 달릴 때는 전후 폐허가 되었던 평양시가지가 머리에 떠올라 감회가 컸다.

평양에서 신의주까지 연결된 고속도로를 약 1시간 반 정도 달려 도착할 수 있었던 90킬로미터 거리의 묘향산. 묘향산 가는 그 길 위에서 우리는 뜻밖에도 드넓은 평야에 놀랐고 청천강 물줄기에 감동했지만 고속도로나 국도에서 보기 어려운 자동차나 구석구석 개간된 산야 풍경에 대해 섣부른 판단을 내놓기가 어려웠다.

천하절승 묘향산의 비로봉 등 웅장한 산봉우리들을 거느린 고찰 보현사의 바람종(풍경) 소리와 법당의 부처님 미소 또한 남쪽의 그것들과 다를 것이 하나도 없는데 그것을 바라보는 남 측 사람들의 마음은 그렇게 간단하지가 않았다.

특히 묘향산에 있는 국제친선교류관 두 곳을 둘러보면서 듣게 된 안내원들의 사분사분하면서도 확신에 차 있는 목소리가 방문객들의 객수를 달래는 역할을 한 것은 좋았지만 차라리 그 두 곳을 그냥 개방해 놓고 자유롭게 돌아보면서 제가끔 느끼게 했다면 북쪽 사람들이 그곳을 보여 주고자 하는 그 의도에 한결 가까이 접근하지 않을까 하는 생각도 없지 않았다.

북 측은 이번 행사 기간 동안 남쪽 작가들과 언론에 처음으로 최근 조성한 납북 및 월북 인사 묘역을 보여주었다. 6 · 25를 전후해 북쪽에 간 거물급 인사들 중에는 국어 학자 정인보 선생도 끼어 있었다.

그것보다 우리의 관심을 끈 것은 그 묘역에 친일 변절 작가로 낙인이 찍힌 '춘원 리광수 선생(1882.3.4 출생, 1950.10.25 서거)'의 묘비가 있었다는 것이다.

그 재북 인사 묘에 특별히 초청돼 온 북쪽 노인이 하나 있었다. 고향이 강원도 정선 동면 화암인 최태규(85세: 재북평화통일 촉진협의회 상무위원) 옹은 북에 와서 60년 만에 처음으로 남쪽 사람들과 만나는 감동을 감추지 못했다. 중앙조선일보 정경부 기자로 일하다가 고향에 내려가 28세 나이로 제헌국회의원이 됐다는 최 옹은 묘역에 있는 월북 인사들 하나하나를 기억해 그들의 공과를 열거하는 뛰어난 기억력을 보였다. 특히 그는 춘원 이광수가 그 묘역에 있게 된 사연을 얘기하는 과정에 춘원이 월북하던 1950년 가을에 폐결핵으로 병원에서 죽었다는 증언까지 했다. 그는 묘역에 이광수를 안치하는 일에 자신이 적극 반대했지만 수령의 '큰 용서'로 춘원의 묘가 여기 있게 됐다는 사연까지 덧붙여 애기했다.

땡볕 아래서도 월북 인사들 얘기를 멈추지 않던 최 옹은 내가 고향이 강원도라는 것을 알고는 금세 이때까지의 격앙된 목소리와는 다른 감정이 실리면서 눈에 눈물까지 글썽이었다. 화암약수와 절경인 동면의 소금강 계곡과 몰운대까지 들먹이며 고향 그리움을 드러낸 최 옹은 잡아 쥔 내 손을 놓지 않은 채 고향 사람들한테 자기 소식을 전해 달라는 당부를 잊지 않았다.

남쪽에서 간 우리 일행 중에는 월북한 최 옹의 경우와는 달리 딸을 두고 월남한 87세의 노시인이 한 분 있었다고 들었다. 그 노시인은 물론 우리 모두의 바람은 평양에 살고 있는 것이 확인된 그 딸과의 만남이었다. 그러나 어떤 이유에서인지 그 부녀 상봉은 끝내 이뤄지지 못했다.

5박 6일의 짧은 만남. 어찌 보면 한쪽에서는 한판 놀이일 수도 있었겠지만 또 다른 쪽에서는 치열한 게임을 하고 있었다는 느낌이다. 놀이는 그냥 즐길 뿐 어떤 일정한 룰이나 승부욕을 필요로 하지 않는다. 그러나 게임을 하는 경우에는 뜻한 바의 어떤 목적을 이루기 위한 일정한 룰에 따른 작전까지도 있어야 한다.

그러나 놀이이든 게임이든 그것이 한판 신명을 낼 수 있는 축제의 장이 돼야 한다는 인식에는 양쪽 모두가 공감했다는 데 의의를 두고 싶다. 더 감동적인 큰 만남을 준비하기 위한 나름의 침묵과 인내가 필요하다는 것이다.

묘향산에서 돌아와 보니 고려호텔 객실 침대 위에는 내가 빨아 널어놓은 내복이 곱게 개켜져 있었다. 함께 방을 쓴 김용만 작가는 내복을 그냥 벗어놓고 갔는데 그것마저 깨끗하게 빨아 개켜져 있었다. 그 아름다운 손길을 통해 순혈의 미풍양속을 만나는 감동이 자못 컸다.

떠나는 날 점심으로 평양호텔 식당에서 먹은 단고기(보신탕) 얘기를 하다보니 어느 새 고려항공 비행기는 인천국제공항에 착륙하고 있었다. 비행기 바퀴가 트랩에 닿는 순간 북쪽에 갔던 남쪽 문인들은 일제히 박수를 쳤다.

언제 그 사람들 다시 만날 수 있을까. 공항을 나오며 나는 다시 형언하기 어려운 감회에 젖었다.

4부

책 읽는 즐거움

'세상 너머 저 바닷가'의 조개껍질로

-유장균 시 전집에 부치는 말

1989년 겨울 아니면 1990년 이른 봄이었을 것이다. 나는 미국에서 걸려 온, 고교 동창 유장균의 전화를 받았다. 아무 날 귀국할 것이니 《현대시》의 김광림 선생과 만날 시간을 약속해 놓으란 당부였다.

귀국한 유장균과 함께 나는 용산의 어느 산자락에 위치한 《현대시》 편집실을 찾아갔다. 좁디좁은 편집실에서 김광림 시인이 우리를 반가이 맞았다. 1962년 대학 재학 시절 조선일보 신춘문예 시 부문에 입선한 유장균이 《현대시》를 통해 재 등단 절차를 거치는 매우 뜻 깊은 자리였던 것이다.

곧바로 그는 첫 시집 《조개무덤》을 들고 나타나 '천 사람이 한 번 읽고 버리는 그런 시가 아닌 한 사람이 천 번 읽는 그런 시를 쓰고 싶다'

는 말로 새로이 시작한 시 쓰기에 대해 비장한 결의를 보였다. 나는 이미 육필로 읽은 그의 시에 완전히 매료된 상태라 그 혈기방장에 의기투합하여 술잔을 쳐들곤 했다.

그러나 유장균이 두 번째 시집 《고궁 돌담을 걷고 싶네》를 들고 나타났을 때는 먼저와는 달리 조금 주눅 든 모습이었다. 무릎 관절이 안 좋아 거동이 다소 불편한 탓도 없지 않았겠지만 그는 '분명 나만 모르고 있는 곳에/ 나만 모르고 있는 무엇이 있구나/ 아, 해질 무렵 나만 두고 몰려가는 것들' (〈해질무렵 몰려가는 것들〉 중에서)에 대한 회한 같은 분위기를 술잔에 채우고 있었던 것이다.

어쩌면 그것은 이국 생활에서의 외로움이 시어를 통해 그의 영혼을 충동질하고 있었기 때문인지 모른다. 〈기댈 곳 없는 저녁이면〉에서 유장균은 자신의 안에 살고 있는 쓸쓸한 짐승 하나를 불러내 도시를 탈출하지만 결국은 술이 깨면서 '나의 짐승이 다시 내게로 돌아와 잠드는' 어쩔 수 없는 존재의 허망을 읊고 있다.

그 뒤 나는 그가 세 번째 시집 《세크라맨트의 목화밭》을 출간했다는 얘기만 들었을 뿐 책을 받지 못한 채 간간이 그의 투병 소식을 전해 들었다.

그는 이미 우리와 유명을 달리 했지만 그를 만났던 많은 사람들은 유장균이 혼신의 힘으로 보여 줬던 그 유별난 우정과 시 쓰기의 신명을 잊지 않고 있다.

1988년 내가 미국 LA에 잠시 들렀을 때 유장균은 호텔까지 찾아와 술자리를 만들었다. 그날 그는 몹시 가난했던 젊은 시절의 어느 날 내가 사줬다는 자장면 얘기를 하면서 울었다. 미국에 간 많은 친구들이 그의 집에 묵으며 그의 신세를 졌던 일을 회고한다. 그가 즐겨 마신 술처럼 그는 사람들을 조건 없이 좋아했다. 그가 미국에서 맞이한 한국 사람들은 그대로 그의 조국이었던 것이다.

'불빛 하나 망막을 찌르며/ 아득히 멀어져가는 조국을 보낸다/ 조국으로부터 다시 한 번 멀어지면서/ 나는 캄캄한 밤이 되는가/ 유성이 되는가 별자리를 찾아/ 반백의 날개를 흔들며/ 나는 지금 세계의 어디쯤 가고 있는가.

-〈L.A 공항에서 친구를 보내며〉의 마지막 연

그는 낯선 땅에 뿌리를 내리기 위해 밤마다 울었다. '나는 안다 옮겨 심은 뿌리/ 연한 실뿌리에 닿는 다른 토양의 충격을/ 며칠 분의 기억력과 함께/ 일제히 퇴색해버린 내 가지의 엽록소/ 그 시절 아내와 나는 입덧을 하며/ 며칠 밤을 울어 샜는가.

-〈아마존 밀림에서 온 앵무새〉 중에서

그의 시 쓰기는 '퇴색해버린 내 가지의 엽록소'를 되찾기 위한 몸부림이었고 '생활을 칭칭 얽어 놓은 쇠창살 속에서'의 탈출, 그 꿈꾸기였을 것이다.

유장균의 시는 얕은 감상이나 말의 유희와는 거리가 멀다. 체험한 진실이 철철 넘쳐 그대로 길이 되고 집을 만들었다. 그의 시는 자기 정체를 찾으러 떠나는 길이었고 자기를 가둬 참회하고 고행하는 집이었다. 정직한 그의 시어는 남의 목소리를 흉내 내거나 이미 만들어진 틀 속에 갇히는 것을 거부했다.

그는 즐겨 마시는 술처럼 시 쓰기를 즐겼다. 평소의 과묵이 얼굴을 바꾸는 것도 술과 시 쓰기를 통해서만 가능했다. 못마땅한 세상사에 대한 뒤틀린 심사 드러내기도 그의 직선적인 화법도 술과 시 쓰기를 통해 은근하게 용해되곤 했다.

술과 시 쓰기로도 끝까지 감당하기 어려웠던 것은 그의 안에 출렁이는 본향에 대한 그리움이었다는 생각이다.

'세월이 검색하듯 막아서는 고향에 내려/ 조심스럽게 나는 나를 풀어놓는다'

–〈귀향〉 중에서

그러나 유장균이 자신을 풀어놓은 고향은 이미 '강은 강 속에 죽어 있고/ 흙은 흙 속에 죽어 있' 는 모든 것들의 생명이 존재하지 않는 그런 곳이었을 뿐이다.

그러나 나는 오늘 비로소 유장균이 그리워했던 모든 것들이 고스란히 되살아나고 있음을 전율처럼 느낀다. 유장균 시인이 생전에 발간한 시집 세 권을 새로이 전집으로 묶는다는 소식을 듣고부터이다. 그동안 누구보다 가까이서 그의 사람됨과 문학에 대한 열정을 지켜본 윤석산 시인과 《현대시》의 원구식 주간에 의해 그 작업이 이루어진다니 더할 나위 없이 고마울 뿐이다.

어이, 유장균 시인, 자네 정말 대단하다. 자네가 남긴 시 전부를 천 번 이상 읽는 독자 중의 한 사람이 누군지 아는가. 가장 가까운 사람, 자네 부인을 끝까지 감동시키고 있는 자네의 그 시 작품들이 '세상 너머 저 바닷가' 의 조개껍질로 오색의 빛을 내며 다시 우리들 곁에서 달그락거릴 생각만 해도 기분이 좋으이.

곧고 분명한 자기주장

-윤재천의 《청바지와 나》를 읽고

나는 책을 제대로 읽는 일에 장애를 일으키는 여러 요소 중 선입견을 첫째로 꼽는다.

읽어야 할 책에 대한 여러 가지 예비 정보가 본질을 왜곡시키는 경우가 너무 흔하기 때문이다. 책의 뒤에 붙인 해설은 물론이고 각종 저널에 실린 서평을 먼저 읽고 책 본문을 읽었을 때 생기는 편견의 눈이 얼마나 나쁜 것인가를 알기 때문이다.

특히 그 책의 저자가 어떠한 사람인가를 먼저 알고 나서 책을 읽었을 때 그것은 거의 치명적이라 할 수 있다. 책의 저자를 잘 아는 사람들이 그의 책에 쉽게 감동하기 어렵다는 뜻이다.

독서의 적을 화두로 삼은 것도 내가 상당한 선입견에 싸여 《청바지와 나》를 읽었다는 것을 고백하기 위함이다.

수필가 윤재천의 고희 기념으로 나온 《수필의 길 40년》에는 무려 160여 명의 문단 인사들이 그의 삶과 문학에 대해 덕담을 나누고 있다.

수필과 관계된 몇 개의 제목만 대충 뽑아 보았다.

〈수필마을의 정자나무〉, 〈수필연구가 수필 전수자〉, 〈수필을 위해 태어난 사람〉, 〈수필문학의 파수꾼〉, 〈수필문학의 지사적 엘리트〉, 〈현대수필의 천등〉, 〈수필문학의 대들보〉, 〈삶이 곧 수필인 인생〉, 〈수필나무〉, 〈수필의 성채를 지키는 아름다운 전사〉, 〈수필운동가〉, 〈한국수필문학을 가꾸는 정원사〉, 〈수필의 자존심을 지키는 파수꾼〉, 〈현대수필학의 대도〉 등등.

단적으로 윤재천의 일관된 수필 사랑, 수필 철학의 확인이다.

나는 어느 자리에선가 수필 문학에 대한 윤재천의 소신 피력을 직접 접할 기회가 있었다.

오늘 우리의 수필 문학이 너무 우아하고 감상적인 것만을 좇는 잘못된 풍조에 대한 신랄한 비판이었다. 접속사나 조사 혹은 수식어의 남용이 수필 문학의 격을 깨고 있다는 요지의 수필 문장론을 통해 수필을 쓰는 사람들의 각성을 요구하기도 했다.

또한 오늘의 수필 문학은 낡은 틀을 깨고 작가 나름의 독창적 자기 방법의 모색을 통해 새로이 태어나지 않으면 안 된다는 수필 문학의 개혁과 실험 정신의 당위 강조도 인상적이었다.

윤재천은 〈수필문학의 산책〉에서 '수필은 형식적인 수사가 필요치 않다. 수필에 있어 언어의 미학(美學)이란 있을 수 없다' 면서 '수필의 문장은 어떤 장르의 문장보다도 직관적이고 관료적이다. 따라서 수필 문장은 소설 문장과는 달리 단순하고 명료하고 수식이나 형용이 필요 없게 된다' 는 것을 강조한 바 있다.

작품과 대면하기 전에 만난 윤재천에 대한 이러한 정보들이《청바지와 나》를 올바로 읽는 데 많은 장애를 일으켰음은 두말할 것도 없다.

윤재천의 문학관과 인생철학이 그 작품 하나하나에 어떻게 투영되었을까 하는 도식적 분석이 앞설 수밖에 없었다는 것이다. 나의 이러한 태도는 에밀 파게가 말한 독서의 많은 적 중 '불평하려는 욕망' 에서 비롯된 비평심의 발로와 다르지 않다.

어쩌면 그것은 오늘의 수필 문학 혹은 잘못된 세사에 대한 윤재천의 강도 높은 우려에 기인한 바도 없지 않았을 것이다. 이론과 실제가 창작에 있어서 얼마나 유효하게 일치할 수 있을까 하는 관심이라고 할 수 있다.

어떻든《청바지와 나》에 수록된 작품들은 저자의 평소의 수필관이 드러나 있다.

비교적 정확한 구문 구사에 의한 군더더기 없는 문장 서술은 그야말로 '단순 명료' 했다. 물론 수필이 좀 더 구체적인 묘사 언어에 의해 사유의 관념성을 벗어나야 한다는 필자의 평소 취향으로 보면 다소 불만이 없지 않았지만 윤재천의 그러한 관념 진술에 사용된 관용어 구사야말로 그의 주장대로 '직관적이고 관료적' 인 수필 문장의 전범이라 할 수 있다.

접속어를 거의 쓰지 않으면서도 앞뒤 문장의 연결이 자연스러운 문체는 글에서의 형태미를 위한 문장의 수식을 거부한 자신의 수필 문장론을 뒷받침하고 있다.

수필선집《청바지와 나》의 저자 윤재천은 평소 강조해 온 자신의 수필관을 작품 속에 구현하기 위해 부단히 노력한다. 이것은 '안과 밖'이 같아야 한다는 그의 평소 소신과도 무관하지 않다는 결론을 가능케 한다.

수필은 삶에 대한 진지한 해석이다.

-〈수필은〉 중에서

수필이 수필다운 향내를 갖기 위해서는 무엇보다 수필로서의 온기를 지녀야 한다. 여기서 말하는 온기란 인간적 체취를 말한다.

-〈수필은〉 중에서

내가 수필을 쓰는 이유 중의 하나는 진지함에의 도달이다.

-〈정관의 세계〉 중에서

윤재천이 수필 문학에 두는 가치관은 인간적 체취와 허식이 아닌 진지함이라는 것은 분명하다.

고스톱을 좋아하지만 되도록 규칙과 시간을 지키려는 습성이 우스웠던지 가까운 친구들은 '고스톱 교장'이란 별명까지 붙여주었다.

-〈고스톱 교장〉 중에서

진실은 땅속 깊이 묻어 놓아도 언젠가는 제 모습을 드러내게 된다. 서둘러 내보이려고 할 필요도. 사실이 아닌 것이 한 순간에 사실로 탈바꿈되지 않듯 진실이 한순간에 거짓으로 바뀌는 것은 아니다.

-〈손바닥으로 가린 하늘〉 중에서

나는 인생을 진지하게 살고자 한다. 성실하게 살고자 원하며 항상 추구하는 자세이기를 원한다.

–〈정관의 세계〉 중에서

진지하고 진실하게, 그리고 뭔가 항상 추구하며 살기를 원하는 윤재천의 노력은 허식과 권위주의를 버리고 자유인으로 사는 일이다.

바람은 우리가 희구하는 가장 완전한 자유의 모습이다.

–〈바람의 실체〉 중에서

'누구의 눈에도 보이지 않지만 아무도 바람의 존재를 의심하지 않듯' 그렇게 자기 정체성을 잃지 않으면서 또 거기에 묶이고 싶지 않다는 바람이 자유를 희구하는 윤재천의 삶이다.

청바지와 캐주얼을 즐겨 입게 된 것은 지나치리만큼 형식에 매달려 규격화된 채 살아온 내 젊은 날에 대한 일종의 보상심리에 기인한 결과인지도 모른다.

–〈청바지와 나〉 중에서

'청바지가 잘 어울리는 남자'를 꿈꾸며 내 길을 걸어가고 있다. 젊은 노년으로 늘 청바지처럼 질긴 구김을 두려워하지 않으며 살고 싶다.

–〈청바지와 나〉 중에서

이렇게 진지한 삶의 궁극적 도달점은 안과 밖이 하나인 완전한 인격의 지향이다.

우리는 이제까지의 노력으로 어느 정도의 겉모양을 갖추었다. 우리가 해야 할 일은 속을 채우는 일이다. 부끄럽지 않게 스스로를 무장하는 일이다.

-〈안과 밖〉 중에서

사람이 안과 밖이 같기 위해서는 정도를 걸어야 할 것이다. 정도는 원칙에서 벗어나지 않음을 뜻한다.

원칙은 경우에 따라 융통성 없고 각박한 것으로 보일 수 있지만 하나의 구조물을 지탱하는 데 절대적인 뼈대의 기능을 담당한다.

-〈원칙이라는 처방〉 중에서

수필 문학의 형식에 대한 윤재천의 견해 또한 저자가 살아가는 모습과 크게 다르지 않다는 것을 확인할 수 있다.

우리나라 수필은 새로운 모습으로 변신을 꾀해야 한다는 말은 어제 오늘에 제기된 것도 아니고, 그 심각성은 날로 더해 간다.

-〈수필은〉 중에서

(수필이) 감상적 시정으로만 일관하려는 태도는 지양되어야 한다.

-〈수필은 인간학이다〉 중에서

항상 '새로운 모습'으로 살기 위해서는 '감상적 서정'을 지양하지 않으면 안 된다는 지론이다.

《청바지와 나》에 수록된 38편의 작품 중 작가의 사생활을 엿볼 수 있는 것은 〈청바지와 나〉, 〈구름까페〉, 〈서울의 불빛〉 등 몇 편 되지 않는다. 물론 다른 작품에서도 저자의 인생관은 뭉뚱그려 나타나지만 그 생활이 구체적으로 묘사된 장면은 찾을 수 없다.

이것은 감상으로 덧발라진 신변잡기의 수필에 대한 성토와 다르지 않다. 《청바지와 나》의 글에서 저자는 생활 속에서 터득된 철학으로 사색의 밭을 일군다. 자칫 관념적 사변으로 몰릴 수도 있다는 것을 알면서도 개인의 아픔이나 인간적 갈등을 철저하게 배제하고 있다. 이것은 글쓴이들이 헤픈 감상의 언어로 자신을 해발짝 내보이는 글에 일에 대한 나무람의 의미일 수도 있다.

아무렇든 글은 곧 그 사람이다. 일상의 너절한 이야기들을 철저하게 배제한 대신 윤재천의 수필은 매우 단정적인 어조를 지닌다.

꽃에는 비밀이 있다. 예기치 못한 힘이 있다.

-〈꽃의 비밀〉 중에서

바람은 양면성을 가지고 있다. 이것은 삶의 모습과도 같다.

-〈바람의 실체〉 중에서

수필에는 수필다운 비판이 있어야 한다.

-〈수필은〉 중에서

사랑의 현주소는 현실이 아니고 이상이다.

-〈인연의 늪〉 중에서

사랑은 어느 경우에도 수단이나 방편이 될 수 없다. 진실로 이 계율을 엄격히 지켜나가야 한다.

-〈사랑은 고귀한 생명체〉 중에서

안은 밖의 실속이고 밖은 안의 형식이다. 이 둘은 하나다.

-〈안과 밖〉 중에서

간결 명료, 생각의 군더더기를 잘라 버리다 보면 경구성 아포리즘에 이른다. 수필이 '냉철한 지성을 전제로 한, 사유와 관찰의 기록이어야 한다'는 윤재천의 견해는 사유의 명징을 통해 구현된다.

윤재천의 이러한 아포리즘적 문장은 생동감을 생명으로 하며 논리 전개가 정연하다.

형식은 삶의 질서이고 그들의 생활을 지켜가는 기둥이기도 하다. 그것은 인간이 행해야 할 도리의 구체화된 모습이다. 가난 속에서도 절망하지 않고 굳건히 자기 삶을 유지할 수 있었던 것은 지금까지 가꾸어 온 형식에 대한 나름의 긍지와 자부심이 있었기 때문이다.

-〈안과 밖〉 중에서

〈청바지와 나〉의 저자야말로 외유내강이란 말에 가장 적합한 사람이다.

사유의 폭과 깊이를 통해 인생을 정관하는 자세가 어느 대목에 이르러서는 격랑을 일으킨다. 특히 사이비 문학과 그러한 풍토에 물들어 있는 문단에 대한 성토가 바로 그 대목이다.

넋두리에도 못 미치는 글을 쓰면서 예술원 회원 명단에서 자기 이름을 찾고, 불우이웃 돕기에 동전 몇 닢 내놓고 평생 그들을 위해 생활한 것처럼 떠벌리는 일은 분수 모르는 행동거지에 지나지 않는다.

내가 살고 봐야겠다. 나도 인물이 되어야겠다는 줄기찬 집념들. 너는 사장이고, 그는 문화인데 나는 아무 것도 아니어서 되겠느냐는 사고방식들…

어디에서부터 잘못을 찾아야 할까.

어딘가 곪아 가고 있다. 화농해 가고 있다. 이젠 마이신쯤으로 화농을 제거할 수 없게 됐다. 외과의를 찾아 수술도로 깊이 그어야 한다.

-〈어쨌든 인물〉 중에서

지금은 개혁이 필요할 때다. 문단의 원로뿐 아니라, 문인 한 사람 한 사람이 다시 태어나는 자세를 가져야 한다. 값싼 권위를 양어깨에 올려놓고 힘에 겨워 뒤뚱거리는 촌스러운 자세를 보여서는 안 된다.

-〈문학을 위하여 문학인을 위하여〉 중에서

명예를 소유하기 위해 명예를 버리고, 패거리 문학 그룹을 조성하는 풍토가 문화계 전체의 문제점으로 등장한다. 문학의 성패는 작가의 창작품에 의해 평가되어야 함에도 현실은 사이비 문학만 홍수를 이루는 기현상이 속출한다.

-〈원칙이라는 처방〉 중에서

이처럼 윤재천은 잘못된 시류에 대해 단호하다. 지조 있는 옛 선비의 기개와 비분이 글 도처에 번뜩인다.

그러나 순환하는 계절의 이치와 자연의 오묘한 섭리 앞에서 〈청바지와 나〉의 저자 윤재천은 자연 친화의 겸허를 보인다.

겨울은 그 어느 계절보다 겸허한 의미를 깨닫게 하기 위해 신의 배려로 마련된 때다.

–〈고독이 아름다운 계절〉 중에서

스승과 친구보다, 동반자보다 더 친숙하고 친밀하며 친절한 자연의 사랑만이 우리의 고통을 해결할 수 있는 절대적 존재다.

–〈자연에서 만난 사람〉 중에서

〈여름〉, 〈봄은 수채화〉, 〈가을의 출구〉에서도 자연 섭리를 통한 인생관조의 섬세함과 깊이는 여전하다. 이것은 자연 섭리를 통해 올곧게 살려는 의지의 표방이라고 할 수 있다.

《청바지와 나》에 수록된 〈고독이 아름다운 계절〉, 〈촛불〉, 〈사랑은 고귀한 생명체〉, 〈사랑의 묘목〉등의 작품이야말로 저자의 인간적인 부드러움과 여린 정서의 일면을 보여준다.

공연한 허장성세가 아닌, 초로(草露) 처럼 비쳤던 나, 언젠가는 옛사람이 되어버릴 나를 위해 이 밤도 나는 촛불이 되고 싶다. 촛불이 되고 싶다.

–〈촛불〉 중에서

사랑은 뒤척이게 하는 간절함을 통해 움트는 것이며, 그 아픔을 통해 더욱 견고해진다.

–〈사랑은 고귀한 생명체〉 중에서

사랑은 자신을 자신 이상의 존재로 격상시키며 새로운 힘까지 우려낼 수 있는 능력을 지녔다.

–〈사랑의 묘목〉 중에서

사랑에 대한 이러한 가치를 힘주어 말하는 윤재천에게서 우리는 존재론적 외로움과 그리움의 그림자를 보게 된다. 이 세상의 잡다한 의미와 가치 찾기에서 지쳤을 때 촛불처럼 타오르는 빛이 바로 사랑이라는 보편적 진리 앞에 승복하는 그의 인간적 나약함이 여실히 드러난 것이다.

절제된 문장을 통한 허식의 배제, 곧고 분명한 자기주장, 장인다운 고집의 수필관, 자연 친화의 겸허, 사랑 희구의 인간적 호소 등《청바지와 나》는 사람과 글이 결코 다를 수 없다는 것을 보여 주기에 부족함이 없다.

이제 비로소 필자는 수필가 윤재천의 작품을 통해 그의 삶을 이해하고 한 수필운동가의 발자취를 더듬을 수 있는 위치에 섰다. 오직 '작가는 작품으로' 말하고 평가받아야 한다는 윤재천의 평소 소신에 동의하기 때문이다.

타고난 이야기꾼의 능청 뒤에 숨은 정직성

-이영희 소설집 《카프카, 황금 소로를 따라서》 서평

이영희 작가의 등단작 〈카프카, 황금 소로를 따라서〉를 다른 독자들보다 조금 앞서 읽었을 때 이 사람이야말로 자기 특유의 목소리를 낼 수 있는 빼어난 재목이라는 기대를 가졌던 기억이 새롭다. 그러나 뒤늦게 알고 보니 이 작가는 등단한 뒤 아예 문학 동네 언저리에도 접근하지 못한 채 외짝사랑의 글쓰기로 가슴앓이를 해 왔던 모양이다.

등용문을 통과한 뒤에도 대부분의 신인 작가들이 작품 발표 기회를 얻지 못해 작가적 역량을 아예 사장시켜버리는 경우가 얼마나 많았던가.

그러나 괸 물은 흘러넘쳐 스스로 길을 만든다. 문학 동네와 멀리 떨어져 있었기 때문에 오히려 더 치열한 장인 정신이 발휘될 수 있었는지도 모른다. 수줍게 내놓는 이영희 작가의 첫 작품집에 실린 작품들이 그것을 입증하고 있다.

이번에도 이영희 작가의 첫 작품집에 수록된 작품들을 남들보다 먼저 읽는 즐거움을 누렸다. 같은 작가로서 남의 작품 읽기에 이처럼 흠뻑 빠져 본 일도 흔치 않았다. 그 어느 경우보다 소설 읽는 즐거움이 컸다는 얘기다.

결코 밝은 곳에서는 그 아름다움이 드러날 수 없는 사련, 그늘 속의 사랑 이야기가 가슴을 싸하니 훑었다. 이영희 작가가 들려주는 사랑 이야기는 그것이 사탕 사랑이 아닌 이상 그 어떤 도리로도 제어할 수 없는, 속수무책의 내닫는 감정이라는 사랑학 제1장을 비교적 담박한 언설로 설파하고 있다. 그러나 독자의 몫으로 남는, 내닫는 사랑의 저편 쪽 상대방에 대한 회의는 읽는 이들의 가슴에 형언하기 어려운 비애와 분노를 일으킨다.

이영희 작가의 사랑 이야기는 작품의 표면 구조일 뿐 그 안쪽에는 인간의 존재적 불안이나 허술한 삶이 겪어야 하는 허망감 등이 깊이 깔려 있다.

때맞추어 제기된, 이제 우리가 저질러 놓은 외국 땅의 혼혈아 문제나 지난 과거 속의 응어리진 한의 질곡으로 인해 오늘을 힘들게 살고 있는 사람들에 대한 관심의 환기도 이영희 작가의 작품이 거둔 문학적 성과의 하나라 하겠다.

이영희 작가의 소설은 걸리는 데 없이 잘 읽힌다는 데 그 특장이 있다. 감상막을 자극하는 얄팍한 수사적 꾸밈이 일체 배제된, 짐짓 투박하면서도 정확한 언어 구사가 작가의 정직성으로 통한다. 절제된 감정의 행간 읽기를 즐기는 수준 높은 독자들에게 이영희 작가의 소설 문장은 좋은 이야기꾼이 갖춰야 할 덕목 중 첫째인 언설의 진실성, 그리고 자연스러움으로 설득력을 갖는다는 뜻이다.

소설을 읽는 가장 큰 즐거움은 낯선 세계와의 만남이다. 이영희 작가의 작품이야말로 낯선 세계에 대한 기대를 충족시키는 데 있어 그 어떤 작가의 작품에 앞선다.

우선 캐릭터가 분명한, 다양한 직종의 등장인물들을 만나는 즐거움이다.

거듭 실패하는 인공수정처럼 실패작만 나오는 소설 쓰기에도 신명을 잃은 평범한 주부가 관찰한, 한심한 꼬락서니의 문학 동네 작태 속에서나마 삶의 위안을 찾으려 안간힘 하는 도배하는 시인(〈도배하는 여자〉), 어머니의 과거를 고국에 와서 확인하게 되는 과정을 그린 〈어머니, 안녕하세요〉의, 동남아 출생의 항공기 기장, 한 남자를 사랑하는 두 여자가 함께 요리를 만들며 벌이는 심리 흐름을 매우 절묘하게 묘사한 〈파두〉의 항공보건실의 간호사, 삶의 현장에서 벌어지는 기만극의 작태를 실감나게 그린 〈거짓말, 거짓말에 대하여〉의 슈퍼마켓의 여종업원, 아버지의 과거와 장애 애인을 찾아 프라하로 간 사진작가(〈카프카, 황금소로를 따라서〉), 사랑의 수렁에서 발을 빼지 못하는 고아원 출신의 호텔 종업원(〈왕가의 계곡〉), 월남전이 남긴 혼혈아 문제를 다룬 〈세토탑, 빈 무덤 광장은〉의 승마 훈련원의 마부와 교관 등 이영희 소설의 등장인물들은 정말 다양한 직종의 인물들이 화자 혹은 주인공으로 등장한다.

다양한 인물의 등장만큼 작품의 배경 또한 드넓다.

프라하, 리스본, 자카르타, 카이로, 뉴욕, 런던 등 작품의 무대가 이처럼 종횡무진인 것은 우리 소설에서 그리 흔치 않은 일이다. 그냥 멋으로 외국 지명을 빌려 온 것이 아니라 그 배경이야말로 작품의 모티브며 소재 선택과 불가분의 관계를 맺고 있음을 확인하기 어렵지 않다. 말 그대로 글로벌 시대의 문학이 지향하는, 국경 없는 작품 배경의 획득이라는 점에서 앞으로 이 작가에 거는 기대가 자못 크다.

다양한 직종의 인물들이나 폭 넓은 작품의 무대는 널린 정보화 시대의 문학이 마땅히 갖추고 있어야 할 전문성 확보라는 점에서도 매우 유리한 지점에 놓인다. 실제로 이 작가의 작품은 독자들의 지적 호기심 충족에 필요한 전문가적 안목과 통찰이 자연스럽게 깔려 있음으로 해서 독자의 신뢰를 얻어 내고 있다.

소설 읽기의 또 하나의 즐거움은 숨은 그림 찾기다. 지금 읽고 있는 소설의 내용과 그것을 쓴 작가의 실제 상황이 얼마나 닮아있는가 하는 것의 확인이다. 독자들은 대체로 작품의 주인공이 겪고 있는 내용이 그대로 작가의 이야기이기를 믿고 싶어 한다. 작가의 능청과 시치미 떼기가 발동되는 것도 바로 이러한 독자들의 바람을 알고 있기 때문이다.

이영희 작가의 소설이야말로 독자들이 이야기 속에 나오는 주인공을 곧바로 작가 자신으로 믿어 버릴 수 있는 여러 장치들로 채워져 있다. 적어도 이 작가가 외국 여행을 많이 하는 직업을 가지고 있던가, 외국 생활 체험이 그리 가볍지 않을 것이란 믿음이 작품 읽기의 즐거움으로 작용한다는 것이다.

그러나 여러 작품을 읽어가면서 독자들은 차츰 작가 자신의 이야기라고 믿었던 생각을 교정하면서 서서히 자기 동일시 내지 인생의 평균 발견 쪽으로 의미를 확대해 나가게 될 것이다. 그것은 좋은 이야기꾼이 만든 좋은 작품에 대한 독자들의 최상의 신뢰라고 할 수 있다.

소설은 한 줌의 체험을 커다란 상상의 강물 속에 넣어 피워 올린 물안개이다. 작가가 피워 올린 물안개의 눈과 그 가슴을 만지고 못 만지는 것은 전적으로 독자들의 책임이다. 가장 이상적인 것은 작가가 상상으로 빚어낸 소설이 독자의 상상력에 의해 완성되는 일이다.

이영희 작가의 소설을 읽는 또 다른 즐거움이 바로 독자가 이야기의 행간 채우기, 그리고 그 결말까지 마무리한다는, 독자의 몫 찾기에 있다고 하겠다.

이영희 작가는 재능 있는 이야기꾼이지만 이야기의 기승전결이라는 꽉 짜여 진 구조를 가벼이 하는 좀 독특한 작가에 해당한다. 길을 가다가 문득 걸음을 멈추고 얘기 한 토막을 신명나게 풀어내는 격이어서 때로 개연성이 없거나 복선 깔기의 치밀성이 부족하다는 불만이 있을 수도 있다.

이것은 어쩌면 이야기를 이리저리 짜 맞춰 모범 답안을 만들려는 닫힌 구조로부터의 벗어남을 글쓰기의 한 방법으로 선택한 작가의 의도와 무관하지 않을는지도 모른다.

이 작가의 작품은 하나같이 그 결말 처리가 우리의 기대를 배반하고 있다. 작가는 작품의 결말이 어떻게 될 것인가 하는 독자들의 궁금증을 풀어 주지 않은 채 이야기를 끝내는 방식을 고집하고 있기 때문이다.

잘 읽히는 작품 중의 하나인 〈파두〉의 경우만 해도 그렇다. 친구의 남편과 그늘 속의 사랑을 이어 가고 있는 주인공이 그 친구의 초대로 함께 요리를 하며 그 남자 얘기를 하는 아주 긴장되는 얘기가 이 작품의 주 내용인데 독자들은 이 이야기가 어떻게 진행되어 어떤 결말에 이를 것인가를 매우 궁금해하며 마지막 장을 펼친다. 그러나 이야기는 두 사람이 표면상 아무런 일도 없이 '혜진'은 남편의 사진이 걸렸던 벽의 못 자국을, 화자인 '나'는 그러한 '혜진'의 눈을 바라보며, 사랑한다는 것은 조금씩 죽어간다는 슬픈 노래 '파두'를 듣고 있다는 얘기로 이야기가 끝난다.

이것은 어떤 극적 반전을 통한 이제까지의 내적 갈등이나 긴장의 해소를 기대하고 있던 독자들에게는 너무 의외의 결과일 수밖에 없다. 결말의 반전을 거부함으로써 오히려 독자들을 작품의 여운 속에 오래 머물게 하기 위한 작가의 또 다른 능청일 수도 있다.

그러나 나는 능청 뒤에 숨은 작가의 정직성에서 답을 찾는 것이 더 좋을는지도 모른다. 우리들 인생의 불확실성이 그렇게 잔머리를 굴려서 찾아질 수 없다는, 인간 한계 인식의 정직성이 그런 묵시적인 방법으로 나타나지 않았는가 하는 생각이다.

어쩌면 이것은 독자들에게 모든 것을 맡기는, 독자의 몫 남기기라고 할 수 있다. 이야기가 끝나면서 독자들은 함께 있던 작가를 잃어버린 뒤 허둥지둥 이야기의 결말을 자기 스스로 마무리하기 위해 상상력을 발휘하게 될 것이다.

이야기를 진행형으로 끝낸 것이 못내 안타까워 안절부절못하는 타고난 이야기꾼의 능청, 그 능청 뒤의 겸손과 정직성이 바로 우리가 본받아야 할 올바른 작가 정신이라는 생각을 한다.

분첩 몇 번으로 살짝 화장하고 나온 이영희 작가의 첫 작품집이 덕지덕지 처바른 분장으로 가성을 내는 문학 동네에 어떻게 비쳐질 것인가, 그 반응이 사뭇 기대된다.

첫 작품집으로 새싹을 틔운 이영희 작가의 글밭에 단비가 내리길 기원한다.

외강내유의 칠제로 일궈낸 신명의 오솔길

글은 곧 사람이라는 뷔퐁의 그 말은 사람과 그 사람이 쓴 글은 똑 같은 것이라는 린자아의 말과 일치한다.

배동욱 회장님의 경우를 통해서도 그것의 확인은 가능하다.

나는 배 회장님을 알기 전에 이분의 글부터 읽었다. 이따금 신문에 발표되는 배 회장님의 칼럼을 읽으면서 이분이야말로 꽤나 직선적인 성격에 사물 통찰의 그 안목이 예사롭지 않다는 생각을 해왔던 것이다. 어쩌면 이분은 할 소리를 다하고 사는, 말하자면 그 근성이 심상찮은 그런 거침없음, 혹은 욱하고 내지른 다음 어느 순간 그것을 다독여 잘 추스르는 일에 능숙함이 그 문장 행간을 통해 느껴졌다는 얘기다.

어떻든 그 날카로운 필력과 그 당당함이 오랜 기자 생활에서 얻어진 것이라는 것을 나중에야 알게 되었다. 배 회장님을 개인적으로 만나게 된 것은 강원예총 사무실에서였다. 아주 가끔이지만 이분을 만날 때마다 내가 느꼈던 것은 그 칼럼의 톤과 평소의 화법이 그렇게 일치할 수가 없었다는 것이다.

그 거침없음, 때로 막노동판에서나 볼 수 있는 그 성깔 있는 목소리가 다분히 의도적이라는 느낌을 받은 것도 사실이다. 정말 놀라운 일은 사람을 부리고 다루는 배 회장님의 그 휘황찬란한 매너였다. 때로는 거칠게 또 필요에 따라서는 정말 믿어지지 않을 정도의 정성과 그 곰살궂음으로 상대의 처지를 배려하는 모습이 그렇게 인상적일 수가 없었다.

게다가 배 회장님의 그 맺고 끊는 일 처리가 어찌나 분명한지 사람들은 함부로 시시비비를 가릴 엄두도 내지 못하는 것 같았다. 다시 말해 배 회장님은 그 상대가 누구든 압도하지 않고는 못 견디는 것처럼 보였다는 얘기다.

실상 사람들을 압도하는 그런 에너지가 넘치고 있는 분이었다. 배 회장님 스스로가 늘 얘기하듯 이제 서른아홉 살 그 젊음의 패기와 번뜩이는 두뇌로 일을 추진해 나감으로써 주위 사람들을 감동시키곤 했던 것이다.

보스다운 보스. 좀 결례되는 말 같지만 배 회장님이야말로 보스로서의 기질을 충분히 갖춘 분이라고 해도 크게 틀리지 않을 것이다. 사람 다루기의 그 놀라운 포용력은 더 말할 나위도 없고 때로 지나칠 정도의 배짱과 그 으름장 놓기야말로 정말 우두머리다운 기개와 그 그릇 크기가 어떠한 것인가를 말해 주고 있다고 할 수 있다.

"전 교수, 나두 문단에 등단할 거니 두고 보라구."

어느 날 농처럼 던져온 배 회장님의 그 말이 얼마 되지 않아 현실로 나타났다. 수필로 등단을 한 것이다. 또 얼마 뒤에는 시를 써서 등단을 했다. 이때부터 우리는 배 회장님의 감춰 뒀던 그 문학적 열정 앞에 혀를 내두를 수밖에 없었다. 배 회장님의 약력 난에 시인, 수필가가 가장 앞에 놓이기 시작한 것을 통해서도 문학에 대한 이분의 숨은 열정을 확인하기에 충분했다.

정말 놀라운 것은 칼럼에서 보여 주던 그 날카로움, 비판적인 목소리와는 딴판의 문학적 감성이 봇물 터지듯 콸콸 넘쳐흐르기 시작했다는 사실이다. 그 부드러움과 섬세함, 그리고 글 구석구석을 통해 드러나는 인간 배 회장님의 그 면면 확인을 통한 감동이었다.

하늘이 가네/ 구름 그냥 놔두고/ 떠나고 있네/ 바람에 밀려/ 구름이 간다지만/ 이 가을 오늘은 / 하늘이 대신 가네/ 바람은 바람대로 낙엽만 날리네.

–시 〈하늘은〉 전문

그 어느 가을날 물가에 앉아 낚시찌 대신 하염없이 하늘을 쳐다보고 있는 낚시꾼이 보인다. 이분의 시심은 지금까지 그 누구도 보지 못한, 구름 대신 흘러가고 있는 가을 하늘을 보는 순간 떨리고 있었다. 그 떨림은 〈이 가을 오늘〉의 이 경이로운 순간을 영원히 간직하고 싶다는 그 바람과 다르지 않았을 것이다. 또한 시인의 마음속에서 하늘이 흘러가듯 바람은 바람대로 하릴없이 낙엽만 날림으로써 인간과 자연이 자연스레 하나가 되고 있는 정경을 그려내고 있다.

물/ 안개/ 그 위에/ 나 있음을 본다/ 괭한 시선 / 내川자의 미간/ 어금니에 씹듯/ 한을/ 자근자근/ 물 위에 뱉고/ 물안개 위에/ 나 있음을 본다.

-〈밤낚시(2)〉 전문

밤낚시를 해보지 않고도 충분히 느낄 수 있는 밤의 정취다. 그러나 달빛이 요요히 부서져 내리는 수면 위로 아슴아슴 피어오르는 물안개, 나와 너, 이것과 저것의 구별이 있을 수 없는 주객일체의 밤낚시 풍경이 이 시에서는 좀 더 진지하게 자기 내면화로 이어지고 있다. 물과 안개, 그 위에 나 있음을 보게 된다는 시인의 자기 응시의 그 회한 깊은 목소리가 수면 위에 여린 파고를 일으키고 있기 때문이다. 자근자근 씹히는 그 한을 물안개로 승화시켜 멀리 던져 버리고 있는 시인의 그 절절한 외로움 또한 이 시의 숨은 그림은 아닐는지.

하늘이 흘러가는 것을 불 줄 아는 눈, 그리고 자기 내면의 고뇌를 밤낚시의 물안개로 승화시키고 있는 이 시인이 바로 큰 회의 때마다 그 분위기를 주도해 나가는 한국예총 부회장이요, 강원도 예총 회장 자리를 13년 동안이나 끄떡없이 지켜오고 있는 바로 그 배회장이란 말인가.

외강내유. 배 회장님한테 잘 들어맞는 말이다. 사람이 겉보기와 달리 속이 부드럽다는 것은 전적으로 그 사람의 자기 절제, 자기 관리의 노력과 무관하지 않을 것이다.

배 회장님은 세상 살아가는 방법으로 일부러 외강을 선택했는지도 모를 일이다. 여리고 약함, 그 섬세함을 가지고는 남들보다 앞에 나설 수 없다는 판단이 외강을 선택한 이유가 될 수도 있을 것이다. 그렇게 겉으로 강하게 보이기 위한 노력이야말로 자기 절제를 통해서만 가능할 것이다.

때로 진심이 아니면서 진심을 가장해야 하는 고통에다 두루두루 다 좋아하는 것처럼 보이지만 실상은 그 어떤 것에도 깊은 정을 주지 못하고 사는 것이 외강내유의 그 절제요 그 어려움이라는 생각이다.

그런 데서 비롯되는 외로움, 그 허세의 껍질로부터의 탈출이 바로 배 회장님의 문학적 열정으로 연결되었는지도 모를 일이다. 밥을 굶으면서도 낚시를 좋아하는, 그야말로 낚시 도사로서의 그 마음의 여유 찾기도 어쩌면 일부러 강하고 거칠게 살아온 자신에 대한 회한에서 비롯되었는지도 모른다.

배 회장님의 그 절제는 술자리에서 단연 확인된다. 기자 시절에는 폭음을 했다는 배 회장님은 언제부터인가 그 어떤 경우에도 술잔을 받는 법이 없다. 술 안 먹는 사람이 흔히 하듯 건성으로 잔을 받는 일마저 철저하게 안 하는 그 금주의 변이 또한 놀랍다.

당신이 술을 이기기 어렵다는 것을 일찍이 터득했기 때문이라고 했다. 그 한 예로 술을 많이 마신 그 취한 눈으로 바라본 공원의 회양목 울타리가 달빛 속에 그렇게 아름답고 편안해 보일 수가 없었다고 한다. 그날 밤 그 회양목 울타리를 보료삼아 잠이 든 상태로 새벽을 맞은 사건이 생긴 뒤 그 취객은 술을 끊었다는 얘기다.

어떻든 배 회장님은 지금까지 큰 길을 힘차게 내달려온 그 폭넓은 인생살이 못지않게 이미 오래전부터 은밀하게 오솔길 하나를 준비해 오고 있었던 것이다. 먹고 자고 싸고 하는 우리네의 그 일상과 분명히 구별되는, 정말 즐거운 일, 신명나는 그 오솔길 걷기가 바로 문학의 열정을 통해 열리기 시작했다는 말이다.

어두운 뒤안길, 그 길에 우리가 있네

—문선희 소설《장다리꽃》서평

나는《장다리꽃》의 작가 문선희에 대해 아는 것이 전혀 없었다. 우편물 사고로 다시 보내온 책을 손에 들었을 때도 작품 읽기의 장애를 염려해 책표지 안쪽의 작가 약력마저 아예 읽지 않았다. 작품 외적인 사항에 의한 그 어떤 선입견도 갖지 않은 채 책을 읽어야 그 즐거움이 크다는 것을 알기 때문이다.

우선《장다리꽃》을 읽는 즐거움은 아는 길 찾아가듯 별 어려움 없이 작품 내용에 빠져 들었다는 것이다.

일제 말 송라 마을의 영아와 복실이가 소꿉놀이를 하고 있는 풍경이 그림처럼 펼쳐진다. 영아와 복실이의 주변을 서성이는 민석이, 상식이의 거동이 수상쩍다. 양조장을 경영하는 영아 아버지 이태진은 독립운동에 나선 복실이 아버지를 돕는 등 가진 자로서의 양심을 지키고 살지만 동생 이성진은 자신의 영달을 위해 일본 순사가 된다. 김성식과 함께 독립운동을 하던 민석의 아버지 떡쇠는 공산주의자가 되어 해방이 된 뒤에도 고향에 돌아오지 않는다.

나라가 일제로부터 해방되면서 이 땅은 좌와 우의 이념 대립에 의해 남과 북으로 갈라진다. 전쟁이 터지면서 송라 마을 사람들의 삶도 송두리째 흔들리는 풍파를 겪는다.

전쟁이 끝난 뒤 영아의 오빠 영민은 다리 한쪽을 잃은 채 폐허가 된 마을에 돌아온다. 피난 중에 헤어진 복실이와 영아는 전혀 다른 인생의 길을 걷는다. 영아네 집에서 더부살이로 큰 복실이는 공부를 하기 위해 미국으로 떠나지만, 황부자네 딸네 집의 천덕꾸러기 가정부로 전락한 영아는 갖은 고초를 견디다 못해 연탄가스 자살 미수에까지 이른다.

그동안 교회 전도사가 된 민석은 고향 마을에 모습을 나타낸다. 영아도 열아홉 살이 되어서야 비로소 고향 마을에 돌아온다.

비록 어려운 세월을 보냈지만 그네들은 붓꽃을 심던 어린 시절의 꿈을 잃지 않은 채 고향 송라 마을에 생명력이 강한 장다리꽃을 새로이 피우기 시작한 것이다.

소설을 읽었다기보다 우리의 기구하고 험난한 현대사의 어두운 뒤안길을 돌아보고 나온 느낌이다. 《장다리꽃》은 기억의 환기 혹은 사라졌거나 훼손된 것을 원형과 닮게 복원해 내는 일에도 크게 기여한다는 소설의 정의에도 가깝다.

한 편의 소설이 백 권의 역사책보다 그 시대를 증언하는 개연적 진실 보여 주기로서의 가치가 높다는 것을 《장다리꽃》을 통해서도 확인하게 된다.

《장다리꽃》의 영아와 복실이는 우리의 어머니, 우리의 누이이며 바로 우리 자신의 자화상이기도 하다. 오늘을 사는 우리 모두의 얼굴에 어쩔 수 없이 나타나고 있는 그늘이며 때로 어려움을 이겨 내는 희망과 의지의 상징이기도 하다. 더 중요한 것은 우리가 잊고 살기 때문에 오늘의 삶이 혼란스러울 수밖에 없는 지난 일에 대한 각성과 과거사 청산의 당위도 이 작품에서 찾을 수 있다는 점이다.

《장다리꽃》은 성인소설이라기보다 동화에 가까운 서술 형태를 취하고 있다. 특히 등장인물들의 유년 시절을 다루는 작품의 전반부는 그 서술 톤이 어찌나 해맑고 따사로운지 그것이 오히려 긴장을 유도한다. 작품의 중간에 이르러 빠른 속도의 상황 변화를 처리하는 서술 방법이나 끝까지 따뜻한 인정의 세계를 보여

주는 작품의 서정성, 우리 모두가 잘못된 역사의 희생자라는, 감춰진 작가 의도의 교훈성 등이 동화의 전범을 이루고 있다.

그러나 이 작품은 해방 직전부터 1950년대까지 격동의 우리나라 역사를 한 개인의 성장 과정을 통해 리얼하게 증언하고 있다는 점에서 동화의 영역을 넘어선다.

《장다리꽃》의 서사 구조 또한 탄탄하다. 화자를 장마다 각기 달리하면서 펼쳐 가는 여러 개의 이야기가 자연스럽게 하나의 큰 흐름을 이루는 가운데 15년 세월이 파노라마처럼 펼쳐진다. 등장인물들의 캐릭터도 나름의 매력으로 작품의 형상화에 이바지하고 있다.

《장다리꽃》이 잘 읽히는 것은 군더더기 없이 상큼하고 단아한 그 문장에 힘입은 바 크다고 하겠다. 아픈 이야기를 하면서도 되도록 헤픈 감상과 넋두리를 자제한, 작가의 절제된 감정 처리가 이야기의 객관성 및 독자의 몫 챙기기에 큰 역할을 했다고 본다.

소설 읽기의 즐거움 중 하나는 자신이 읽고 있는 소설의 내용과 그것을 쓴 작가의 실제 상황이 얼마나 닮았는가 하는 것의 확인이다. 나는 《장다리꽃》을 다 읽고 나서야 비로소 작가의 약력을 살펴보았다. 작가의 직접 체험과 거리가 있다는 것의 확인이다.

이야기를 그럴싸하게 꾸며 내어 읽는 이들을 사로잡은 작가의 능청과 시치미 떼기에 경의를 표한다.

이제 비로소 《장다리꽃》의 작가 문선희를 조금 안 느낌이다. 이 작가의 더 좋은 작품을 읽고 싶은 기대일 것이다.

금자라 돌아오다

-유연선 수필집《금자라 이야기》에 부쳐

'予老去習懶, 讀書不多, 意之所之, 隨卽記錄, 因其後先, 予復詮次, 故目之曰隨筆'

(내가 늙어 배움에 게으르고 독서도 많이 못하여 뜻이 가는데 따라 기록하였기에 앞뒤 가림이나 상세한 설명을 하지 못했다. 그러므로 이를 '수필'이라 일컫기로 한다)

흔히 수필이란 말의 발원으로 알려진 송나라 홍매(洪邁)의《용재수필》(容齋隨筆)서문이다.

난곡(蘭谷) 유연선의 수필을 이야기하는 자리에 굳이 이 글귀를 인용하는 까닭이 따로 있다. 평생 처음으로 책을 묶어 내는 난곡의 심경에 가히 빗댈 만한 뉘앙스가 들어있기 때문이다. 그 팔팔하던 문학 소년 시절의 재능을 다잡지 못한 것을 늘 자기 게으름 탓으로 이야기하던 일도 그렇고 뒤늦게 등단하여 글 쓰는 무리에 섞이면서 겸연쩍어하는 모습이나 자기 글에 대한 그 겸양이 그와 오십 년 가까이 술친구로 지내 온 내게 남다른 감회로 다가왔다는 뜻이다. 어떤 때는 불쑥 이 친구가 모처럼 찾은 글쓰기의 신명을 헌신짝처럼 집어던질지도 모른다는 생각까지 들 때도 있다.

내가 그 속내를 왜 모르겠는가. 난곡은 이날 이때까지 소설 쓰기에 대한 미련을 하루도 버린 날이 없었을 것이다. 물론 몇 년 전 유년시절의 기억을 토대로 자전적 소설 쓰기에 매달려 장편 분량의 작품을 만든 일이 있다. 그러나 난곡은 그동안 자신이 문학에서 너무 멀리 떠나 있었기에 이야기의 앞뒤 가림과 매력 있는 캐릭터 찾기, 혹은 설명이 아닌 보여 주기로서의 소설 문장 쓰기가 꽤나 절망스러웠을 것이 분명하다.

그러던 어느 날 난곡은 주위의 권고에 못이기는 척 간식을 대하듯 가벼이 수필에 손을 댄다. 온전히 상상의 산물인 소설의 격식 갖추기에 비해 체험한 사실을 바탕으로 뜻 하나를 세우게 되면 그 어떤 형식의 구애도 받음이 없이 이야기를 풀어갈 수 있는 수필 쓰기에 홀딱 반한다.

수필로 등단하기가 무섭게 난곡은 마른 솜이 물을 먹듯 글쓰기에 몰두한다. 물이 그렇게 많이 고여 있었다는 얘기다. 그렇다고 고인 물을 그냥 마구 퍼내는 것이 아니라 숨을 고르고 마음가짐을 바로 한 뒤 한 바가지씩 떠내는 그 정성이 보통이 아니었다. 뭔가 조금이라도 흠이 보인다 싶으면 가차 없이 쳐내고 다른 것으로 채워 넣는 일 등 글 매만

지기의 그 치열성은 정말 놀라웠다.

그동안 녹이 쓴 자신의 감성과 필력을 되찾기 위한 난곡의 열정은 그 나이의 다른 이들로서는 흉내도 내기 어려운 엄격성으로 나타난다. 그것은 비교 우위를 차지하기 위한 것이 아니라 자기 안의 잣대에 맞추기 위한 준엄한 시련이라고 볼 수 있다. 어쩌면 뒤늦게 다시 시작한 글쓰기가 문학에 대한 외경심을 훼손하며 자칫 오만으로 변질될 것을 겁낸 일종의 자기 제어 장치일는지도 모른다.

난곡의 이러한 자기 관리는 문학을 처음 끌어안을 때의 그 설렘과 경건함을 잃지 않아야 한다는 초심 잡기와 다르지 않을 것이다.

나이 먹은 사람이 흔히 내보이는 사유의 관념적 나열이나 진부한 판단에서 벗어나기 위한 난곡의 자기 껍질 벗기는 3년도 안 되는 세월에 50여 편의 수필 작품을 써내는 가운데 상당한 경지에 이른다. 늦게 잡고 되게 친다는 속담 그대로 뒤늦은 시작에 걸맞은 노력이 따랐기 때문에 가능한 일이다.

난곡의 등단 작품이 어느 문예창작교실에서 수필의 한 전범이 되는 문장으로 다뤄 졌다는 얘기도 들었다. 다소 탄력은 없어도 그 나이에 어울리는 생각을 곡진하게 전하는 데는 더할 나위 없이 정직하고 튼실한 문장이라는 평을 들을 법도 하다.

어떻든 난곡은 늦깎이로 문단에 나서면서 글쓰기의 신명에 흠뻑 취해 산다. 비록 몰래 감춰 둔 소설 보따리가 있다고는 해도 난곡의 수필 쓰기는 그가 이 세상을 걸어가는 데 있어 가장 보람 있는 오솔길임이 분명해 보인다.

수필집 《금자라를 찾아서》의 1부는 평생을 교육 현장에서 어린아이들과 함께 생활한 교육자로서의 철학을 엿볼 수 있는 글들로 묶여 있다. 스무 살 첫 발령지에서 학부모의 등에 업혀 개울을 건너던 〈내 등에 업히소〉의 감회가 〈도둑질과 서리〉의 제자 사랑으로, 〈폐교를 둘러보며〉에서는 농어촌 교육의 실태를 안타까워하는 마음으로 드러난다. 이 시대를 어떻게 살아야 올바른 삶이 될 것인가를 자문하는 〈하늘 땅 땅 무지개〉, 〈제 눈의 안경〉, 〈대들보 무너지는 소리〉 등에서 가끔 권위적이고 수구적인 사고를 보이는 것도 우리 시대 훈장으로서의 몸에 밴 품격 지키기라고 생각하면 좋을 것이다.

자신의 가족사 및 그 뿌리인 고향 마을 이야기를 다룬 2부에서 우리는 난곡이 재생해 낸 놀라운 유년기 기억과 만나게 된다. 대여섯 살 나이에 어머니가 난곡에게 잡아 먹인 '투명한 등판에 노란 금박 옷을' 입은 작은 벌레의 정체를 찾아 나서는 〈금자라 이야기〉나 유년 시절에 입에 올리던 동요에 담긴 애기인 〈동심으로 살고 싶다〉, 여섯 살 때 돌아가신 아버지에 대한 추억 더듬기인 〈아버지의 그림자〉 등에서 우리는 난곡에게 각인된 유년기 기억이 오늘을 사는 그에게 어떤 의미로 작용하고 있는지를 확인하게 된다.

3부, 〈거품벌레〉, 〈아냐 소의 추억〉, 〈알밤 줍던 시절〉, 〈찬밥〉, 〈시골 풍경〉, 〈메꽃을 보며〉 등의 작품들은 우리 옛 것에 대한 향수를 가히 전문가적 안목으로 그려 내고 있다. 각박한 현실에서는 도저히 찾을 수 없는 형제애와 이웃 간의 사랑, 그리고 자연 친화적 유년 시절의 꿈이 우리네 조상들이 보여 준 정의 문화였다는 것을 구체적인 일화로 흥미 있게 보여 준다.

문학은 이미 사라졌거나 잊혀 진 것을 복원해 내는 일에도 큰 몫을 한다. 난곡이야말로 우리가 거의 잊고 사는 옛 것을 복원해 내는 일을 수필 쓰기의 신명으로 삼아, 이제 글쓰기로서의 복원 전문가 자리를 어느 정도 굳혔다고 본다.

4부, 〈못난이 조약돌〉에서 우리는 자기 돌아봄의 겸허와 소박한 난곡의 인생관을 엿볼 수 있다.

> 요즘도 마음이 산란하면 못난이 조약돌을 만지면서 가슴을 비운다.
>
> -〈못난이 조약돌〉 중에서

'세월에 씻기고 시류에 깎이며 굴러다녔어도 살아남는 방법 하나 못 배운 바보. 남을 위해 일하기는커녕 자신도 추스르지 못하는 못난이' 라는 다소 자조 섞인 이 말과는 달리 난곡은 모자라지도 넘치지도 않을 만큼 자기 몫의 인생을 올곧게 살아왔다는 것을 〈아침 산책을 하며〉, 〈아카시아 나무처럼〉, 〈풍란을 키우며〉, 〈백수명함〉 등에서 여실히 확인할 수 있다.

5부, 〈남이섬 연가〉에서는 국내외 여행에서의 일들을 매우 섬세한 관찰력으로 기록하고 있다.

난곡의 수필은 이제 막 쪄낸 찰시루떡처럼 따끈하고 차지다. 켜를 놓은 붉은 팥의 감칠맛 같은 문장 또한 독자들의 구미를 당긴다. 타고난 이야기꾼의 글답게 한번 손에 들면 놓기가 어렵다.

'그게 말이야……' 하고 시작되는 난곡의 평소 입담이 수필 쓰기에서 여지없이 발휘되었음을 확인하기는 어렵지 않다. 우선 구수한 육담식 서술이 독자들을 무장 해제시킨다.

말레지아에 갔더니 몹시 기분이 좋을 때 '이부자리 까르르' 하면 된다고 해서 '이부자리 깔고 하는 것 말고 더 좋은 게 어디 있어' 하고 웃은 적이 있다. 중국에서 식사했느냔 말을 '시팔라마' 한다고 했다. 우리들은 서로 쳐다보며 '씨팔놈아' 하고 키득거렸다.

-〈사막의 끝 둔황〉 중에서

타고난 이야기꾼은 이야기를 듣는 사람에게서 신뢰를 얻어 내는 일부터 한다. 듣는 사람이 아직 모르고 있는 어떤 사실 하나를 자신 있게 보여 주는, 전문성의 확보가 바로 그것이다. 일단 그 전문성에 신뢰하게 되면 이야기를 듣는 사람은 비록 몇 군데서 허술한 거짓말이 보여도 그것을 문제 삼지 않기 때문이다.

난곡의 경우 어머니가 어린 시절 잡아 먹인 '금자라'를 찾기 위한 곤충 섭렵 사건은 대부분의 독자들에게는 낯선 세계일 것이다. 바로 그 낯선 세계를 전문가의 안목으로 천착하는 일로 난곡은 독자를 사로잡는다. 물론 이야기꾼은 자신의 능청과 시치미 뗀 것을 감추기 위해 한껏 정직한 얼굴을 하고 있어야 할 것이다. 난곡의 평소 품성이 거기에 딱 맞는다고 하겠다.

〈산나물〉, 〈막국수나 먹자〉 등에서 그렇게 했듯 난곡은 자신이 쓴 수필을 통해 우리에게 뭔가 한 가지씩 정보를 준다.

특히 난곡은 점점 훼손되거나 잊혀져 가는 우리 정서의 근간이 되는 옛 사람들의 생활 모습을 재현해 내는 데 특별한 능력을 보임으로써 가치 있는 향토 지키기로서의 역할도 톡톡히 하고 있다. 그러나 난곡은 아는 것을 드러내는 일에 결코 난 체를 하지 않는다. 그것 또한 뛰어난 이야기꾼의 자질일 것이다.

수필 읽기의 즐거움은 그것을 쓴 사람의 생각과 생활이 아무런 감춤 없이 드러날 것이란 기대에서 비롯된다. 그러나 주책없이 자기 자랑이 넘치는 글이나 얄팍한 감상으로 싸바른 신변잡기를 대할 때 독자들은 가차 없이 고개를 돌리게 마련이다.

난곡의 글은 자기를 해발딱 내보이지 않으면서 자기 생활은 물론 그 생각의 깊은 데까지 비춰 보이는 설득력을 가지고 있다. 구구절절 수구적인 사고요 낡은 표현인데도 거부 반응이 생기지 않는 것은 그 글 모두가 있는 그대로의 난곡이요 그 철학이라는 것을 확인하기 때문일 것이다.

인생의 새로운 해석도 중요하지만 자기가 살면서 확인한 보편적 진실의 실천적 삶이 더 가치 있다는 것을 우리는 난곡의 글을 통해 알게 된다.

수필집 《금자라를 찾아서》는 이제까지 난곡의 가슴속에 서리서리 끼어 있던 안개 걷어 내기와 그 의미가 다르지 않다고 생각한다. 답답하게 갇혀 있던 것을 쏟아내는 신명도 좋았겠지만 안개가 물러간 그 너른 벽에 운치 있는 산수화를 그려서 걸 준비로 벌써부터 가슴 설렐 난곡……. 자못 기대가 크다.

미문 그리고 거침없는 정직성

-이옥자의《슬픈 축제》를 읽고

수필을 읽는 즐거움은 그것을 쓴 사람의 생활이나 생각이 감춤 없이 드러날 것이란 기대에서 비롯된다. 그러나 너무 해발쪽하니 자기를 내보이는 신변잡기나 구구절절 칙칙한 감상으로 처발라진 문장 앞에서 독자들은 읽는 즐거움을 기꺼이 포기한다.

《슬픈 축제》에 수록된 글 중 〈환상여행〉, 〈가면놀이〉, 〈집 이야기〉, 〈나의 고향, 나의 문학〉 등을 읽는 즐거움은 우선 감상의 궁상을 떨지 않은 맑은 목소리의, 자기 드러냄의 그 당당함에서 찾아야 할 것이다. 자신이 넘치는 자기 생각의 피력이나 거침없는 정직성이야말로 이 저자의 인생 바라보기가 그만큼 밝기 때문이 아닌가 싶다.

〈정〉, 〈탑, 바람 바람 바람〉, 〈참깨송〉, 〈난지도〉, 〈흑의 미학〉 등의 글에서 우리는 저자가 이미 《요지경 열두마당》에서 보여 준 실험적인 글쓰기 혹은 전문성 보여 주기를 다시 확인하게 된다. 이는 자신이 선택한 소재를 끝까지 천착해 작품으로 형상화하는 저자의 예술 혼이 그만큼 치열하다는 것을 의미한다.

특히 《슬픈 축제》의 글들은 그 전말이 분명한 이야기 형식의 진부함을 버리고 사유의 흐름을 수필 문학의 공간으로 확보하려는 저자의 실험적 노력이 돋보인다.

《슬픈 축제》의 더 인상적인 문학적 성과는 그 문장의 화려함이다. 이 저자가 구사한 현란한 어휘구사는 다분히 이옥자 수필 문학의 한 특장으로 인정받을 만하다. 어린 시절 동화를 읽을 때 서술형 종결 어미를 자기 나름으로 바꾸어 읽는 것에서 '말의 묘미와 문장의 아름다움'을 터득했다는 저자의 말처럼 《슬픈 축제》에 수록된 글들은 가히 스타일리스트로서의 면모 보여 주기에 부족함이 없다.

자칫 지나친 미문 의식 혹은 말의 유희라는 폄하를 면하기 어려운 점도 없지 않다. 이를 극복하기 위한 한자어나 관용어의 남용에 각별히 신경을 쓴다면 이미 접속어 등을 절제함으로써 얻어낸 비교적 정확한 문장 성과에 값하는 평가를 받을 수 있다고 생각한다.

저자는 살아가는 일을 가면놀이라고 했다. 애정 있는 독자들은 상황에 따라 수시로 가면을 바꿔 쓰는 것은 '누구라도 이해하고 자신의 눈높이를 타인에게 맞출 줄 아는' 공자와 같은 성인의 다중인격 지향에 있다는 저자의 말에 동의할 수도 있을 것이다. 다만 이러한 가면 놀이가 타인을 위한 것이 아닌 진정한 자기 내면의 깊이 만들기에는 다소 소홀하지 않았나 하는 지적도 《슬픈 축제》의 저자가 감수해야 할 부분이라고 생각한다.

이제 온전히 글로서 우리에게 남은

-서기숙 문집《길-46번 국도에서》발간에 부쳐

서기숙 씨가 우리 곁을 홀연히 떠났을 때 참 많은 사람들이 울었습니다. 한창 나이에 그렇게 간 것이 아쉬워 우는 울음만은 아니었습니다. 그네가 우리에게 남기고 간 그 자취를 쉽게 지울 수 없으리란, 살아남은 사람들의 회한 같은 것이었습니다.

서기숙 씨는 험한 세상을 어렵게 살면서도 때 묻지 않은 웃음을 띠고 홀연히 구름 속에서 나왔다가 또 사라지곤 했습니다. 사실 그네는 자신의 말대로 '삶의 복병' 을 만나 수시로 우리 곁에서 사라졌지만 어느 날 느닷없이 환한 얼굴로 다시 나타나곤 했습니다.

미문 홈페이지에 그네가 홀연히 나타난 흔적이 여러 곳에 남아있습니다. 그네가 남긴 발자국이 선명하고 목소리가 쟁쟁합니다. 연초 퇴계동 어느 카페에서 창밖에 쏟아지는 눈을 내다보며 환호하던 모습도 생생합니다. 그리고 역시 새해 벽두에 〈산그늘〉이란 소설로 우리를 놀라게 한 사건이나 시월 어느 날 홈페이지에 올린 〈길-46번 국도에서〉에서 험한 도로에 위험을 알리는 표지판 얘기를 하면서 '우리 삶의 여정에도 누군가 방향을 지시해주고 위험을 미리 알려주며 절대감속의 경고문을 세워주었더라면……' 란, 마치 자신의 앞날을 예고하는 듯한 글을 남긴 일도 인상에 남습니다.

46번 국도에서 '죽음은 단지 삶의 또 다른 모습', '아무도 모르게 버린, 때 묻은 내 양심의 목격자는 누구인가' 등의 번뇌를 내보이던 서기숙 씨는 역시 그 46번 국도에서 생을 마감했습니다.

서기숙 씨의 사라짐과 나타남은 늘 진부한 삶을 겨우겨우 이끌어가고 있는 우리에게는 늘 신선한 충격이었지요. 그네를 만나게 되는 순간 우리들은 우선 자신이 쓰고 있는 가면부터 벗어야 했습니다. 그네의 담백하고 거침없음 앞에 우리가 두르고 있는 옷이 너무 거추장스럽다고 느꼈기 때문일 것입니다. 이따금 그네가 툭툭 던지는 말 앞에서 우리는 포복절도하며 무거운 삶의 무게를 가볍게 벗어버리곤 했지요.

서기숙 씨는 우리처럼 이것저것 잡스러운 것을 많이 가지고 있지 못했습니다. 그 대신 그네는 우리가 가지고 있지 못하는 것을 많이 가지고 있었습니다. 우리가 부러워한 것이 바로 그것이었습니다.

우선 그 눈빛으로 알 수 있는 문학적 재능이었습니다. 이야기꾼으로서의 능청과 세상 바라보기의 예사롭지 않은 직관과 통찰은 우선 그녀 특유의 마음의 여유와 위트로 나타나곤 했습니다.

서기숙 씨의 꿈은 작가가 되는 것이었습니다. 그네는 우리나라 수필

잡지 중 가장 격이 있는 《계간수필》로 초회 추천을 받았지만 소설 쓰기를 위해서 완료 추천을 일부러 늦추는 등 등단에 대한 미련을 두지 않았습니다.

아주 오래 전 양구우체국장이었던 길건영 시인이 장편소설 하나를 내 앞에 내놓았습니다. 《후조》란 제목의 군부대 주변 다방 종업원들 얘기였는데 우선 나는 이야기꾼으로서의 그 거침없는 재능 앞에 감동했습니다. 얼마 뒤에 《후조》를 쓴 서기숙 씨를 만나게 되었고 이 사람 정도면 독자로서의 내 주문을 수용할 그릇이라는 것을 대번에 판단했습니다. 그 뒤로 서기숙 씨는 이제 그 장편을 어떻게 개작해야 문학성 있는 좋은 작품이 될 것이란 점을 터득하게 됐다며, 반드시 해내고야 말겠다는 의지를 보였습니다. 그러나 먹고사는 일이 너무 힘겨워 그 작업에 몰입하지 못하고 있다는 것을 미문 식구들을 통해 확인하는 중 그네의 돌연한 사망 소식을 듣게 되었습니다.

서기숙 씨는 우리를 떠났지만 그네가 남긴 글은 우리들 곁에 이렇게 따뜻한 온기로 남았습니다. 그네를 좋아했던 미문 식구들이 고인이 남긴 장편소설과 단편소설 · 수필 · 시 등을 모아 유고문집을 만들겠다는데 뜻을 모았기 때문입니다. 미문 식구들, 정말 가치 있는 일을 해주셨습니다.

서기숙 씨가 못다 걸어간 문학의 길을 미문 식구들이 그네 생전의 모습을 글쓰기의 에너지로 나눠 받아 열심히 걸어가리라 믿습니다.

이 문집이 발간되어 서기숙 씨 영전에 바쳐지는 날 우리는 미리 마음의 준비를 하고 있어야 할 것입니다. 늘 그랬듯 그네가 우리 앞에 다시 환한 모습으로 나타날 수도 있기에.

《길-46번 국도에서》…… 우리 모두가 사랑했던 서기숙 씨를 다시 만나는 가장 확실한 길이 여기 있군요. 고인이 생각날 때마다 《길-46번 국도에서》를 손에 들겠습니다.

개인 체험으로 새로이 쓴 한국전쟁사

-《천마포로수용소》를 읽고

오용일의 《천마포로수용소》는 90% 이상의 실화에 약간의 허구를 양념으로 곁들인, 기록으로서의 가치 획득에 역점을 둔 작품이다. 저자가 굳이 허구를 곁들인 것은 수기의 딱딱한 인상을 감추기 위함인 듯싶지만 이 책은 체험의 농도만으로도 이미 소설의 재미와 감동을 넘어서고 있다고 하겠다.

작중 화자이자 주인공인 만수는 여러 번의 시도 끝에 어렵게 월남에 성공한다. 남한에 온 그는 곧장 입대하여 중부 전선의 치열한 전쟁에 참전하였다가 중공군에게 포로로 잡혀 북쪽의 천마포로수용소에 수용된다. 휴전과 함께 참담한 수용소 생활도 끝이 나고 드디어 귀환하여 원대 복귀하기까지의 이야기를 기본 줄거리로 하고 있다.

독자들은 우선 이 책을 쓴 사람이 직접 참전했던 전쟁의 양상이 전쟁 영화나 전사에서 보고 듣던 것과는 딴판으로 소상하고 리얼하다는데 놀라게 될 것이다. 전투의 전개 과정이나 그 결과에 대한 글쓴이 나름의 분석이 결코 예사로운 것이 아니기 때문이다.

특히 글쓴이가 갇혀 있던 북쪽의 포로수용소 상황이 어떠했는가를 증언하는 부분은 오직 이 기록뿐이라는 사실을 확인하게 되는 일도 이 책을 읽는 보람이 될 것이다.

저자 오용일 씨는 작가가 아니면서 작가를 넘어서는 집념과 현실 통찰의 안목으로 지나간 전쟁을 재현하여 증언하고 있다. 작가는 자신이 직접 겪은 포로수용소 체험과 전쟁 전개 상황을 제대로 그리기 위해 5~6여 년간 여러 곳의 도서관과 국방부 등 여러연구소를 찾아 자료를 모으고 확인하는 작업에 매달려 왔다.

한 개인이 새로이 쓴 한국 전쟁사라고 해도 크게 틀리지 않을 것이다. 특히 북의 천마포로수용소에서 함께 생활하다가 죽어 갔거나 헤어진 전우들의 실명을 그대로 씀으로써 아직도 귀환되지 못한 국군포로 생사 확인에 결정적 제보가 될 수도 있다는 생각이다.

《천마포로수용소》는 한 개인의 전쟁 체험을 넘어 민족의 수난사이며 잘못 치룬 전쟁에 대한 고발이요 반성이라고 할 수 있다. 아직도 생생한 조국 분단 과정의 상처와 아픔이 이 책을 통해 다시 확인되는 일로 통일의 바람이 좀 더 앞당겨지길 기원하는 바이다.

5부

김유정 그리고 강원 문학

김유정 소설의 언어와 문체

더벅머리에 우글쭈글한 벙거지를 얹어 쓰고 다니던 김유정은 평소 뚱한 성격에 말까지 더듬었지만 일단 술만 취하면 '통성을 다시 해야 할' 정도의 능변으로 좌중을 압도했다고 한다.

술에 취하듯 소설쓰기에 취했을 김유정을 상상하기는 어렵지 않다. 소설쓰기 그 신명은 그의 몸 안에 숨어 있던 언어 감각과 문학적 감성의 거침없는 어우러짐이라 해도 좋을 것이다. 김유정의 탁월한 언어 감각은 적어도 문학적 언어와 비 문학적 언어를 철저하게 구별해 쓸 정도의 언어 인식으로부터 출발하고 있다. 그가 남긴 수필 · 서간 등의 잡문에서 한결같이 필요 이상의 한자어 투성이의 문어(文語)가 구사되고 있음을 통해서도 그것이 입증된다.

그들은 괴망히도 치밀(緻密)한 묘사법(描寫法)으로 인간심리(人間心理)를 내공(內攻)하야……[1]

이에 늙은 총각은 三四年間 머슴살이 苦役에 不得已 堪耐한다.[2]

糊口之方에 生疎한 저의 일이오라 病苦 艱窘 兩難에 몰리어 勢窮力 盡한 癈軀로 竿頭에서 進退가 아득하옵더니 天幸이도 여러先生님의 敦厚하신 下念과 및 벗들의 亦誠이 있어 再生의 길을 얻었압거늘……[3]

이러한 문장은 자기 과시의 허세를 위해 의도적으로 선택된 언어에 의해 구조된 체면치레용이라고 생각해도 좋을 것이다. 또는 뭔가를 '말해야 한다'는 부담감을 안고 '만들어낸 문장'이다. 당대 지식인으로서 또는 혜성처럼 나타난 작가라는 명예에 걸맞은 그럴 듯한 말을 억지로 찾아내 짜 맞추어야 하는 문장이기 때문에 그런 글쓰기에 신명이 따를 수 없었을 것은 분명하다.

이처럼 체면치레를 위해 선택된 언어와 문장은 설사 그의 식견이나 철학은 들어가 있을 수 있어도 그것을 말하는 이의 사람 됨됨이나 그 개성은 찾아보기 어렵기 마련이다. 어쩌면 그는 의도적으로 허식의 글쓰기를 통해 자신의 암울한 현실을 감추고 싶었는지도 모른다.

그러나 김유정의 진짜 위장술은 소설쓰기에 있었다. 그는 자기 희화화(戱畵化), 또는 현실 희화화를 술 취한 상태의 신명인 소설쓰기로써 실현해 보인 뛰어난 장인(匠人)이었기 때문이다. 신명이 따르는 소설쓰기, 그것은 그가 선택한 그의 마지막 길이었던 것이다.

그 길을 선택하기 전의 스무 살 무렵 그는 연상의 여인 박녹주에게 30여 통의 편지를 쓰는 구애의 열정으로 신명을 얻고자 했다. 〈생의 반려〉에 삽입된 편지가 그가 박록주에게 쓴 편지 중의 하나일 것이다.

날사이 기체 안녕하시옵니까. 누차 무람없는 편지를 돌리어 너무나 죄송합니다. 두루 용서하여 주시옵기 엎드려 바라나이다. (……) 선생이시여 당신은 자신을 아시나이까, 그러면 당신은 극히 행복이외다. 저는 저를 모르는 등신이외다. 허전한 광야에서 길 잃은 여객이외다.

그러나 한문 투의 이런 글쓰기가 그에게 신명을 줄 수 없었을 것은 당연하다. 자기 과시, 자기 확인의 한 방편으로 선택된 위장의 글쓰기였기 때문이다. 어려서 잃어버린 어머니 대용으로 선택된 사랑이기에 누구를 사랑하고 있다는 그 사실 확인이 필요했을 뿐 그것이 결코 절실한 것이 될 수 없었기에 그 사랑 표현은 자기 자신마저 속여야 하는 거짓 감정일 수밖에 없었을 것이다.

열정의 불길이 그의 장인 의식으로 옮아 붙은 것은 연희전문에서 제적을 당한 뒤 고향 마을로 내려 갈 무렵이었다. 그는 고향 실레마을에서 가난한 농투성이 만무방들의 '순결한 정서'와 화음을 이루는 말소리, 바람 소리, 물소리, 새소리에 넋을 놓는다. 만무방들의 정서와 그 온갖 소리들이 그의 옷이 되고 피가 되고 말이 되었던 것이다.

김유정은 〈병상의 생각〉에서 '새로이 눈을 들어, 그 새로운 방법으로 사물을 대하여야 할 것'이라고, 사물에 대한 선입관 깨기를 전제한 뒤 그 새로운 방법이란 '사랑에서 출발하는 그 무엇'에서 시작돼야 한다는 것과 '그 사랑이란 어느 시대 어느 사회에 있어, 좀 더 많은 대중을 우의적으로 한 끈에 꿸 수 있으면 그것이 곧 위대한 생명을 갖게 된다' 고 보았던 것이다.

또한 김유정은 우리의 '새로운 문학이 무엇을 목표로 할 것인가' 하는 어느 잡지의 설문에 '시대의 풍상(風霜)을 족(足)히 그리되' '혈맥(血脈)이 통하는' '우리의 정조(情調)와 교배(交拜)' 하는 것이 '전통(傳統)을 이어받는 일' 이라고 답변한 바 있다. 또한 그는 조선의 새 문화 건설은 '도금식 허식(鍍金式虛飾)을 벗어나 건실한 방법을 취하는 것' 이라고 주장했다.

전통적 우리의 정조 살리기, 긍정적 시각의 사물 희화화, 허식의 미문(美文)의식 배제-이것이 소설문장을 시작하는 작가 김유정의 문학관이며 창작 의도요, 동시에 그 표현방법론이었다는 것을 전제로 하고 그가 선택한 소설언어와 문체의 특징을 살펴보고자 한다.

1. 만무방들의 열린 언어

당대의 김문집이 "그의 전통적(傳統的) 조선어휘(朝鮮語彙)의 풍부한 언어(言語)구사(驅使)의 개인적(個人的) 묘미(妙味)는 중견 · 대가들이라도 따를 수 없다"고 한 것은 김유정 소설의 언어와 문체에 대한 최초의 언급이었다. 실상 김유정 소설이 시대를 넘어서는 높은 문학성을 획득하여 오늘의 감각으로 읽어도 부족함이 별로 느껴지지 않음은 그의 우리말에 대한 남다른 관심과 탁월한 언어감각에 힘입은 바 크다고 하겠다.

우리의 정조를 살리기 위한 우리말의 적절한 구사, 그것이 김유정의 소설 언어 선택의 비결이었다. 자신이 선택한 소설 언어가 많은 대중을 한 끈에 꿸 수 있는 능청의 현실희화를 가능하게 할 수 있다는 그

회심의 신명으로 그는 소설을 썼던 것이다.

그의 타고난 언어 감각은 우선 소설의 제목 짓기에서도 확인된다. 31편의 소설 중 순 우리말로 된 제목은 〈소낙비〉, 〈노다지〉, 〈떡〉, 〈만무방〉, 〈솥〉, 〈봄봄〉, 〈안해〉, 〈땡볕〉, 〈애기〉 등 16편이며 이외에도 〈산골나그네〉, 〈총각과 맹꽁이〉, 〈금 따는 콩밭〉, 〈금〉, 〈산골〉, 〈동백꽃〉, 〈옥토끼〉, 〈연기〉, 〈정분〉, 〈형〉 등은 비록 한자어거나 혹은 순 우리말에 한자어가 붙어 합성된 말이지만 거의 한자를 사용하지 않은 것들이라 순 우리말 영역에 넣어도 좋은 것들이다. 순 우리말 제목 중 〈노다지〉, 〈만무방〉, 〈봄봄〉, 〈따라지〉, 〈땡볕〉 등은 그가 선택한 언어가 바로 작품의 얼굴이며 등장인물의 캐릭터임을 다잡아 드러내 주는 좋은 예라고 할 수 있다.

김유정은 어려서 한학(漢學)을 한 뒤 늦게 들어간 학교에서도 일어 교육만 받았지만, 당대 조선어학회의 한글맞춤법이 제정(1933년)되고 조선어표준말모음이 제정(1936년)되는 등 우리말에 대한 당시 지식인들의 관심이 고조되던 때라 작가 김유정으로서도 그 영향을 받지 않을 수 없었을 것이다.

특히 그는 휘문고보를 나오고 연희전문에 입학했다가 몇 개월 뒤 제적당하자 곧바로 고향 춘천의 실레마을에 내려가 약 2년간 머물면서 야학운동을 벌여 우리말 교육에 힘을 쓴 일도 있어 그의 우리말에 대한 애정은 각별했던 것으로 생각된다.

김유정의 소설 문장에는 한자(漢子)가 없다. 31편의 소설에서 〈정조(貞操)〉 등 5편의 작품 제목이 한자 표기로 된 것 말고 본문에 한자가 들어간 경우는 〈총각과 맹꽁이〉 중 잡지 편집자의 것으로 보이는 '此

間七行略' 외에는 전혀 보이지 않음으로써 해서 그의 소설은 한자투성이인 잡문들과 의도적으로 구별된 것으로 볼 수 있다〔흔히 괄호 속에 한자로 밝히는 등장인물의 이름도 예외가 없다. 같은 30년대 《문장》(1930. 10)에 발표된 채만식의 단편 〈摸索〉에는 33개의 단어가 괄호 속에 한자로 들어가 있다〕.

본문 속의 어휘에 구태의 한자숙어들이 전혀 눈에 띄지 않는다든가 썰닙(낙엽), 가을할 때(추수기), (《산골나그네》), 돌림성(융통성)(《안해》) 등의 한자어를 순 우리말로 바꿔 쓴 것이나, 홀부들, 허룩하다, 걸삼스럽게, 재업시(《산골나그네》), 살매들린, 맷맷한, 묵삭은, 고리삭은, 잘량한, 황그리는, 땅뗌(땅뗌), 종댕이, 사발바꿈, 히짜(흰수작), 보름게추, 쓱싹되엇으나, 옥생각, 겨끔내기로, 감사나운, 빙그레하다, 산드러지게, 솔깃한, 헝겁스러운, 홀딱기, 앵하단듯이, 애키는, 개신개신, 귀죽축하다, 등걸잠, 모집어올, 둠구석, 꼬라리, 요리매낀조리매낀(《소낙비》), 덩저리, 쌩이질(씨양이질), 후려쌔리고(《동백꽃》), 말조짐(말단속)(《봄봄》) 등의 어휘 선택을 통해서도 그의 우리말에 대한 관심이 어떠했는가를 짐작할 수 있다.

한국어의 한 특징은 부사어 · 형용사어의 활용 빈도가 높다는 것인데, 대체로 주어가 많이 생략된 서술부 중심의 김유정의 소설 문장이야말로 부사어 · 형용사어가 제 역할을 하기에 가장 적합한 것이었다. 부사어 중에서도 의성 · 의태어, 첩어의 빈도 높은 구사는 김유정 소설에 현장감과 활기를 불어넣는 데 적격이다.

나즉나즉, 퐁! 퐁! 퐁! 쪼록 퐁!, 쭈뼛쭈뼛, 주춤주춤, 우물주물, 숙은숙덕,

쪼록, 찌르쿵! 찌르쿵! 찔거러쿵! 주섬주섬, 후룩후룩, 허벙저벙, 수근수근, 주룩주룩, 와글와글

-〈산골나그네〉 중에서

또한 정도부사가 많이 쓰임으로써 일이 일어나고 있는 상황과 그때의 심경을 실감나게 그려내는 효과를 얻고 있다.

막 쪼키었다. 기를 복복 쓰는, 눈물까지 불끈 내솟는다. 썩 흠상궂게 막 곯는다. 발이 딱 멈추었다. 눈물이 퍽 쏟아졌다. 그대로 픽 쓰러진다. 왼정신이 고만 아찔하였다.

-〈동백꽃〉 중에서

풍부한 활용어미 구사에 의한 문맥의 흐름과 그 색채 만들기, 자음조직의 독특한 구조(유성음, 평음, 경음, 격음 등)에 의한 음상(音相), 음색(音色)의 운율적 어휘 구사도 한국어의 한 특색이 된다.

메주 뜨는 냄새와 가티 쾨쾨한 냄새로 방안은 괴괴하다.

-〈산골나그네〉 중에서

위 문장과 함께 쓰인 형용사어 '쾨쾨한'과 '괴괴하다'는 후각과 청각을 동시에 동원하기 위해 격음과 평음이 갖고 있는 음상을 절묘하게 이용하고 있다〔감정의 흐름이 다름을 음상을 통해 보인 경우는 '낯바다기'-'낯파대기'(《정분》) '낯판대기'(《슬픈 이야기》) 등 여러 곳에서 발견된다〕.

김유정 소설 문자에 쓰인 서법(敍法)의 종결어미 활용만 해도 그 폭이 넓음을 볼 수 있다.

〈봄봄〉: 평서형(128), 의문형(35), 감탄형(45), 명령형(4), 종결어미가 없는 미완성 문장(18)

〈안해〉: 평서형(149), 의문형(21), 감탄형(9), 미완성 문장(11)

편의상 〈봄봄〉과 〈안해〉 등 두 작품의 지문에 나타난 각 문장의 종결어미 갈래를 뽑아 본 것인데 주로 화자가 청자를 향해 자신의 말을 확인하는 형식의 설의적 의문형 종결과 역시 독자의 동의를 구하는 투의 감탄형이 많이 나타나는 것이 특징이다. 또한 '뒷짐으로 트림을 꿀꺽, 하고 대문 밖으로 나오다 날 보고서' 라는 지문이 그 다음에 나온 세 대목의 대화 뒤에 자취를 감춰 버리는 식의 미완성 문장도 꽤 여러 개 보인다. 이처럼 화법의 형태가 다양한 것은 화자가 청중을 향해 직접 어떤 사실을 현장감 있게 구연해 보이고 있음을 의미한다. 구어 혹은 구연의 언어는 그것이 인위가 아닌 자연 발생적이고 본능적 유로이기 때문에 기존의 제도나 격식을 벗어난다는 특징을 보인다.

관용어 혹은 관용어구는 작가들이 문학어로써의 기능을 별로 인정하지 않는 죽은 언어라고 할 수 있다. 모처럼 선택한 관용어로 해서 문장의 참신성이 떨어진다는 것을 알기 때문에 작가들은 되도록 관용어 사용의 빈도를 절제하는 것이다.

그러나 관용어는 비록 생명력이 없다고는 하나 활용되는 동안의 언어적 기능 수행의 오랜 역사를 갖고 있는 전통이라는 이니셔티브를 갖는 동시에 엄연히 그 당대의 일상용어로서 그것이 적절히 구사될 때의 표현 효과는 매우 높다는 이점을 가벼이 할 수 없을 것이다.

김유정 소설에 관용어 사용 빈도가 높은 것은 현실을 있는 대로 그린다는 작가의 의도적 장치로 생각해도 좋을 것이다. 되도록 서민의 일상용어를 자신의 소설 언어로 활용함으로써 사물을 있는 그대로 그려 내는 재생 효과를 얻자는 것이 그의 작가적 욕심이었다고 보기 때문이다.

(가) 계집에 환장한 놈, 쥐었다 논 개떡, 찰그머리 정, 십리만큼 벌어진 양미간, 장찬 삼십리 길, 떡국이 농간을 해서, 열나절은 걸리지, 히짜를 뽑고, 오장썩는 한숨, 깨가 쏟아지나부다, 행실은 예전에 글렀다, 구구루 주는 밥이나 얻어먹고, 목구멍에서 질그릇 물러앉는 소리가 난다.

-〈안해〉 중에서

이야기는 지수가 없다. 돈냥이나 조히, 그 잘냥한, 열병거지가 나서, 해동갑으로 해매였다, 재수의 빗발이다, 일은 밀사록 랑패가만타, 찌코까분다, 의복이 람루하면 인상이 추하다, 영산이 나서 뭇는다, 똥끄시마르는듯이, 가물에 조닙은 앤생이다, 가물에 콩나기로

-〈소낙비〉 중에서

(나) 집안이 망할 년, 오랄질 년, 망한 년, 땀을 낼 년, 망할 잡년, 딴서방 차고 다라날 년……

-〈안해〉 중에서

(다) 황소 같은 아들, 굴때 같은 아들, 쥐었다놓은 개떡 같애도 경을 팟다발 같이 치고, 불아귀처럼 덤비기는, 원수같이 늘 싸운다고, 찰떡처럼 끈끈한,

불밤송이 같다. 개잡듯 막 뚜드려도, 십리만큼 벌어진 양미간, 생쥐새끼처럼, 계집의 얼굴이란 눈의 안경…….

-〈안해〉 중에서

위의 열거한 관용어들 중 (가)는 지금도 강원도 산간 사람들이 흔히 쓰는 말들이다. 특히 (나)에서 보듯 작중 화자가 자신의 아내를 '년' 이라 부를 때 그 앞에 붙는 관형어도 그 기분에 따라 같은 작품(《안해》)속에 여러 가지 형태를 보인다.

특히 비유의 관용어 (다)도 따로 떼어 놓고 보면 진부한 것들이지만, 일단 작품의 문맥 속에 선택되면서 생명력을 갖고 참신하게 독자를 사로잡게 되는 것이다.

관용어가 이처럼 문학작품 속에서 신선하게 살아 움직이는 언어가 될 수 있었던 것은 작가의 철저한 구어 구사의 의도적인 말투에 힘입은 바 크다고 할 수 있다. 의도적인 말투라 함은 죽어 굳어진 말이 생기를 되찾아 문학어로써의 기능을 발휘하게끔 수다쟁이다운 익살과 탈놀음의 흥겨움으로 장단을 맞추는 일을 두고 하는 말이다.

익살과 탈놀음의 그 흥겨움으로 그가 선택한 관용어는 당대 서민들의 삶 그 자체라고 해도 지나친 말이 아닐 것이다. 그것은 끈질긴 생명력을 가진 만무방들의 애정 표현의 반어적 입심이며, 그 목소리였다고 생각된다. 이것이 바로 작가 김유정이 자기 주변의 사물을 긍정적 시각으로 회화한 하나의 예라고 할 수 있다.

김유정 소설 속 등장인물의 이름도 당대 농투성이들이나 도시 따라지 서민들에게서 흔히 찾을 수 있는 그런 것들로, 그 작품의 배경이나 인물의 성격에 걸맞아 독자에게 친근감을 준다.

(가) 덕돌, 뭉태, 리주사, 덕만, 더펄이, 꽁보, 영식, 덕순, 옥이, 이뿐이, 석숭, 응오, 응칠, 근식, 점순, 봉필, 춘호, 복만

–농촌 배경의 작품

(나)이경호, 옥화, 두꺼비, 영애, 옥녀, 황철, 경자, 영자, 정숙, 숙, 명렬, 나명주, 톨스토이, 김마까, 아끼꼬, 영애, 필수

–도시 배경의 작품

김유정의 소설 언어에 나타나는 또 하나의 특징은 준말이 많다는 것이다.

막(마악), 담(다음), 쌈(싸움), 남(남의), 게다(게다가), 담날(다음날), 뉘집(누구네집), 울(울타리), 쫄아보도(쪼아보지도), 산알로(산 아래로), 뭣에(무엇에), 암만영문모른다(영문을 모른다), 몰붓다(모를 붓다), 돌라세놓고(돌려 세워 놓고), 사날식(사나흘씩)

–〈동백꽃〉

나찬(나이가 찬), 예제서(여기저기서), 벅(부엌)

–〈총각과 맹꽁이〉

김유정 소설에 준말 사용 빈도가 높은 것도 일상어에서 자연스럽게 나타나는 운율적 억양과 그 톤을 자신의 소설 말투로 빌어 썼기 때문일 것이다. 만무방들의 일상 어투에 대한 이러한 관심과 그 육화야말로 그

네들에 대한 김유정의 애정 표현의 한 방법이었다고 믿어진다.

김유정의 소설은 지문과 대화의 구별이 거의 없는 문장으로 해서 가장 이야기다운 서술 방식을 보여 주고 있다. 방언과 비속어는 물론이고 때로는 표준어까지도 소리 나는 대로 표기된 것이 지문 속에 그대로 드러나고 있다. 이것은 자신의 소설 문장을 철저하게 구어체로 구사하겠다는 창작 태도와 무관하지 않은 것이다. 그의 소설 문장에 뜻이 잘 통하지 않는 어휘가 많이 발견되는 것도 당대 사용되는 방언이나 속어를 소리 나는 대로 쓴 현상일 뿐 그것을 조어(造語)로 보는 견해는 옳지 않다고 본다.

가달(가랑이), 가새 · 가우(가위), 건덕지(건더기), 고랑때 · 고랑땡(골탕)(권투), 골방쥐(생쥐), 골피(이맛살), 구구루(구구히,구차하게나마), 굽도지(굽도리), 귓배기(귀), 그여코(그예), 길벅지(길이), 깻묵셍이(깻묵투성이), 낭종(나중), 낮바다기 · 낮파대기 · 낮판대기(낯바닥), 내꾼지다(내던지다), 노냥(늘), 달망이다(달랑이다), 대가리 · 대강이(머리), 돌림성(융통성), 돌팍(돌멩이), 둘숭날숭(들쑥들쑥), 마룽(마루), 면두(볏), 목성(목소리), 배지(배), 보강지(아궁이), 석때(혁대), 소갈찌(소갈머리), 쉼(수염), 수태(많이), 숭내(흉내), 숭(성), 숭질(성질), 싱갱이(옥신각신), 언내(어린애), 었딸(의붓딸), 엽땡이(옆), 종댕이(종다래끼), 주뎅이(주둥아리), 줄창(줄곧), 차미 · 채미(참외)

소설 문장의 관례를 깨면서 대화가 아닌 소설 지문 속에 자유자재로 구사된 방언은 작품의 토속성 획득에 적중했으며 비속어는 해학과 아이러니를 유발하는 가장 직접적인 요소로 작용하고 있다.

어법의 일탈은 같은 작품 속에서 어떤 일관성을 갖지 못하고 혼용되고 있는 어휘들을 통해서도 쉽게 발견된다. 당시 맞춤법이 제대로 지켜질 수도 없긴 했겠지만 김유정의 경우는 의도적으로 맞춤법을 무시한 채 감흥적 표기를 한 것으로 보인다. 이것은 김유정의 언어가 만무방들이 모인 저자거리의 언어 현장을 그대로 재현해 내고 있음을 입증하고 있다.

울 · 울타리, 떨닙 · 락엽, 숩웅우 · 수풍, 얼찐 · 얼핀, 궛백이 · 궛베기, 번디 · 번시 · 번이 등의 말이 뒤섞여 사용되고 있음을 통해서도 그의 의도적 어법 일탈의 표기를 알 수 있다.

김유정의 언어는 머리에 의해 선택된 것이 아니라 머리에 올라가기 전 가슴에서 그대로 분출되어 나온 것으로 거의 본능적 · 원시적 생명력을 가지고 있다. 그것은 따라지 혹은 만무방 인생들의 가슴에서 나온 감정 언어다. 감정의 지배를 받는 언어는 그 분출이 자유분방하여 기존 언어의 음운이나 어휘 체계, 문법, 통사 등의 어법을 일탈함으로써 권위와 체면치레의 닫힌 가슴을 여는 그런 에너지로 작용한다.

그의 소설 언어는 인식의 틀과 규범의 울타리를 벗어난 열린 언어이기 때문에 불현듯 독자를 당혹스럽게 하는 동시에 독자의 호기심을 자극하게 마련이다.

순 우리말의 의도적 선택, 지문의 철저한 구어화, 방언과 비속어의 소리 나는 대로 적기, 어휘의 혼용, 관용어의 문학적 재생 등 기존의 소설 어법을 일탈하여 새로이 태어난 김유정의 소설 언어는 만무방의 텃밭에서 맨발로 뛰는 열린 언어라고 할 수 있다.

2. 가면 쓰고 능청 부리기

김유정의 소설 쓰기는 당대의 지식인으로서 아래를 내려다보며 '할 말'을 전달하려는 의도와는 먼 거리에서 출발하고 있다. 그는 오직 이야기하는 신명에 취해 있을 뿐이다. 나는 이야기꾼이다, 이야기를 누구보다 잘하고 싶다, 라는 장인의 그 신명으로 독판쳤던 것이다. 시치미 뚝 떼고 이야기를 능청스레 잘 하는 것이 작가가 아니냔 반문이 그의 소설을 다 읽고 난 독자의 몫으로 남겨진다.

작가는 대체로 자신이 지금 전지자적 위치에서 능청을 떨고 있다는 것을 은연중 독자들에게 알리고 싶어 하게 마련이다. 아무리 능숙하게 시치미를 떼고 있지만 시치미를 떼고 있다는 것을 은연 중 암시하고 있는 작가가 있는 한 독자는 언제나 작가의 의도 주변에서 맴돌고 있을 뿐이다. 때로는 경외의 눈으로 작가의 진의를 찾아 두리번거리기도 하겠지만 일단 그 의도를 알아 버린 뒤 독자는 대체로 시큰둥한 표정으로 돌아서게 마련이다.

그러나 김유정 소설의 경우는 작가가 소설 속에서 아예 사라져 버리거나 작중 화자로 혹은 그냥 지나가는 나그네 정도로 변신해 버리기 때문에 독자들이 작가를 전혀 의식하지 않게 된다.

독자들은 자신이 읽고 있는 소설에서 그 작가를 의식하지 않을 때만 작가 이상의 상상력이 발휘되고 작품의 감동 속으로 깊숙이 파묻힐 수 있다. 즉 그 작가와 작중 화자의 동일시 현상은 독자가 그 작품 속을 즐거운 마음으로 여행할 수 있는 여유를 찾았다는 의미로 생각해도 좋을 것이다.

그것을 작가의 처지에서 보면, 이야기를 하는 동안 자신이 작가라는 것을 완전히 잊어버리는 상태라고 할 수 있다. 무당이 작두날을 맨발로 밟고 뛰는 그런 무아의 신명으로 이야기를 하고 있기 때문이다.

김유정 소설에는 작가가 있으면서 동시에 없고, 화자가 있으면서 그 화자가 어느 순간 다른 사람으로 바뀌기도 한다. 때로는 독자가 그 소설 구연에 스스로 끼어들어 한 몫을 하기도 한다.

내가 밤에 집에 돌아오면 년을 앞에 앉히고 소리를 가르키것다. 우선 내가 무릎장단을 치며 아리랑 타령을 한번 부르는구나. 아리랑 아리랑 아라리요, 춘천아 봉의산아 잘있거라, 신연강 배타면 하직이라.

-〈안해〉 중에서

위의 문장에서 '가르키겠다'는 '나'의 행위에 대한 의지의 다짐인 동시에 이미 하고 있는 행위를 화자는 물론 청자에게까지 다시 한 번 확인시켜 강조하는 종결어미 '-것다'의 뜻으로도 사용되고 있다. 두 번째 문장의 '부르는구나'는 보통 일인칭과는 잘 호응되지 못하는 동사의 감탄형 활용의 관례를 깨고는 있지만 이 표현을 통해 작가는 아직 그 정황에 젖어들지 못하고 있는 청자의 주의를 환기시킴으로써 마치 그 행위를 청자가 직접 체험하고 있는 것처럼 유도하고 있다.

김유정 소설의 문체는 보여주기, 연출하기, 연기하기, 감동하기가 뒤섞여 일어나는 특징을 보인다. 그것은 곧 작가와 작중 화자 등장인물, 그리고 독자가 함께 어우러져 돌아가는 시점의 입체성을 뜻한다.

비교적 객관적 시점으로 쓰인 〈산골나그네〉의 경우만 보더라도 한 단락 속에서 주관과 객관이 뒤섞이고 있을 뿐 아니라 아예 시점이 바뀌고 있음을 발견할 수 있다. 이것은 '온갖 시점이 상호 침투하고 있는 판소리 특유의 진술 방식'[4] 이라는 견해로 집약된다.

(가) 안해가 꼼지락거리는 것이 보기에 퍽으나 갑갑하엿다.

(나) 남편은 안해손에서 얼개빗을 숙뽑아들고는 시원스리 쭉쭉나려빗긴다.

-〈소낙비〉 중에서

위의 문장은 한 단락 속에 화자(서술자)와 작중 화자의 시점이 서로 뒤섞여 있음을 보여준다. 즉 작중 화자의 시점(가)이 다음 문장에서 서술자의 시점(나)으로 바뀌고 있는 것이다. 이러한 시점의 변화는 작품에 등장하는 인물들의 인칭이 같은 작품 속에서 여러 번 바뀌는 과정에도 드러난다.

(가) 홀어머니는 쪽떠러진 화로를 끼고 안저서 쓸쓸한대로 곰곰 생각에 젓는다.

주인은 문아프로 걸어와 스며 덕돌이의 등을 뚜덕어린다.

그는 좁쌀을 싯고 나그네는 소태볼을 집히며 불야살야 밥을 짓고 일변상을 보앗다.

홀어미는 아들을 데리고 덜미를 집히는듯 문박으로 차져 나섯다.

(나) 나그네는 주춤주춤 방안으로 들어와서 화로겨테 도사려 안는다.

그는 한손으로 머리에 둘럿든 왜수건을 벗어들고는 다른손으로 허터진머리칼을 씨담어올리며 수집은듯이 주뼛주뼛한다.

계집은 령나리는대로 이무릅저무릅 옮아안즈며 턱미테다 술ㅅ잔을 바쳐

올린다.

-〈산골나그네〉 중에서

위의 (가)항 '홀어머니,' '홀어미,' '주인,' '그'는 동일인이다. 역시 (나)항의 '나그네,' '그,' '계집'도 동일인의 인칭을 그렇게 달리 쓴 것이다. 이렇게 같은 작품 속에 인칭을 달리 한 것이 작가의 치밀한 의도 아래 사용되었다고 보기는 어렵다. 그러나 이야기를 구연하다보면 그때그때의 정황에 따라 감정의 기복이 생기면서 인칭까지도 그 정황에 맞게 바뀔 수 있다는, 즉흥적 구연 문체의 특징이 김유정의 소설 문장을 통해 확인되고 있다.

김유정의 문장은 리드미컬하다. 가면극의 연희자가 장단 가락에 맞춰 관객의 흥을 유도하듯 작가 김유정은 역동적 운율의 말투로 독자를 사로잡기 때문이다.

글의 흐름에 운율이 느껴지는 것은 그것이 정적인 묘사가 아닌 동적인 묘사에서 더욱 분명하게 느껴진다. 강원도 깊은 산골짜기를 흘러내리는 물은 넓은 들을 유장하게 흐르는 물과 달라서 그 흐름이 변화무쌍하여 지난 세월을 돌이켜 보거나 주변 풍광에 넋을 빼앗기는 그런 사색의 여유를 주지 않는다.

산ㅅ골의 가을은 왜이리고적할까! 압뒤울타리에서 부수수하고떨닙은진다. 바로그것이귀미테서 들리는듯 나즉나즉속삭인다. 더욱 몹슬건 물ㅅ리, 골을 휘돌아맑은샘은 흘러나리고 야릇하게도 음률을 읊는다.

퐁! 퐁! 퐁 쪼록 퐁!

-〈산골나그네〉 중에서

나무닙패서 빗방울은 뚝, 뚝, 떠러지며 그의 뺨을 흘러 젓가슴으로 스며든다. 바람은 지날적마다 냉기와 함께 굵은 빗발을 몸에 드려친다.

비에 쪼르록 젓은 치마가 몸에 찰삭 휘감기어 허리로 궁둥이로 다리로 살의 윤곽이 그대로비쳐올랏다.

-〈소낙비〉 중에서

김유정 소설은 대개 현재 진행형으로 이야기가 펼쳐진다. 〈산골나그네〉의 경우 과거형 종결어미로 끝나는 문장은 55개에 불과하다. 과거형이라 해도 그것은 이미 사실을 알리는 종결어미이거나 어떤 상황을 화자가 설명하는 경우에만 사용되고 있음을 볼 수 있다. 과거에 일어난 일을 서술하는 작품에 있어서도 그 이야기는 현재 진행되는 상황으로 그려지고 있다. '산골'에서 서울로 떠난 도련님을 생각하는 이쁜이가 도련님과 늙은 잣나무 아래서 있었던 일을 회상하는 장면도 과거의 일이지만 현재에 일어나고 있는 것으로 묘사되고 있다.

풀닙의 이슬은 아즉 다 마르지 않었고 바위 틈바구니에 허터진 잔디에는 커다란 구렁이가 뚜아리를 틀고서 떡머구리 한놈을 우물거리고 있는 중이매 이뿐이는 쌔근쌔근 가쁜 숨을 쉬여가며 그걸 가만히 드려다보고 섰다가 바루 발앞에 도라지순이 있음을 발견하고 꼬챙이로 마약 캘랴 할즈음 등위에서 뜻바께 발자욱소리가 들리는 것이 아닌가.

현재 진행형의 문장은 그 속도의 완급에 따라 현장의 생동감으로 독자를 긴장시킨다. 특히 김유정이 구사한 진행형의 문장은 독자의 시각과 청각이 두루 동원되는 움직이는 그림을 눈앞에 펼쳐 낸다.

흙이 드러난 집웅에서 망초가 휘어청휘어청. 바람은 가끔 차저와 싸리문을 흔든다. 그럴적마다 문은 을쓰년스럽게 삐-걱삐-걱, 이웃의 발발이는 벅에서 한창 바뿌게달그락거린다.

-〈만무방〉 중에서

김유정 소설의 독자들은 그 이야기의 상황과 내용에 빠져들기에 앞서 그것을 구연하는 화자의 언설, 그 말투에 긴장하고 취하며 때로 화자가 유도하는 웃음을 통해 자기 해방을 맛보게 된다.

이처럼 김유정의 문장은 인과의 과거 회상적 서술이 아니라 어떤 상황이 지금 막 눈앞에서 벌어지고 있는 것처럼 재현해 보이는 데 역점을 두고 있다. 그것은 독자가 '왜' 하고 물을 수 있는 여유를 주지 않는다. 과거의 한이나 매듭은 갇혀 있는 물과 같은 것인데 김유정의 문장을 통해서는 그 한과 매듭이 물처럼 술술 풀려 나오기 때문에 굳이 과거를 길게 돌아보며 한숨지을 필요가 없는 것이다. 가시 돋친 한을 가면 속에 감추고 나온 연희자들의 익살을 통해 감정의 응어리가 풀리기 때문이다. 그리하여 그 가면극이 끝나 연희자들이 사라진 뒤의 여운처럼 남는 비애가 김유정 소설의 감동이요 그 미학인 것이다.

언어의 선택 방식, 서술의 톤, 그리고 문장의 고조와 수사적 장치가 한 작가의 문체를 결정하는 기본 요소라고 볼 때 전통적으로 우리의 정조를 바탕에 깔면서 당대 서민들의 그 무지와 궁핍한 삶을 해학적으로 재구성해 내되 소설 문장에서만은 허식의 미문 의식을 단연코 배제했던 김유정의 장인 정신이 낳은 그 문체는 높이 평가받아 마땅하다고 본다.

어떻든 김유정의 소설 언어 선택은 한국어의 특징인 형태부 중심의 종결어미의 다양한 구사와 부사어, 형용사어의 적절한 활용과 특히 의성어 · 의태어 · 첩어를 생동감 있게 삽입하여 당대 서민의 언어를 문학어로 승화시키는 데 크게 이바지했다. 특히 소설 지문 속에 방언과 비속어를 그대로 쓰는가 하면 같은 의미의 어휘를 작품 속에 뒤섞어 쓰는 등 서민들의 자유분방한 일상 언어 현장을 그대로 재현하는 구연(口演)의 문체를 통해 사물 객관화의 희화적 능청부리기로 글쓰기의 신명을 획득했던 것이다.

김유정은 억지로 말을 만들어 쓰거나 수사적 의장(意匠)의 잔재주를 부리지 않았다. 그때나 지금이나 변함이 없는 서민들의 상용 비속어를 근간으로 한 김유정의 다소 허세적 말투야말로 만무방 인생들의 카타르시스적 리듬이요, 그 생존 양식이라는 것을 간파한 뒤 그것을 거침없이 구사할 수 있었던 그의 천부적 언어 감각이 빚어낸 미학이라고 믿어진다.

당대 민초들의 열린 언어를 독특한 자기 체취로 선택하여 신명나게 능청을 떤 김유정의 소설 쓰기는 기법이 내용이고 내용이 곧 기법이 됨으로써 그 작품은 시대를 넘어서는 높은 문학성을 획득할 수 있었던 것이다.

---

*주: 1) 〈병상의 생각〉, 《조광》(1937)
2) 〈조선의 집시〉, 《매일신보》(1935)
3) 〈문단에 올리는 말씀〉, 《조선문학》(1937)
4) 전신재, 〈김유정 소설의 판소리 수용〉(1984)

강원도 소재 문학관의 운영 실태와 전망

1. 들어가는 말

지방분권의 시대, 각 지방에서는 그 지역을 대표할 수 있는 비교우위의 문화 · 예술의 구심점 찾기에 부심한다. 이러한 현상은 서울 중심의 문화 · 예술 행사와 그 누림이 지방으로 분산된다는 의미에서도 환영할 만한 일이다. 이것은 지역의 문화 · 예술이 중앙에 종속되어 있거나 중앙에 비해 작고 낮은 것이란 인식에서 벗어나 지역 문화야말로 민족 문화의 보편성을 이루는 나름의 특수 문화임을 확인하여 그 가치 매김을 하는 계기를 마련한다.

문학의 경우만 보더라도 각 지역에서 벌이는 축제 중 문학 축제가 갖는 비중이 상당하다는 것이 이를 증명한다. 주로 그 고장 출신 작가

· 시인의 생애와 작품세계를 기리기 위한 문학 축제는 향토 문화의 근간을 이루는 가운데 지역 문화 · 예술의 활성화에 크게 기여하고 있다. 작가의 문학적 생애와 그 작품의 가치를 기리는 일로 가장 결정적인 사업은 그가 태어났거나 연고가 있는 곳에 기념문학관을 세우는 일이다. 실제로 지방분권 시대 문화 인프라 중에 가장 특기할 만한 것이 우후죽순처럼 세워지는 각 지역의 문학관 건립이다. 2004년 11월 현재 운영되고 있는 전국의 문학관은 26개나 된다.

물론 이들 문학관은 그 건립 취지나 운영 형태가 각기 다른 모습을 보인다. 개인의 사재를 털어 건립한 것이 있는가 하면 지자체가 조상의 얼 선양 사업의 일환으로 국고를 들여 만든 것도 있고 그 운영에 있어서도 규모나 운영 방식이 다양하다. 전국의 26개 문학관 운영의 실태에서 가장 주목할 만한 것은 운영 자금 조달과 운영의 주체 문제라고 본다. 운영 자금과 운영 주체에 의해 문학관 설립 취지에 걸맞은 운영 방식이 결정되고 운영 프로그램이 개발되기 때문이다.

이것은 문학관 본래의 기능이 지방분권 시대 지역의 문화 · 예술 활성화에 어떤 역할을 하고 있는가와 직결되는 문제이기도 하다.

이 글은 강원도 소재 문학관의 운영 실태와 그 문제점 및 전망을 살펴보는 동시에 앞으로 발굴 선양해야 할 강원도의 문학 유적지를 점검함으로써 문화 경쟁력의 시대 강원 문화 · 예술의 활성화 방안 모색과 그 가치 매김에 목적을 두었다.

2. 문학관의 존립 의의와 기능

문학관의 역할과 그 문제점 지적은 우선 문학관이 그 지역의 문화 ·

예술의 기반 구축에 어떤 기능을 하고 있는가를 규명하는 일로부터 시작할 일이다.

문학관의 제반 시설과 운영 프로그램이야말로 그 지역의 주요한 문화 인프라임이 분명하다. 인프라란 사회적 생산 기반 또는 경제 활동의 기조를 형성하는 기초적인 시설을 의미하는 말이다. 문화 인프라라고 좁혀 말할 때 이것은 결국 문화 · 예술의 창조, 유통, 향유를 위한 시설과 제도에다 그것을 제안하고 실천하는 그 지역 주민들의 문화 의식 및 실천 행위까지를 포함한다고 하겠다.

이러한 의미에서 지역의 문학관은 중앙 문화의 집중화 현상을 극복하여 고유의 지방 특수 문화로 자리매김할 수 있는 가장 효과적인 대안으로서 평가받을 만하다. 특히 문화적으로 취약한 지역의 문학관일수록 그 지역 문화 인프라로서의 합당한 역할을 하리라 기대된다. 이것은 문학관이 그 지역 문화 · 예술의 활동 거점이며 문화 향수의 전통적 가치를 창출하는 요람 역할을 하고 있다는 뜻이다.

문학관과 문학기념관은 그 개념에 있어 다소 차이를 보일 수 있다. 문학관이 작가 · 시인 및 문학 전반에 걸친 모든 자료를 보관하고 전시하는 포괄적 의미를 지닌다면, 문학기념관은 특수한 지역에서 어느 한 작가 · 시인의 생애와 그 작품의 가치를 기리며 기념하기 위한 공간으로 좁혀 생각할 수 있다. 그러나 이러한 구분은 문학관이 갖는 본래의 기능면에서 본다면 별 의미가 없다고 본다.

1) 문학 자료의 보관과 상설 전시

명칭이야 어떻든 문학관 혹은 문학기념관은 문학사적 가치를 가진 작가 · 시인의 유품과 각종 문학 자료의 보관 및 상설 전시를 통한 그 문학의 위상 정립과 선양을 그 존립 의의로 할 것이다. 이러한 취지의 설립 목적에 맞는 문학 자료를 모으고 정리하여 그것의 보존 및 활용에 필요한 시설물을 갖췄을 때 비로소 문학관으로서의 기능을 할 수 있을 것이다.

어느 문학관에 가야 어떤 자료를 찾아볼 수 있다는, 그 문학관만이 보관하고 있는 문학 자료 소장과 그 활용이 문학관 기능의 첫째가 될 것이다. 이것은 문학관이 단순히 자료 소장을 넘어 그 공간과 시설이 작가 · 시인 연구 및 문학작품 연구에 도움이 될뿐더러 문학 향수층에 대한 각종 서비스가 제공되어야 한다는 바람이기도 하다. 어떤 면에서 문학관은 도서관의 자료 열람이나 박물관의 자료 전시 기능까지를 겸하고 있다고 하겠다.

이에 따라 문학관 시설에는 자료의 보존에 적합한 자료보관실과 그것의 효율적 전시와 연구 활용을 위한 학예연구실이 구비되어 있어야 할 것이다.

특히 디지털 시대의 문학관은 각종 자료를 영상물로 제작하여 수시로 활용할 수 있는 시설과 홈페이지를 통한 사이버문학관의 운영이 필수라고 하겠다.

2) 문학 체험학습 공간

문학관은 그 규모나 시설이 어떠하든 문학 체험 학습의 공간으로서의 기능을 다하여야 한다. 문학 관련 학술 세미나와 문예교실 운영, 각종 문학 강연 및 작품 낭송회, 작품 내용 재현 과 체험을 위한 소강당 규모의 세미나실 및 공연시설의 구비가 필수라고 하겠다.

그러나 지역의 일부 기념문학관이 유적지 조성 사업의 일환으로 건립되었기 때문에 문학 체험 학습 공간을 확보하지 않았음은 문학관 본래의 기능 수행과 거리가 멀다는 것을 지적하지 않을 수 없다.

3) 지역 문화 · 예술의 진지

문학관의 또 다른 역할과 기능은 그 공간이 지역 문화 · 예술의 구심체 역할을 해야 한다는 것이다. 현재 그 지역에 거주하며 창작 활동을 하고 있는 작가 · 시인 및 다른 분야의 모든 예술인들이 창조 활동을 할 수 있는 거점의 역할 담당이다. 또한 문학관을 찾아오는 사람들이 그 공간에서 지역의 예술인들과 그네들이 창조한 예술작품을 친근하게 접근할 수 있는 그런 공간으로써의 시설과 프로그램이 필요하다는 것이다.

그 지역 문화 예술인들이 벌이는 각종 전시회와 공연 예술의 무대를 제공함으로써 문학관 본래의 기능이 상승작용을 할 것으로 본다.

문학관의 공간과 그 시설을 이용한 각종 소프트웨어의 개발과 그 사업의 효율적인 운영 방안과 실천이 문학관 운영의 성패를 가름하게 될 것이다.

소장한 자료의 상설 전시와 함께 희귀 도서 전시나 육필원고 혹은 문인 소장품 등의 기획 전시를 통해 문학 독자들을 확보하는 동시에 다시 와서 보고 싶은 공간으로 만들기 위한 문학작품 내용을 통한 각종 이벤트성 행사를 지속적으로 벌이는 것도 문학관이 해야 할 일이라고 본다. 문학관 주위의 문학공원이나 야외 공연장 및 전시장이 구비되어 있다면 그 역할에 더할 나위 없이 좋을 것이다.

3. 전국 문학관의 운영 실태

우리나라에는 현재 전국에 26개의 문학관이 건립되어 운영 중에 있으며, 5개 정도의 문학관이 건립 중이거나 건립을 계획하고 있다. 전국의 각 도서관이나 여러 문화 · 예술 시설에 별도로 특정 작가의 문학 코너 등을 운영하고 있는 것까지 합치면 이보다 더 많은 문학관이 운영되고 있다고 하겠다.

물론 전국에 500여 개의 문학관을 운영하고 있는 이웃 나라 일본에 비하면 우리의 문학관 운영 실태는 매우 취약하지만 1990년대 중반 이후에 처음으로 건립되기 시작해 최근에 일기 시작한 문학관 붐은 비로소 문학을 통한 문화 경쟁력의 이 시대가 왔다는 의미에서 매우 고무적인 현상이라고 하겠다.

현재 운영 중인 전국의 문학관을 소재지로 보면 다음과 같다.

지역	문학관명
서울	한국현대문학관(중구), 영인문학관(종로구), 문학의 집 · 서울(중구), 세계여성문학관(숙명여대 도서관 내) 등 4개
경기	편운문학관(안성), 만해기념관(성남) 등 2개
강원	김유정문학촌(춘천), 난고김삿갓문학관(영월), 만해마을(인제), 이효석문학관(평창), 토지문화관(원주) 등 5개
충남	한국문인인장박물관(예산) 1개
전북	미당시문학관(고창), 채만식문학관(군산), 아리랑문학관(김제), 최명희혼불문학관(남원) 등 4개
전남	조태일시문학기념관(곡성), 한국가사문학관(담양), 박화성문학기념관(목포) 등 3개
경북	구상문학관(칠곡), 광산문학연구소(영양), 이육사문학관(안동) 등 3개
경남	경남문학관(진해), 청마문학관(통영) 등 2개
부산	이주홍문학관(동래), 추리문학관(해운대) 등 2개

이들 26개 문학관을 설립 주체와 운영 주체에 따라 나누면 개인이 설립한 것이 6개이고 문화단체 7개, 지자체가 13개이다. 현재까지 설립주체가 그대로 운영을 맡고 있는 것이 통례이지만 이 중 설립주체와 운영주체가 다른 것은 춘천의 김유정문학촌(지자체가 설립하고 운영은 민간단체가 위탁운영) 1개뿐이다.

26개 문학관 중 한국 문학 및 문학 전반에 걸친 자료를 보관하고 전시하는 문학관은 3개뿐이고 나머지는 대부분 그 지역 출신 작가를 기리기 위한 문학기념 전시관 형태로 운영되고 있다. 문학의 특수 장르를 설립 목적으로 한 문학관(추리문학관, 가사문학관) 도 있고 문인의 인장 및 유품을 전시한 문학관(문인인장박물관), 또는 문학도를 위한 학사 역할을 하는 곳(광산문학연구소, 이문열) 등도 있다.

이들 문학관은 그 시설 규모에 있어 그 소재지의 땅값 등을 감안할 때 비교하기 어려운 점이 많지만 건평 500평 이상인 곳이 4개가 있는가 하면 100평 이하도 3개나 되는 등 상당한 차이를 보인다. 소장 자료에 있어서도 설립 목적이나 자료의 성격상 그 숫자나 내용을 단순비교하기 어렵다.

현재 건립 중에 있거나 건립을 준비하고 있는 문학관은 동리 · 목월문학관(경북 경주), 노산문학관(경남 마산), 최명희문학관(전북 전주), 지용문학관(충북 옥천), 황순원소나기마을(경기 양평) 등 알려진 것 외에도 상당수의 문학관이 지자체에 의해 건립을 서두르고 있다.

4. 강원도 소재 문학관 현황 및 운영 실태

현재 운영되고 있는 전국의 26개 문학관 중 강원도 소재의 문학관은

5개나 된다. 이는 인구비례나 지자체의 경제 자립도를 감안할 때 결코 적은 숫자가 아니라고 본다. 문학관 시설이나 운영에 있어서도 다른 지역에 비해 뒤지지 않는다는 평가를 받고 있다.

1)운영 형태/설립 주체/운영 주체

문학관명	소재지	운영형태	개관년도	설립주체	운영주체	위치
김유정문학촌	춘천시 신동면	전시	2002.8	지자체	단체	시외
난고김삿갓문학관	영월군 하동면	전시	2003.10	지자체	지자체	시외
만해마을	인제군 북면	복합	2003.8	단체	단체	시외
이효석문학관	평창군 봉평면	복합	2002.9	지자체	지자체	시외
토지문화관	원주시 흥업면	문학	1999	단체	단체	시외

2)건축규모/ 소장자료

(단위: 백만 원)

문학관명	설립주체	건축비	국고지원액	건평	대지	소장자료	상근직원	입장료
김유정문학촌	지자체	2,560	400	113	1,369	275	3	
난고김삿갓문학관	지자체	2,200		258	1,460	174	3	○
만해마을	단체	8,450		775	5,279	303	9	박물관○
이효석문학관	지자체	4,100	600	270	7,813	450	3(4)	○
토지문화관	단체	4,200		804	1,547		7	

운영 형태에서 '전시'는 전시 공간 또는 생가 복원 등 전시 · 관람사업 위주로 시설이 된 곳이고 '복합'은 전시관과 세미나실을 구비하여 상설 전시 및 각종 문학 행사를 연중 개최할 수 있는 것이고 '문학'은 상설 전시관이 없이 문학 행사 위주로 사업을 추진하는 것을 의미한다.

강원도 소재의 문학관 중 3개는 지자체가 설립한 것이고 나머지 두 곳은 관련 유관 단체가 설립하여 운영하고 있다. 그러나 김유정문학촌의 경우는 지자체가 설립하고 문학 관련 단체가 위탁 운영을 하고 있다.

3) 공간 구성

문학관명	공간 구성 내용
김유정문학촌	목조 초가 1동(46평), 전시관(46평), 부속시설(디딜방아간, 외양간, 휴게정)
난고김삿갓문학관	기획전시실, 영상실, 난고문학실, 자료실(210평)
만해마을	문학전시실(117평), 특별전시실(94평), 세미나실 및 대강당(100평), 연수원 2개실(110평)
이효석문학관	전시실(52평), 메밀자료실(28평), 문학교실(31평), 학예연구실(11평), 매점 등
토지문화관	회의실(40평), 세미나실(12.5평) 3개, 집필실(15.7평) 3개, 14평 6개, 야외무대

현재 운영 중인 강원도의 5개 문학관은 그 규모 면에서 크게 차이가 난다. 창작실(숙소)을 구비하고 있는 만해마을(강원)이나 토지문화관(강원)은 작가 · 시인의 창작 공간으로의 역할을 할 뿐 아니라 전국 규모의 행사는 물론 지역 문화 · 예술단체들의 각종 행사에도 큰 도움을 주고 있다.

김유정문학촌과 난고김삿갓문학관은 지자체가 조상의 얼 선양 사업의 일환으로 건립되어 상설 기념 전시에 한정되는 공간만 겨우 갖추고 있는 상태라 부속 시설 확충이 시급한 형편이다.

4) 각 문학관의 주요 프로그램(사업) 내용

문학 프로그램 개최 횟수와 그 이용자 수 및 전시 관람객 이용자 수는 정확한 통계를 얻기 힘들어 통계에서 제외했다.

문학관명	공간 구성 내용
김유정문학촌	상설 전시 및 기획 전시, 추모제(3·29) 김유정문학제(산문백일장, 김유정재조명세미나, 김유정소설입체낭송대회, 김유정문학기행열차) 김유정 작품 속 30년대 삶의 모습 체험(동백꽃의 토종닭싸움, 만무방의 빚잔치, 떡의 떡메치기, 점순이 등 작품 캐릭터 찾기), 향토작가 알리기 순회 문학강연, 금병의숙 문학교실
난고김삿갓문학관	상설 전시
만해마을	상설 전시 및 기획 전시, 만해축전(만해대상 시상식, 전국고교백일장, 만해시인학교, 님의침묵서예전, 시심작불대전, 만해관련 각종 학술대회) 전국여성환경 백일장, 《유심》발간.
이효석문학관	상설 전시 및 기획 전시. 효석문학제 기간 중 백일장 학술세미나 등 개최, 문학교실 운영.
토지문화관	창작실 '문학의 산실' 운영. 문학강연(우리시대작가와의 대화 월 1회). 문학캠프, 문학교실, 각종 학술세미나

5) 문학관 운영 자금(2004년도 사업예산)

문학관 운영에 있어 가장 중요한 것은 인건비 및 시설 관리와 각종 사업에 필요한 재원 조달의 어려움이라고 본다.

각 문학관의 운영 예산이나 사업비 등은 설립 주체나 운영 주체에 따라 상당한 차이를 보이고 있다. 자체 부담이 보조비보다 높은 곳은 만해마을과 토지문화관 두 곳뿐이고 나머지 세 곳은 거의 시설 관리 및 인건비 충당에 필요한 자금을 지방비 및 국고 보조를 받아 운영되고 있는 형편이다.

5개의 문학관이 자체의 사업을 통해 얻는 수익 내용은 현실적으로 문학관 운영에 큰 도움이 되지 못한다는 것이 운영 주체의 의견이다.

입장료를 받는 곳은 난고김삿갓문학관, 이효석문학관, 만해마을(박

문학관명	자부담	지방비	국고	예산지출 구성 내용
김유정문학촌	13,000(천원)	55,000(천원)	25,000(천원)	인건비, 사업비, 건물유지비, 사무비
난고김삿갓문학관		55,000(천원)		건물유지비, 사무비
만해마을	715,000(천원)	350,000(천원)	50,000(천원)	인건비, 사업비, 건물유지비, 사무비
이효석문학관		98,000(천원)		사업비, 건물유지비, 사무비
토지문화관	180,000(천원)	20,000(천원)	72,000(천원)	인건비, 사업비, 건물유지비, 사무비

물관에 한해서만 입장료가 있음) 세 곳이지만 지자체가 운영하는 경우에는 입장료가 세외 수입으로 되어 문학관 운영비와는 무관하다.

세미나실 대여, 문학프로그램(백일장, 문예캠프, 문학기행 등) 참가 회비, 음료수 · 기념품 · 책자 판매, 숙박 시설 대여, 토속 음식 판매 등이 주요 수입 사업으로 나타나고 있지만 고정적인 수입이 아니어서 이것 역시 문학관 관리나 운영비에 도움이 되지 못하고 있는 실정이다.

5. 문학관 운영의 문제점

최근 여러 지역에 앞 다투어 건립되고 있는 문학관이 자칫하면 지자체의 전시 행정의 일환으로 조급히 기획되지 않았나 하는 우려가 적지 않다. 특히 아직 검증 되지 않은 작가 · 시인들의 과대 미화나 우상화로 문학사에 가치 혼란을 초래할 수도 있다는 것이다. 반드시 작고 문인일 필요는 없지만 되도록 문학사에서 가치를 충분히 검증 받은 작가 · 시인들의 문학적 업적을 기리는, 말 그대로 문학기념관으로서의 위상에 걸맞는 문학관이 세워져 운영되어야 한다는 바람이다.

1) 운영 주체의 전문성

문학관 운영에 있어 정말 중요한 일은 막대한 예산을 들여 건립한 문학관이 그것에 걸맞은 재정적 뒷받침이 따르지 못하거나 운영의 미숙으로 지역 문화 인프라로서의 순기능을 다하지 못할 때 생기는 부작용이나 지역 주민들의 문학에 대한 폄하 의식이다. 실제로 어떤 문학 독자는 어느 지역의 문학관을 돌아보고 난 뒤 그 작가와 문학에 가졌던 환상이 깨지게 됐다는, 문학관 운영에 대한 부정적 견해를 피력하기도 했다.

문학관을 찾는 관람객들은 그때까지 단편적으로 알고 있던 그 작가 · 시인의 문학 세계에 대한 종합적이면서도 새로운 각도의 이해를 얻기를 희망한다. 문학관을 찾아 자료들을 돌아보고 각종 행사에 참여함으로써 지금까지 몰랐던 작가의 생애와 작품의 문학사적 가치를 재인식하는 계기가 마련될 수 있어야 한다는 것이다.

문학관은 중요한 자료를 수집하고 정리하여 보존할 뿐 아니라 그 자료를 통한 작가 · 작품 연구가 이루어지는 학술적 기능도 감당해야 한다. 문학관 공간에서 이뤄지는 모든 사업은 품위와 높은 질이 우선해야 설립 목적과 취지에 맞는 지속적인 문학 행사로 자리 잡게 될 것이다.

문학관은 그 운영 주체가 누구인가에 따라 그 운영의 체계와 방법이 상당히 달라질 수 있다는 데 주목한다. 운영 주체의 문제는 문학관 시설이나 규모는 물론 사업과 관련된 예산의 많고 적음과도 별 상관이 없다고 본다.

설립 주체가 지자체이며 그 운영 또한 지자체가 맡고 있는 문학관의 경우 운영의 효율적 체계와 일관성 있는 사업 추진에 있어서는 효과적일 수도 있겠지만 문학의 전문성과 다양성 혹은 질 높은 문화 사업을 창출하는 데는 여러 면에서 문제가 없지 않다는 생각이다.

우선 문화 · 예술 전문가의 안목이 아닌, 수시로 교체되는 문화 행정가의 안목에서 지속적이며 영구적인 발전 전략을 수립하여 실천하기가 현실적으로 어렵다는 것이다. 문학관 사업의 전문성 확보가 그 어느 때보다 필요한 시점에서 지역 문화 인프라의 구색 갖추기로 안주할 가능성이 높다는 지적이기도 하다.

특히 지자체가 운영 주체일 때 지역 문화 예술인들과 친근하게 접근한 상태에서의 사업을 기대하기 어렵다는 점도 고려하지 않을 수 없다. 관주도의 행사에 대한 지역 주민들의 냉대와 비협조를 생각하지 않을 수 없다는 것이다.

설립 주체가 지자체이고 그 운영을 위탁 받은 문학관(김유정문학촌)의 경우 전문가와 마을 주민들로 구성된 운영위원회의 역할로 독자적 프로그램을 개발하여 큰 성과를 올리고 있으나 지자체의 다른 위탁 업체와의 형평 원칙에 따라 인건비나 운영 관리비가 책정되기 때문에 운영에 큰 장애가 되고 있다.

2) 지역 주민들의 참여의식

지역 문학관의 경우 그 지역 주민들의 참여의식이 문학관 운영의 성패를 가름하기도 한다. 이것은 지역 문학관 운영이 그 지역 주민들의 소득 증대와도 연계되어야 한다는, 문화 산업으로서의 발전 전략이 필요하다는 뜻이기도 하다.

지역 주민들이 자랑스러워하지 않는 문학관은 그 공간에서 벌어지는 각종 행사에 주민들의 자발적 참여를 기대하기 어렵다. 문학관을 가지고 있는 그 지역의 주민들은 그 공간이 자기들 삶의 여유 공간으로 더 나아가서는 자신들의 소득과 직결되지 않으면 매우 냉소적인 반응을 보인다는 사실에도 유념할 일이다. 지역의 주민들이 그네들 스스로 문학관 행사의 주역으로 참여케 하는 배려가 필요하다.

지역 주민들이 문학관에 대해 어떤 관심을 가지고 있는가는 매우 중요하다고 본다. 그 관심이 곧바로 문학관의 이미지가 되어 찾아오는 외지 관람객들에게 영향을 주기 때문이다.

3) 지역 문화 · 예술인들의 창조 공간

문학관 운영이나 문학 축제에서 가장 조심해야 할 것은 관람객의 숫자만 생각하는 방대한 행사로 문학이나 작가 · 시인을 기리는 본래의 목적에서 벗어나는 일이다. 행사의 흥행과 상업적 이득만을 생각하여 문학과는 거리가 먼 행사를 벌일 때 문학관의 위상은 오히려 추락하여 사업의 지속이 어렵게 될 우려가 크기 때문이다. 비록 행사 규모나 내용이 소박하더라도 문학작품의 내용과 관련된 행사로 지역 문화 예술의 구심점이 되는 문학관 혹은 문학 축제로서의 격을 잃어서는 안 된다는 것이다.

문학관 건립과 운영에는 외지에서 찾아온 관람객들이 묵을 숙소나 휴식 공간은 물론 주차장 등의 편리 시설에도 세심한 배려가 따라야 한다는 것을 강조하고 싶다.

거듭 강조하는 바는 지역의 문학관이 단순히 그 고장의 유적지 조성 사업의 일환으로 기획되어 건립되어서는 안 된다는 것이다. 물론 작고 문인을 기리는 문학관은 유적지로써의 가치도 가지고 있지만 더 나아가 그 고장 문화 · 예술인들의 창작 무대요 그것을 활성화하는 살아 움직이는 역동적 창조 공간으로서의 역할에 그 중심이 실려야 한다는 말이다.

6. 강원의 문학관 활성화 전략을 위한 제언

문학관 운영의 문제점에서 언급했듯 그것의 설립과 재정적 지원은 자자체가 맡되 그 운영은 전문 인력으로 구성된 문학 단체가 맡아서 하는 것이 이상적이다. 만약 지역의 형편상 지자체가 일정기간 운영을 맡아서 할 경우에도 반드시 문학에 대한 소양을 갖춘 문화 행정 전문가가 필요하다는 것이다.

또 다른 방법은 지자체가 운영과 관리를 맡아서 하되 그 시설을 이용하는 각종 문학 행사의 프로그램 등은 지역의 문학 단체가 맡아서 주관하는 것이다. 이효석문학관의 경우, 지자체가 운영을 하고 있지만 실질적인 소프트웨어는 지역의 주민들로 구성된 가산문학선양회가 맡아서 하고 있다. 지자체와 함께 이효석문학제를 기획하는 등 문학관 운영의 묘를 살리고 있음은 그런 식의 운영 형태의 전망을 밝게 한다.

가장 이상적인 문학관 건립과 운영은 그 지역의 문화재단이 설립하여 운영하면서 사업 일부를 지방비 및 국비로 지원받는 일일 것이다. 경남문학관이나 토지문화관이 그 대표적인 예일 것이다.

문학관 운영에 있어 국고 및 지방비의 재정적 지원은 사업의 규모나 그 특성에 따라 선별적이고 집중적이어야 하며 지속 가능한 사업에 한해 지속적인 지원이 필요하다.

문학관은 그 지역의 문화 관광 명소로서의 매력 있는 공간이어야 하며 거기에 맞는 상품을 개발하지 않으면 안 된다.

지역 문학관의 경우 그 지역의 특산물이나 동식물과 일치하는 작가의 생애나 작품 속 내용을 문학관 나름의 이미지로 삼는 것이 바람직하다.

이효석의 고향 평창 봉평에는 〈메밀꽃 필 무렵〉의 메밀꽃을 보기 위해 한 해 연인원 2백만 이상이 찾아오고 있다. 황색 국화로 뒤덮인 전북 고창군 질마재 일대는 〈국화 옆에서〉의 미당 서정주의 시문학관과 묘가 있다. 춘천 실레마을은 봄이면 김유정이 피운 동백꽃(생강나무)이 마을 전체를 뒤덮고 생가가 있는 실레마을의 신남역이 철도 역사상 처음으로 사람 이름이 들어간 '김유정역'으로 역 이름이 바뀌었다. 특히 실레마을을 둘러싸고 있는 금병산은 김유정의 작품명으로 등산로가 만들어져 등산객들이 산행을 하면서 작가의 작품과 친근하게 만나게 된다.

김유정로(춘천), 토지문학공원(원주 단구동) 만해마을(인제) 등 작가 이름을 딴 길 이름이나 지명은 문학관의 이미지 홍보에 매우 효과적이다. 김유정의 고향 실레마을의 모든 상가 명칭이 김유정의 소설 제목이나 점순이 등의 등장인물 이름으로 바뀔 계획이다.

〈모래시계〉의 정동진이나 〈겨울연가〉의 남이섬과 춘천 등이 텔레비전 드라마의 한류열풍으로 지역경제에 큰 도움이 되듯 지역과 연고가 있는 작가 · 시인의 작품 배경이나 등장인물 찾아보기 등의 문학 현장

답사는 문화 관광 상품으로써의 효과가 매우 높다고 하겠다.

작품의 한 구절을 새겨 넣은 티셔츠나 등장인물의 캐릭터 등 그 문학관만이 보여줄 수 있는 여러 가지 관광 상품의 개발은 문학관의 수익 사업 중에서 가장 기대가 큰 것이다.

지역의 각 문학관은 각기 설립 목적에 따라 소장하고 있는 문학 자료나 문학 행사 프로그램이 다양하다. 이런 자료를 토대로 독자적인 프로그램을 개발하여 특화 사업을 벌임으로써 차별화한 문학관 운영을 지향하는 일도 중요하다.

그리고 문학관은 정보화의 시대에 맞는 정보 마인드를 작동하여 문학콘텐츠 확보에 주력하여야 한다. 각 문학관 간의 네트워크 연결에 의한 데이터베이스 망의 확충이 바로 디지털 시대의 바람직한 문학관의 운영 형태일 것이다.

아울러 지역의 각 문학관은 지역 단위든가 테마별 연계 관광 코스를 개발해야 할 것이다.

특히 지역의 문학관은 그 지역의 유적지나 다른 문화 · 예술 관련의 명소를 한데 묶어 문화관광 코스로 개발하여 관람객들에게 제시할 수 있어야 한다.

춘천의 경우,

(ㄱ) 김유정문학촌 → 유인석묘역 혹은 신숭겸묘역 → 애니메이션박물관 → 인형극장 혹은 유진규의 마임 공연

(ㄴ) 김유정문학촌 → 금병산 등산(문학현장 포함)

(ㄷ) 김유정문학촌 → 소양강댐 및 청평사 혹은 오봉산 등산

등의 문화 관광 코스를 제시하고 있다.

강원도의 문학 관련 명소를 연계하는 코스로는,

(ㄱ) 토지문화관(원주) → 김유정문학촌(춘천) → 평화의 댐(양구) → 박수근미술관

(ㄴ) 김유정문학촌 → 만해마을(인제) → 박인환시비(원통) → 속초 주변의 동해안 명소

(ㄷ) 김유정문학촌 → 이효석문학관(평창) → 강릉의 경포대 문학비와 허균 · 허난설헌 생가

등을 권장 코스로 제시한다.

문학관은 유적지처럼 한 번 돌아보면 다시 찾아보지 않아도 되는 곳이 아니라 도서관처럼 필요할 때마다 수시로 찾아오게 하는 그런 공간이어야 한다.

다음은 문학관 관계자들이 수시로 피력하고 있는 문학관 활성화를 위한 제언이다.

문학관 운영에 필요한 전문 인력 확보. 지자체의 경우, 지방재정 자립도를 감안 문학관 운영 및 문화 프로그램 진행을 위한 일정부분 정액 국비 보조의 필요성. 지역 문화 및 향유계층의 질적 양적 확산을 위해 성과가 좋은 문화사업에 대한 지속적인 국가 지원 및 확대 필요.

주로 사업 운영에 따른 정부 차원의 재정 지원이 필요하다는 것이지만 문학관 자체로 해결할 문제도 없지 않다.

문학관 나름의 독자적인 프로그램 개발이나 관람객들이 휴식할 수 있는 공간의 확보도 필요할 것이다.

7. 새로이 발굴 조성해야 할 문화 명소로서의 강원의 문학 유적지

지자체 및 문학 관련 단체들에 의해 설립되어 운영되고 강원도 소재 5개 문학관은 이미 그 설립 의의에 적합한 운영으로 지역문화 예술의 진지 역할 및 활성화에 크게 이바지하고 있음은 누구나 다 아는 사실이다. 이들 문학관 시설의 보완이나 운영의 내실을 위한 정책과 자금 지원이 뒤따라야 함은 두말할 나위가 없다.

아울러 강원도 여러 곳에 있는 문학 관력 유적지 발굴과 그것의 문학기념관 건립 추진 및 문화 명소 만들기는 지방분권 시대 지자체 및 문화 · 예술 단체들이 서둘러야 할 것이라고 본다.

강릉 초당동의 허균, 허난설헌 생가 고증 및 문학비는 이미 이 지역을 찾아오는 이들의 관광 명소로 널리 알려졌다. 경포호 주변의 홍길동 캐릭터도 허균의 생가와 연관해 좀 더 적극적인 문화 유적지 개발이 필요하다고 본다.

특히 우리나라 페미니즘 문학의 선구라고 할 수 있는 허난설헌의 생애와 문학적 가치를 기리는 작업이 더 활발하게 이뤄져야 할 것으로 본다.

강원도 정선에 정선아리랑이 불리듯 강원도 곳곳에는 그 지역 나름의 아리랑 등 민요가 구성지게 불려 당대의 세태와 그 서민들 삶의 애환이 우리 문학의 뿌리가 되고 있음을 생각할 때 '강원도(한국) 아리랑 박물관'이 강원도에 세워질 단계에 이르렀다고 생각한다.

고려조 안축이나 조선조 송강의 〈관동별곡〉의 작품 무대야말로 강원도 명승지를 그 무대로 하고 있어 강원의 산하가 바로 문학의 유적지라고 할 수 있다. 개화기 신소설 〈귀의 성〉(이인직)이나 〈소양정〉(이해조)에는 춘천의 삼악산이니 송암리 신연강과 소양강의 소양정 등이 작품의 배경 지명으로 나오고 있다. 비록 이 지방 출신 작가는 아니지만 그 작품의 배경이나 인물이 춘천과 무관하지 않다는 사실은 작가가 그 작품을 통해 당대 이 지방의 자연과 사람들을 문학적으로 형상화하려 했다는 점에서 문학 유적지로서의 가치를 갖는다고 하겠다.

개화기 문학기를 지나 1920~1930년대 현대문학이 본격적으로 펼쳐지는 그 무렵에 작품활동을 한 강원도 출신 작가들의 출생지 및 작품의 무대는 강원도 문학의 뿌리 확인 및 문화 명소로서의 가치를 갖는다.

강릉 사천면 국도변에는 〈파초〉의 시인 초허 김동명(1901~1968)의 시비가 서 있다. 고향 사천 마을 길가에 세워진 시비는 그 규모면에서는 단연 돋보이는 것이지만 강릉 문학단체에 의한 김동명백일장 등이 주최되고 있을 뿐 문학유적지 조성 사업은 별 진전이 없는 것으로 본다.

인제는 1950년대 모더니즘의 기수로 각광받던 박인환(1926~1956) 시인이 태어난 곳이다.

인제에서 10킬로미터 떨어진 합강정 옆에 박인환의 시비가 세워지고 지역문학단체에 의한 문학제가 열리고 있는 것과 때를 같이하여 지자체에서는 생가 복원 및 문학관 건립을 추진하여 현재 상당한 진전을 보이고 있다고 한다.

철원은 상허 이태준(1904~?)이 태어난 곳이다. 월북 작가였다는 사실만으로 생가 복원이나 문학관 건립 계획이 쉽지 않았다는 지적도 없지 않지만 다행히 지난 10월에 탄생 100주년을 기념해 그의 고향 철원군 동송읍 두루미회관 앞에 문학비와 동상이 세워진 일은 매우 상징적인 의미를 갖는다고 하겠다.

강릉 경포호를 산책하면서 만나게 되는 그 지역 출신 작고 문인들의 시비는 강릉이 문화 도시로써의 이미지를 보여주는 좋은 예라고 하겠다.

한국 시조문학의 거목이었던 화천 출신 시조 시인 월하 이태극(1913~2003)의 생애와 작품 세계를 기리기 위한 사업도 지자체와 그 지역문화예술인들이 서둘러야 할 일일 것이다.

원주 단구동에는 작가 박경리가 대하소설 《토지》를 집필한 가옥과 정원이 그대로 남아 있다. 원주시가 그곳을 '토지문학공원' 으로 지정해 관리하고 있음은 다행한 일이지만 현재 토지문화재단이 설립해 운영하고 있는 '토지문화관' 도 작품 《토지》와 관련지어 문학관 이름도 '토지문학관' 으로 바꿔 운영하는 것이 강원도 문학 유적지로서의 가치 매김에 큰 역할을 할 것으로 본다.

8. 맺음말

각 지자체와 지역문화 예술인들이 그 지역 출신이거나 연고가 있는 문인들의 생애와 작품의 흔적을 문학 유적지로 가치 매김을 하는 일은 지역문화의 정체성 찾기와 직결되는 문제일 것이다.

이미 조성된 강원도 소재 5개 문학관은 그 지역문화 예술의 진지로써 한국 문학 및 강원 문학의 위상을 바로 세우고 문학 향수층에게 올바른 문학 정보를 제공하는 일에 나름의 노력을 기울이고 있다. 물론 문학관 운영의 주체 문제라든가 운영 자금의 부족, 그리고 좋은 프로그램 개발에 의한 문학관 사업의 활성화 방안 등 풀어야 할 문제가 한

두 가지가 아니다.

그러나 중요한 것은 강원의 문학 유적지 및 문학관이 우리 지역을 대표하는 문화 명소로써의 역할을 하고 있다는 사실이다. 문학 유적지 및 문학관이 강원 문화 인프라로서의 기능과 그 역할을 다할 수 있게 밀어주는 문화 정책 지원책이나 주민들의 관심이 그 어느 때보다 필요한 이유이기도 하다.

문학 유적지 및 문학관의 역할과 그 활성화가 그 지역 문화·예술의 역량을 결집시키는 진지이며 그 구심점이라는 것을 다시 한 번 강조해 둔다.

참고문헌

강원도, 《뿌리깊은나무》 1983

한국 문학관협회, 《전국 문학관 찾아가기》 2004

고명철, 〈문학기념관은 지역의 '문화적 진지' 다!〉, 《리토피아》 봄 특집호 2003

전상국, 〈전국 문학관 운영의 실태와 과제〉, 《2004년 한국 문학관협회 실무자연수》 2004

김유정문학촌 홈페이지: www.kimyoujeong.org

만해마을 홈페이지: www.manhe.co.kr

이효석문학관 홈페이지: www.hyosek.org

토지문학공원 홈페이지: www.tojiliterarypark.com

토지문화관 홈페이지: www.tojicul.or.kr

강원 문학의 역사와 현황

현대 한국 문학의 80년 지평 위에서 강원 문학의 역사와 그 현황을 살펴보는 일은 지방화 시대에 부응해 올바른 향토 문학 위상 찾기와 무관하지 않을 것이다.

지방 문학은 서울 문학에 예속된 변두리 문학이 아니라 그 지방 나름의 특수성으로 직조된 향토 문학으로서의 가치를 획득했을 때 비로소 한국 문학 혹은 민족 문학이란 큰 흐름 속에 합류할 수 있기 때문이다. 달리 말해 다른 지역의 문학과 변별되는 각 지역 문학의 총체적 집합이 바로 민족 문학이라는 사실이다.

그러나 지역에서 발표되고 있는 모든 문학작품이 그 지역 나름의 특성을 가지고 있어야 한다는 것은 아니다. 실제로 그런 특수성을 지방

문학 속에서 구별해 내기란 쉽지 않을뿐더러 그 구별 자체에 큰 의미를 둘 필요도 없다고 본다. 물론 그 지역에 거주하는 문인 중에서 향토의 풍물이나 전통, 생활 습속 등을 그 분위기에 걸맞은 방언 등의 언어로 특색 있게 표현함으로써 작품의 형상화에 성공했다면 그것은 당연이 향토 문학으로서의 가치를 높게 평가받게 될 것이다.

그러나 이 글에서 밝히고자 하는 것은 다른 지역의 문학과 변별되는 강원지역 문학의 특수성이 아니라 그 특수성까지를 포함한 이 지역 문인들의 창작 활동의 어제와 오늘을 조명함으로써 지방 문학의 위상을 찾으려는 데 있다.

엄밀히 말해 한국 문학 혹은 한국 문단에 포함되는 이 지역 문학인들의 인적 구성과 그네들 창작의 발화점이 된 그 지역의 동인활동 등을 살펴봄으로써 지역의 문학 활동이 민족 문학으로서의 한국 문학 속에 어떤 위치에 있는가를 가늠하는 데 그 의미가 있다고 하겠다.

문화의 형성과 그 발전은 그 지역의 자연적 환경과 인문적 환경에 의해 결정된다. 강원도는 우리나라의 중부지방에 위치하되 태백 준령을 분수령으로 하여 영동과 영서로 나뉘면서 옛날부터 이 두 지역이 서로 다른 생활권을 이뤄 그 문화도 다소 차이를 보여 왔다.

영동 지방은 태백 준령의 기슭인 동해의 해안선을 따라 발달한 곳이고 영서 지방은 산간 내륙을 흐르는 물줄기를 따라 문명이 형성되었다. 영동과 영서는 풍토와 문물에서 차이를 보일 뿐 아니라 그 주민의 기질과 성품에서도 차이를 보여 왔다. 즉 영동 사람들이 풍류로운 문인기질을 가졌다면 영서 사람들은 지사다운 무인기질을 가졌다는 것이 통론으로 전해지고 있다. 문학에 있어서도 영동에서는 시인이 많이 나오고 영서에서는 소설가가 많이 배출되었다는 말도 그 기질 성품과 문관하지 않다는 생각이다.

그러나 교통과 통신이 발달한 오늘에 있어 영동 영서의 기질론은 설득력을 갖지 못한다. 다만 문학동인들의 모임이나 문학활동이 지리적 환경이나 행정구역상의 편의에 따라 지역 중심으로 이루어지고 있을 뿐 그 성격이나 형태는 서로 크게 다르지 않기 때문이다.

강릉의 관동문학회 · 해안문학동인회 · 열린시낭송회 · 속초의 설악문우회 · 물소리낭송회, 삼척의 두타문학회 등으로 대표되는 영동지방의 문학운동과 춘천의 삼악시동인 · 수향시낭송회 · 예맥문학동인회 · 원주의 북원문학회 · 태백의 불뫼문학동인회 · 정선의 아라리문학동인회 등은 영서지방을 중심으로 활동하는 동인 모임이다.

이외에도 강원도 전역에 거주하는 문인을 대상으로 하는 각 장르별의 많은 문학 동인 모임들이 그 지역 문학의 전통과 접목되면서 특색있는 문학 활동을 벌이고 있다.

그러나 지역과는 관계없이 대부분의 문인들은 여러 문학 단체에 겹쳐 참가하고 있거나 중앙 문단에서 폭넓게 활약하고 있음으로써 이 지방의 문단은 보다 복합적인 성격을 띠고 있다고 하겠다. 또한 강원지역의 문인들은 대부분 한국문인협회 강원도지회의 회원들이거나 민예총 산하의 민족 문학작가회의 회원으로 활약하고 있음으로써 한국 문학 혹은 중앙 문학의 흐름 속에 폭넓게 참여하고 있는 것이다.

강원문인협회가 1996년 발간한 《江原文學》 23집 말미의 회원주소록에는 모두 186명의 회원 이름이 올라있다. 이들 중에는 서울에 거주하며 활동하는 문인도 상당수 포함되어 있지만 회원으로 가입되지 않은 문인도 상당수 있어 이 지역의 문인들 수는 결코 적은 숫자가 아니다.

아울러 1996년 문학의 해를 기념해 문협 강원도지회가 발간한 《강원도 문인의 등단 및 대표작 선집》 I, II, III을 통해 본 각 장르별 문인 수는 시 · 시조 84명, 동요 · 동시 · 동화 27명, 소설 10명, 수필 22명, 평론 1명 등 모두 144명에 이른다. 이 선집에는 본인이 게재 자료를 보내오지 않은 문인들이 상당수 빠져 있음으로 실제 강원 문학의 창작 주체인 문인들의 수는 대충 2백여 명으로 잡아도 좋을 것이다.

지역의 특성상 넓은 지역에 골고루 퍼져 활동하고 있는 이 지역의 문학활동의 현황을 한 번에 다잡아 정리하기에는 무리가 크다고 보아 이 글에서는 우선 영서 북부인 춘천문단의 발전과 그 현황을 살펴보기로 한다.

강릉 · 속초, 삼척 · 태백 · 영월, 원주 · 홍천 · 횡성, 철원 · 인제 · 양구 등의 문단 현황은 자료가 정리되는 대로 집필할 것임을 밝혀둔다.

1. 춘천 현대문학의 태동과 그 개화

강원도 수부 춘천의 100년 역사로 볼 때 춘천 현대문학의 뿌리는 그리 깊지 못한 것이 사실이다. 물론 상고시대부터 연연히 이어져 내려오는 우리 선조들의 문화적 정서와 삶의 지혜는 이 지방 특유의 지리적 영향 속에서 그 나름의 가치 창출의 문화유산으로 이어져 오늘의 춘천문학의 모태가 되어왔음을 부인할 수 없을 것이다.

강원도 정선에 정선아리랑이 불리듯 이 고장에도 춘천아리랑이나 장사타령 · 이동풀이 등의 서민민요가 구성지게 불려 당대의 세태와 그 서민들 삶의 애환이 우리 문학의 뿌리가 되고 있음이 바로 그러한 전통계승의 일면이라고 할 수 있다.

개화기 신소설 〈귀의 성〉(이인직)이나 〈소양정〉(이해조)에는 춘천의 삼악산이니 송암리 신연강과 소양강의 소양정 등이 작품의 배경 지명으로 나오고 있다. 비록 이 지방 출신 작가는 아니지만 그 작품의 배경이나 인물이 춘천과 무관하지 않다는 사실은 작가가 그 작품을 통해 당대 이 지방의 자연과 사람들을 문학적으로 형상화하려 했다는 점에서 춘천문학의 한 맥으로 봐도 좋을 것이다.

개화기 문학기를 지나 1920~1930년대 현대문학이 본격적으로 펼쳐지는 그 무렵에 작품활동을 한 〈메밀꽃 필 무렵〉의 평창 출신 이효석(1907~1941), 〈돌다리〉의 철원 출신 이태준(1904~?), 그리고 〈동백꽃〉의 춘천 출신 김유정, 1930년대 모더니즘의 기수로 각광받던 인제 출신의 박인환(1926~1956)시인과 시 〈파초〉로 유명한 강릉의 김동명(1901~1968)시인 등이 바로 강원도 현대문학의 뿌리였다는 것을 알 수 있다.

문학에 뜻을 둔 이들이 동인 활동을 편 춘천 최초의 동인지는 1948년에 발간된 《좁은문》인 것으로 전해진다. 《좁은문》의 동인으로는 이재학, 김세한, 이형근, 신철군, 장운상, 유광열, 구혜영, 한옥수, 임혜자, 장동림, 장독, 장건 등으로 현재 문단에서 활동하고 있는 문인은 구혜영(소설)과 유광열(시) 등 두 사람이다.

6 · 25전쟁과 더불어 춘천은 휴전선에 인접한 변방적 위치로 해서 문화적으로 많은 불이익을 감수하게 된다. 동족상잔의 전쟁으로 해서 기존의 문화적 가치와 질서가 깨어지고 민족의 대이동에 따른 작가 ·

시인들의 거취문제 등이 심각한 위협을 받을 수밖에 없었기 때문이다.

그런대로 1940년대 춘천지방 문학과 문단 형성에 관계가 있었던 사람으로 회월(懷月) 박영희(朴英熙)(1901~?) 와 신영철(申瑛澈), 그리고 이태극(李泰極)(1913~) 등을 들 수 있다. 박영희는 백조동인(1921) 신경향파(1925) 카프 결성(1924) 등으로 유명한 시인 · 소설가 · 평론가로 활약하다가 1934년 전향선언을 한 뒤 1945년부터 약 4년간 춘천고보에 국어교사로 재직하면서 연작시 《산가》 등을 남기는 동시에 강원음악미술연구회 활동을 통해 이 지방의 문화발전에 크게 이바지한 것으로 알려지고 있다. 박영희와 같은 시기 춘천고보에서 교편을 잡으며 《고시조신역(古時調新繹)》 등의 저서를 남긴 신영철은 춘천고보 7회 졸업생으로 상록회 사건에도 관계됐던 사람으로 1940년대 춘천 문학과 무관하지 않을 것이다.

또한 화천 간동면 출신의 시조시인 이태극 역시 춘천고보 출신으로 1934년부터 춘천고보 등 이 지방에서 교편을 잡았던 10여 년간 시조문학의 새로운 장을 여는 동시에 춘천의 문학발전을 위해서도 큰 역할을 했다.

6 · 25전쟁을 겪은 뒤 폐허가 된 춘천지방에 문학의 싹이 다시 돋기 시작한 것은 지방신문인 강원일보를 중심으로 지역 문화인들이 문화인식을 넓혀 가면서부터였을 것이다.

함북 청진 출신의 이덕성(李德成)(1929 ~)이 1952년 2인 시집 《조락의 모닥불》을 내놓아 등단한 뒤 춘천사범, 춘천농고, 춘천고 등에서 교편을 잡으면서 춘천 문학의 개화기가 시작된다. 이보다 몇 년 뒤인 1956년 《문학예술》을 통해 등단한 시인 이희철(李禧哲)(1930 ~)이 역시 춘천고에 부임해오면서 중앙 문단과 연계되는 문학 활동이 더욱 활발하게 이루어진다.

이들 두 시인 외에도 이형근(작고, 연극인), 이기원(현재 강원일보상무이사), 이만선(현재 목사) 등이 주로 1950~1960년대 춘천지역의 문단을 이뤄 활동했다.

전후 문학적 열정을 가진 춘천의 몇몇 성인들에 의해 그 열기가 서서히 싹트는 가운데 강원일보는 1958, 1959년 2년에 걸쳐 신춘학생문예작품을 공모한다. 여기에 입상한 춘천 시내 고등학교 2학년 문예반 학생들이 1959년 《봉의문학회》(이승훈, 전상국, 허남헌, 유근, 유연선, 손명희, 김주경, 백혜자)를 만들어 서로의 문학적 열정과 재능을 확인하기에 이른다. 이것이 6 · 25 이후 춘천지방에서는 처음으로 생긴 동인 활동이라고 할 수 있다.

이들 《봉의문학회》는 적십자 사무실을 빌려 작품 발표 등을 해오다 이들 멤버에 그해 춘고를 졸업한 허단(許壇)과 최승덕(춘천고 3)이 합세하면서 《예맥문학》으로 개칭, 재결성된 뒤 동인지 《예맥문학》 1집(1959년)을 발간한다.

1961년 문총(文總)이 해체된 뒤 곧바로 1962년 예총이 발족되면서 강원도에도 예총강원도지회(초대지회장 변희천) 아래 62년 2월 한국문인협회 강원도지부(초대지부장 이덕성, 부지부장 유호, 총무간사 공병진, 간사 허단)가 결성된다. 강원문협이 결성되면서 비로소 춘천 문단 내지 강원도 문단이 본격적으로 가동되기 시작한다.

강원문협은 1960년대 초 중앙의 저명한 문인들을 초청해 문학강연을 함으로써 이 지방의 문학발전을 도모한다. 이때 초청된 문인들로는 이봉구(李鳳九), 박기원(朴琦遠), 박거영(朴巨影), 한하운(韓何雲), 이하윤, 양명문, 안수길 등이었다.

강원문협 역대지부장은 이덕성, 고동율, 심상하, 김영기, 황영찬, 박유석으로 이어지면서 그야말로 지역 문학의 구심적 위치에서 1997년 현재《강원 문학》23집을 발간하기에 이르렀다.

1967년 춘천에서는 이 지방의 문학적 전통을 세우고 춘천문단의 도약을 다짐하는 일이 벌어진다. 그것은 이 고장의 작가 김유정(金裕貞)을 기리는 사업을 논의하는 자리로 춘천문학의 전통을 수립하고 그 새로운 장을 다짐하는 모임이었다. 그 모임을 통해 1967년 10월 26일에 '김유정문인비 건립추진위원회'가 발족된다. 변희천 예총지부장이 추진위회장을, 이형근이 사무국장을 맡은 이 위원회는 1968년 2월에 〈김유정전집편집위원회〉(이덕성, 이형근, 김영기)를 구성하고 그해 5월에 드디어 춘천 문학의 상징이며 그 미래의 초상인 김유정문인비가 의암댐 호수 절벽에 세워진다. 지방의 문화가 발전하는 데는 그 지방 대학의 인적자원이 어떻게 얼마나 유용하게 활용되는가에 달려있다고 봐도 지나친 말이 아닐 것이다. 지방 문화와 대학 문화가 서로 보완적 관계를 가지는 가운데 지방 문화의 굳건한 토대가 세워지고 그 발전이 이루어질 수 있기 때문이다.

1960년대 춘천교육대학에 최태호 학장과 서무과의 이인수 시인, 그리고 1960년대 초 박동규, 특히 1960년대 말 춘천교육대학에 부임한 이승훈 등에 의해 춘천의 시문학이 중흥기를 맞이하게 된다. 더구나 이들 기성시인들이 재직하는 교육대학 출신 교사들에 의한 문학열기가 도내 전체로 확산되어 나감으로써 지방문학의 활성화에 큰 역할을 하게 된다. 이것은 1988년 발족한 '석우문학회'를 통해서도 확인된다. '석우문학회'는 1997년 현재 《석우문학》 8집을 발간했다(《석우문학》창간호 동문 문인명단에는 노화남, 박민수, 윤용선, 이외수, 최돈선, 최승호, 한수산, 송춘섭 등 45명의 문인이 나와 있다).

문학은 창작된 그 작품을 발표할 수 있는 발표지면이 무엇보다 중요하다. 발표지면이 극히 제한되었던 1960~1970년대 문인들이 동인을 만들어 작품 활동을 많이 하게 된 것도 서로의 문학적 고뇌를 나눠 갖는 동시에 작품 발표라는 현실적인 문제와 관련이 깊었다고 할 수 있다.

춘천에도 1970년대 각 장르별 동인 활동이 활발하게 벌어진다. 〈강원아동문학〉, 〈표현〉, 〈삼악시〉, 〈예맥문학〉, 〈호반수필〉 등이 그런 작업들이라고 할 수 있다.

1980년대 들어 '청태(靑苔)', '풀잎', '풀무', '토담시' 등의 동인 활동도 춘천 문학의 현주소 확인에 빼놓을 수 없는 일이다.

《강원일보》 문화면과 예총의 기관지인 《강원예총》 등도 춘천 문인들의 중요한 발표 지면이 된다. 그러나 1971년 《강원문학》 창간호가 나오는 것을 시작으로 이 지방의 문인들은 최소한 1년에 한 번 고정적인 발표 지면을 확보하게 된다. 강원문협 기관지인 《강원문학》 1집은 '향토성과 한국성이 일치되는 보편적 가치를 얻어내는 일로 한 시대를 증한하는 문학이 될 것을 표방한다'는 권두사로 시작되어, 춘천의 문인들로는 최태호, 전상국, 황영찬, 이도행, 최종남, 임교순, 고동률, 박일송, 정태모, 심상하, 이승훈, 이무상, 박유석, 이은무, 최돈선, 김학철, 김영기, 박민일, 이기원 등의 글이 발표되었다.

2. 춘천의 시문학

1950~1960년대 이덕성, 이희철 두 시인이 춘천에서 교편을 잡고 있던 동안 이 고장의 문학적 분위기는 젊은 문학도들의 중앙 문단 등단으로 연결된다. 춘천고 출신의 박재능이 1961년 《자유문학》을 통해 등단했고, 다음해 이승훈이 1962년 《현대문학》의 추천을 거쳐 등단한 일이 바로 그것이다. 또한 춘천 남면 출신 유승우도 1966년 《현대문학》 추천으로 등단한다. 중앙 문단에 등단한 이들 젊은 시인들이 서울에서 작품 활동을 하는 동안 1960년대 춘천에는 이덕성, 이희철 시인 외에도 화천군 상서면 출신의 이인수(1961년 《자유문학》)가 춘천교육대학 서무과에 재직하며 시작 활동을 하고 있었다.

1970년대에 들어서면서 춘천에는 시문학 동인시대가 열리기 시작했다.

《표현(表現)》 동인: 1969년 첫 모임을 가진 뒤 1971년 1월 발간된 《표현》 1집은 춘천은 물론 강원도 최초의 시동인지가 된다. 박민수(朴敏壽), 윤용선(尹用善), 최돈선(崔燉善), 임세한(林世漢) 등 4명으로 출발한 《표현》 동인은 정일남, 전태규(錢泰圭) 등이 참가한 가운데 동인지 10집까지 냈다.

이들 《표현》 동인들 중 최돈선은 1969년 《강원일보》 신춘문예에 시가 당선된 뒤 곧바로 1970년 《월간문학》 신인상 시부문에 당선과 1971년 《동아일보》 신춘문예 동시가 당선됨으로써 가장 먼저 《중앙문단》에 등단한다. 1975년 박민수가 《월간문학》을 통해 등단하는가 하면 윤용선도 1971년 《강원일보》 시 당선, 다시 1989년 《심상》을 통해 중앙 문단에 등단함으로써 〈표현〉 동인들의 활동과 그 역량이 높은 평가를 받는다.

《삼악시(三岳詩)》 동인: 1974년 11월 이무상(李武相), 이은무(李殷武), 이임주, 이영춘(李榮春), 황우연(黃于娟), 최형섭(崔瀅燮), 이기원 등에 의해 발족된 뒤 1976년 봄 동인시집 《삼악시》 제1집이 나온 이래 1992년 13집이 발간되기까지 심상운, 유성윤(柳聖允), 성덕제(成悳濟), 박유석(朴裕錫), 고경희, 김금분, 박영희, 홍승자, 허문녕, 김학철, 길미자, 기정순 등이 참가함으로써 명실공히 춘천 시문학의 중심을 이루고 있다. 1996년 《삼악시》 제14집이 발간됐다.

〈삼악시〉 동인으로 활동하던 춘천의 시인들도 1970년대 후반에 들어서면서 중앙 문단에 본격적으로 등단, 춘천 시문학의 굳건한 토대가 마련된다.

이영춘이 1976년 《월간문학》을 통해 등단했고, 이은무가 1979년 《현대문학》으로 등단했으며, 이무상 역시 1980년 《현대문학》으로 등단함으로써 《삼악시》 동인 활동이 춘천 시문학을 대표하게 된다.

시인들이 자작시를 직접 독자들 앞에서 읊음으로써 시가 좀 더 독자들과 친숙해질 수 있는 문학의 저변 확대와 함께 그 모임을 통해 시인들 자신의 창작의욕을 북돋을 수 있는 시낭송회가 1980년대에 들어서면서 춘천 시문단의 얼굴이 된다.

1986년 3월 최돈선, 박기동 두 시인에 의해 발의된 〈수향시(水鄕詩) 낭송회〉 바로 그것이다. 불교문화원에서 처음 시작된 〈수향시낭송회〉는 8회 낭송회 때부터 카페 '오페라'에서 매주 셋째 주 토요일에 모임을 가짐으로써 춘천을 비롯한 인근 지역의 문인들과 시 독자들이 함께 어우러지는 자리가 되었다. 최근 춘천시립도서관, 바라다실 등으로 낭송회 자리를 옮겨 개최되는 〈수향시낭송회〉는 1997년 2월로 111회째 낭송회를 갖게 됨으로써 춘천이 호반의 도시에서, 문화의 도시로, 시의 도시로 각광받는 위치까지 이르게 되었다.

이무상, 이은무, 이영춘, 박민수, 최돈선, 박유석, 성덕제, 진호섭, 운용선, 고경희, 박영희, 황미라, 김금분, 김학철, 기정순, 원태경, 김홍주, 허문영, 이화주 등이 〈수향시낭송회〉의 주멤버들로 이들 중 대부분은 이 모임을 전후해 등단함으로써 '수향시'의 폭과 그 질이 시낭송회를 통해 발전해 왔음을 입증하고 있다.

1982년 강릉에서 《심상》지를 통해 등단한 박기동이 춘천에 자리를 잡을 무렵 춘천에는 1983년 《현대시학》을 통해 고경희가, 1987년 박영희가 《예술세계》를 통해, 1989년 황미라가 《심상》으로, 1990년 《월간문학》으로 김금분이, 1990년 기정순이 《우리문학》을 통해 각각 등단함으로써 수향시낭송회가 보다 활기찬 움직임을 보이게 된다.

여성시인들이 중심이 된 〈춘천여성문학회〉(이영춘, 기정순, 김금분, 고경희, 박영희, 원점희, 송순자, 박종숙, 한미경, 이화주)도 춘천 문학의 활성화에 이바지하고 있다. 〈춘천여성문학회〉는 1997년 현재 〈춘천여성문학〉 제5집을 발간했다.

〈수향시낭송회〉 회원으로 활동하던 허문녕이 1989년 《시대문학》을 통해, 강대 국문과의 유태수가 1991년 《시와 시학》을 통해, 김학철도 1991년 《우리문학》을 통해 등단함으로써 춘천 시단이 보다 활발하게 움직이게 된다.

〈수향시낭송회〉와 함께 1986년 춘천에는 경만현, 서정욱, 마득운, 김춘배 등 춘천의 젊은 시인들이 모여 〈풀잎〉 동인회를 만들어 시화전과 시낭송회를 갖는다. 1993년까지 여섯 번의 시화전과 열두 번의 시낭송을 갖는 동안 〈풀잎〉 동인들은 춘천 시문학의 새로운 가능성으로 그 자리를 확보해 나간다. 이상문, 김홍주, 원태경, 최관용, 황영인, 나성훈, 유태안, 박성호, 권택삼, 한성숙 등이 추가로 참여한 가운데 〈풀잎〉 동인들도 중앙의 등용문을 통해 속속 등단한다. 원태경(元太敬)이 1980년 《강원일보》 신춘문예로 등단한 뒤 다시 12년만인 1992년 《문화일보》 신춘문예에 시가 당선된다. 《문학공간》을 통해 황영인이, 1990년 《시와 비평》을 통해 김홍주가, 1991년에는 최관용이 《작가세계》를 통해 등단함으로써 〈풀잎〉 동인들의 저력을 확인한다.

춘천 출신 최승호(崔勝鎬)가 1977년 《현대시학》을 통해 등단한 뒤 상경하여 1982년 《세계의 문학》 〈오늘의 작가상〉을 수상하는 등 작품 활동이 활발함으로써 춘천의 시문학도 자극을 받아 보다 의욕적인 움직임을 보인다.

1970~1980년대 강원대학교에서 문학 수업을 한 문학도들이 문단에 대거 등단한다. 이들은 주로 〈바람문학회〉와 〈백령문학회〉 등을 통해 작품 활동을 하다가 등단한 시인들로 춘천 시문학이 거둔 하나의 성과라고 봐도 좋을 것이다. 주로 영동 지방에서 작품활동을 하고 있는 신승근(1979년 《심상》), 이언빈(《심상》)에 이어 김명선(1981년 《현대문학》), 강종원(1983년 《현대시학》), 권혁소(1984년 무크지 《시인》 2집), 김재룡(1985년 《심상》), 최계선(1986년 《세계의 문학》), 박용하(1989년 《문예중앙》), 박인숙(1990년 《심상》), 최관용(1991년 《작가세계》), 최광호(1990년 《강원일보》), 한승태(1992년 《강원일보》), 성미정(1994년 《현대시학》), 이용진(1995년 《세계의 문학》) 등이 강원대 출신 시인들이다.

이들 젊은 시인들 중 최계선(崔桂瑄), 박인숙, 권혁소, 최관용 등은 현재 춘천에 거주하며 작품 활동을 하고 있다.

춘천 출신으로 현재 중앙 문단에서 활약하는 시인으로는 유승우, 이승훈, 최승호, 유광렬(柳光烈)(1961년 등단, 시집 《생화》로 등단), 유장균(柳長均)(1964년 《조선일보》, 현재 L.A 거주), 심상운(1981년 《시문학》), 이승필(《문학정신》), 길미자(1977년 《시조문학》), 최준(1984년 《월간문학》), 오성호(1984년 《현대시학》), 신동호, 채상근(1985 무크지 《시인》 3집), 박찬일(1993년 《현대시사상》) 등이 있다.

춘천 시단에 시조문학(時調文學)이 독립된 자리를 잡기 시작한 것은 1984년 《강원시조문학회》가 발족되면서부터라고 할 수 있다. 물론 1930년대 이태극이 춘천에서 교편을 잡고 있으면서 시조를 쓰기 시작했지만 그 작업이 곧 바로 춘천의 시조문학으로 연결된 것은 아니다.

춘천을 중심으로 활동하는 시조시인으로는 조규영(1976년 《시조문학》), 성덕제(1985년 《시조문학》), 정남채(1990년 《현대시조》, 1991년 《월간문학》, 《시조문학》), 길명희(1993년 《시조문학》), 김양수(1994년 《시조문학》), 정정조(1995년 《시조문학》), 허대녕(1995년 《시조문학》) 등이 있다. 특히 성덕제는 〈호암시조선양회〉를 통해 강원 어린이들의 시조 교육에 힘을 기울이고 있어 우리 시조 문학의 장래를 약속하고 있다. 또한 조규영은 '동시조' 라는 독창적 자기 세계를 열어 가는 작업으로 주목받고 있다.

춘천을 중심으로 활동하는 〈강원시조문학회〉는 1996년 《강원시조》 11집을 발간하는 동시에 강원시조문학상을 제정했으며. 1997년 2월

한국시조시인협 강원도지회 현판식을 가진 바 있다.

3. 춘천의 소설 문학

강원도 영동에 비해 영서는 확실히 산문 문학이 우세한 편이다. 1930년대 우리 소설 문학의 중심이었던 이태준(철원), 김유정(춘천), 이효석(평창) 등이 모두 영서 지방 출신 작가인데다 1995년 현재 춘천에 거주하며 작품활동을 하는 전상국, 오정희, 이외수, 최수철, 하창수, 권도옥 등 우리 문단에서 그 위치가 분명한 작가들만 해도 이 지방이 소설 문학의 산실임을 쉽게 확인할 수 있을 것이다.

춘천 문학의 구심점은 뭐니뭐니 해도 1930년대 작가 김유정에게서 찾아야 할 것이다. 춘천 신동면 증리가 고향인 김유정(1908~1937)은 1935년 《조선일보》 신춘문예에 소설 〈소낙비〉가 당선되어 등단한 뒤 향토색 짙은 토속어를 생동감 있게 구사하여 1930년대 한국 농촌의 실상과 가난한 농민들의 삶을 해학적인 시각으로 그려냄으로써 한국 소설 문학의 새 지평을 펼쳐 보인, 당대의 가장 개성 있는 작가로 평가를 받는다. 등단한 지 불과 3년여 만에 그가 남긴 〈산골나그네〉, 〈동백꽃〉, 〈봄봄〉, 〈땡볕〉, 〈만무방〉 등 30여 편의 소설은 시대를 넘어서는 높은 문학성으로 문학사적 가치를 획득했다.

김유정 이후 춘천 출신으로 작가가 된 사람은 1955년 《사상계》를 통해 등단한 구혜영(具暳瑛)이다. 구혜영은 춘여고 재학시절 〈좁은문〉 동인이었으며 현재 서울에서 작품 활동을 하고 있다.

고교시절 춘천에서 〈예맥문학회〉 등을 통해 문학 수업을 한 전상국은 1963년 《조선일보》 신춘문예 소설 〈동행〉이 당선되어 등단한 뒤 주로 서울에서 작품 활동을 하다가 1985년부터 강원대에 재직하며 작품 활동을 하고 있다.

1968년 《중앙일보》 신춘문예에 소설 〈완구점 여인〉으로 등단한 서울출신의 오정희는 1978년 부군인 강원대 박용수 교수를 따라 춘천에 터 잡아 살면서 왕성한 작품 활동을 하고 있으며, 1972년 《강원일보》 신춘문예와 1975년 《세대》지에 소설 〈훈장〉으로 등단한 이외수, 그리고 형식실험으로 그 문학적 성과를 높게 평가를 받고 있는 최수철(춘천 출신, 1981년 《조선일보》 신춘문예)도 춘천에 터를 잡고 작품활동을 하고 있다. 이외에도 하창수(1987년 《문예중앙》), 권도옥(춘천 출신, 1988년 《문예중앙》) 등 젊은 작가들이 춘천에 거주하며 활발한 작품 활동을 하고 있다.

1975년 김영기, 전상국, 황영찬 노화남, 최종남, 최진택, 전세준 등에 의해 발족된 《예맥문학(濊貊文學)》은 춘천은 물론 강원도 최초의 소설 동인으로 1975년 제1집이 나온 이래 엄흥섭, 황원갑, 권혁수, 박갑수, 김남호, 정재영, 이순원, 박문구, 김동훈, 안병규 등의 동인이 참가한 가운데 1989년 제11집을 내놓았다. 이들 동인들은 주로 《강원일보》 신춘문예 소설부문 당선자들로 이중 이순원(1985년 《문학사상》)은 현재 1996년 동인문학상을 수상하는 등 중앙 문단에서 크게 주목받는 작가로 성장했다. 그동안 여러 사정으로 모임을 갖지 못했던 〈예백동인회〉는 1997년 우리나라 유일의 소설 동인지라는 자긍심 아래 재결성을 서둘러 동인지 제12집을 준비 중에 있다.

이들 외에도 춘천 출신 작가로는 〈부초〉의 한수산(韓水山)(1972년 《동아일보》 신춘문예), 박상우(1985년 《현대시》)는 서울에서, 강원대 출신의 김동훈(1981년 《소설문학》)은 동해시에서, 양순석(1980년 《문예중앙》), 임동헌(1985년 《월간문학》)은 서울에 거주하며 작품 활동을 하고 있다.

안병규(1988년 《강원일보》), 이희숙(1989년 《강원일보》), 전종률(1990년 《강원일보》), 이문신(1993년 《예술세계》)과 박계순(1995년 《도민일보》 김유정문학상수상), 이사비나(1996년 《문예사조》) 등이 현재 춘천에 거주하며 작품활동을 하는 젊은 작가들이다.

이외에도 박무형(1987년 《강원일보》), 김도연(1992년 《강원일보》), 한성주(1993년 《강원일보》) 등 강원대 출신 젊은 작가들이 서울 등에서 문학 수업을 계속하고 있다.

《강원일보》 신춘문예와 함께 1995년부터 《도민일보》가 김유정문학상을 제정하여 신인작가를 발굴하고 있는 일은 이 지역의 소설 문학 발전에 크게 이바지할 것으로 기대된다.

4. 춘천의 아동문학

아동문학에 대한 일반적 인식이 그리 높지 않던 1980년대 초반까지만 해도 강원의 아동문학은 중앙 문단에서 그 위세를 크게 떨칠 만큼 수적인 면에서나 질적에서도 단연 우세했다. 그런 자부와 열의 속에 춘천지방을 중심으로 한 초등학교 글짓기 지도교사들이 모여 〈강원아동문학회〉를 만들게 된다.

1971년 춘천 밀물다실에서 임교순, 심우천, 박유석, 이연승 등에 의해 발의된 〈강원아동문학회〉가 정식으로 출범한 것은 1972년 1월이었다. 향토의 아동문학 붐을 조성하고 회원 개개인의 자질향상과 어린이

글짓기지도를 효율적으로 하기 위한다는 목표 아래 출발한 〈강원아동문학회〉는 1973년 5월에 《강원아동문학》 창간호를 낸 뒤 지금까지 매년 거르지 않고 전국 유일의 순수 아동문학전문잡지를 발간하고 있다(1996년 21집 발간).

〈강원아동문학회〉를 발판으로 작품 활동을 하던 이 지역의 아동문학가들은 중앙 문단에 연이어 등단함으로써 강원 아동문학의 저력을 보인다.

1971년 임교순(현재 원주문협지부장)이 《한국일보》 신춘문예에 동화 〈연못 속의 동네〉로, 최돈선이 《동아일보》 신춘문예 동시 〈철이와 남이의 하루〉로 당선되는 것을 필두로 홍천의 심우천이 같은 해 10월호 《월간문학》 제8회 신인상에 동시 〈일요일〉이 당선되는가 하면 1972년 《한국일보》 신춘문예 동시 〈석굴암을 오르는 영희〉로 정호승이 당선되고, 1973년 박유석 역시 《한국일보》 신춘문예에 동시 〈꽃이 되면〉이 당선됨으로써 춘천 중심의 강원 아동문학의 위상이 분명하게 세워지게 되는 것이다.

박유석, 고상순, 박종해, 허대녕, 이화주, 오인숙, 마명하, 용호군 등이 참여한 〈봄내〉는 춘천의 아동문학 동인으로 《날아가는 새들》 1집을 내놓은 바 있다.

주로 초등학교 교사들인 이들 아동문학 작가들은 춘천을 비롯한 강원도 일대를 근무지로 옮겨 다니면서 자신들의 문학적 깊이를 더하는 동시에 어린이들의 문학적 소질을 계발하는 일에 열성을 보임으로써 강원 아동문학이 전국적으로 그 위세를 떨치게 되는 발판이 되었던 것이다.

강원도 아동문학이 획기적 발전을 하는 데는 1960년대 춘천교육대 최태호 학장이 부임하면서부터였다고 보는 것이 좋을 것이다. 우리나라 1950년대 한국동화작가협회 멤버이며 주로 문교부 등 교육계에 몸담아 있던 최 학장이 춘천에 내려와 있는 동안 강원 아동문학이 그 어느 때보다 왕성한 활동을 보였기 때문이다.

특히 강원의 아동문학은《강원일보》신춘문예의 동화 · 동시 부문에 당선자들이 중앙문단에 재등단하는 경로를 통해 아동문학의 질적 깊이를 더해 갔다.

춘천을 중심으로 활동하는 아동문학 작가로서는 1960년대 춘천에 터 잡은 유성윤(1955년, 동시집《꽃》), 홍천의 전상기(全商其)(1974년《강원일보》동화, 1980년 아동문학평론), 화천의 조규영(1974년《소년》동시조, 1977년《동아일보》동시), 최종남(1975년《강원일보》동화), 이연승(1975년《월간문학》동시), 고상순(1980년《강원일보》동시), 김규성(1981년《강원일보》동시), 박봄심(1981년《아동문학》평론), 이갑창(1982년《강원일보》동화), 이화주(1982년《강원일보》동시), 김양수(1984년 동화,《아동문학》평론), 용호균(1985년《강원일보》동시), 성덕제(1985년,《강원일보》동화), 민현숙(1989년《강원일보》동시,《소년중앙》문학상 동시), 최복형(1990년《월간아동문학》동시), 진호섭(1991년《월간아동문학》동시), 박승일(1962년《카토릭소년》) 등을 들 수 있다. 1980년대 초 춘천의료원 원장으로 와 있던 정원석(1953년《어린이다이제스트》)도 춘천의 아동문학 발전에 크게 이바지한 바 있다.

5. 춘천의 수필 문학

1969년에 발간된 《강원예총》 2호 권말에 수록된 회원 주소록에 수필분과로 기재된 사람은 유호와 이기원 두 사람뿐이었다. 1971년 발간된 《강원문학》 창간호에는 최태호, 한성석, 이만선, 유재인(柳在仁), 이형근 등의 수필이 실려 있다.

수필 문학이 하나의 독립된 문학 장르로 자리를 잡으면서 강원도에도 수필을 전문으로 쓰는 작가들이 나오기 시작한다.

춘천 수필 문학의 본격적인 태동은 1981년 김영기, 금희성, 이병학, 최노사, 원점희, 최갑규, 심윤식, 최옥길, 이순우 등에 의해 결성되었던 〈호반수필〉 동인이라고 할 수 있다. 〈호반수필〉은 춘천 최초의 수필 동인으로 작품집 1집을 냈다.

춘천에는 1980년대부터 수필을 통해 등단하는 작가들이 나오기 시작했다.

이희수(1984년, 《한국수필》), 원점희(1986년, 《시와의식》), 최노사 등이 춘천에서는 처음으로 수필을 통해 등단했으며 뒤이어 최장수(1990년, 《수필문학》), 허단(1991년 《수필문학》, 1993년 《현대문학》), 박수봉(1992년 《수필문학》) 등이 등단한다.

또한 춘천의 수필 문학은 〈풀무〉 동인들이 주축이 되어 수필 문단을 형성하게 된다. 〈풀무〉는 춘천 YMCA에서 모임을 갖던 주부들의 문예써클로 최종남, 최돈선, 이희수 등이 글짓기 지도를 맡았다. 1985년 출간된 작품집 제1집에는 고옥희, 기정순(1990년 시로 등단), 김금분(1990년 시로 등단), 박찬옥, 송순자(1990년 《수필문학》), 이란숙, 한미경(1991년 《수필문학》), 이순자, 최순자 등의 글이 실렸다. 현재 작품집

7집까지 내는 동안 〈풀무〉에 참여하고 있는 동인으로는 기정순, 김금분, 박종숙(1990년 《수필문학》), 송순자, 이순자, 한미경 등 7명이다.

1991년 11월에 결성된 〈강원수필문학회〉는 1992년 10월에 《강원수필》 1집을, 1997년 현재 《강원수필》 5집을 발간했다. 《강원수필》 4집에 작품이 발표된 춘천 거주 수필가는 박수봉, 박종숙, 송순자, 원점희, 이희수, 최장수, 허단, 조상현(1993년 《문학세계》), 이홍우(1993년 《수필문학》), 김원대(1993년 《문예사조》), 김두수(1994년 《시세계》), 심영희(1995년 《수필과비평》) 등으로 춘천이 강원 수필 문학의 중심적 위치에 있음을 확인할 수 있다.

그동안 중앙지와 지방지에 많은 칼럼을 써오던 배동욱 강원예총지회장이 늦깎이로 등단(1994년 《한국수필》)함으로써 춘천의 수필 문학에 활력을 불어넣고 있다.

6. 춘천의 희곡 문학

희곡 작품을 본격적으로 집필하는 작가가 나오기 전 춘천에는 공병진, 이형근, 김구량(반공드라마) 등이 그 분야에 관심을 가지고 있었으나 그 활동은 미미했다.

정식으로 등단한 춘천의 희곡 작가는 춘천중학교 미술교사였던 고동률(高東栗, 본명:양한석)이다. 고동률(1929~1972)은 강원도 고성 출신으로 1965년 《경향신문》 신춘문예에 희곡이 가작으로 입선하면서 춘천중학교에 부임, 다시 1966년 《경향신문》 신춘문예에 희곡 〈동의서〉가 당선되어 등단한다.

등단과 더불어 고동률은 〈인간부결〉, 〈다시 뵙겠습니다〉, 〈밀림지대〉,

〈혼성〉 등 본격적인 희곡 작품을 집필해 무대에 올리는 등 이 지역 연극계에 새바람을 일으키는 등 그 분야에서 탁월한 업적을 남긴다.

이하륜(李夏崙)도 1960~1970년대 춘천에서 희곡 작품을 써 강원 연극에 크게 이바지한다. 이하륜은 1969년 《동아일보》 신춘문예에 희곡 〈청혼합니다〉 당선으로 등단한 뒤 〈나비야 저 청산에 가자〉 등 문학성 높은 작품을 써 무대에 올리는 등 현재 서울에서 활동하고 있다.

춘천의 희곡 문학은 《강원일보》의 신춘문예에 희곡 분야가 들어 있어 다소 고무적이었으나 1995년도부터 이 분야가 폐지됨으로써 이 지역의 희곡 문학 앞날이 크게 우려된다.

《강원일보》 신춘문예 희곡 분야를 통해 등단한 작가로는 이영진, 이상권 등이 있으나 최근 그 활동은 전무한 편이다. 서정욱(1995년 《문예한국》 희곡 당선)이 등단한 것이 최근의 이 분야 근황일 뿐 춘천의 희곡 문학은 당분간 침체를 면치 못할 전망이다

7. 춘천의 문학평론

1960년대 춘천에는 《강원일보》의 이기원이 주로 민속관계의 논문을 발표했을 뿐 문학평론 분야는 거의 불모지였으나 삼척출신 김영기(金永琪)가 《현대문학》지(1966년)를 통해 평론으로 등단함으로써 이 지역의 본격적인 문학평론 활동이 펼쳐진다.

등단 이후 김영기는 〈한국적 자아의 모색〉, 〈한국 문학과 전통〉, 〈한국 문학의 원류〉 등 주로 한국 문학의 전통확립을 위한 논문들을 발표하는 동시에 이 지역 문인들이 발간하는 시집 등의 작품해설을 도맡아 집필함으로써 지방 문학의 활성화에 크게 이바지한다.

1970년 말부터 춘천에는 강원대와 한림대 춘천교육대에 적을 둔 현대문학 전공교수들이 강단에서 각 분야별로 깊이 있는 연구와 비평작업이 활발하게 이루어짐으로써 이 지역의 문학 활동에 다소의 영향을 주기 시작한다.

강원대의 김훈은 《정지용시의 분석적 연구》 등 주로 한국현대시론으로, 유태수는 《한국에 있어서의 주지주의 문학의 양상》의 논문으로, 김용구는 《이상소설의 구조》 등 현대소설 비평으로, 정금철은 《한국시의 기호학적 연구》로 평단과 학계에서 활동하고 있으며, 한상무는 《현진건의 역사의식 형성》으로, 유인순은 《김유정문학연구》 등으로 김유정 소설을 새로운 시각으로 분석한 바 있으며, 최근 본격적인 시평(詩評)으로 평단의 주목을 받고 있는 서준섭은 《한국모더니즘연구》에 이어 평론집 《감각의 뒤편》을 상재한 바 있다.

한림대의 전신재(全信宰)는 《원본 김유정 전집》과 《김유정 소설의 판소리 수용》으로 춘천의 작가 김유정 문학 연구에 큰 성과를 거둔 바 있고, 정덕준은 소설 문학에 나타난 시간 구조를 중점적으로 탐구하는 작업을 통해, 한상철은 연극평론 분야에서 각각 활동하고 있다.

춘천교육대학의 박민수(朴敏壽)는 《현대시의 사회시학적 연구》와 아동문학평론으로, 이상신은 《소설의 문체와 기호론》 등의 저서를 통해 문학의 기호학적 문학비평 방법론으로 작품을 분석하여 평단의 주목을 받고 있다.

그러나 이들 대학에서 재직 중인 문학평론 분야의 인적 자원이 이 지역 문학에 폭넓게 수용되어 활용되지 못하고 있는 현실은 춘천 문학으로 볼 때 매우 안타까운 일이라고 할 수 있다.

강원대의 이대범과, 부친 고동률의 뒤를 이은 춘천 출신 양승국이 희곡연구 분야에서 활동하는 젊은 작가들로 기대된다. 또한 1989년 문학평론으로 등단(《현대문학》)한 이 지역 출신 박철화는 1997년 현재 프랑스 유학 중이다.

8. 춘천 문학의 미래

1995년 춘천시가 전국 최초로 문화의 도시로 선정되었다.

산과 물이 어울리는 춘천의 자연 풍광이 바로 문화 도시의 얼굴로, 그리고 문화체육예술회관 등 문화공간 시설이 다른 지역에 비해 잘 갖추어졌을 뿐만 아니라 이 지역에서 매년 열리는 세계인형극 행사며 마임 행사 등이 이 지역 특유의 문화 창출로 인정받은 것이 문화도시로 선정된 표면적 이유라고 할 수 있다.

그러나 이러한 가시적 현상만으로 문화 도시가 될 수는 없다. 왜냐하면 춘천이 문화 도시로 선정됐다고 해서 모든 시민들의 문화의식이 그만큼 높아졌다고 보기 어렵기 때문이다.

문화란 그 사회의 종교, 지식, 관습, 제도, 예술, 법률 등이 모두 복합적 총체적 양상을 띠고 나타나는 현상이다. 즉 그 사회를 지배하는 사고의 틀과 그 행동양식이 문화라고 볼 때 춘천시민들의 문화의식은 이곳이 문화 도시로 선정된 바로 이 시점에서부터 새로이, 그리고 보다 폭넓은 의식의 고취가 필요하다는 생각이다.

우선 지방 문화에 대한 편견을 버리는 일부터 선행되어야 할 것이다. 지방 문화는 낮은 문화, 촌스러운 문화라는 자기 비하 의식을 버릴 때 온전한 지방 문화가 자랄 수 있다고 본다. 그리고 지방 문화를 토속적이고 민속적인 것 중심으로 축소해서 생각하는 것도 올바른 문화의식이 되지 못한다.

지역 주민들의 삶의 질이 곧 지방 문화의 질이라는 것을 생각할 때 시민들의 문화 수준을 끌어올리기 위해서는 문화 행사에 대한 시민들의 자발적 참여로 문화 수준을 높이기 위한 붐 조성과 그런 것을 뒷받침할 수 있는 예산 편성 등 제도적 장치가 필요하다.

다음으로 그 지역의 대학 문화와 지방 문화가 서로 접목되어 상호 보완적으로 발전할 수 있는 풍토가 조성돼야 한다는 것이다. 대학 문화는 지방 문화의 전통적인 것을 발굴 보존하고 계승하는 이론적 작업을 통해 오늘의 문화 창출에 앞장서야 할 것이며 지방 문화는 대학문화의 인적 자원의 활용과 그 학문적 이론을 지방 문화 발전에 밑받침으로 삼아야만 한다.

춘천의 문학 또한 지방 문화 발전과 같은 궤도에서 그 미래를 열어가야 할 것이다.

우선 이 지역의 문인들은 그 작품을 통해 시민들과 만나야 한다. 이 고장의 시민들이 알아주지 않는 시인 · 작가들이 무슨 신명으로 작품을 쓸 것인가. 좋은 문학작품을 찾아 읽는 시민들의 그 관심과 사랑을 통해서만이 이 고장의 문인들은 창조의 신명으로 더 좋은 작품을 창조하게 될 것이다.

시민들 스스로 이 지역의 문인들과 그네들이 쓴 작품을 찾아 읽고 그 가치를 인정해주는, 춘천 문학에 대한 관심의 정도가 바로 춘천 문학의 미래라고 생각해도 좋을 것이다.

문학작품을 이해하고 감상하는 것이 곧 자기 삶의 질이고 문화라는 것을 터득한 시민들에 의해 이 고장의 문인들이 벌이는 시낭송회나 시화전, 문학 강연 같은 문학 행사가 미래의 춘천 문학을 열어가는 활력소가 될 것이 분명하다.

춘천 문학의 미래는 이 지역의 문인들 스스로 만들어가는 자기의 얼굴이며 지역 문화의 거울이다. 문인들은 되도록 자기 개성에 맞는 한 가지 장르에 전력투구하여 자기만의 독창적 문학 세계를 구축함으로써 향토의 작가로 뿌리를 내리는 일만이 자기 발전이요 그것이 곧 춘천 문학의 미래라고 할 수 있다.

이 고장의 문인들은 말 그대로 지방화 시대를 맞아 중앙 지향적 예속관계의 자기 비하의 줄을 끊고 이 향토에서만 찾을 수 있는 소재 발굴과 이 고장 특유의 정서로 문학작품을 빚어낼 때 춘천 문학의 미래는 그 중흥의 시대가 머지않아 열리게 될 것이다.

우리가 1930년대 김유정을 60여 년이 지난 지금 이 시간 자랑스레 기억하고 있듯 앞으로 백년 뒤 우리 자손들이 읽어도 부끄럽지 않는 작품을 남기는 춘천의 문인들이 열어갈 춘천 문학의 미래야말로 바로 춘천 문화의 미래이며 그 얼굴일 것이 분명하다.

이러한 기대는 춘천의 문학이 바로 이 지역 문화의 구심점이 되고 춘천 시민들의 문화의식 그 밑바닥에 스며들 수 있을 때만 가능할 것이다.

강원 문학의 성격

문화 · 예술은 그 지역의 자연환경과 인문환경을 통해 형성되는 동시에 그러한 환경요인이 그 문화 · 예술의 특수성으로 나타나게 될 것이다.

자연환경의 측면에서 본다면 그 지형적 특성에 의해 강원 문화 · 예술의 형성은 산간문화가 주종을 이루는 가운데 태백산맥을 중심으로 하여 해양문화, 내륙문화 혹은 영동문화와 영서문화가 서로 다른 고유의 문화적 특성을 보여주며 발전 계승되고 있다고 하겠다.

강원도의 이러한 자연환경의 특이성은 다른 지역과 구별되는 특수한 문화를 형성하게 되는 요인이 되었으나 그것이 얼마 전까지만 해도 문화의 소외 지역, 그 낙후성으로 인식되어 강원인의 자기 비하의 열등감으로 작용한 것도 부인할 수 없는 사실인 것이다.

강원 문화 · 예술 형성의 또 다른 축은 인문환경으로서 이것은 문화 창출의 주체인 강원인의 정신세계에서 찾을 수 있다. 강원인의 자연친화적 은둔사상은 가장 자연스러운 자연인으로서의 문화 주체를 형성하는 동시에 순박한 풍속, 유순하고 공손한 인심을 낳기에 이른 것이다. 사람들의 입에 자주 오르는 강원도 감자바위니 암하노불이니 하는 것이 가장 강원도적인 문화정신으로, 혹은 예술 혼으로 작용하고 있으며 강원 문화 · 예술의 정체성 찾기와도 무관하지 않을 것이다.

그러나 솔직히 지금까지 이러한 강원의 자연환경과 인문환경이 강원 문화의 모태요 무한한 미래 가능성임에도 불구하고 그것이 급속한 산업화의 과정에서 홀대시되어 왔다는 사실을 부정하기 어려울 것이다. 산간지역이라 교통의 불편으로 인한 소외감에다 범람하는 도회 관광객들을 통한 생활 문화의 이질감 내지 위화감은 중앙 문화 지향적이 되어 지역 문화 · 예술을 창출하고 향수하는 데 있어 많은 장애요인이 되어왔음도 사실이다.

더구나 강원도는 해방과 더불어 남북이 분단되는 과정에 모든 가치의 혼란과 파괴를 가장 극심하게 겪어냈을 뿐만 아니라 오늘의 한국사회의 모든 문제를 안고 있는 분단 상황과 가장 첨예하게 밀착된 최일선지역으로서의 변방의식, 위기의식으로 인한 문화의 불모지라는 인식에서 쉽게 헤어나지 못하고 있다는 사실도 간과해서는 안 될 것이다.

그러나 새 천년, 21세기가 열린 이 시점에서 강원 문화 · 예술에 대한 인식은 크게 바뀌고 있다고 생각한다. 우선 강원의 자연환경이 이 지역의 비교 우위를 그 어느 분야보다 분명히 보여주는 천혜의 자원이라는 데 이견이 있을 수 없기 때문이다. 강원의 자연환경이 그대로 강원 문화의 요체이며 그 잠재적 자원이라는 것을 인식할 때만이 새 천년 강원 문화 · 예술의 새 장은 매우 희망적인 색채로 펼쳐지리라 믿고 싶다.

무섭게, 모든 것이 급속히 달라지는 바로 이 지점에서 그 중심이 무거워 변화에 쉬 흔들리지 않고 파괴가 덜한 곳이 바로 강원도라는 인식에서 강원 문화 · 예술의 오늘과 내일을 생각해보는 일도 필요하다고 본다. 빠른 변화의 시대에는 지난 시대의 가치 있는 문화를 잘 지켜 그것을 정체성으로 삼아 새 문화를 창출하고 향수하는 것이 새 시대에 맞는 문화 이미지일는지도 모른다. 강원도가 미래의 땅으로 각광받는 이유도 바로 거기에서 찾을 수 있다고 본다. 특히 좀 느리지만 유순한 성품의 강원도 인심이 점점 각박해져가는 현대인에게는 향수처럼 인간 본연의 따뜻한 유대로 연결되는 강원 문화 · 예술의 모체가 될 것이기 때문이다.

강원도 문학의 성격 또한 가장 강원도적인 문화 · 예술을 형성한 환경적 요인과 결코 무관할 수 없을 것이다. 그러나 정작 강원도 문학의 성격 혹은 그 특성을 어디에서 찾아야 할 것인가를 자문했을 때 그 대답은 결코 쉽지 않다고 본다.

다만 강원도 문학이 서울 문학 혹은 중앙 문학에 예속된 변두리 문학이 아니라 그 지방 나름의 특수성으로 직조된 향토 문학으로서의 가치를 획득했을 때 비로소 한국 문학 혹은 민족 문학이란 큰 흐름 속에 합류할 수 있다는 원론적 가치를 가질 수 있다는 것만은 부인할 수 없을 것이다. 다른 지역의 문학과 변별되는 각 지역 문학의 총체적 집합이 바로 민족 문학이기 때문이다.

그러나 지역에서 발표되고 있는 모든 문학작품이 그 지역 나름의 특성을 가지고 있어야 한다는 것은 아니다. 실제로 그런 특수성을 지방문학 속에서 구별해 내기란 쉽지 않을뿐더러 그 구별 자체에 큰 의미를 둘 필요도 없다고 본다. 물론 그 지역에 거주하는 문인 중에서 향토의 풍물이나 전통, 생활 습속 등을 그 분위기에 걸맞은 방언 등의 언어로 특색 있게 표현함으로써 작품의 형상화에 성공했다면 그것은 당연이 향토 문학으로서의 가치를 높게 평가받게 될 것이다.

그러나 다른 지역의 문학과 변별되는 강원지역 문학의 특수성 혹은 그 성격을 살펴보기 위해서는 아무래도 이 지역 문인들의 창작활동의 어제와 오늘을 조명하는 일로부터 시작함이 옳을 것으로 생각된다.

엄밀히 말해 한국 문학 혹은 한국 문단에 포함되는 이 지역 문학인들의 인적 구성과 그네들 창작의 발화점이 된 이 지역의 동인 활동 등을 살펴봄으로써 지역의 문학 활동이 민족 문학으로서의 한국 문학 속에 어떤 위치에 있는가를 가늠하는데 도움이 된다고 하겠다.

강원도는 영동과 영서가 그 풍토와 문물에서 차이를 보일 뿐 아니라 그 주민의 기질과 성품에서도 차이를 보여 왔다. 즉 영동 사람들이 풍류로운 문인 기질을 가졌다면 영서 사람들은 지사다운 무인 기질을 가졌다는 것이 통론으로 전해지고 있다. 문학에 있어서도 영동에서는 시인이 많이 나오고 영서에서는 소설가가 많이 배출되었다는 말도 그 기질 성품과 무관하지 않다는 생각이다.

그러나 교통과 통신이 발달한 오늘에 있어 영동 영서의 기질론은 설득력을 갖지 못한다. 다만 문학 동인들의 모임이나 문학활동이 지리적 환경이나 행정구역상의 편의에 따라 지역 중심으로 이루어지고 있을 뿐 그 성격이나 형태는 서로 크게 다르지 않기 때문이다.

강릉의 〈관동문학회〉, 〈해안문학 동인회〉, 〈열린시낭송회〉, 속초의 〈설악문우회〉, 〈물소리낭송회〉, 삼척의 〈두타문학회〉 등으로 대표되는 영동 지방의 〈문학운동〉과 춘천의 〈표현〉 동인, 〈삼악시〉 동인, 〈수향시낭송회〉, 〈예맥문학〉 동인회, 원주의 〈북원문학회〉, 태백의 〈불뫼문학〉 동인회, 정선의 〈아라리문학〉 동인회 등은 영서 지방을 중심으로 활동하는 동인 모임이다.

이외에도 강원도 전역에 거주하는 문인을 대상으로 하는 각 장르별의 많은 문학 동인 모임들이 그 지역 문학의 전통과 접목되면서 특색있는 문학활동을 벌이고 있다.

그러나 지역과는 관계없이 대부분의 문인들은 여러 문학 단체에 겹쳐 참가하고 있거나 중앙 문단에서 폭넓게 활약하고 있음으로써 이 지방의 문단은 보다 복합적인 성격을 띠고 있다고 하겠다. 또한 강원지역의 문인들은 대부분 한국문인협회 강원도지회의 회원들이거나 민예총 산하의 민족 문학작가회의 회원으로 활약하고 있음으로써 한국 문학 혹은 중앙 문학의 흐름 속에 폭넓게 참여하고 있는 것이다.

한국문인협회 강원도지회가 2003년 10월에 《江原文學》 31집 말미의 회원주소록에는 시분과 164명, 시조 37명, 소설 24명, 수필 63명, 희곡 2명, 아동문학 41명, 평론 5명 등 336명의 명단이 올라 있다. 이 중에는 출향 문인도 상당수 포함되어 있긴 하지만 민족작가협회 회원들이나 두 단체에 정식으로 가입하지 문인들을 모두 합치면 500명 가까운 문인이 현재 활동하고 있다고 본다.

1920~1930년대 현대문학이 본격적으로 펼쳐지는 무렵에 작품활동을 한 강원도 출신 작가 · 시인으로는 〈메밀꽃 필 무렵〉의 평창 출신 이효석(1907~1941), 〈돌다리〉의 철원 출신 이태준(1904~?), 그리고 〈동백꽃〉의 춘천 출신 김유정, 1950년대 모더니즘의 기수로 각광받던 인제 출신의 박인환(1926~1956) 시인과 시 〈파초〉로 유명한 강릉의 김동명(1901~1968)시인 등이 바로 강원도 현대문학의 뿌리며 강원도 문학의 성격을 규명하는데 중요한 위치를 차지한다고 할 수 있다.

강원도 문학의 성격을 본격적으로 규명하고 고찰하는 일은 강원도 출신 문인 및 강원도를 문학현장으로 작품화한 많은 작가 · 시인들의 작품을 보다 면밀하게 분석하고 종합하는 과정을 통해 가능하리라 생각된다.

문학관은 유적지가 아니다

사람은 죽어 이름을 남긴다는 양명주의는 그 이름에 값하는 어떤 일이 전제되어 있다. 예술인들이 남긴 작품이야말로 그 사람의 이름에 값하는 좋은 예가 된다. 한 작가의 이름이 후세에까지 전해진다는 것은 이미 그 작가의 작품이 문학사에서 가치를 인정받았음을 뜻한다.

이렇게 가치가 확실하게 매겨진 작가와 그 작품을 기리기 위한 갖가지 형태의 일이 후세 사람들에 의해 펼쳐진다. 작가를 추모하는 행사가 있는가 하면 그가 남긴 작품이 책으로 거듭 출판되고 그 작가나 작품에 대한 연구 결과가 각종 학술 세미나로, 혹은 작가의 이름을 앞에 붙인, 아무개 문학 축제까지 펼쳐진다.

작가의 문학적 생애와 그 작품의 가치를 기리는 일로 가장 결정적인 사업은 그가 태어났거나 연고가 있는 곳에 기념문학관을 세우는 일이다. 실제로 지방분권 시대 문화 인프라 중에 가장 특기할 만한 것이 우후죽순처럼 세워지는 각 지역의 문학관 건립이다.

각 지방에서는 그 지역을 대표할 수 있는 문화 · 예술의 구심점을 찾기에 부심한다. 우리나라에서 성공한 문학 축제로 손꼽을 수 있는 것이 평창 봉평의 이효석문학제라고 할 수 있다.

이효석이란 작가가 자기 고장에서 태어났다는 주민들의 자긍심과 그 지역 문화 예술의 진지구축이 필요하다는 지자체의 뜻이 맞아떨어져 함께 만들어가는 이 문학 축제야말로 한 작가의 생애와 작품을 기리는 일에 매우 성공적인 결과를 가져왔다.

여름이면 〈메밀꽃 필 무렵〉의 메밀꽃이 뒤덮이는 평창 봉평에는 한 해에 200만 명 이상이 찾아오는 문학의 고장이 되었다. 이러한 이효석문학제의 성공은 급기야 1만 6,000평 규모의 너른 언덕에 우리나라 최대의 이효석문학관 건립의 꿈을 이루기에 이르렀다.

최근 각 지역에서는 앞 다투어 그 지역 출신의 작가와 작품을 기리는 문학 축제나 기념문학관 건립을 서두르고 있다. 이러한 현상이야말로 그 지역의 문화적 특성을 발굴해 선양한다는 의미에서 매우 바람직한 일이라고 생각한다.

이것은 서울 중심의 문화 · 예술 행사와 그 누림이 지방으로 분산된다는 의미에서도 환영할 만한 일이다. 지금까지 지역의 문화 · 예술은 중앙에 종속되어 있어나 중앙에 비해 작고 낮은 것이란 인식에서 벗어나 지역 문화가 민족 문화의 보편성을 이루는 나름의 특수 문화라는 것을 확인해 보이는 좋은 예가 될 것이다.

춘천에도 1930년대 가장 개성 있는 작가로 알려진 김유정 작가의 생애와 문학적 업적을 기리기 위한 생가가 복원되고 문학기념전시관이 '김유정문학촌'이란 이름으로 지난 해 8월 개관되었다. 문학촌 마당을 중심으로 펼쳐지는 실레마을의 김유정문학제는 작품 속 1930년대 삶의 체험을 통한 김유정 소설의 가치 찾기에 두고 있다.

특히 춘천의 실레마을은 김유정이 잠시 귀향하여 야학 등 농촌계몽을 운동을 벌인 현장일 뿐만 아니라 실제 인물과 있었던 이야기들을 작품으로 형상화한 곳이기에 마을 전체가 김유정문학촌이란 이름에 걸맞은 작품의 산실이요 그 무대이기도 하다.

그동안 김유정문학촌은 단순히 자료 전시 공간으로서의 기능을 넘어 좀 더 역동적인 작품 이해의 마당을 지향해왔다. 김유정 작품에 묘사된 1930년대 우리 농촌의 피폐된 삶의 모습을 관람객들이 직접 체험하는 가운데 작품의 특성으로 드러난 해학이나 만무방 · 따라지들의 캐릭터를 이해하는 일에 초점이 맞춰졌다. 작품 속 삶의 내용을 체험하며 즐기다 보면 자연스레 김유정 소설의 격조 높은 문학성과 만나게 된다는 얘기다.

어떻든 김유정문학촌 생가 마당에서는 작가의 작품 내용 중심의 갖가지 행사가 벌어진다. 29세에 생을 마감한 작가라 작가의 유품이 단 한 점도 남아 있지 않음으로써 자료 전시와 그 보관의 기능을 해야 하는 문학관으로서의 미흡함을 메우기 위한 하나의 방편이기도 하다. 그것이 결과적으로 김유정을 찾아온 관람객들에게 그 작가의 생애와 그 작품을 널리 알리는 계기가 될 것이란 의도가 어느 정도 적중했다고 볼 수 있다.

필자가 김유정문학촌 운영을 맡아 하면서 절실히 아쉬웠던 점 몇 가지를 얘기하고 싶다. 문학관은 문학자료 전시 기능으로서의 역할은 물론 그것을 온전하게 보관하고 활용할 수 있는 자료실이 꼭 있어야 한다는 사실이다. 또한 문학관을 찾아온 청소년 관람객들이 뭔가 배우고 갈 그런 교육 공간의 필요성이다. 학술 세미나를 할 수 있는 세미나실이나 각종 행사를 할 수 있는 공연 시설이 반드시 있어야 한다는 것이다.

문학관 건립에는 외지에서 찾아온 관람객들이 묵을 숙소나 휴식공간은 물론 주차장 등의 편리 시설에도 세심한 배려가 따라야 한다는 것을 강조하고 싶다.

또한 문학관이 세워진 그 지역 주민들은 그 공간이 자기들 삶의 여유 공간으로 더 나아가서는 주민 소득과 직결되지 않으면 매우 냉소적인 반응을 보인다는 사실에도 유념할 일이다. 지역의 주민들이 자랑스러워하는 그런 공간으로, 그네들 스스로 모든 행사의 주인으로 참여하게 하는 배려가 필요하다는 것이다.

정말 명심해야 할 일은 문학관 건립이 단순히 그 고장의 유적지 조성 사업의 일환으로 기획되고 운영되어서는 안 된다는 것이다. 물론 작고 문인을 기리는 문학관은 유적지로서의 가치도 가지고 있지만 더 나아가 그 고장 문화 · 예술인들의 창작 무대요 그것을 활성화하는 창조 공간으로서의 역할에 중심이 실려야 한다는 말이다.

이것은 지역의 문학관이 단순히 유적지 보존을 위한 관리 차원이 아니라 살아 움직이는 그 고장 문화 · 예술의 거점이 되고 창조의 요람이 되어야 한다는 당위의 강조인 것이다.

봄이 오면

-김유정 66주기 추모사

우리는 지금 66년 전 유명을 달리한 작가 김유정, 당신의 고향 실레 마을에 모여 있습니다.

궁핍한 시대의 만무방 · 따라지 인생들의 고단한 삶을 투박하면서도 생동감 있는 언어로 그려냄으로써 시대를 초월한 문학성을 획득, 한국 문학사에 새로운 금자탑을 세운 작가 김유정 당신을 추모하는 시간입니다.

그러나 이 추모의 자리는 이 세상에 없는 당신에 대한 애틋한 정회로 채워지기보다 당신으로 인해 오늘까지 우리가 누리고 있는 혜택에 대한 고마움으로 가득합니다. 감상적인 회고보다는 오늘의 우리가 당신이 남긴 소중한 문화적 자산을 어떻게 훗날까지 이어갈 것인가를 고민하는 자리이기도 합니다. 오늘 이 자리는 부잣집 도련님이 어찌하여 그렇게 처절한 가난과 병마 앞에서 허망하게 유명을 달리했는가 하는, 호사가들의 일화 들춰내기가 아닌 당신이 남긴 작품의 격조 높은 해학과 생동감 있는 문체에 대한 찬사로 채워지는 자리입니다.

우리는 지금 당신이 태어난 실레마을 생가 마당에 모여 당신이 우리 마을 사람이었다는 것을 자랑스러워하고 있습니다. 당신이 1930년대 우리 실레마을에 내려와 궁핍한 농촌 현실을 안타까워하며 야학을 연 뒤 농민회를 조직하여 농촌 계몽운동을 했던 금병의숙 터가 남아 있고 그 곳을 어떻게 이용하는 것이 좋을 것인가에 대해 의견을 나누고 있습니다.

그렇습니다. 66년 전 유명을 달리한 당신은 우리 모두에게 남겨진 자랑스러운 문화유산이며 현재 이 고장 문화예술의 뿌리이고 미래를 여는 우리 모두의 긍지이며 희망입니다.

날이 갈수록 작가 김유정 당신을 찾는 사람들이 늘어가고 있습니다.

지난 8월 김유정문학촌이 문을 연 뒤 오늘까지 7개월 동안 4만여 명이 이곳 실레마을을 찾았습니다. 전국에서 300여 단체가 작품의 산실이며 그 무대인 이곳 실레마을에 찾아와 당신이 살던 1930년대 그 당시를 체험하고 돌아갔습니다.

당신의 생애와 그 문학적 업적을 기리기 위한 각종 행사가 복원된 생가 이 마당에서 벌어졌습니다. 김유정문학재평가 세미나와 문학꿈나무들을 키우기 위한 김유정문학캠프, 그리고 이 고장의 청소년들에게 당신의 문학 세계를 올바르게 알리는 동시에 이곳의 문학인들의 작품활동을 육성으로 들려주는 향토 작가 알리기 행사며 작품 공모전 백일장, 문학상 등 갖가지 행사가 매일매일 축제 분위기 속에 벌어지고 있습니다.

이제 당신의 생가와 기념전시관 그리고 금병산 자락 실레마을은 이 고장 문화예술의 진지이며 요람으로 자리 잡았습니다.

더욱 뜻 깊은 일은 이곳 실레마을 주민들이 모든 행사의 중심에 서서 함께 즐기며 함께 만들어가고 있다는 사실입니다. 전국에서 모여온 문학 캠프 참가자들을 위해 옥수수와 감자를 쪄오던 이곳 주민들의 그 손길이야말로 작가 김유정 사랑의 징표라는 것을 우리는 알고 있습니다.

새로운 문학의 목표가 무엇인가 하는 당시 어느 잡지의 설문에 당신은 이 시대의 풍상을 잘 그리되 우리의 정조, 즉 전통적인 정서와 향토미를 잘 살리는 것이라고 대답한 바 있습니다. 이것은 당신이 이곳 실레마을 사람들과 잠시 어울려 살 때 얻은 철학이며 이 고장 사람들의 정서를 그만큼 사랑했다는 증거이기도 합니다. 이곳 사람들의 삶을 가장 잘 이해하고 사랑한 당신의 향토 사랑이 이제 비로소 이곳 실레마을 사람들 가슴에 당신 사랑의 불길로 타오르기 시작한 것입니다.

당신이 야학 제자들과 즐겨 올랐던 금병산 자락에는 지금 동백꽃이 알싸한 향기를 내며 샛노랗게 피었습니다.

'오냐, 봄만 되거라!'

1937년 이른 봄 당신은 햇빛이 두려워 이불을 뒤집어쓴 채 경기도 광주 어느 과수원집에서 그렇게 봄을 기다렸습니다.

'봄이 오면!'

봄이 오면 절망적인 병마와의 싸움으로부터 벗어날 수 있을 것이란 소생에 대한 믿음이요 그 희망이었습니다.

봄이 오면 〈동백꽃〉 피는 고향 마을에 돌아가 점순이와 덕돌이 · 뭉태들을 만나 '무거운 우울'을 훌훌 떨어버리고 싶은 꿈이었습니다.

봄이 오면 절친했던 문우 이상처럼 일본에 건너가 소설을 쓰고 싶은 열망이었습니다.

봄이 오면 외짝사랑이 아닌 이상적인 여인을 만나 '초가삼간 집을 짓고 단 사흘만 깨끗이 살아보고 싶은' 생의 마지막 절절한 바람이었습니다.

그러나 당신은 1937년, 스물아홉 창창한 나이에 그렇게 오고 싶던 고향 실레마을에 돌아오지 못한 채 이생에서의 마지막 봄을 맞았습니다.

짧은 생애였기에 당신이 디딘 발자국이 그리 깊지 않습니다.

조실부모한 뒤 급격히 몰락한 집안 형편으로 가정도 없이 떠돌이 생활을 하느라 남겨진 것이 아무것도 없어 지금 당신을 기리기 위해 지은 기념전시관에는 당신의 유품이 단 한 점도 없습니다.

그러나 고향 떠나 외로이 떠돌던 춘천 실레마을의 도련님, 당신은 이제서야 당신 집에 돌아왔습니다. 당신이 남긴 작품을 통해 당신은 살아 있을 때보다 더 가벼운 걸음으로 고향에 돌아오고 있습니다.

당신이 그처럼 사랑했던 〈만무방〉과 〈따라지〉인생들도 윤회생사로 새 봄을 맞고 있습니다.

봄이 오면 뭔가 이뤄질 것이라고 믿었던 김유정의 '행복을 등진 열정'과 그 꿈이 빚어낸 30여 편의 작품이 시대를 초월한 높은 문학성으로 '알싸한 향기'를 내고 있습니다.

여기 모여선 우리 모두는 작가 김유정 당신이 정말 자랑스럽습니다. 얼마 전 남쪽 어느 도시의 시장님이 그곳의 작고 문인 기념관을 지을 계획으로 이곳을 방문했을 때 여기 춘천 사람들은 김유정 같은 작가를 가져 참 좋겠다고 하던 말이 생각납니다.

그리고 며칠 전 이곳 모 방송국 사장님으로 새로 부임하신 분이 이곳에 오면 김유정 소설부터 다시 읽어야 한다며 김유정 당신 소설을 구하러 왔던 일이 있었다는 것을 이 추모의 시간에 당신에게 알립니다.

이제 며칠 있으면 이곳 실레마을에서 당신을 기리는 문학제가 열린다는 것도 알리고 싶습니다. 그때 서울 청량리역에서 당신의 독자들과 함께 문학기행열차를 타고 올 당신을 맞을 기대로 가슴이 설렙니다.

머지않아 경춘선 복선이 완공되는 날 실레마을의 신남역이 당신 이름을 딴 김유정역으로 바뀌게 되었다는, 우리 모두의 염원이던 기쁜 소식을 주신 춘천 시장님의 말씀을 다시 한 번 떠올리는 말로 추모사를 갈음하겠습니다.

※2004년 12월 1일, 신남역은 김유정역으로 개명되었다-필자 주

동백꽃 피는 실레마을

봄내 실레마을에 봄봄이 찾아왔습니다.

엊그제 마을에서 만난 새마을 지도자 조중봉 씨는 "금병산에 동백꽃이 만발했어요." 그러면서 활짝 웃었습니다. 조중봉 씨뿐만 아니라 요즘 실레마을 주민 모두가 금병산을 쳐다보며 동백꽃 얘기들을 나눕니다. 엊저녁에 작가 김유정의 단편소설을 영화로 만든 〈땡볕〉을 본 뒤에도 온통 동백꽃 얘기였습니다.

이 세상에 널려 있는 만물은 우리가 그 이름을 모르면 그것은 우리 인생에 존재하지 않는 것과 같습니다. 칠십 년 전 김유정이 〈동백꽃〉이란 이름의 소설을 발표하면서 비로소 나무 가지에서 생강 냄새가 나는 생강나무가 우리 강원도의 동백꽃이 되었습니다. 그날 이후 강원도의 노오란 동백꽃은 김유정의 화신으로, 그분이 남긴 독특한 작품의 체취로 끊이지 않고 피어나고 있습니다.

며칠 전 어느 텔레비전 일기예보 시간에도 노오란 생강나무 꽃이 바로 김유정이 피운 동백꽃이라는 것을 화두로 삼았습니다. 전국 신문도 모두 앞다투어 춘천 김유정의 동백꽃 얘기를 다루고 있습니다. 이미 오래 전부터 김유정의 동백꽃은 우리나라 방방곡곡에 알싸한 향기를 풍기고 있습니다.

1930년대 작가 이효석이 그분의 고향인 평창 봉평 마을에 메밀꽃을 피웠듯 김유정은 노오란 동백꽃으로 춘천의 '봄봄' 을 열었습니다. 지금 이 시간 우리가 바라보고 있는 저 금병산 산자락에도, 문학촌 울타리 안 저쪽에도 동백꽃이 알싸한 향기를 뿜어내고 있습니다.

67년 전 스물아홉 한창 나이에 삶의 괄호를 닫은 작가 김유정의 넋이 핀 것입니다. 작가 김유정이 남긴 작품 30여 편이 30년대 이 고장 만무방과 따라지들의 슬픔과 웃음을 담아 피어나고 있는 것입니다.

혜성처럼 나타났다가 무지개처럼 사라진 작가 김유정.

작가는 작품을 후세에 남김으로써 영원히 죽지 않고 살아남습니다. 특히 그 작품이 시대를 넘어서는 문학성을 잃지 않고 있을 때 그 작가의 예술 혼은 그 작품을 읽는 독자들 몫으로 남겨지는 법입니다.

작가 김유정이 남긴 작품은 60년이 지난 오늘에도 전통적 우리 정서의 향기를 잃지 않은 채 오늘의 표현 감각으로 봐도 전혀 뒤떨어지지 않는 웃음 자아내기의 능청스러운 묘미의 문장으로 인해 그 문학성은 시대를 초월하고 있는 것입니다.

지금까지 우리나라 중 · 고등학교 국어 교과서에 그분의 작품이 한 번도 빠진 적이 없이 수록되고 있음이 바로 김유정 문학이 이룩한 문학사적 가치를 입증하고 있다고 하겠습니다.

작가 이효석이 봉평에 메밀꽃을 피운 뒤 그것을 가꾸고 수확을 걷는 일에 봉평 주민들이 앞장섰듯 작가 김유정이 피운 동백꽃 가꾸기에 이곳 실레마을 주민들도 앞장서고 있습니다.

이제 머지않아 경춘선 복선 전철이 완공되는 날 신남역이 김유정역으로 바뀔 것입니다. 이것은 단순히 역 이름 하나가 바뀐다는 의미를 넘어서는 일입니다. 이것은 우리 고장 사람들이 작가 김유정을 얼마나 사랑하고 있는가를 확인하는 하나의 징표일 것입니다. 또한 김유정역은 이 지역 문화 예술의 위상을 바로 세우는 일이기도 합니다. 더 나아가 그것은 우리 강원도의 얼굴을 상징하는 일이라고 생각해도 좋을 것입니다. 더 확실한 일은 김유정역이란 역 이름 하나가 우리 한국 문학사에 하나의 커다란 획을 긋는 역사적 사건으로 기록될 것이 분명하다는 사실입니다.

역 이름이 김유정역으로 바뀔 즈음이면 이 실레마을에 연인원 이백만 명 이상이 작가 김유정을 찾아오게 될 것입니다. 지금 여기 와 계신 실레마을 이장님들, 그리고 부녀회장님 등 마을 주민 모두가 앞으로 이 마을을 찾아올 사람들을 맞이하기 위한 마음의 준비를 하고 계시는 걸로 알고 있습니다. 며칠 뒤 금병산 정상과 동백꽃 작품 현장에 동백나무를 심는 행사 또한 바로 그 준비의 하나일 것입니다.

1937년 3월 29일, 봄이 오면 고향 실레마을에 돌아가고 싶다고 조카 진수한테 입버릇처럼 되뇌던 작가 김유정은 검은 커튼으로 햇빛을 가린 채 겸허히 이 세상을 떠났습니다. 그러나 이제 작가 김유정은 당신의 고향 마을의 햇빛으로, 노오란 동백꽃으로, 강원도의 미래로, 한국 문학의 희망으로 다시 살아나고 있습니다.

분단 문학의 어제와 오늘

1. 들어가는 말

분단 상황은 현재 우리가 당면하고 있는 정치, 경제, 사회, 문화 등 전반적인 문제의 구심점이요 그 해결의 단서이기도 하다.

우리의 분단은 하나여야 할 것이 둘로 갈라졌다는 데 그 비극이 있다. 동질의 이질화, 그 분단 과정에 대해 루마니아 작가 게오르규는 무딘 나무톱으로 사람의 몸이 절단되는 그 아픔으로 비유한 바 있다. 그렇게 갈라진 뒤에라도 서로가 이해하고 수용하려는 화해의 만남이 기약되는 그런 관계가 아니라 60년 동안 서로 불신하며 증오하는 적대 관계를 굳혀 왔다는 데 그 비극의 심각성이 있다고 하겠다.

물론 남과 북은 가끔 하나가 되려는 몸짓을 해 왔지만 그것은 '우리' 라는 공동체 의식으로서의 하나됨을 원한 것이 아니라 '저쪽' 을 우리 것으로 하기 위한 전략적 차원이었음을 부인하기 어렵다. 화해의 몸짓으로 만날 때마다 상대가 우리와 얼마나 많이 달라졌는가 하는 걸 확인함으로써 각자 자기 체제의 우위성을 확고히 해 왔을 뿐이다. 그 만남은 이질화를 가속시키면서 동시에 분단의 고착화에 크게 기여했다고 해도 지나친 말이 아닐 것이다.

인간의 삶을 총체적으로 보여 줘야 하는 문학에 있어서도 분단 상황의 그 비극은 절름발이 문학을 생산해 내는 결과를 가져왔던 것이다. 이런 시점에서 오늘 우리의 분단 문학의 현주소와 그 전망을 진단해 보는 일은 우리가 지향하는 민족 문학의 정립이라는 차원에서도 의의가 있다고 본다.

2. 분단 문학의 개념

민족의 분단이란 측면에서 본다면 분단 이후 분단이 지속되고 있는 현재에 이르기까지 남북 양쪽에서 창작된 모든 문학작품을 분단 문학이라고 해야 옳을 것이다. 엄격히 말해 양쪽에서 쓰고 있는 '한국 문학', '조선 문학' 이 모두 분단 문학인 것이다. 일제 강점시대의 문학을 식민지시대 문학이라고 하듯 분단 시대에 생산된 문학 모두를 분단 문학이라고 해서 크게 탈 될 것이 없다고 본다.

그러나 논의의 필요에 따라 그 뜻을 다소 좁히면 분단에 따른 모든 문제를 소재나 주제로 다룬 작품을 분단 문학이라고 할 수 있는데 이 개념 역시 그것이 쓰여진 시대나 작가를 한정짓기 곤란한 것이기에 받아들이기 어렵다고 생각된다.

이 글에서 찾고자 하는 분단 문학의 개념은 '분단 시대에 쓰여진 분단 상황과 관련된 한국 작가들의 작품'이라고 규정하고 싶다. 물론 이 시대의 모든 작가가 분단 상황을 의식하지 않을 수 없는 문제이긴 해도 좀 더 구체적으로 분단을 인식한 차원에서 우리의 현실과 그 삶을 그려낸 것을 분단 문학이라고 규정하고 싶은 의도인 것이다.

분단 문학이란 말은 지금까지 '6 · 25문학' 혹은 '전쟁문학' '이산문학'이란 용어와 혼용되어 쓰여 왔다. 굳이 그것을 분별하여 잘잘못을 따지는 소아병적 이론을 내세울 것까지는 없다고 본다. 그것은 그 작품이 택한 소재와 주제에 따라 편의상 잠정적으로 붙여진 이름이기 때문이다. 다만 6 · 25를 분단의 전부인 양 착각하게 만들 수 있다든가 전쟁 문학 혹은 이산 문학이란 말이 분단의 근원적 문제들을 감상적으로 만들거나 그 본질을 흐려놓을 수도 있다는 우려는 생각해 볼 만한 것이다.

우리의 분단은 1950년 6 · 25보다는 더 앞선, 8 · 15 광복과 함께 이루어졌다. 또한 전쟁이 주는 참혹함의 고발을 통한 휴머니즘의 선양만으로는 우리의 분단 현실이 아직까지 너무 절박한 것이기 때문에 보다 근원적이고 포괄적인 의미의 규정으로서 분단 문학이란 말이 다른 용어 위에 놓여져야 한다고 본다.

분단 문학이란 오늘을 살고 있는 우리 작가들이 안고 있는 절대명제요 운명적인 선택일 수밖에 없다. 분단 시대를 살고 있는 작가는 모두 분단 콤플렉스에 걸려 있기 때문이다. 이것은 민족적 한의 문제이며 역사의 깊은 수렁이라 생각해도 좋을 것이다.

어떻든 분단은 과거형이 아닌 현재 진행형으로서 오늘 우리 모두의 삶과 그 의식을 지배하는 굴레요 극복해야 할 과제인 것이다.

이제 이러한 한의 문제로서의 분단 인식이 우리 작가들의 작품 속에 어떻게 나타나 있는지 시대별로 그 양상을 살펴보는 가운데 분단 문학이 나아가야 할 방향을 모색하고자 한다.

3. 분단 문학의 시대별 전개 양상

① 1950년대 분단 문학

이 시기는 대체로 분단과 전쟁이 진행된 1945년부터 1950년대 말까지의 상황을 그 상황이 전개된 시기의 당사자들 입장에서 작품으로 형상화한 것들을 일컫는 말이다. 그러나 이때의 작품들은 해방이 된 뒤 분단이 되기까지의 혼란된 우리 사회를 그려내는 일에는 노력이 거의 주어지지 않고 있음을 알 수 있다. 이것은 이때의 작가들이 우리의 분단을 객관화할 만큼 마음의 여유나 상황인식에 미흡할 수밖에 없는 과도적 혼란 속에서의 흥분을 감추지 못하고 있었기 때문일 것이다.

그러나 전쟁을 겪어 낸 이 시대의 작가들은 우선 전쟁이 불러일으킨 참상을 고발하는 형식의 작품을 쓰게 된다. 이것은 미래에 대한 꿈이 무너진 데 대한 허망감이며 어느 쪽인가를 선택해서 살지 않을 수 없는 절박한 상황에서 어쩔 수 없이 갖게 되는 전쟁에 대한 분노의 표출일 수밖에 없었던 것이다.

그것은 일종의 피해 의식이었다. 모든 것을 잃고 모든 가치와 질서가 엉망진창이 돼버린 상황에 대한 절망이요 항거였던 것이다. 전쟁은 우리를 이렇게 비참하게 만들었다. 전쟁은 두 번 다시 일어나서는 안 된다. 전쟁을 도발한 적을 이 지구상에서 깨끗이 없애지 않으면 안 된다. 그리고 이번 전쟁의 참화 속에서도 이런 아름다운 일이 있었다. 이것이 바로 인간애의 극치가 아니겠는가 등등. 이 시기 작품들의 중심이 되는 주제가 반전과 휴머니즘을 바탕에 깔고 있음은 너무나 당연한 일이 아닌가 한다. 또한 1950년대에 들어온 실존주의의 영향으로 절망과 허무의식이 짙게 깔려 분단 그 자체에 대한 진단은 전무한 상태였다. 황순원의 〈카인의 후예〉 정도를 그 성과로 꼽을 수 있을 것이다.

이른바 분단 문학의 제1세대라고 불려지는 이 시대의 작가들은 대체로 종군작가를 거쳤거나 아니면 전쟁에 직접 총을 들고 참전했던 당사자들이다.

김동리의 〈흥남철수〉, 염상섭의 〈취우〉, 손창섭, 장용학, 서기원, 오상원 등의 작가를 들 수 있다.

② 1960년대 분단 문학

60년대는 우리의 모든 상황이 극히 일시적이었지만 대체로 4 · 19를 기점삼아 활기를 띤다. 4 · 19를 분출구로 하여 지금까지 유보와 금기시되어 왔던 분단 이데올로기를 정면으로 다룬 최인훈의 《광장》이 나온 것이 문학 동네의 빼어난 성과였던 것이다. 신동엽의 〈껍데기는 가라〉를 얻은 것도 바로 이때였다. 그러나 분단에 접근하는 문학의 적극적 자세는 오래 가지 못하고 다시 유보와 금기의 원점으로 돌아가고 있다.

그런대로 전쟁의 상처를 진단하고 그 후유증을 보여주는 동시에 그 치유 가능성까지 모색하는 1960년대 분단 문학은 그 소재와 주제의 만남에 있어 1950년대 분단 문학이 보였던 감정적 · 낭만적 차원에서 상당히 발전된 문학적 형상화를 보여 준다.

박경리의 〈시장과 전장〉, 하근찬의 〈수난이대〉, 황순원의 〈나무들 비탈에 서다〉, 이호철의 〈판문점〉, 김원일의 〈어둠의 혼〉 등은 분단이 빚은 비극과 그 모순을 여러 각도로 진단하는데 성공한 작품들이었다. 6 · 25를 통한 분단의 비극 자체를 다루어 그 아픔의 실체를 민족사적 시각에서 조명한 점은 높게 평가할 수 있다. 특히 이 시기의 작품들은 6 · 25를 단순한 전쟁의 비극이 아닌 국제정치사적 내지 민족사적 차원에서 분단의 원인을 조심스럽게나마 다루기 시작했던 것이다. 그러나 아직도 통일에 대한 의지 혹은 민족의 동질성을 발견하려는 작가의 시대적 소명의식은 별로 나타나지 못했음을 발견할 수 있다.

③ 1970년대 분단 문학

이른바 분단 문학 제3기에 이르는 이 시기의 작가들은 유년기에 분단을 체험한 사람들로 비교적 분단 상황을 객관화하는 데 기여한다. 분단 시대 어른들이 저지른 일에 대한 성토에서 시작된 이들의 작업은 지금까지 유보나 금기로 해 온 소재를 다루어 보고 싶은 욕구에 시달리게 되면서 그 유보나 금기를 극복해야 할 분단 문학의 과제로 생각하게 되는 중요한 인식을 보여준다.

그러한 분단 인식은 우리의 분단 상황이 가져다 준 여러가지 불합리한 모순과 갈등으로 인해 소외된 계층에 대한 눈돌림으로 나타난다. 즉 1960년대 분단 문학이 주로 지식인의 고뇌를 그렸는데 비해 이 시대를 새롭게 인식하는 대학생의 의식이나 당대의 부역자를 작품 속에 즐겨 등장시킴으로써 전시대의 문학이 놓치고 지나간 일들을 수용하려는 의지를 보여준다.

유년기에 6 · 25를 체험한 이 시대의 작가들이 6 · 25적 콤플렉스를 자신들의 문학 세계를 열어가는 중요한 힘으로 인식하면서부터 분단 문학의 양상은 보다 분단 논리를 구체적인 것으로 보여 주는 일에 적극적인 것으로 나타난다.

그것은 할 말 쓸 말을 개인사적 차원에서 민족사적 단계로 옮겨 가려는 중요한 조짐이라고 할 수 있다. 그러나 이 시기에도 그들이 극복하려는 유보나 금기의 벽은 허물어지지 않고 작가들의 상상력을 위축시켜 왔던 것은 어쩔 수 없는 분단 상황의 한계요 비극으로 남아 있었던 것이다.

그런대로 이 시대의 작가들은 6 · 25를 겪은 마지막 세대로서의 어떤 소명의식 속에서 분단의 비극을 육화하기 위한 고뇌를 숙명처럼 등에 지고 작품 활동을 해 왔던 것이다.

그러나 전시대나 다름없이 분단 극복의 어떤 의지 표명이나 통일 지향의 뚜렷한 비전을 보여 주지 못하고 있다는 것이 1970년대 정치적 상황의 암담함과 함께 이 시대 분단 문학의 한계로 계속 남게 된다.

김원일의 〈노을〉, 〈어둠의 혼〉, 현기영의 〈순이 삼촌〉, 윤흥길의 〈장마〉, 이청준의 〈소문의 벽〉, 유재용의 〈누님의 초상〉, 이문구의 《관촌수필》, 전상국의 〈아베의 가족〉 등이 이 시대 분단 문학의 중요한 흐름으로 파악될 수 있을 것이다.

④ 1980년대 분단 문학

누가 뭐래도 전시대에 비해 1980년대는 모든 상황이 열리는 시대다. 새 지평 위에 분단 문학 제4기의 미체험 세대가 등장한다. 전쟁의 미체험 세대라고는 하지만 그들에게는 시대의 아픔이 이미 그들 몸속에 베어 있는 상태로서 개인적 아픔을 넘어 민족적 한의 인식이 작품 속에 육화되어 나타남을 확인하는 일은 어렵지 않다.

물론 1980년대 분단 문학이 미체험 세대에 의해서만 창작되어지는 것은 아니다. 그것은 전시대 문학이 이룩한 단계적 축적을 바탕에 가지고 새로운 시대에 맞는 작가 의식의 발현이라는 측면을 강조하고 있을 뿐이다. 오히려 미체험 세대보다 유년기 체험 세대들이 보다 치열한 역사 의식 속에서 지금까지 유보 · 금기되어 왔던 문제에 달라붙은 현상은 얼마든지 찾아볼 수 있다.

조정래의 《태백산맥》의 성과가 그것이고, 김원일이 지속적으로 보여주고 있는 작업이 그 한 예라고 할 수 있겠다.

그러나 미체험 세대는 보다 새로운 역사인식으로 분단 문제에 접근한다. 그것은 극복해야 할 과제에 대한 진지한 성찰을 통한 본질적 접근을 의미한다. 그들은 역사와 현실의 주체에 대한 명확한 인식으로부터 출발한다. 노동자와 농민과 도시 빈민층의 삶 속에서 분단이 갖는 모순과 그 해결의 방안을 모색하고자 하는 작업을 의미한다.

특히 개인의 아픔이나 가족사적 비극을 공적인 것, 민족적인 것으로 심화 확대하는 데 기여한다.

또한 이 시대 분단 문학의 뚜렷한 성과는 지금까지 미시적 안목으로 다루어져 왔던 역사의 실체를 구체적으로 작품 속에 담기 시작했다는 사실이다. 그것은 자료적 접근이며 오류로 점철될 지나간 역사에 대한 각성의 의미를 갖게 된다.

어떻든 1980년대 들어 분단은 우리 사회의 모든 것을 하나의 인식으로 몰아가는 구심적인 위치를 분명히 하고 있다.

이문열의 《영웅시대》는 실패한 반공 소설이란 혹평을 받으면서도

〈광장〉 이래 처음으로 이념 문제를 소설 속에 수용하고 있다는 측면에서 평가받을 만하다고 생각된다. 임철우의 〈아버지의 땅〉, 김성동의 〈붉은단추〉, 이창동의 〈소지〉 등은 이 시대 분단 문학의 새 지평 위에 어떤 가능성을 연 것만으로도 가치를 갖는다.

4. 분단 문학의 지향점과 그 전망

이제 분단 문학은 보다 진지한 분단 인식을 통해 새로운 장을 열어야 할 1990년대 문턱에 와 있다. 분단 극복에 공헌하는 문단이 이 시대의 문학이 지향해야 할 목표임에는 이론의 여지가 없다. 그러나 분단문학이 통일이라는 당위론적 결론을 향해 독선으로 흘러 인간의 따뜻한 삶을 이야기하는 것을 멀리하여 역사나 사회의 흐름에만 민감히 반응하게 되면 인간의 삶을 총체적으로 보여주되 문예미학적 가치획득을 전제로 한 문학의 본령에서 멀어지는 결과를 가져올 수도 있을 것이다.

물론 분단문학이 통일지향적일 때 이 시대가 안고 있는 여러 가지 어려운 문제들을 풀어가는 창조적 에너지로의 치환이 가능할 것이다. 더구나 그 동안 유보와 금기의 시대 속에 제대로 밝혀지지 못한 문제들을 있는 그대로 드러내어 역사의 심판을 받는 일도 중요한 과제로 남아 있다. 또한 통일이 된 이후의 우리들의 삶이 보여 줄 여러 양상들을 앞당겨 상상해 작품으로 형상화하는 일도 중요하다고 본다.

특히 1990년대의 분단 문학은 한국어의 재발견을 통해 남과 북이 같은 정서, 같은 생각을 표출하는 같은 언어를 통해 그 문학이 형상화된다는 원론적 인식을 함께 하는 그런 계기부터 마련되지 않으면 안 된다고 생각한다.

그것이 바로 절름발이 분단 문학을 민족 문학의 차원으로 끌어올리는 지름길이라고 본다. 보다 중요한 것은 독자가 찾아 읽는 분단 문학 작품을 쓰기 위해 작가들은 보다 치열한 자세로 민족공동체적 삶의 지향성을 찾아 깨어있는 눈으로 세상을 읽어야 하며 인식된 현실을 작품으로 형상화하는 일에 신명을 바쳐야 할 것이다.

전상국의 문학 이야기
물은 스스로 길을 낸다

초판 1쇄 인쇄일 | 2005년 8월 23일
초판 1쇄 발행일 | 2005년 8월 26일

지은이 | 전상국
펴낸이 | 김현주
펴낸곳 | 이룸

편　집 | 신승철, 김미정
디자인 | 윤주열, 최서열

출판등록 | 1997년 10월 30일 제10－1502호
주소 | 121－210 서울시 마포구 서교동 395－172 상록빌딩 2층
전화 | 편집부 (02)324－2347, 영업부 (02)2648－7224
팩스 | 편집부 (02)324－2348, 영업부 (02)2654－7696
e－mail | erum9@hanmail.net
Home page | http://www.erumbooks.com

ISBN 89－5707－178－4 (03810)

값 11,700원